KB234064

길은
걷는 자의
것이다

길은 걷는 자의 것이다

아홉 번째
인터뷰 특강 **선택**

김진숙, 정연주, 홍세화,
조국, 정재승, 한홍구

한겨레출판

누구도 두 길을 동시에 걸을 수는 없다

세상 그 누구도 두 길을 한꺼번에 걸을 수는 없다. 오직 한길을 걸을 수 있을 뿐이다. 절대군주도, 대통령도, 재벌 그룹 회장도, 청소부도. 예외는 없다. 세상 그 누구도 거스를 수 없는, 평등한, 사람의 조건이다. 그러므로 삶은 선택이다. 선택의 누적이 지금의 '나'다.

너무 무거운가? 그럼 이렇게 생각해보자. 아침에 일어나 밥을 먹을 것인가, 그냥 뛰어나갈 것인가. 버스를 탈까, 지하철을 탈까. 점심에 김치찌개를 먹을까, 된장찌개를 먹을까, 짜장면을 먹을까, 짬뽕을 먹을까. 저녁에 친구를 만날까, 집으로 바로 갈까. 소주를 마실까, 맥주를 마실까. 숨 쉬는 순간순간 뭐 하나 선택이 아닌 게 없다. 깃털처럼 가볍고, 우주보다 무거운 선택. 그 선택을 어떻게 해야 할까. 더구나 2012년은 총선과 대선이라는 막중한 정치적 선택을 해야 하는 시기다.

〈한겨레21〉 창간 18돌 기념 제9회 인터뷰 특강의 화두를 '선택'으로 잡은 까닭이다. 2012년 3월 13일부터 3월 28일까지 3주에 걸쳐 서울 용산 백범김구기념관에서 소설가 서해성 씨의 사회로 여섯 명의 강연자가 나섰다. 단골도 있고 새로 선뵈는 이도 있다. 인터뷰 특강을 풍성하게 만들어준 뜨거운 열정의 시민들과 강연자 및 사회자 모두에게 감사의 말씀을 전한다. 강연 순서대로 간략히 소개한다.

첫 강연자는 '소금꽃나무' 김진숙 민주노총 부산본부 지도위원이다. 2011년 한 해 내내 한국 사회의 절망과 희망을 한 몸에 체현한 '철의 여인'이다. 눈바람 몰아치는 2011년 1월 6일 새벽 3시 부산 영도조선소 한진중공업 35미터 높이의 85호 크레인(CT-85)에, 2003년 정리해고에 맞서 같은 크레인에 올라 129일간 농성하다 스스로 목숨을 끊은 한진중공업 노조위원장이자 벗인 김주익을 생각하며 올랐다고, 살아서 내려올 거라고 생각하지 못했다고, 김진숙이 웃으며 말했다. 흔들리는 크레인 위에서, 더는 버틸 수 없을 것 같던 때가 왜 없었겠느냐고, 포기하고 싶은 때가 왜 없었겠느냐고 되물었다. 김여진과 날라리 외부세력, 핀란드에서 16시간 동안 비행기를 타고 찾아와 2주의 휴가 기간 내내 서성인 '트친(트위터 친구)', 개구멍으로 몰래 조선소로 들어온 이름 모를 사람, 사람, 사람, 그리고 희망버스들. 김진숙이 말했다. "내가 간절한 만큼 저 사람들도 간절하구나" 하고 깨달았노라고. '내가 김주익 때문에 8년을 냉방에서 자고 찬물로 머리를 감으며 고통 속에 살았듯이, 내가 죽으면 저 사람들도 평생 고통 속에 살겠구나'라고 생각했다고. "그 간절함을 배신할 수 없어" 크레인에서 죽지 않고 버텼노라고, "저를 살아서 내려오게 해주시고, 우리 조합원들을 1년 만에 집으로 돌아가게 해주셔서 너무너무 고맙습니다"라고, 김진숙이 그 '간절한 사랑들'에게 인사했다. 김진숙이 그렇듯, 그대 또한 누군가에게 '간절한 사랑'이다. 그렇게, 세상을 살만한 곳으로 만드는 건 사람, 그리고 사랑이다.

두 번째 강연자는 '조폭언론의 천적' 정연주 전 한국방송 사장. 강연 주제는 '자유언론의 길'. 정연주는 예순일곱 해의 신산스런 삶에서 겪어야 했던 세 차례의 '해고' 경험을 담담하게 이야기했다. 고등학교 2학년 때 교회 건물 신축을 위한 특별 헌금 모금을 비판하는 글을 교회 회보에 실었다가 '해고'된 일, 1974년 박정희 정권의 유신독재에 맞서 자유언론 실천선언에 참여했다가 두 번째 '해고'된 일, 이명박 정권의 부역자들에 의해 한국방송 사장직에서 강제로 쫓겨난 일. 평생 기자의 길을 걸어온 그는, 언론인의 길을 걷고 싶다는 젊은이들에게 이렇게 말했다. "저희 때는 신문사에 못 들어가면 자기 글을 발표할 공간이 없었어요. 지금은 기존 언론사가 아니더라도 인터넷 매체가 얼마든지 영향력이 있고, 할 수 있는 영역이 굉장히 넓어졌습니다. 생각을 열어놓을 필요가 있다는 거죠."

세 번째 강연자는 '우리 안의 망명객' 홍세화 진보신당 대표. 그는 이렇게 호소했다. '한국 사회는 재벌을 중심으로 하는 경제 체제가 '욕망'을 매개로 시민을 철두철미하게 자발적 복종으로 내몰고 있다. 이에 저항하는 것은 매우 어렵다. 무엇보다 생존 문제가 걸린 탓이다. 그러나 현실의 제약 속에서도 끊임없이 자아실현을 위한 모색을 멈춰서는 안 된다. 자신이 소중하게 여기는 가치를 오래 유지하려면 유보도 때로는 필요한 선택이다. 그렇더라도 절대 포기해서는 안 된다. 한 번뿐인 내 삶보다 중요한 것은 있을 수 없기 때문이다.' 한평생 늘 낮은 곳으로 임해온 홍세화는, 시시포스의 삶을 권했다. 끝없이 패배해도 절망하지 않고 다시 도전하는 삶을.

네 번째 강연자는, 조국 서울대 법학전문대학원 교수다. 법에 인정과 아름다움이 있음을 한국 사회 시민들에게 열정적으로 전파해온 꽃미남 학자이자 스타 논객이다. 강연 주제는 '디케의 선택'. 디케는 정의의 여신이다. 조국은 '정의의 구현 없이 평화는 불가능하다'는 점, 한국 사회에서 정의를 구현하려면 그 알짬은 사법 개혁, 특히 검찰 개혁이라는 점, 검찰 개혁의 요체는 권력 분산이라는 점, 법은 싸늘한 논리보다 장삼이사의 땀과 눈물이 밴 삶의 경험을 중시해야 한다는 점을 미네르바 사건, 미국산 쇠고기 수입 반대 촛불시위와 〈PD수첩〉 사건, 삼성 X파일 사건, 민간인 사찰 사건 등의 실례를 통해 설득력 있게 논증했다.

다섯 번째 강연자는 '대중이 사랑하는 과학자' 정재승 카이스트 바이오및뇌공학과 교수. '탁월한 선택의 지혜'를 소개했다. 정재승은 '탁월한 선택'을 이루는 두 기둥으로 '겸손'과 '결단'을 꼽았다. 성공한 리더들의 공통된 특징은, 의사결정에 필요한 정보를 미리 성실하게 모은다는 것이다. 그런 뒤에 남들보다 한 발짝 먼저 의사결정을 한다. 그리고 새로운 정보가 추가되거나 상황이 바뀌면 신속하게 의사결정을 바꾼다. 겸손함과 결단력을 동시에 갖기란 참 힘들지만, 자기확신에 대해 끊임없이 회의하는 겸손함과 잘 결단하는 능력, 이 두 가지를 동시에 지닌 이들이 성공한 리더다. 과학자로서 '결혼의 선택'에 대해 알려 달라는 청중의 질문에, 정재승은 빙그레 웃으며 이렇게 답했다. "많은 사람들을 만나서 다양한 수준의 관계를 맺으시고, …… 결혼은 늦게 …… 뜨거운 열정으로 결혼을 결정하시지 말고, 그 열정이 식은 자리에 뭐가 남는지를 보고 결혼의 선택을 하세요."

여섯 번째 강연자는 '걸어 다니는 한국 현대사' 한홍구 성공회대 교양학부 교수다. 강연 주제는 '한국 현대사의 선택'. 한홍구는 1909년 10월 26일 중국 흑룡강성 하얼빈 역의 안중근과 1980년 5월 27일 전남도청의 400여 시민군의 목숨을 건 선택을 상기시키며 '역사적 선택에서 중요한 점은 선택의 주체'라고 강조했다. 그리고 이렇게 이어갔다. "문제는, 우리가 선택을 포기하면 저들의 선택에 의해서 우리의 운명이 결정된다는 것입니다." 무섭다.

선택은 깃털보다 가볍다. 선택은 우주보다 무겁다. 그러므로 삶은 가볍고도 무겁다. 도종환의 시 〈담쟁이〉처럼. "저것은 벽 / 어쩔 수 없는 벽이라고 우리가 느낄 때 / 그때 / 담쟁이는 말없이 그 벽을 오른다. / (후략)"

여섯 강연자의 조언을 기억하자. 겸손하게 자기를 돌아보고, 결단력 있게 선택하자. 실패하더라도 좌절하지 말자. 혼자 걷기가 외롭고 두려우면, 여럿이 함께 걷자. 시인 김남주가 노래했듯이 "가다 못 가면 쉬었다 가자, 아픈 다리 서로 기대며". 그렇다, 길은 걷는 자의 것이다. 웃으면서, 끝까지, 함께!

2012년 6월
〈한겨레21〉 편집장
이제훈

사회 서해성

소설가. 한신대 · 성공회대 · 한예종 외래교수. '기적의 도서관', '북스타트운동', '아시아스타트' 프로그램 등을 기획 · 실행해온 문화판의 대표적인 '개념구라'. 〈한겨레〉에 한홍구 교수와 함께 연재한 '직설'로 팬덤까지 얻었다. 저서로 『직설』(공저) 『21세기에는 지켜야할 자존심』(공저) 등이 있다.

Note

Information

Planner

Note

  김진숙

웃으면서 끝까지 함께

CT-85 크레인 생존기

2012년 3월 13일 저녁 7시
백범김구기념관 컨벤션홀

1960년 강화도에서 태어났다. 한진중공업의 전신 대한조선공사의 유일한 여성 용접사로 일하다 노동조합 활동으로 해고당했다. 그 뒤 20여 년을 해고자이자 노동운동가로 살고 있다. 2011년 한진중공업 정리해고의 부당함을 알리려고 309일 동안 크레인에 올라 한국 사회에 큰 울림을 줬다. 저서로 『소금꽃나무』가 있다.

사회자　　이 특강을 '선택' 하신 여러분 반갑습니다. 서해성입니다. 아시다시피 제9회 〈한겨레21〉 인터뷰 특강 주제는 '선택' 입니다. 저는 '선택' 하면 항상 떠오르는 영화가 있습니다. 〈소피의 선택〉(메릴 스트리프 주연)인데, 주인공 이름이 '소피' 입니다. 소피가 두 자식을 데리고 아우슈비츠로 끌려갑니다. 여기까지는 빤한 내용이지요. 그때 나치 장교가 소피에게 두 아이 중 한 명을 구해줄 수 있으니 선택하라고 합니다. 그 순간, 여러분 같으면 어떻게 하겠습니까. 소피는 선택을 하지 못합니다. 저는 '선택' 하면 늘 그 장면이 스쳐가곤 합니다. 그건 형식적으로 선택인 것 같지만 '선택' 이 아닌 거죠. 두 자식 중 하나를 고르라는 건 선택일 수가 없습니다.

지금 신자유주의 체제에서 한국에 사는 사람들, 한국뿐 아니라 약자 혹은 피지배자로 사는 사람들에게는 그와 유사한 '선택' 이 강요되고 있는 게 아닌가 싶습니다. 세상을 '선택' 하기 위해 여기 젊은 분들이 많이 오셨는데, 여러분이 눈 뜨면 듣는 얘기가 '스펙' 을 쌓으라는 말이지요. 여러분은 어느 영어학원에 갈 것인지는 선택할 수 있지만 나머지, 곧 진짜 선택은 사실상 불가능하지요. 선택의 여지가 없는 사회는 지배집단, 곧 자본가나 권력이 요구하는 '선택' 을 강요받고 있는 셈이지요. 그렇게 함으로써 자기 삶에서는 정작 선택의 기회가 박탈되는 것이죠.

이러한 이유로 〈한겨레21〉이 인터뷰 특강의 주제를 '선택' 으로 삼지 않았나 싶습니다. 더구나 올해는 국회의원 총선거와 대통령 선거라는 거대한 선택이 있는 해입니다. 인터뷰 특강은 이 선택의 정치적, 사회적, 생물학적, 역사적 특성 등에 대해 살펴보게 될 것입니다.

인터뷰 특강이 첫 번째로 선택한 분을 소개해드리겠습니다.

2011년만큼 한국인이 노동 문제에 대해 깊고 뜨거운 관심을 가진 적이 없지 않았나 싶습니다. 노동자만이 아니라 지식인, 정치인, 보통사람들까지 한 곳으로 자꾸 몰려갔습니다. 자기 돈으로 버스를 통째로 빌려 한 사람을 만나러 갔습니다. 부산 영도라는 섬에 가기 위해 경찰 통제를 뚫고 얻어맞으면서 더운 여름날도 마다하지 않았습니다. 그건 마치 메카로 가는 사람들과 흡사한 모습이었습니다. 그 중심에 인간 깃발로 서 있던 분이 오늘 말씀해주실 분입니다. 바로 한진중공업이라는 거대자본과 홀로 맞선 김진숙 민주노총 지도위원입니다.

김진숙 위원이 조선소 골리앗 크레인에 올라가서 했던 요구는 1931년 한 여성 노동자의 외침과 무척 닮아 있습니다. 그의 주장이 어떤 것인지 한번 읽어보겠습니다. "죽음을 각오하고 올라왔다. 해고된 노동자 전원을 다시 채용하라는 요구에 대한 답변은 없다. 우리의 요구를 끝까지 받아들이지 않는다면, 나는 이 근로대중을 대표해 죽음을 명예로 알 뿐이다." 그때는 일제 강점기였습니다. '강주룡'이라고 하는 분인데요, 평양에 있는 평원고무공장 노동자였습니다. 81년 정도 지난 일이지요. 이름만 지운다면 두 요구 사이에 간극을 알아차리기가 쉽지 않습니다. 강주룡은 고공농성에서 김진숙의 대선배가 되는 셈입니다. 그분이 올라갔던 곳은 실은 고작 을밀대 지붕이었습니다. 그런데도 식민지 치하 전 조선이 야단이 났더랬습니다.

일제 강점기에 활동한 뛰어난 노동운동가라고 하면 여성에서는 강주룡, 남성에서는 이재유를 꼽을 수 있습니다. 경성트로이카로 유명한 이재유 말이지요. 강연 가거나 하면 저는 자주 그렇게 말하곤 합니다. 민주노총 같은 데서 이분들을 기리는 상 같은 거라도 있었으면 하는 바람이 늘 있습니다. 그 이재유가 노동운동을 하거나 법정에서 주장하고 있는 내용인즉 "8시간 노동을 준수하라" 등 전태일 열사의 갈망과 또 많이 겹치고 있습니다. 오늘날 노동대중에게 소비 개념은 풍부할 정도로 넓게 생겼지만 주권자로서 자본가와 대등함 같은, 질적 성장은 거기에 한참 미치지 못하지 않나 싶습니다.

하늘에 별이 있듯 땅에도 별이 있습니다. 사람의 몸에서 나온 땀이 굳었을 때 생기는 게 소금꽃인데요. 김진숙 위원께서 쓴 『소금꽃나무』를 읽으면서 '이게 바로 땅의 별이로구나' 하고 생각했습니다. 기록에 보니까, 김 위원은 여성 최초의 용접공이더군요. 그 용접공은 지난 한 해 동안 우리에게 '신자유주의와 이렇게 맞설 수 있구나', '한진중공업이라고 하는 거대한 자본과 맞설 수 있구나' 하는 희망과 신념을 주었습니다. 김진숙은 왜 하늘로 올라가는 길, 곧 골리앗 크레인을 선택해야 했을까요.

땅 위에 살던 가난한 사람들은 개발과 함께 이사로 나서 이곳저곳을 떠돌다, 이윽고 땅 밑으로 들어갑니다. 지층 사글세, 곧 지하생활자가 되는 거죠. 그렇게 버티다 결국은 하늘로 솟구치게 됩니다. 옆으로도 갈 수 없고, 앞으로는 더구나 갈 수 없고, 땅 밑에서 견디다 못해 하늘을 선택하는 거죠. 용산 망루 위에, 쌍용자동차 노동자들은 한여름에 뜨거운 지붕 위에서 싸워야했습니다. 그 '지붕전투'에서 헬기 등이 동원되어서 진압하던 광경은 지붕 위의 5·18이라고 해도 지나친 말이 아닙니다. 그리고 85호 골리앗 크레인 위에서 김진숙 동지께서 싸웠습니다. 모두 하늘 위로 솟구쳐야 했던 사람들입니다. 더는 갈 곳 없는 사람들의 마지막 도착점이 거기인 것이지요. 그저 쫓겨 간 것이 아니라 그곳에서 우리는 외쳤고, 싸웠습니다. 그 시대의 망루에서 만인의 희망이 되어주었던 땅의 별, 소금꽃 김진숙 동지를 여러분께 소개해 드리겠습니다.

김진숙　감사합니다.

사회자　먼저 소박한 질문을 한 가지 드리겠습니다. 사진으로 볼 때마다 '김진숙 지도위원과 제가 닮은 게 딱 한 가지 있구나. 보통사람들보다 빨리 머리가 희어지고 있다'고 여겨왔더랬는데 머리칼에 변화가 생긴 듯합니다.(웃음)

김진숙　둔갑했습니다. 길을 가도 어찌나 알아보는 사람들이 많은지……. 희망버스가 올 때마다 그 일주일 전부터 크레인 밑에 트럭이며 봉고를 대놓고 계속 방송하는 거예요. "희망버스는 절망버스입니다. 희망버스가 부산의 경제를 망칩니다" 이걸 24시간 방송해요. 제가 309일 동안이나 위에 있었던 게, 내려오면 맞아 죽을까 봐……. (웃음) 저는 내려오면 욕하는 사람이 많을 줄 알았는데, 아직까지 한 명도 못 봤어요. 다 고생했다고, 몸은 괜찮으시냐고 그러네요. 사실 제가 크레인 위에서 제일 하고 싶었던 게 뭐일 것 같습니까?

청중　염색이요.

김진숙　저는 거울을 안 봐서 그때 제 머리가 흰지도 몰랐어요.(웃음) 목욕하고 싶었어요. 올라가는 날도 어찌나 추운지 제대로 씻지를 못했으니까요. 내내 '목욕 한 번만 하고 올라올걸' 하고 생각했습니다. 내려오고 나서 그 소원을 이루려는데, 병원에 입원해 있으니까 찾아오는 사람들이 많아서 목욕 갈 틈이 없는 거예요. 근 열흘 만에야 목욕탕에 가서 탕 안에 들어갔는데, 그 맞은편에 할머니 네 명이 빤히 쳐다봐요. 할매 1호, "저 한진중공업 크레인에 올라갔던 사람 아이가?" 할매 2호, "김진숙이?" 이름까지 정확해요. 할매 3호, "그 아가 머할라꼬 여까지 목욕을 왔겠노." 할매 4호, "우리 아저씨가 그 아를 안다더라. 오데 사는가 물어봐야겠다." 그래서 목욕도 제대로 못 하고 나왔습니다.

　한번은 시장에 갔는데, 채소 팔던 아주머니가 대뜸 절 끌어안고 우시는 거예요. 남편분이 20년을 일하던 공장에서 잘렸답니다. 사장이 죽고 그 아들이 자기가 사장이라고 차고앉은 거예요. 그러고 나서 이 사장이 늙은 노동자들을 다 잘라내고 젊은 사람들을 비정규직으로 쓴 거죠. 20년을 일한 공장에서 쫓겨난 노동자가 어떻겠습니까, 폐인이 된 거예요. 해고라는 게 그야말로 존재를 다 부정당하고, 영혼을 다 파괴당하는 게 아닙니까. 그래서 두문불출하며, 은둔형 외톨이가 되어버린 겁니다. 그 아주머니가 "우리 아저씨 공장에도 아지매 같은 사람이 하나만 있었으면 우리 아저씨가 안 잘렸을 긴데……"라면서 저를 붙잡고 우시더라고요. "제가 무슨 크레인 농성 전문입니까, 아저씨가 올라가셔야죠"라는 얘기가 여기까지 나왔다가 참았습니다. 염색하고 나니까 확실히 덜 알아보시는데, 엽렵한 분들은 그래도 알아보시더라고요. 어제도 지하철 안에서 어떤 아저씨가 뜬금없이 인

사를 꾸벅하시더니 초코파이를 하나 주고 가시더라고요. 요즘 하여
튼 잘 만납니다.

사회자　맨 처음 크레인에 올라간 게 1월 6일이었는데요.

김진숙　추웠어요. 말도 못하게 추웠습니다. 영하 13도였는데, 부
산에 영하 13도면 시베리아입니다. 온종일 달달 떨었더니 아귀가 아
파서 나중엔 밥을 못 먹겠더라고요. 그날부터 몸이 펴지질 않았어요.
'내일 올라올걸' 하고 후회했습니다.

사회자　지리산에 오래 산 생활을 했던 '빨치산' 출신들이 이런 말
을 하는 걸 듣고 굉장히 놀란 적이 있습니다. "산보다 땅에서 걷고 달
리는 게 더 힘들다." 김진숙 위원께서도 내려오시자마자 "땅에 내려
오니까 무척 어지럽다"는 말을 한 기억이 나는데요.

김진숙　크레인이 24시간 흔들려요. 바람이 많이 부는 날은 토하기
도 했습니다. 두어 달 되니까 멀미가 멈췄어요. 내려오니까 이번에는
땅이 막 흔들려요. 길 가다가 맨땅에 헤딩하고, 픽픽 쓰러졌습니다.
지하철 타는 법이나 엘리베이터 누르는 법도 다 까먹고, 물건 사고
그냥 나오고…….(웃음) 징역 살고 나온 것보다 훨씬 적응하는 게 힘
들었어요. 그 땅멀미도 두어 달 지나니까 괜찮아지더라고요. 지금은
괜찮습니다.

사회자　(청중을 향해) 그동안 너무 힘든 일을 겪어서 잔뜩 긴장되게

말씀하실 줄 알았더니 모든 고통을 도리어 낙관적으로 바꿔서 전달해주셔서 신이 나시죠? 희망버스 1호를 타고 갔을 때 김진숙 위원께서 이런 말씀을 하셨습니다. 불교에 '천수보살'이라고 있지 않습니까. 손이 천 개라는 얘기죠. "천수보살께서 나를 받쳐주셔서 내가 아직 여기 살아 있는 것 같다." 김진숙 지도위원께서는 309일 동안 크레인 위에 계셨습니다. 오늘 박수가 309번 정도 나오길 기대하겠습니다. 우리의 관심과 격려가 바로 천수보살이라는 걸 증명해주시기 바랍니다. 강연 듣겠습니다.

왜 하필 85호 크레인이었나

김진숙   제가 85호 크레인에 올라가니까 달력 하나가 걸려 있었는데, 무슨 달력일 것 같습니까? 아가씨 하나가 그 추운 겨울에 다 벗고 온종일 쳐다보고 있는 거예요. 그래서 그 친구와 계속 마주 보고 있다가 내려왔습니다. 1년 4일 만에 집에 들어가니까 2011년 1월 달력이 여전히 걸려 있었어요. 그제야 달력을 바꿔 달았습니다.

기자들이 위에 있을 때도 "거기서 그렇게 오래 계실 줄 알았습니까?"라고 묻는 거예요. 제가 그걸 어떻게 알아요. 아무도 상상을 못하던 시간이었는데……. 아마 기약을 하고 올라갔으면 굉장히 힘들었을 거예요. "한 달만 있겠다", "일주일만 있겠다", "여름에 내려오겠다"라고 했으면 시간이 오히려 길었을 거예요. 저는 내려오고 나서 시간의 흐름을 실감했어요. 제가 올라오고 며칠 안 되어서 결혼한 친구가 있었는데, 내려오니까 아이를 낳아놨더라고요. 우리 가족대책

위 대표 아들이 올라갈 무렵에 백일이었는데, 내려오니까 이 녀석이 뛰어다니는 거예요. 손가락이나 빨아먹고 버둥거리던 놈이 "진숙아, 진숙아" 말을 하면서 쫓아다녔어요.

그래서 왜 하필 크레인 위에 올라갔느냐. 대한민국에서 한 해에 몇 명의 노동자들이 정리해고로 잘리는지 아십니까? 3일 전인가요, 뉴스에 보니까 비자발적으로 실업급여를 받는 인구가 200만이라고 해요. 실업급여를 못 받거나 아예 통계조차도 잡히지 않는 비정규직 노동자들까지 포함하고 나면 얼마나 되겠습니까. 그런데 이런 것들이 전부 은폐되는 겁니다. 대부분 그런 사람들이 어떻게 됩니까, 하루에 42명이 자살을 해요. 그러니까 지금 이 순간에도 누군가는 삶과 죽음의 경계 위에 서 있을 거예요. 우리가 옛날에 일본을 "나라가 잘살고 국민소득이 몇만 달러면 뭐하느냐, 자살률이 세계적으로 제일 높은데"라면서 경제적 동물이니 원숭이니 무시했는데, 이제는 OECD 국가 중 대한민국의 자살률이 제일 높습니다. 쌍용차 노동자 2,646명이 잘리고 그렇게 처절하게 싸웠는데, 아무도 그걸 이른바 주목해서 보지 못했습니다.

내려오고 나서 검찰 조사를 받는데, 제가 엄청나게 사회적 물의를 일으켰더라고요. 전 위에서 먹고 자고 한 것밖에 없거든요. 그런데 먹고 자고 한 자료가 제 키를 넘는 거예요. 재판을 받았어요. 1심에서 징역 1년 6월에 집행유예 3년을 받았는데요. "엄청난 사회적 물의를 일으키고, 사유재산을 점거해서 막대한 손해를 끼치고……" 이러더니 뭐라고 얘기를 하느냐면, "정리해고를 사회적으로 여론화시킨 공을 인정해서 집행을 유예하노라". 제가 공도 있습디다. 노동자들이 해고는 살인이라고 얘기하는데, 그만큼 사회적으로 이

309차
T85

엄청난 살인 행위가 한 번도 여론화된 적이 없었어요.

그럼 왜 하필 85호 크레인이었느냐. 한진중공업에서 2003년도에도 650명의 정리해고가 있었습니다. 그때 한진중공업은 사상 최대의 흑자를 기록했습니다. 2011년도에도 3,000억의 흑자, 그런데도 노동자들을 자르겠다니 그걸 누가 승복하겠습니까. 2003년도 당시에 2년을 싸웠습니다. 2년 동안 노동자들이 투쟁하면 안 해본 게 있겠습니까. 줄곧 선전전하고, 노숙하고, 상경투쟁하고…… 그렇게 2년을 싸워서 마침내 노사가 합의했어요. 그러면 지켜야 할 것 아닙니까. 그런데 사장님이 합의한 그 안을 회장님이 번복했습니다.

그날 밤에 새끼가 셋이 딸린 아비가 85호 크레인에 혼자 올라갔어요. 그 크레인에서 129일을 매달려 있었습니다. 129일 동안 주목하는 사람들이 없었어요. 129일 만에 그 크레인 위에서 목을 맸습니다. 거기는 도르래를 달아서 밧줄로 밥을 올릴 수밖에 없는데, 밥을 매달아 올렸던 밧줄에 목을 맸어요. 저 같은 경우도 309일 동안 삼시 세끼를 먹는데, 밧줄을 계속 끌어내리는 거예요. 그럼 또 올려야 하니까 얼마나 힘들어요. 밧줄 좀 여기에 놔두라는데도 그걸 단 하루도 못 놔두었습니다. 또 목맬까 봐……. 제가 아침에 일어나야 하는 시간에서 5분만 안 보여도 밑에서 부르고, 호루라기 불고, 난리가 나는 거예요.

2003년 10월 16일 아침에 그랬거든요. 매일 아침마다 먼저 나와서 조합원 보고대회 할 때 손 흔들어주던 김주익 지회장이 그날 아침엔 안 보였습니다. 지회장의 시신이 크레인 위에서 내려오지를 못했는데, 아직도 크레인 위에 있는데, 한진중공업은 어떠한 태도 변화도 없었습니다. 사태 해결이 안 되는 거예요. 그러고 나서 2주일 만에 곽재규라는 노동자가 그 85호 크레인 바로 밑에 있는 도크 바닥에 또다시 몸을 던졌습니다. 두 번째입니다.

곽재규 동지는 마흔일곱 살이었고, 정리해고 대상자가 아니었어요. 싸우다가 중간에 복귀했습니다. 자기가 안 싸워서 지회장이 죽었다고 생각했겠죠. 그때 살아 있는 사람들은 다 그런 마음이었으니까요. 그 두 사람을 한꺼번에 땅에 묻었습니다. 그리고 몇 달 만에 집에 들어갔는데, 그때가 11월 말이었습니다. 춥잖아요. 보일러를 켜려고 손을 보일러에 대다가, 사람이 무너지는 느낌이 아마 그럴 거예요. '두 사람의 동지를 한꺼번에 땅에 묻고 돌아와서 넌 그래도 따뜻한 방에 살려고 보일러를 켜느냐.' 그리고 나서 단 한 번도 보일러를 켜본 적이 없습니다. 겨울에는 부산에서도 동상에 걸렸어요. 귀밑이 맨날 벌게서 다니니까 눈썰미 엽렵한 사람이 묻더라고요. 왜 부산에서 동상에 걸렸느냐고요. 찬물로 머리 감습니다, 이 얘기를 못 하고 8년을 살았어요. 김주익 지회장은 제가 스물한 살, 그 친구 스무 살 때 한진에 같이 입사했어요. 20년을 함께 일하고, 노동조합 만들겠다고 함께 징역 갔다 오고, 그러던 사람 둘을 한꺼번에 빼앗아 갔던 게 정리해고였습니다.

1월 6일에 크레인에를 올라가는데, 아까 말씀드린 대로 춥단 생각밖에 없었어요. 그것도 새벽 3시에…… 6시에나 올라갈걸, 그럼 세 시간은 덜 추웠을 것 아니에요.(웃음) 그때는 무슨 대의명분, 이런 것 없었어요. 2003년도에 그 일 있고 나서 크레인을 어찌나 단도리를 해놓았는지, 자물통을 큼지막한 걸 매달아 놓고 쇠사슬을 몇 겹 둘러 놓은 거예요. 그걸 자른다고 한 시간을 씨름하다가 올라갔는데요. 계단으로 사수대들이 있던 중간 지점을 지나서, 제가 있던 공간까지 올라가려면 원통을 통과해야 합니다. 그 통이 20미터 높이예요. 그런데 거기는 깜깜절벽이거든요. 크레인의 동력선 자체가 끊어져 있으니까요. 사다리도 없어요. 철근 하나 끼워놨는데, 거기 올라가는 게 엄청 힘들어요. 안나푸르나를 타는 것보다 더 힘들어요.

제가 2003년도에 김주익의 시신을 확인하러 올라갔어요. 그게 아마 사전답사였던 격이에요. 그래서 거기가 얼마나 어두운 공간인지 아니까 밧줄을 놓고, 랜턴을 입에다 물고 올라갔어요. 그러다가 어느 난간을 딱 짚었는데, 소름이 쫙 끼치는 거예요. 그 느낌이 일주일 동안 가시질 않았습니다. 저는 김주익 지회장이 난간에 목을 맸다는 소리는 들었지만, 어디다 목을 맸는지 몰랐어요. 그때 시신을 제일 먼저 확인한 친구에게 전화했어요. 혹시 위에서 몇 번째 난간 아니냐니까 맞대요. 8년 만에 직감으로 그 자리를 확인했습니다. 아마 주익 씨가 무슨 할 말이 있었던 것 같아요.

그렇게 김주익의 시신이 뉘어 있던 공간에서 309일을 있다가 내려왔는데…… 저는 살아 내려올 거라고 생각 못 했습니다. 거기는 그때까지만 하더라도 죽음의 공간이었어요. 정리해고가 어떤 건지 아니까요. 쌍용차 동지들이 얼마나 처절하게 싸웠는데요. 거기다가 한진이라는 기업이 어떤 기업인지 아니까요. 2003년도에 정리해고가 있고, 두 명을 그렇게 잡아먹고도 7년 만인 2010년도에 432명을 다시 정리해고했어요. 그때도 사실은 크레인에 올라가려고 했거든요. 그때 올라갔으면 천 명 정도는 더 살렸을 텐데……. 크레인을 올려다봤는데 겁나더라고요. 그래서 그때는 비겁하게 단식만 했어요. 그런데 우리나라에서 단식이요, 지율 스님이 백 며칠씩 해버리니까 24일은 다이어트더라고요. 어쨌든 2010년도에 구조조정을 중단하는 걸로 합의했어요. 그 약속을 1년도 안 되어서 또 깹니다. 300명을 또 자르 겠다는 거예요. 이제는 크레인밖에 답이 없어요. 그래도 전 딴 놈이 올라갈 줄 알았거든요. 자꾸 옆 놈들을 쳐다보니까 그놈들은 자꾸 나 를 쳐다보는 거예요.

마음을 먹고 나서 신변정리를 했습니다. 52년을 살았는데, 대표적 으로 정리할 신변이 두 가지가 남습디다. 새로 산 등산화가 있었거든 요. 그것도 고어텍스. 이걸 못 신는다고 생각하니까……. 누굴 줬어 요. 그리고 또 하나, 새로 산 카메라가 있었어요. 그것도 100만 원짜 리. 제가 살면서 가장 크게 질러본 게 그 카메라였어요. 그걸 왜 샀느 냐면, 전 제가 살면서 참 잘했다고 생각하는 게 그 일인데요. 이미 하 는 분도 많으시겠지만, 여러분도 해보세요.

제가 캄보디아에 사는 아홉 살짜리 콩단이라는 아이와 결연을 맺 었어요. 이 아이가 부모님이 안 계세요. 아빠가 돌아가시고 엄마가 태국에 돈 벌러 간다고 가고 나서 6년 동안 행방불명이 된 거예요. 이 아이 세 살 때입니다. 이 아이가 사는 마을이 캄보디아의 포이펫 (Poipet)인데요. 태국과 국경이에요. 콩단이의 친구들은 대부분 구걸 을 하거나 성매매를 합니다. 국경마을이니까 외국의 변태들이 와서 1 달러에 여자아이들을 사는 거예요. 무지한 부모들은 딸내미들을 그 렇게 팔아먹는 겁니다. 그런데 그러면 안 되잖아요. 제가 애한테 한 달에 3만 원씩 보내주는데, 3만 원이면 이 아이는 구걸이나 성매매를 하러 가는 게 아니라 학교에 가요. 한 달에 20킬로그램씩 쌀을 사 먹 고, 비누 같은 가장 기본적인 생필품을 사고, 거기다가 우유도 하나 씩 마시는 거예요. 우리는 돈 3만 원 없어도 살거든요. 그런데 이 돈 이 아이의 미래와 삶을 바꾸는 겁니다.

재작년 여름에 콩단이를 만나러 가는데, 저는 아이가 없으니까 아홉 살짜리 여자애가 뭘 필요로 하는지 잘 모르는 거예요. 그래서 윗도리를 아홉 살짜리에 맞춰서 사갔는데, 원피스더라고요. 얘가 못 자라서요. 그리고 머리띠 같은 걸 몇만 원어치 사갔어요. 머리가 없더라고요. 저 혼자 공주 같은 아이를 상상하고 간 거예요.(웃음) 집도, 세상 천지에 그런 움막이 없어요. 그것도 빌린 집이랍디다. 그 초가지붕 처마 밑에다가 항아리를 받쳐놓고, 비 안 오면 굶고 씻지도 못하고 삽니다. 거기가 땅덩어리는 넓어요. 근면 성실한 한국인의 눈으로 보면 그거 얼마나 게으름의 소치입니까. "저기다가 옥수수 심고 감자 심어 드세요, 왜 굶습니까"라고 치열하게 충고했습니다. 그러고 나서 보니까 아이고, 어른이고 발목 없는 사람들 천지예요. 킬링필드 아시잖아요. 거기다가 지뢰를 퍼부었고, 아무 죄 없는 아이들이 그 가난과 피해를 다 쓰고 있는 거예요.

제가 내려오고 나서 애를 돌봐주시는 수녀님에게서 메일이 왔어요. 콩단이에게 집을 지어주면 어떻겠느냐고요. 재작년 여름에 갔을 때, 제가 집을 지어주면 좋겠다고 했더니 수녀님이 콩단이를 돈 보스코라는 기숙학원에 보낼 생각이라고 그러시더라고요. 그래서 잊어버리고 있었는데, 애한테 언니가 있어요. 그런데 언니가 가출했다가 임신한 채 돌아온 거예요. 이제 집이 필요하게 된 거죠. 그래서 돈을 보냈는데요. 세상에, 일주일 만에 메일이 왔는데 그새 땅 사고 집을 다 지은 거예요. 284만 원에…… 사진까지 찍어 보내셨더라고요.

전 그 나라 물가에 대면 그 돈이 얼마만큼의 돈인지 모르겠는데요. 여러분, 집 있으세요? 집 있어도 그게 자기 집인가요, 죄다 은행 집이죠. 달팽이들만도 못해요. 달팽이들도 자기 집 하나씩은 다 짊어지고 다니잖아요. 평생을 일해도 집 하나를 못 만들고, 그게 필생의 업처럼 되어버리잖아요. 무슨 이딴 나라가 다 있습니까. 주택 보급률이 120퍼센트가 넘으면 집은 남아돈다는 얘기 아닙니까. 『부동산 계급 사회』라는 책을 보면 그 비밀이 풀려요. 한 사람이 1,200채의 집을 가지고 있어요. 부동산 업자도 아니에요. 이 사람은 길 가다가 담배 사듯이 집 삽니다. 그러니 집이 모자라고, 집값은 자꾸 올라가지요.

아무튼 콩단이를 보러 가서 같이 사진 찍을 거라고 100만 원짜리 카메라를 샀네요. 그 돈을 개한테 줬으면……. 하여간 답답해요. 우리 사고가 진보니 뭐니 해도 그건 다 우리 생각인 거죠. 그런 게 일상에서 얼마나 쉽게 깨집니까. 그랬는데 그 카메라는 마지막까지 아깝더라고요. 그래도 어떡해, 누굴 줬죠. 그걸 받은 친구는 몇 날 며칠을 울었다고 하더라고요. 카메라 주고 다음 날 올라가서 안 내려오니까, 그게 무슨 유품처럼 되어버렸잖아요. 다행히 한 번도 안 썼다고 하더라고요. 돌려주리라 믿습니다만…….(웃음)

제가 올라가면서 가위눌렸던 숫자가 129와 60이라는 숫자였어요. 김주익 지회장이 129일 만에 목을 맸거든요. 그 날짜가 다가올수록 저도 그렇지만 사람들이 엄청 불안해했어요. 60이라는 숫자는 김주익 지회장이 마지막으로 보고 간 조합원들의 숫자였어요. 그때 한진중공업 조합원이 2,500명이었어요. 지금 800명 남아 있습니다. 어느 사업장이든지 2,500명이 처음 투쟁에 들어갈 때는 똑같습니다. 결사항전, 끝까지 같다, 배신하면 죽는다. 그런데 싸우다 보면 징계 떨어지죠, 하루에 30만 원씩 벌금 떨어져서 월급 다 가압류당하죠. 거기다가 이 대기업 노동자들이 더 발목 잡히고 절망인 게, 사원 아파트에 살거든요. 이게 무슨 얘기냐면, 공장에서 쫓겨나면 집도 비워줘야 하는 거예요. 그러니까 노동자들에게 해고라는 건 그 사람이 스무 살이건 쉰 살이건, 10년을 일했건 20년을 일했건 한순간에 모든 걸 다 빼앗아 가요. 삶이 다 무너져요. 자기는 공장에서 노숙하고 합숙하는데, 마누라들 집에 있잖아요. 새끼들하고 집에 있는데, 계속 퇴거 명령이 오는 거예요. "내일까지 비워라", "모레까지 비워라" 그러면 마누라들 환장하죠. 바리바리 전화 와서, "어쩔 건데. 새끼들하고 길바닥에 나앉으라는 말이야" 그러면 헷갈려요. 이 싸움이 언제 끝날지도 모르고, 요즘은 기본이 몇 년이니까요. 그래서 다 떨어져 나가고 60명이 남았어요. 2,500명이 처음의 약속을 그대로 지켰으면 김주익 지회장은 안 죽었겠죠, 곽재규 동지도 아직 살아 있을 겁니다. 그래서 노동자들에게 약속이라는 건 목숨이라고 얘기하는데요. 첫날에나 뉴스에 나오고 이랬지, 85호 크레인은 그냥 잊히고 있었습니다.

웃으면서 끝까지 함께

크레인에 처음 온 게 사람이 아니라 고구마였습니다. 직접 오려니까 부담스럽잖아요. 경찰한테 잡혀갈 것 같고요. 게다가 날은 춥고, 또 멀지요. 그렇다고 눈 감고 있으려니까 껄쩍지근한 거예요. 트위터로 물어보더라고요. "뭐가 필요하십니까?" 그래서 "고구마가 필요합니다"라고 했어요. 해남 고구마가 실한 게 왔더라고요. 그다음엔 청송 사과가 왔어요. 사람은 안 오고 뭘 보내더라고요.(웃음) 그러다가 반전의 계기가 왔던 게 4월 27일, 거의 5개월이 다 되어가고 있었는데요. 김여진과 날라리 외부세력이 온 거예요. 전 그 양반이 진짜 거기까지 올 줄 몰랐어요. 트위터로만 몇 번 인사를 주고받았는데, 이 사람은 정말 왔더라고요.

그때가 언제였느냐 하면, 노동조합의 간부들이 다 도망갔습니다. 그리고 노조가 새로 만들어졌습니다. 전에는 노동조합이 한 기업에 하나밖에 안 됐어요. 이제는 여러 개 만들 수 있거든요. 그러니까 옛날에는 노조를 탄압하고 징역 보내는 식으로 깼는데, 그런 방식도 남아 있지만 더 쉬운 방법이 노조 하나를 다시 만드는 거예요. 그래서 이 노조가 교섭하면, 처음엔 임금도 올려주고 해요. 그러면 조합원들이 여기로 다 가입하잖아요. 그런데 이게 며칠이나 가겠어요. 그렇게 해서 원래 노조의 힘이 약화되고 나면 이것도 별 볼 일 없는 거예요.

이 사람들이 복수노조를 만들었어요. 노조가 어용이 아니었으면 제가 굳이 올라갈 필요는 없었습니다. 그 어용노조가 조합원들을 전부 명예퇴직, 희망퇴직으로 정리하고 있었어요. 그래서 저는 도저히 안 되겠다고 해서 올라갔던 건데요. 노조 간부들이 다 도망가고 나니까 조합원들의 3분의 2가 빠져나갑니다. 이건 완전히 초상집입니다. 저도 그때부터 카운트다운에 들어가는 겁니다. 저한텐 60명이 데드라인이었어요. 2003년도에 60명이 남기까지 129일이 걸렸는데, 2011년도에는 과연 며칠이 걸릴 것인가. 그때 김여진 씨가 온 거예요.

그전까지만 하더라도 크레인에 사람들이 오면 남녀노소를 불문하고 우는 거예요. 몇 명 오지도 않았는데 말이에요. 여러분, 누가 다시 크레인에 올라가면 울지 마세요. 자기들은 울고 가면 되지만, 남아 있는 사람은 진짜 감정 처리 안 되거든요. 그런데 이 사람들은 와서 우는 게 아니라 고구마 구워 먹고, 지짐 지져 먹고, 술국 끓여 먹고, 조합원들과 사진 찍고, 조합원 자식들은 연예인 왔다고 사인 받아가고……. 진짜 몇 달 만에 우리 조합원들이 웃어봤어요.

김여진 씨가 "웃으면서 끝까지 함께"라고 사인을 해주고 갔어요. 제가 있던 공간이 굉장히 좁았거든요. 누우면 머리와 발끝이 딱 닿아요. 그리고 쇠가 몸에 닿습니다. 그게 싫으니까 계속 웅크리고 있는 거예요. 그래서 지금도 관절이 변형된 상태예요. 그 사인을 벽에 붙여놓고, 읽을 게 없잖아요. 전 징역 살 때 재소자 수칙 열 가지를 지금도 다 외워요. 읽을 게 그것밖에 없었거든요. 그래서 "웃으면서 끝까지 함께"를 쳐다보는 거예요. 처음엔 성질이 확 나더라고요. 도저히 웃을 수 없는 공간에서, 웃을 수 없는 싸움을 하는 사람에게 웃으면서 그것도 끝까지 함께라니요. '당신들이 뭘 함께 해줄 건데'라는 반발심이 확 생기는데, 결국 마지막까지 함께했던 게 날라리들이었어요. 어느 날 그걸 계속 읽다가 화두처럼 확 깨였던 생각이 '웃으면서 싸워야 함께 싸우고, 함께 싸워야 끝까지 싸우겠구나' 였습니다. 눈물보다는 웃음의 힘이 훨씬 강하더라고요. 늘 우는 친구 옆에는 힘들어서 못 있어요. 실연을 당했던지 카드빚 때문이던지 울고 짜봐요. 술 사 먹이고 하소연 들어주는 것도 한두 번이죠. 나중에는 전화 오면 안 받는다니까요. 저도 그래요. 연속극도 맨날 울고 짜는 건 힘들어서 못 봐요. 그런데 '개콘'은 재밌다람쥐다람쥐, 그렇죠?(웃음) 그게 큰 힘이 됐던 것 같아요. "웃으면서 끝까지 함께"가 결국 희망버스의 대표 구호가 됐는데, 처음엔 그거 비웃었거든요. 그렇게 김여진 씨와 날라리들이 왔다 가고 나니까 사람들이 좀 그랬나 봐요. '저 날라리들도 왔다 가는데…….' 그때부터 문호가 개방된 거지요.

문턱이 낮아지니까 사람들이 오기 시작하는 거예요. 매일 깨알 같은 기적들이 일어났습니다. 서울에서, 인천에서, 광주에서, 전주에서. 한번은 핀란드에서 16시간 비행기를 타고 '트친'이 오셨어요. 트위터 친구를 '트친'이라고 하잖아요. 이분이 핀란드의 대학교수이자 오케스트라 지휘자랍니다. 그때 크레인에서 하루 벌금이 100만 원이었어요. 제가 3억 900만 원어치를 살다 내려왔습니다. 그걸 빗대서 트위터에다 "전 하루에 100만 원짜리 펜트하우스에 삽니다"라고 글을 올렸어요. 이분이 그걸 보고 제가 자기와 같은 클래스라고 생각을 했대요. 그래서 묻는 거예요. "한국의 100만 원짜리 호텔이 어딥니까?" "85 크레인 호텔입니다." "그 호텔은 어디 있습니까?" "부산 영도에 있습니다." 그랬더니 이분이 "한번 가봐야겠군요"라고 하시더라고요. "그럼 한번 오세요" 했어요. 이분은 어려서 핀란드로 가신 분인데, 자기가 태어난 조국에서 아무 죄 없는 노동자 수백 명이 정리해고로 잘린다는 걸 몰랐어요. 85호 크레인이 어떤 역사가 있는지도 몰랐고요. 그때부터 저를 팔로우하면서 그런 것들을 보기 시작하는 거예요. 저는 이분이 어려서 떠난 분이라는 걸 알고, 이분에게 "혹시 라면과 김치가 먹고 싶지 않습니까?"라고 멘션을 보냈어요. 그때 크레인 밑에 라면이 많았거든요. 어차피 제 것도 아니니까요.(웃음) 먹고 싶다고 그러시더라고요. "그럼 주소를 쏴주세요"라고 했어요. 그랬더니 이분은 기가 막히셨나 봐요. 정리해고 막겠다고 크레인에 기어 올라가서 언제 내려올지도 모르는 인간이 남의 나라에서 잘 먹고 잘 사는 사람에게 라면을 보내주겠다고 하니까요. 그래서 어떤 인간이 어떻게 하고 있나 보러 오셨더라고요.

그때는 공장이 봉쇄되어서 아무도 공장 안에 못 들어왔어요. 이분은 2주일 휴가를 받아서 꼬박 있다 가셨는데, 아침 7시면 크레인에 출근을 하세요. 물병 하나 들고 등에다가 배낭 하나 메고, 비가 오나 눈이 오나 온종일 공장 바깥 인도를 뺑뺑 돌아요. 그렇게 밤 10시면 퇴근했다가 아침 7시에 오시기를 반복하다 가셨는데, 가을에 또 오셨더라고요. 오사카 출장 오는 길에 들렀다면서 무슨 대전 출장 오는 것처럼 오셨어요. 두 번째로 오셨을 때는 노래도 배워 오셨어요. 〈함께 가자 우리 이 길을〉을 또렷한 한국말은 아니었지만, 조합원들이 듣고 너무 감동했어요.

제가 크레인에서 제 손으로 머리를 네 번 깎았어요. 머리숱은 많지, 여름 되니까 땀띠가 나지, 엉망진창 씻지도 못하니까요. 어차피 시간도 남아서 깎았는데, 크레인에 무슨 거울이 있나요. 휴대폰 액정을 보고 깎았는데 잘 깎았더라고요. '자백'을 해서, 사진을 찍어 트위터에 올렸어요. 그랬더니 "어머, 잘 깎으셨군요", "생각보다 미인이십니다" 이러면서 댓글이 수백 개가 달린 거예요. 전 그거 진짜인 줄 알았어요. 크레인에서 오도 가도 못하는 인간이 오죽 답답하면 제 손으로 자기 머리를 깎았겠느냐고요. 거기다가 대고 "불쌍합니다" 그러겠어요, "안됐습니다" 이러겠어요. 잘 깎았다고 하는 게 인사잖아요. 그런데 전 그게 진짜인 줄 알고 신이 나서 '다음에 또 깎아야지' 이랬는데요. 어떤 아줌마가 어느 미용실이냐고……. 그래서 또 '85 크레인 미용실'이라고 했더니 진짜 깎으러 왔더라니까요. 미용실에 댓글 수백 개가 달리는 거 못 봤잖아요.

한번은 어떤 청춘남녀가 희망버스에서 눈이 맞았대요. 진짜 남녀 관계는 원칙이 없어요. 어떻게 희망버스에서 눈이 맞느냐고요. 그리고 맞았으면 자기들끼리 맞고 말지, 굳이 크레인 밑에 와서 언약식을 하겠다는 거예요. 그래서 "뭘 어떻게 할 건지, 그럼 한번 해봐라" 했어요. 그랬더니 진짜 서울에서 청춘남녀가 왔어요.

그때도 공장이 봉쇄되어서 아무도 못 들어왔어요. 공장 담 넘어 인도에서 용역들이 자기네 땅도 아닌데 사람들을 못 오게 했어요. 크레인과 가깝다는 거지요. 그래서 사람들이 8차선 도로 건너편에서 노숙하고 집회했거든요.

그런데 이 청춘남녀는 손을 꽉 잡고서 어찌나 비장하게 오는지 용역들도 못 막더라고요. 크레인 밑에 와서 반지를 나눠 껴요. 자기들끼리 감동해서 끌어안고 난리가 났어요. 용역들이 이걸 말려야 하는데 옆에서 사진 찍어주고 있더라니까요. 자기들의 미래를 끝까지 지켜봐 달라고 했는데, 어쩌고 있으려나요. 지금도 사귀고 있을지 모르겠네요. 한 번씩 궁금하더라고요.

트위터를 막아라

저는 30년 가까이 노동운동하면서 수많은 공권력 투입 현장을 봤어요. 제일 끔찍했던 게 서울의 롯데호텔이었어요. 500명의 노동자들이 대부분 여성이었거든요. 그 노동자들이 요구했던 게 비정규직을 정규직화하라는 거였습니다. 이게 잘못됐습니까? 지금도 창원 롯데백화점의 비정규직 노동자들이 천막 치고, 농성하고 있어요. 한진에 있던 용역들이 거기 가 있더라고요. 저한테 몸은 괜찮으시냐고, 인사를 90도로 해요. 롯데백화점 1,800여 명의 노동자 중 정규직이 80여 명입니다. 다 그래요. 마트에 가보세요. 정규직 몇 명 안 돼요. 10퍼센트가 채 안 됩니다. 서비스 업종들이 특히 그래요. 그렇게 되어 있는데요. 그 당시 롯데호텔 연회장의 그 좁고 밀폐된 공간 안에 최루탄을 퍼부어서 유리가 다 깨지고, 천장까지 피가 튀어 있었어요. 임산부 두 명이 유산했습니다. 호텔 연회장이 굉장히 높잖아요. 그런데 피 묻은 군홧발이 천장 바로 밑에 찍혀 있었습니다. 바닥에 피가 흥건했어요. 그걸 질퍽거리고 다닌 거지요.

6월 27일, 한진에도 공권력이 투입되었어요. 그때 2,000명이 넘게 왔는데, 모자 색깔은 네 가지 색이었어요. 부대별로 온 거죠. 전경들이 조합원들의 사지를 들어서 다 끌고 나가고, 용역들과 배턴 터치를 했습니다. 그리고 그날부터 85호 크레인을 400명의 용역들이 둘러쌉니다. 완전히 적들에게 포위당한 거죠. 단 한 명도 크레인에 접근할수가 없었어요. 유일하게 출입이 허용됐던 게 황이라 동지였습니다. 그 친구가 서른 살이었는데, 부산 지하철 매표소의 비정규직 노동자였어요.

전에는 지하철 표를 정규직 노동자가 팔았습니다. 그걸 용역을 주었어요. 그나마 비정규직이 팔았습니다. 지금은 누가 팝니까, 다 기계가 팔아요. 차 있는 분들, 하이패스 이용하시죠? 빠르고 통행료도 좀 싸게 해주지만, 그것 때문에 그 톨게이트에 있는 노동자들이 잘립니다. 저는 온라인 뱅킹을 한 번도 안 해봤어요. 인생의 절반을 기차 안에서 사는 사람인데, 인터넷 예매도 해본 적이 없고 자동발권기를 써본 적도 없습니다. 정규직들이 하던 일, 그나마 비정규직들에게 넘어가 있는데 자꾸 기계를 쓰면 그 사람들의 일자리마저 뺏는 거잖아요. 우리가 모르는 사이에 편리라는 이름으로, 효율이라는 이름으로 노동자들조차도 구조조정의 공범이 되어버리는 끔찍한 구조가 신자유주의입니다. 서울에 와서 지하철을 타려면 눈이 휘휘 돌아가요. 한참 보다가 표를 끊으려고 하면 보증금을 내래요. 무슨 전세방도 아니고……. 그거 어름어름하다 보면 지하철 너덧 대가 가버립니다. 전성질나서 밑으로 다녀요. 무슨 서비스를 해주고 돈을 받아야 하잖아요. 지하철역에 길 물어볼 사람도 없어요. 그러고선 뭔 놈의 차비를 받느냐고요. 노동자들은 다 잘라내고, 그 돈이 어디로 가겠습니까.

황이라 동지가 그 매표소에서 일하다가 잘렸어요. 2년 동안 채용해야 하는데, 그 약속을 부산시에서 깨고 잘랐어요. 그 친구들도 2년을 싸웠어요. 그때 같이 노숙하면서, 정이 들어서 친해졌는데요. 이 친구가 크레인에 밥을 올렸어요. 제가 단식하고 나서 위를 버려서 밥을 잘 못 먹습니다. 맵고 짠 것도 못 먹고요. 그런데 사람들은 모르니까, 처음에는 계속 도시락을 올려주는 거예요. 그래서 밥을 못 먹었어요. 이 친구가 들어와서 죽 끓이고 해서 먹고 살았는데요.

황이라 동지는 공권력이 들어오는 걸 보고, 자기마저도 쫓겨나면 제가 굶어 죽겠더래요. 그래서 자기는 무슨 수를 써서라도 살아남아야 하겠더라는 거죠. 조합원들이 끌려나가는 걸 보고 컨테이너에 숨은 거예요. 용역들이 컨테이너마다 뒤지고 다니는데, 어떻게 안 들키고 살아남았어요. 이 친구가 컨테이너 안, 그 어두운 데서 얼마나 마음 졸였겠습니까. 24시간을 굶고, 화장실도 못 가고, 숨어 있다가 결국 살아남습니다. 제가 인권위와 교섭하면서 딴 건 다 필요 없고, 황이라 동지의 크레인 출입만 보장하라고 했습니다. 크레인 위에서 제일 힘든 게 세상과의 단절감과 고립감이었거든요. 그때는 적들이 다 둘러싸고 있는데, 황이라 동지마저도 없으면 진짜 미칠 것 같더라고요. 그래서 결국 이 친구가 삼시 세끼 식사 때만 출입이 허용되는데요.

문제는, 6월 27일 이후 크레인에 전기가 끊긴 거예요. 그거 되게 위험합니다. 난간 폭이 1미터도 안 되는데, 안전시설이 있는 것도 아니에요. 바람 불면 휘청휘청하거든요. 저는 밤에 깜깜한 데 나갔다가 실족사 같은 건 하기 싫더라고요. 그래서 엄청 조심하고, 밤에는 안 나갔어요. 그런데 이 위험한 공간에 왜 전기를 끊었겠습니까, 트위터 때문이죠. 이 사람들이 트위터라면 엄청 긴장했거든요. 이거 보고 사람들 찾아오지, 무슨 일만 생기면 여기에다 올려버리지, 그러니까 이 사람들이 환장을 하는 거예요.

저는 아마 크레인이 아니었으면 지금도 트위터라는 게 있는지도 모르고 살았을 거예요. 크레인에 올라와서 이걸 배웠거든요. 트위터를 하라고 스마트폰이 올라왔는데, 진짜 켜는 데 30분 걸렸어요. 간신히 켜기는 켰는데, 트위터는 또 뭐야. 저는 당연히 설명서가 있을 줄 알고 박스를 뒤졌는데, 설명서가 없는 거예요. 그래서 황이라 동지에게 전화해서 설명서가 없다니까 이 친구가 대리점에 전화를 했네요, 설명서가 없다고요. 그런데 트위터는 독학해야 합디다. 아무튼 계정이 밑에서 개설되어 올라와서 이틀 만에 제 계정을 찾아 들어갔어요. 소가 뒷걸음질 치다가 쥐 잡듯이. 이틀 사이에 멘션이 수백 개가 와 있는 거예요. "힘내세요", "열심히 싸우세요", "끝까지 싸우세요" 같이 싸우자는 말은 한 개도 없더라고요.(웃음) 이거 재밌잖아요. 이것도 은근히 중독성이 있어서 30분만 안 해보세요, 그사이에 이명박 대통령이 사라져 있을 것 같고 이렇잖아요. 저는 트위터를 켤 때마다 그 꿈을 가지고 켭니다. 꿈은 언젠가 이루어지겠지요.

기자들이 "일과가 어떻게 되십니까?"라고 묻습니다. 그러면 "아침에 일어나서 아침 먹고 신문 보다가 운동하고 나서 점심 먹고 책 보다가……" 그거 다 뻥이었어요. 하루 22시간 트위터를 했다니까요. 이거밖에 할 게 없었어요. 책 안 올려주지, 신문 못 올리게 하지, 세상의 소식을 들을 수 있는 유일한 도구가 트위터였어요. 제가 세상에 대고 말을 할 수 있는 유일한 공간 또한 트위터였어요. 이거 없었으면, 전 못 살았을 거예요. 이거 없었으면, 희망버스도 글쎄요. 그러니까 회사는 이거 때문에 난리였죠.

밑에서 죽을 만들잖아요, 그러면 경비실에서 죽을 금속탐지기로 홱홱 저어요. 반찬도 포장 다 벗기고 똑같이 합니다. 반찬을 만들 때는 두세 가지로 구분해서 만드는데, 올라올 땐 다 통일돼서 올라오는 거예요. 금속탐지기로 스캔 다 하고요. 그걸 크레인 밑에 와서 용역들이 똑같이 또 합니다. 왜? 스마트폰 배터리 올라올까 봐. 국회에서 한진 청문회 할 때 정동영 의원이 묻습니다. "왜 죽을 금속탐지기로 휘휘 젓습니까?" 한진중공업 사장이 뭐라고 대답합니까, 이 사람은 아마 그런 질문이 나올 거라는 걸 상상도 못 했을 거예요. 얼떨결에 뭐라고 대답하느냐 하면, "밥에 볼트를 섞을까 봐요". 이 사람들은 밥에다가 콩 섞어 먹듯이 볼트를 섞어 먹나 봐요. 배터리 때문에 그랬거든요. 트위터를 못 하니까 불안하기도 불안한데다 견딜 수가 없는 거예요. 그때부터 배터리가 없어서 일반 전화도 안 됐거든요. 세상과 완전히 끊어져 버린 거예요. 제가 표를 안 내서 그렇지 엄청 쫄았어요. 그런데 밖에서도 어지간히 답답했나 봐요. 크레인에 무슨 일이 일어나는지를 모르니까요. 자기들끼리 짱구를 굴린 거예요. 어떻게 하면 85호 크레인에서 트위터를 재개할 것인가, 두 가지 안이 나왔어요.

먼저, 900만 원을 주고 모형 헬기를 구했어요. 날라리들, 무서운 사람들이에요. 그리고 스마트폰 배터리를 헬기가 들 수 있는 만큼 산 거예요. 문제는, 이게 또한 날라리들의 한계입니다.(웃음) 이걸 구해 놓고 너무 기쁜 나머지 구했다고 인증샷까지 찍어서 트위터에 올려버린 겁니다. 이걸 우리만 보나요, 경찰이고 회사고 실시간으로 모니터 다 하는데요. 제가 내려오자마자 체포 영장이 떨어졌으니까 병원에 입원해서도 경찰들이 상주했거든요. 경찰들, 전부 트위터해요. 아마 제 팔로워 중에 그 사람들도 만만치 않을 거예요. 열심히 들여다보고 있는데, 전부 제 거 들여다보고 있었어요. 그래서 어느 날 보니까 용역들이 작대기를 들고 전부 하늘만 쳐다보고 있는 거예요. 헬기 뜨면 걸으려고요. 그래서 이 계획은 수포로 돌아갔습니다.

또 한 가지는, 식빵을 사서 안을 다 파요. 그리고 거기에다가 태양열 충전기를 넣는 거예요. 이게 그냥 넣으면 금속 탐지기에 걸리잖아요. 어떤 해외여행을 많이 다니는 피디가 안을 내서, 이걸 뭐로 싸면 안 걸린대요. 그렇게 충전기를 넣고 식빵 껍데기를 본드로 발라요. 그런데 문제는 일반 전화가 안 될 때고, 전화가 된다고 하더라도 도청당하니까요. "빵 안에 본드가 붙어 있으니까 먹지 마세요" 소리를 못 했어요.

음식물이 들어오면 중간 사수대가 먼저 받아서 저한테 올리는데, 몇 달 만에 빵을 본 사수대 박모 동지께서 안 그래도 왔다 갔다 하는 이성을 그날 완전히 잃으십니다. '이게 웬 빵이냐.' 쪼그리고 혼자 몰래 처묵처묵. '몇 달 만에 빵을 먹으니까 잼이 쫄깃쫄깃하네' 하면서 본드를 분 것도 아니고 처묵. 그 후에 웩. 그 안에 충전기가 들어 있었던 거지요. 그게 저한테 올라왔어요. 전 충전기를 보니까 눈물이 다 나더라고요. 벌벌 떨리는 손으로 트위터에 글을 쓰는데, 이 사정을 황이라 동지도 몰랐거든요. 얘기도 못 하지, 이게 들어갔느냐 말았느냐 확인도 못 하지, 이거 잘못 걸리면 황이라 동지 죽는 거 아닙니까. 그러니까 밖에서도 초조하고 불안하죠. 제 글 올라올 때까지

김여진 씨가 "웃으면서 끝까지 함께"라고 사인을 하고 갔어요.
처음엔 성질이 확 나더라고. 도저히 웃을 수 없는 공간에서 웃을 수 없는
싸움을 하는 사람한테 와서 웃으라니. 그런데 어느 날 확 깨더라고요.
'웃으며 싸워야 함께 싸우고, 함께 싸워야 끝까지 싸우겠구나.'
눈물보다는 웃음의 힘이 훨씬 강하더라고요.

전부 트위터만 들여다보고 있는 거예요. 그러다가 마침내 제가 글을 딱 올리니까, 저는 박지성 선수가 한 골 넣은 줄 알았어요, 바깥에서 '와' 소리가 나더라고요. 밖에서야 트위터에다 글 올리는 게 무슨 일이겠습니까. 그런데 거기서는 이런 것 하나에도 목숨을 걸어야 하죠. 그러고 나서 황이라 동지는 빵 안에 충전기가 들어있는 것도 모르는 상태에서 용역들이 끄잡아 내서 몇 번을 끌려나갔다가 다시 뛰어들 왔고요. 용역들은 진짜 어디서 사람 감정 뒤집는 욕 학원에 다니나 봐요. 황이라 동지가 밥 주러 올 때마다 울고 가는 거예요.

6월 27일에 공권력이 투입되는 걸 보고 몇몇 조합원들이 크레인에 뛰어 올라왔어요. 그 사람들이 결국 마지막 날까지 중간 지점에 있게 되는데요. 아마 그분들이 아니었으면 크레인은 진압당했을 겁니다. 방법이 없었어요.

공권력 투입 얘기가 막 나올 때 기자들이 "어떻게 하실 겁니까?"라고 묻습니다. "뛰어내리겠습니다." 그것밖엔 답이 없었어요. 크레인은 퇴로가 없는 공간이거든요. 내려가는 길은 계단 하나밖에 없어요. 뒷길이 있는 것도 아니고요. 그런데 진압을 한다고 하면 답이 없는 거잖아요. 제가 요구 조건을 서른 몇 가지 걸고 올라왔으면 몇 가지 빼고 이러지 '정리해고 철회' 하나밖에 없었는데, 그게 안 되면 답이 없는 거 아닙니까. 우리 조합원들은 이게 빈말이 아닌 걸 안 거예요. 그러니까 공권력이 투입되고, 용역이 투입됐다는 얘기는 이걸 친다는 얘기잖아요. 그때 한진중공업은 크레인만 정리하면 정리해고 싸움은 끝난다고 생각했어요. 노조가 어용이니까 자기들 마음대로 할 수 있었거든요. 이미 6월 27일에 계속 희망퇴직 받는 걸로 노조와 합의하지 않습니까, 정리해고 철회가 아니라요. 저는 그걸 인정 못 하겠다고 계속 싸웠던 거고요. 그래서 훨씬 더 힘들었는데요. 공권력이 투입되니까 사수대들이 저를 지키겠다고 중간 지점에 올라온 거예요.

트위터에도 상처받은 적이 두 번 있었어요. 트위터에 둘만 보는 DM이 있잖아요. 한번은 DM이 왔어요. 자기가 저한테 그 얘기를 하기까지 한 달을 망설였다는 거예요. 고민을 엄청 했대요. 그러면서 하는 얘기가, "70년대 그 암흑의 군사독재정권 시절을 밝혀낸 건 전태일 열사가 자신의 몸을 횃불처럼 밝혔기 때문이다. 80년대에는 박종철 열사가 횃불처럼, 이제는 당신이 횃불이 되어야 할 차례다. 전 세계가 당신을 지켜보고 있다"였어요. 제가 말을 못 해서 그렇지, 그때는 진짜 힘들었거든요. 그러니까 무슨 횃불이 되려고 해서 되는 게 아니라, 이게 언제 끝날지 모르니까 너무 힘들어서 살 수가 없는 거예요. 죽어야겠다가 아니라 살 수가 없다는 생각이 들었어요. 그러고 나서 밑엘 내려다보니까 저녁 6시만 되면 와서 백배 서원하시는 분들, 비가 오는 날은 그 젖은 땅에 엎드려서 절을 하십니다. 살아 내려오라고요. 크레인에 무슨 일만 있다고 하면 서울·광주·전주·인천에서 쫓아오는 날라리들, 저는 그 사람들 얼굴을 하나도 몰랐습니다. 저녁마다 미사를 보는 수녀님·신부님 그리고 희망버스, 그중에 제가 아는 분은 거의 없었어요. 어느 순간부터 그분들이 보고 싶었습니다. 먼 거리가 아니라 가까이에서 눈을 마주치며 묻고 싶었습니다. 당신은 어떤 마음으로 여기까지 오십니까, 당신은 무슨 마음으로 그먼 길을 만사 제쳐놓고 오십니까. 아마 그때부터였을 거예요. 살고 싶다고 생각했던 게……. 살아서 그분들을 한 번만이라도 꼭 보고 싶었습니다. 그래서 일주일을 고민하다가 답장을 보냈어요. "너나 죽으세요."

또 한 번은, 그분은 운동을 하시는 분이에요. 저한테 지금도 엄청 미안해하는데, 이분은 저한테 글을 보낸 게 아니라 자기 트위터에다 멘션을 쓴 거예요. 뭐라고 썼느냐 하면, "김진숙 동지가 5년만 더 크레인에 있었으면 좋겠다. 그럼 국제연대가 완성될 것 같다". 이미 300일이 다 되었는데, 외려 운동을 한다는 사람들은 이걸 국제연대를 완성하는 수단으로 보는 거예요. 아무것도 모르는 사람들이 더 간절하고 애틋하고요. 그래서 제가 뭐라고 댓글을 달아서 RT를 했느냐 하면, "그러면 우리 교대합시다."

자존감이 무너질 때 가장 힘들다

용역들이 배치되고 나서는 이놈들이 틈만 나면 크레인에 뛰어 올라오는 거예요. 처음에는 그런 얘기를 트위터에다 했어요. 그런데 소용없는 게, 바깥에 와서 지켜보는 건 할 수 있지만 공장 안에 들어올 수 있는 게 아니니까요. 그러고 나니까 조합원들이 크레인에 무슨 일이 생길까 봐 밤에 잠도 못 자고 너무 불안해하는 거예요. 나중에는 그런 얘기도 못 하고, 저와 사수대까지 다섯 명이서 싸우는 겁니다. 다행히 크레인의 계단 폭이 굉장히 좁았어요. 두 사람 이상은 절대 못 올라와요. 이게 조금만 넓었어도 크레인은 진압당했을 겁니다. 용역들은 어쨌든 밑에서부터 한 칸씩 올라오는 거고, 우리는 위에 있으니까요.

사람들이 대소변을 어떻게 처리했느냐고 물을 때마다 참 대답이 난감했던 게, 그게 폭탄이었습니다. 자체 생산한 폭탄. 배변 활동을 할 때는 그렇게 마음이 신성해질 수가 없어요. 무기 제조 과정 아닙니까. 다른 무기가 없으니 자체 생산하는 게 엄청 중요한 일이었거든요. 이건 방패도 소용없어요. 방패를 딱 대면 효과가 배가 됩니다. 용역들이 환장을 하는 거예요. 그것만 들면 "아, 제발". 냄새도 냄새지만, 똥 먹고 큰 영도 모기 '울트라캡숑짱'입니다. 작업복을 뚫고 물어요. 한 동지는 씻지 못하는데다가 손톱도 못 깎으니까 이걸 긁어서, 위에서 내려다보면 팔에서 진물이 질질 흐르는 거예요. 그 동지는 피부병 때문에 엄청 고생했어요. 모기향도 안 올려주지, 약 달라고 하면 무조건 내려오라는 게 그 사람들 답이었어요. 그렇지만 모기 물렸다고 내려가는 것도 웃기잖아요.

제가 밥 먹고 빈 그릇을 내리는데, 이 밧줄을 내릴 때 밑에서 사수대와 사인이 맞아야 하거든요. 한번은 사수대가 한눈파는 사이에 제가 그릇을 확 내린 거예요. 빈 그릇이라도 내려가면 가속도가 엄청나잖아요. 그런데 바로 밑에 황이라 동지가 있네, 이거 맞으면 즉사잖아요. 그래서 저도 모르게 밧줄을 확 잡았어요. 밧줄에 쓸리는 바람에 손바닥이 다 파였습니다. 그런데도 처음에는 약을 못 올리게 했어요.

밑에서 페트병에다 물을 담아 오잖아요. 그러면 용역들이 비닐봉지를 밑에다 대고 그 물을 부어요. 그 비닐봉지에 침을 퉤 뱉고, 물을 줬어요. 〈부러진 화살〉이라는 영화에서 김명호 교수를 같은 남자 재소자가 성폭행하지 않습니까, 모멸감을 주기 위해서입니다. 우리가 살면서 사실은 자존감이 무너질 때 가장 힘들거든요. 저도 용역들이 죽 휘젓고 침 뱉는 거 보면 '저 밥을 먹어야 하나, 저 물을 마시고 살아야 하나'라는 생각이 들었어요. 그런데 울면서라도 먹어야 하잖아요. 우리는 버티는 게 싸우는 거니까요.

이 사람들이 크레인을 구체적으로 칠 준비도 했습니다. 실제로 기자들 얘기를 들어보니까, 시경에서 85호 크레인과 똑같은 모형을 만들어놓고 시뮬레이션까지 했대요. 84호 크레인이 85호 크레인과 구조가 똑같습니다. 크기도 똑같아요. 같은 레일을 쓰니까 84호를 당겨오면 85호에 붙일 수가 있어요. 그럼 별다른 노력 없이 건너올 수가 있습니다. 그런데 문제는, 그게 제가 있던 공간의 반대편이라 구조물 때문에 안 보여요. 그럼 제가 모르잖아요. 다행히 그때 84호 크레인이 고장 나 있었는데, 이걸 이틀에 걸쳐서 수리를 싹 하더라고요. 84호를 85호로 당겨오는 데 15분이 걸립니다. 크레인이 움직이면 딸랑딸랑 소리가 나거든요. 그러면 그 소리로부터 15분. 다행히 시간이 있으니까 저는 그때부터 붐대 밑에 쭈그리고 있는 거예요. 삐쭉해서 에펠 탑처럼 생긴 거 있잖아요. 그게 105미터거든요. 여차하면 제가 거기 올라가겠다고 했습니다. 거기서는 크레인이 움직이면 사람이 떨어지니까요. 그때부터 잠도 못 자고, 밥 먹을 시간도 없었어요. 여름에 찍힌 사진을 보니까 제가 삐쩍 곯아 있더라고요. 그때는 10분도 못 잤어요. 계속 딸랑딸랑 소리가 나기만 기다리고 있는데, 어느 날 새벽에 보니까 붐대가 가까이 오는 거예요. 그런데 소리가 안 나더라고요. 전 그 사람들이 소리를 제거했을 거라는 건 상상도 못 했거든요. 놀라서 뛰어 올라가니까 이미 사장, 부사장, 상무까지 전부 와 있는 거예요. 그런데 그것도 실패했죠.

경찰에서 크레인을 바닷가로 끌고 가자고도 했대요. 크레인이 도로에 접해 있어서 사람들이 왔다 갔다 하고, 날라리들도 수시로 와서 쳐다보고 하니까 진압하기가 부담스러웠던 거예요. 바다로라도 끌고 가서 배를 타고 진압하자, 그렇게 작전을 짠 거예요. 그래서 바닷가로 끌고 간다고 85호 크레인의 브레이크 핀 네 개를 다 뺐어요. 그리고 와이어로프를 제가 내려오는 날까지 연결을 다 해놓았더라고요. 여차하면 끌고 가는 거죠. 이 브레이크 핀을 뽑으면 얼마나 위험하냐 하면, 바람 불면 크레인이 넘어갑니다. 그런데도 이런 짓을 했어요. 왜? 무당한테 물어보니까 김진숙이 안 죽는다고 그랬대요. 제가 내려오던 날, 'CT85' 간판을 뗐거든요. 그걸 무당이 시킨 자리에 갖다 파묻었어요. 그리고 몇 번이나 크레인을 바닷가로 끌고 가려고 했는데, 그걸 못 했거든요. 제가 내려오자마자 이걸 바닷가로 끌고 간 거예요. 그런데 무당이 바닷가로 끌고 가면 안 된다고 그랬대요. 다시 끌고 왔어요. 무당이 85호 크레인을 원래 있던 자리에서 해체해야 한다고 해서, 2003년 129일과 2011년 309일을 합쳤다가 이를 또 세 번에 나눠가지고 3일을 택일받아서 무당이 지정한 날짜에 해체했다니까요. 저 사람들, 완전히 또라이입니다. 기업이 아주 과학적이고 효율적이며 스마트할 것 같죠? 무당 말을 들어요. 그것도 사장이 천주교 신자입니다.

삼성전자, 초일류 기업이죠. '삼성' 하면 떠오르는 이미지, 스마트. 맞습니까? 삼성전자에서 일하던 노동자가 56명이 죽었습니다. 입사할 때 건강검진에서 모두 건강하다는 판정을 받고 들어온 사람들입니다. 그런 사람들이 계속 병으로 죽으면 무슨 라인이나 약품에 문제가 있는 건 아닌지 먼저 알아보는 게 순서고 도리 아닙니까. 그 책임을 인정하기 싫으니까 끝까지 미뤄요. 결국 며칠 전에 또다시 장례를 치렀습니다. 이런 기업이 대한민국 대학생들이 제일 가고 싶어 하는 기업입니다. 그런 신화가 존재하는 한 삼성은 무슨 짓을 해도 무너지지 않습니다. 태안 앞바다에 기름을 갖다 붓고, 약속했던 보상금 한 푼 안 내도 제왕의 자리를 굳힐 수가 있는 겁니다.

희망버스가 없었다면

희망버스가 없었다면 어떻게 됐을까요, 전 상상만 해도 끔찍해요. 희망버스가 온다고 기자들이 저한테 묻는 거예요. 희망버스가 뭔지 저인들 아나요. 듣도 보도 못한 버스인데…… 저도 솔직히 희망버스가 온다는 걸 트위터 보고 알았거든요. 그런데 검찰에서는 마치 제가 희망버스를 기획하고 올라갔던 것처럼 조서를 꾸며놨더라고요. 제가 기획하고 올라갔으면 열흘 만에 오지, 157일이나 기다렸겠습니까. 1차 희망버스 왔을 때가 6월 11일, 157일 차 되는 날이었거든요. 저는 처음에 민주노총 버스가 위장하고 오는 줄 알았습니다. 그런데 민주노총 버스였으면 이름이 길잖아요. '무엇무엇을, 무엇무엇하기 위한, 무엇무엇의 버스' 이래서 아마 이름만 한 차가 왔을 거예요. 그런데 '희망버스' 달랑 네 자 박고 오더라고요.

2011년도 인류는 희망버스를 탄 사람과 안 탄 사람으로 나뉘는데요. 희망버스를 탄 사람 사이에도 묘한 차이가 있습니다. 담을 넘은 사람과 안 넘은 사람. 담을 넘어온 사람은 담 안 넘어온 사람을 마치 희망버스 안 탄 것처럼 취급합니다. "너희가 월담의 맛을 알아!" 2차 희망버스 올 때부터는 경찰이 봉래 로터리에서 차벽 치고 막았습니다. '김진숙을 살려내라' 그 차벽이 지금 강정에 가 있더라고요. 2차에 12,000명이 왔는데, 거기에다 대고 물대포와 최루액 쏘고 연행했죠. 그런데 3차에 15,000명이 왔던 거 아닙니까. 이건 기적이에요. 자기 돈 내고, 자기 시간 들여서……

제가 볼 때 희망버스를 누가 탔는가. 3분의 1은 선수들, 3분의 1은 아무것도 모르는 민간인들이었던 것 같습니다. 그 위에 사람이 있다니까, 흑자기업인데도 정리해고를 했다니까, 비정규직이 900만이 넘는다니까, 이런 말도 안 되는 일에 찍소리도 못하고 살아야 한다는 건 말이 안 되니까……. 그리고 나머지 3분의 1은 운동을 하다가 생계 문제라든지 사정으로 인해 전선을 떠나서 그 부채감이 남아 있는 분들이었던 것 같아요. 물대포차가 오고 전경들이 앞에 서고 총 들면, 저희 같은 선수들은 솔직히 편의점에 뭐 사러 가는 척하고 가요. 그리고 저기 떨어져서 보거든요. 아무것도 모르는 친구들이 앞에 서서 "어, 물이 쏟아지네. 그런데 물이 따갑네" 합니다. 최루액 섞은 물이거든요. 그대로 다 맞고, 그러고도 웃으면서 끝까지 함께했던 게 희망버스였습니다. 제가 꿈꿔왔던 연대, 저는 그렇게 판 큰 싸움을 한 번이라도 해보고 싶었습니다. 그런데 저는 희망버스 한 번도 못 타봤거든요.(웃음)

2011년도에 우리가 만들어낸 역사가 만만한 역사가 아니었어요. 대학생들이 그런 질문을 많이 해요. 쇠고기 촛불집회, 그건 패배한 싸움 아니냐고요. 하지만 그 촛불들이 이어져서 결국 희망버스가 되고, 이 희망버스가 또다시 역사를 잉태하겠죠. 저는 역사가 그렇게 간다고 생각하는데요. 문제는, 비정규직 문제입니다.

얼마 전에 현대자동차에 역사적인 판결이 있었습니다. "2년 이상 일한 하청 노동자들은 정규직이다", 대법원의 판결입니다. 그럼 이건 지켜야 합니다. 그런데 현대자동차에서 대자보를 당당하게 냈어요. "그건 개인의 문제일 뿐이다." 현대자동차가 무슨 짓을 하는지 아십니까. 2년 이상 안 놔두죠, 3개월씩 다 잘라요. 그런데 자동차 업무 특성상 3개월마다 사람을 새로 뽑으면 불량도 많이 나고, 업무의 연속성이 떨어집니다. 그러니까 예를 들어, 현우기업에서 일하는 노동자들을 3개월 되면 승진기업으로 바꾸고, 승진기업을 용호기업으로 바꾸고, 이딴 짓들을 하는 겁니다. 현대자동차가 남긴 수조 원의 이윤이 누구의 피땀입니까. 비정규직 노동자들이고, 정규직 노동자들입니다.

현대자동차에서 얼마 전에 한 정규직 노동자가 분신자살을 했습니다. 그 일이 있고 나서 어떤 청소용역 노동자가 저한테 물어요. "정규직이 왜 죽었습니까?" 이분의 의문은 '왜 죽었습니까'가 아니라 '정규직이'입니다. 제가 대답했습니다. "현장 통제 때문이라고 합니다." "현장 통제가 뭔데요?" "노동자가 일하다가 물 마시러 가고 화장실을 가는데, 그걸 관리자들이 일일이 체크했다고 합니다." "사람이 그런 것 때문에 죽습니까. 그럼 우린 하루에 수백 번도 더 죽게요. 우린 그렇게 10년을 넘게 일하고 1,000만 원도 안 되는 연봉으로 새끼들과 먹고살겠다고 아등바등하는데 그런 일로 죽습니까." 노동자의 처절하고 절박한 분신자결조차 같은 노동자인 하청 노동자들에게 공감을 이끌어내지 못합니다. 이렇게 달라져 있습니다. 노동자는 하나요? 천만의 말씀입니다. 정규직, 비정규직은 이미 삶이 다릅니다. 생각하는 게 달라요. 꿈도 다릅니다. 정규직의 꿈은 때 되면 진급하고, 봄 되면 임금 인상도 좀 되고요. 그런데 자기가 참여해서 임금 인상을 요구하는 게 아니라 집행부들이 교섭 잘해서 말이죠. 요즘 조합원들이 제일 싫어하는 게 뭔지 아세요? 어디 집회나 교육 가자고 하면, "너희가 가. 그거 하라고 간부 뽑아준 거 아니냐"라고 합니다. 안 움직이려고 해요. 정규직들은 보수적이 될 수밖에 없어요. 왜? 이 먹고 살기 힘든 세상에 이걸 지켜야 하니까요.

반면에 비정규직 노동자의 꿈은 뭡니까, 정규직이 되는 겁니다. MBC 노조가 파업에 들어가면서 그런 성명서를 냈습니다. 그건 MBC뿐만이 아니에요. 보건의료노조나 철도, 지하철 등 정규직 노동자들이 똑같습니다. "우리는 결코 임금 인상을 위해서 투쟁하는 게 아닙니다." 노동자들이 임금 인상을 위해서도 투쟁해야 합니다. 그건 권리예요. 물가는 해마다 올라가잖아요. 크레인에서 내려오니까 못 살겠는 게 1년 사이에 물가가 안 올라간 게 없어요. 전 진짜 다시 올라가려고 했다니까요. 그럼 임금도 올라야 할 것 아닙니까. 그런데 정규직들이 임금 인상 투쟁을 하는 건 역적, 이기주의, 철밥통, 노동귀족인 것처럼 매도하죠. 왜? "야, 너희 연봉 반도 안 되는 사람들도 찍소리 안 하고 있는데, 너희가 뭐라고 임금을 올려 달래." 이 사람들은 찍소리를 못하는 거죠. 노조가 없고, 조직도 할 수 없으니까요. 찍소리라도 하면 잘리니까요.

쌍용자동차에서 21명이 죽었습니다.● 무슨 전염병이 돈 것도 아니고, 연쇄살인을 당한 것도 아닙니다. 쌍용차가 더 상처가 컸던 게 같은 노동자들끼리 싸웠습니다. 기업 정리해고의 경우에는 대부분 그렇지만, 쌍용차는 더더군다나 극단적이었어요. 정리해고당하지 않은

● 특강 이후 한 명의 사망자가 더 나와 2012년 6월 현재 쌍용자동차 정리해고 관련 사망자는 22명으로 집계되고 있다.

정규직, 비정규직은 이미 삶이 다릅니다.
꿈도 다릅니다. 정규직의 꿈은 때 되면 진급하고,
봄 되면 임금 인상도 좀 되고요.
반면에 비정규직 노동자들의 꿈은 뭡니까,
정규직이 되는 겁니다.

산 자들이 이른바 해고당한 죽은 자들을 향해서 돌 던지고, 볼트 던지고, 그 가족들을 끄집어내서 패대기치고……. 왜? "너희가 도장 공장에서 싸우니까 우리조차도 일할 수 없는 거 아니냐. 일해야 공장이 돌아가고, 그래야 너희도 복직을 하든 뭘 하든 할 것 아니냐." 같이 싸우는 게 아니라 노동자들이 자본이 해야 할 일을 고대로 했습니다. 전 지금도 〈오 필승 코리아〉라는 노래를 들으면 소름이 끼쳐요. 그때 그 노래를 온종일 틀어놓았거든요. 형님은 산 자였고, 동생은 죽은 자였습니다. 형님이 동생을 향해서 돌을 던지는 거예요.

한 부부와 고등학생 아들, 중학생 딸이 있었어요. 아빠가 주야간 노동을 힘들어하는 것 외에는 특별히 꿈꾸는 게 없었고, 부귀영화를 바란 것도 아니었습니다. 그냥 이 삶이 유지되기를 바라는 아주 평범한 가족이었죠. 아무 죄 없이 이유도 모른 채 아빠가 해고돼요. 엄마는 우울증에 걸립니다. 엄마가 어쩌다가 마트엘 가도 사원 아파트의 마누라들이 쑥덕거려요. "저 집은 남편이 잘렸다면서 그래도 장 보러 올 돈은 있나 봐." 그 소리가 들리죠. 친하게 지내던 옆집들에서도 현관문이 닫히기 시작합니다. 그래서 사원 아파트에 살면 더 끔찍해요. 우울증이 깊어져요. 엄마가 17층 난간에서 투신합니다. 그 상처를 지닌 아들이 온전히 살 수 있겠습니까, 아들도 몇 번의 자살을 기도합니다. 그러다가 정혜신 선생님과 몇 분이 마음을 모아서 이 아이를 치유합니다. 이제 치유가 됐겠거니 하던 어느 날, 아침마다 일어나서 자기네 밥을 해주던 아빠가 안 일어나요. 아빠마저 죽었습니다. 아이들이 고아가 됐어요. 아빠의 시신 옆에는 3만 8천 원이 남은 저금통장과 곱게 다려진 쌍용차 작업복이 놓여 있었습니다. 이 아빠는 해고자가 아니었습니다. 무급휴직자였어요. 1년 있으면 복직시켜주겠다는 약속을 믿고 3년이 넘게 기다렸습니다. 약속을 안 지킵니다. 한진도 이런 일이 되풀이되는 게 약속을 안 지키기 때문입니다. 노사 간의 약속은 수천 명의 생존이 달린 약속이에요. 그걸 안 지키면 정부에서 어느 놈인가는 약속 지키라고 해야 할 것 아닙니까. 왜 노동자들만 잡습니까. 제가 이번에 기소됐던 또 하나가, 현대자동차에서 고소를 했더라고요. 25일 동안 하청 노동자들이 파업할 때 공장에 들어가서 교육했다고 주거침입으로요. 저는 솔직히 거기 들어갔다 나온 것도 기억이 안 나요. 사진이 찍혀 있는데, 보니까 저더라고요. 제가 1년에 수백 군데를 돌아다니는데, 거기서 다 고소했으면 아마 사형당했을 겁니다. 그래서 검사에게 말했어요. "보세요. 대법원에서도 이 사람들을 정규직화하라고 했는데, 그 판결을 현대자동차가 안 지키고 있습니다. 그럼 검사님, 당신이 해야 할 일이 뭡니까. 힘없는 노동자들을 잡아 족치는 일입니까, 아니면 그런 자본을 처벌해서 법의 권위를 세우는 일입니까." 그랬더니 검사가 귀까지 시뻘게져요. 저는 이런 세상을 끝내야 한다고 생각해요. 그리고 그 끝낼 힘이 있다는 걸 희망버스에서 확인했습니다. 마지막으로 저를 살아서 내려오게 해주시고, 우리 조합원들을 1년 만에 집으로 돌아가게 해주셔서 너무 너무 고맙습니다. 건강하게 다시 뵙겠습니다.

사회자　(청중을 향해) 한 10시간 들었으면 좋겠죠? 고래 힘줄 같은 낙관과 힘이 느껴지는 강연이었습니다. 자본의 정글에서 한 노동자가 자존과 권리를 지키기 위해서는 어떤 근육이 필요한가, 김진숙 지도위원께서 잘 보여주고 있다고 생각합니다.

　해방 이후 역사에 훌륭한 분들이 많은데 대개 열사들입니다. 의사는 바라던 바를 성공한 분들이죠. 일제 강점기에는 이토 히로부미를 쏜 안중근 의사를 비롯하여 여러 의사가 계셨지만 해방되고 나서는 의사가 없었습니다. 알다시피 노동 열사이지 노동 의사는 아직 없지 않습니까. 그런데 김진숙 동지께서는 살아서 이겼습니다. 아무도 다치지 않게 하고 마침내 이겨냈습니다. 일제 강점기에 빗대어 말하자면 김진숙 동지는 의사이신 거죠. 자기가 원했던 최소한의 목표에 도달했고, 살아서 우리네 가슴을 뜨겁게 데우는 감동을 전해주고 계십니다. 그럼 이제 다섯 분 정도 질문을 받겠습니다.

세상은 싸우는 만큼 바뀐다

청중 1　만나서 반갑습니다. 저는 올해 졸업한 사회 초년생입니다. 정규직과 비정규직의 갈등이라는 건 2000년대 초에서부터 있었던 일이고, 이제는 그런 갈등이 많이 화합된 걸로 언론을 통해 비쳤거든요. 저는 정규직과 비정규직의 갈등이 거의 사라졌다고 생각했습니다. 물론 쌍용차 때 있었지만, 그건 특별한 케이스라고 생각했는데요. 시간이 지나고 비정규직법이 통과되어도 정규직과 비정규직의 갈등은 해결 방법이 없는 것인지 궁금합니다.

김진숙　제가 볼 때는 정규직, 비정규직의 갈등이 점점 심해져요. 아주 고착화되고 있습니다. 지금 비정규직이 900만인데요. 이전에는 자본이 탄압을 통해서 노동자들을 통제했는데, 이제는 비정규직을 쓰면서 정규직 노동자들이 점점 보수화됩니다. 싸울 수 있는 노동자들이 자기 것을 잃지 않기 위해 안 싸우게 되는 거죠. 아까 말씀드린 롯데호텔 같은 경우만 하더라도 비정규직의 정규직화를 위해 정규직들이 나서서 싸웠습니다. 이랜드 투쟁할 때도 그런 내용이었어요. 그런데 그런 싸움을 이제 못 합니다. 한진중공업 같은 경우, 정규직에 비해 비정규직이 3배가 많습니다. 그게 하나의 풍경처럼 익숙해지고 있어요.

정규직 노동운동이 끝났다고 얘기하시는 분들도 있는데, 저는 그렇게까지 생각하지는 않습니다. 하지만 운동의 중심은 비정규직으로 바뀌어야 한다고 생각합니다. 왜냐하면 숫자도 훨씬 많고, 훨씬 절박하거든요. 그럼에도 불구하고 이 사람들이 운동의 중심이 되기에는 아직 힘이 부족합니다. 조직화할 만하면 다 잘라버리니까요. 예를 들면, 한진중공업에서 한창 정리해고 투쟁을 할 때 어떤 하청 노동자들이 쓰는 컨테이너 건물 안에서 유인물이 발견된 거예요. "우리는 찍소리도 못하고 잘린다. 이 싸움에 우리가 함께해야 한다"라는 내용이었습니다. 그 업체가 50여 명 됐는데, 그 50명이 다 잘렸습니다. 그걸 써서 뿌린 사람이 누군지는 모르는데, 그중에 한 사람 있다고 칩시다. 그럼 마흔아홉 사람은 누굴 원망하게 됩니까, 그걸 써서 뿌린 사람을 원망하게 되는 겁니다. '어떤 새끼가 이런 걸 뿌려서, 우리까지 잘리게 말이야.' 구조가 점점 그렇게 되어버리는 거예요.

공공 부문에 특히 비정규직이 많아요. 철도 같은 경우는 비정규직 비율이 50퍼센트가 넘습니다. 지하철도 마찬가지고요. 은행은 비정규직을 정규직화했다고 얘길 해요. 그런데 그건 거짓말인 게, 은행에 어떤 경우가 있었느냐 하면요. 같은 업종, 같은 공간에서 일하는 노동자가 차별을 받으면 그건 불법입니다. 은행에 높은 창구, 낮은 창구가 있잖아요. 낮은 창구에서 주로 대출 상담을 받고, 높은 창구에서 고지서 수납 등을 해요. 그전에는 거기에 정규직, 비정규직이 섞여 있었습니다. 그럼 불법인 거예요. 그러니까 무슨 짓을 했습니까. 낮은 창구에는 정규직들만 배치하고, 높은 창구에는 비정규직들만 배치했죠. 그 30센티미터의 차이가 운명을 가르는 겁니다.

현대자동차 같은 경우는 불법파견 판정이 대법원에서까지 나왔던 게, 거기 가면 명백해요. 같은 라인에서 일하는데, 오른쪽 문짝은 정규직이 조립하고 왼쪽 문짝은 비정규직이 조립합니다. 작업복 똑같아요. 단 하나의 차이가, '승용 3공장'이라고 쓴 바로 밑에 조그만 글씨로 '현우기업'이라면 쓰여 있으면 이건 하청입니다. 그건 노동부에서 봐도 얄짤없는 거예요. 그러니까 그걸 피해 가기 위해서 정규직화하는 게 아니라 3개월짜리를 쓰는 등의 행태가 점점 심해지는 거예요. 이명박 정권 들어와서 비정규직이 급격하게 늘어났을 뿐더러, 비정규직을 쓰는 방식들이 아주 잔인해졌어요. 청소용역 노동자들 같은 경우도 휴식 시간을 변칙적으로 적용한다든지 해서 퇴직금을 안 주는 방식으로 하고 있고요.

청중 2 안녕하세요. 좋은 말씀 잘 들었습니다. 서울에 살고 있고, 대기업에 근무하고 있습니다. 제 고민을 말씀드리면서 선생님의 생각을 듣고 싶은데요. 며칠 전에 구럼비 발파가 있었을 때, 사람들에게 "구럼비 발파됐대요"라고 하니까 구럼비가 뭐냐고 묻는 사람도 있더라고요. 이렇게 세상에 관심이 없다거나 자기 안위만 생각하는 사람들을 보면서 무력감이나 패배감을 느낍니다. 선생님께서는 그런 일이 더 많으셨을 것 같은데, 어떻게 극복하시는지 궁금하고요. 그런 사람들에게 어떻게 대처해야 이런 문제에 관심을 갖게 할 수 있을지도 궁금합니다. 그리고 앞서 가신 선배의 입장에서, 세상이 정말로 진보하는지 고견 듣고 싶습니다.

김진숙　제가 아주 길게 살지는 않았지만, 살아보니까 세상이 변하는 게 보여요. 그리고 그 변화는, 싸우는 사람들의 요구대로 바뀌어 왔습니다. 주5일제를 처음 민주노총에서 주장할 때만 하더라도 솔직히 저희도 그게 되겠느냐고 그랬거든요. 경총에서는 나라 망한다고 그랬습니다. 나라가 망했습니까? 그리고 제3자 개입법 같은 경우, 저도 그걸로 징역을 두 번 갔는데요. 그런 법도 어쨌든 싸우니까 없어졌고요. 하여튼 이루 열거할 수 없이 많은 사례들이 있는데, 저는 그렇게 변해왔다고 생각해요. 길게 보면 그렇고요.

지난 일요일에 강정마을에 다녀왔어요. 그날은 발파가 없었는데, 공사가 그날만 중지됐다고 하더라고요. 월요일부터 다시 발파를 시작한다는 걸 알면서도 가야 하니까 진짜 발이 안 떨어졌는데요. 저는 강정 싸움도 똑같다고 생각해요. 너무 간절한 사람들이 모여서 막아내려고, 사력을 다해서 투쟁하고 있는데요. '그거 나라에서 하는 일인데, 더군다나 무슨 군사기지를 짓는다는데……' 라는 패배감도 들 수 있지만, 거기에 우리가 마음을 보태주는 방식들이 여러 가지일 거라고 생각해요. 김치가 필요하다니까 김치를 보내주는 일부터 촬영 장비가 필요하다니까 주변 사람들과 돈을 모아서 그걸 보내주는 일, 투쟁기금을 모아주는 일, 트위터에 글을 올리는 일까지 여러 가지가 있을 수 있다고 생각합니다. 그런 하나하나가 모여서 결국 구럼비를 지킬 거라고 생각하고요. 구럼비를 모르는 사람들에게 저는 끊임없이 얘기해야 한다고 생각해요. 진짜 몰라서 모르는 사람들이 참 많거든요. 구럼비가 왜 중요한지, 거기에 왜 해군기지가 불필요한지 이런 얘기들을 하는 거죠. "쟤는 맨날 텔런트 얘기만 하고, 가방 얘기만 한다"라고 할 게 아니라, 그렇게 사람을 변화시키는 게 진보라고 믿습니다.

사회자　저도 김진숙 지도위원과 나이가 비슷한데요. 한국은 대략 10년마다 한 번씩 바뀌어 왔습니다. 한국전쟁이 1953년도에 끝났는데 고작 7년 만에 4·19로 독재 체제가 뒤집어졌습니다. 1959년도에 살던 사람들은 얼마나 갑갑했겠습니까. 지금처럼 말이죠.(웃음) 유신 독재 때 얼마나 숨막혔습니까. 그런데 1979년 10월 26일 자기들끼리 총질해서 사라졌습니다. 우연히 생긴 일은 결코 아니지요. 전두환 독재가 언제 끝날까 했는데 수많은 시민이 나서서 6월항쟁으로 물리쳤고, 노동자들이 언제 사람대접을 받을까 했더니 그해 789투쟁으로 큰 걸음을 내딛었습니다. 마찬가지로 비정규직 사태 언제 해결될까요. 가만히 있으면 바뀔 턱이 없지요. 김진숙 위원께서 말한 것처럼 작은 데서부터 큰 데까지 힘을 합쳐야 하는 거죠. 그때 비로소 우리 뜻대로 바뀔 것이라고 믿습니다.

청중3　안녕하십니까. 건강한 모습 뵈니까 참 감사한 마음이 듭니다. 저는 공사에 근무하고 있습니다. 선생님께서 말씀하신 대다수의 내용이 제가 24~25년의 직장생활 동안 노동조합 활동하면서 느꼈던 부분인데요. 비정규직 문제라든가 정규직 문제에서 사람이 바뀌어야 하는데, 바뀌지 않고 있습니다. 저도 작은 사업장의 지부장을 해봤는데, 대기업 정규직 종사원들이 바뀌지 않아서 답답합니다. 어떻게 하면 같이 갈 수 있을까, 그게 저의 가장 큰 고민입니다.

김진숙 저는 올라가 있으니까 사람들이 와서요.(웃음) 노동조합의 간부라는 분들이 조합원들을 어떤 자세로 대하는가, 이것도 굉장히 중요하다고 생각합니다. 제가 보는 사람들만 그런 줄 모르겠지만, 명령하고 통제하는 경우도 많거든요. 집회 때 가보면 그런 게 한눈에 드러납니다. 똑같은 조끼 입고 "앉아라, 서라" 하거든요. 노동조합이 대중들의 자발성, 역동성, 진정성을 거세시키는 방식으로, 획일적으로 가버리는 것도 굉장히 큰 문제라고 생각해요. 저는 요즘 노동조합에 다니면 그런 얘기들을 많이 합니다. 87년도의 역동성, 촛불집회 때의 진정성, 희망버스의 자발성, 여기서 우리 운동이 뭘 느껴야 하는가. 저는 그때 희망버스를 탔던 분들의 대다수도 노동조합의 조합원이었을 거라고 생각하거든요. 그런데 집회에만 가면 안 되는 어떤 힘들이 희망버스에서는 됐단 말이죠. 그 차이가 뭔지를 냉정하게 봐야 한다고 얘기해요. 우리는 자꾸 명령하잖아요. 만약에 희망버스를 민주노총이 기획했으면 아직 출발도 못 했을 겁니다. 그만큼 더딘 거예요. 당장 오늘 누가 연행돼서 "사람 좀 갑시다"라고 하면 노동조합은 "공문 보내세요"라고 하거든요. 그런 행정적인 절차들 때문에 답답해서 돌아가신다니까요. 저는 많은 부분에서 우리가 먼저 변해야 한다고 생각해요. 조합원들에게 뭘 요구하기 이전에, 조합원들을 답답해하기 이전에, 그들의 얘기를 먼저 들어보고요. 저는 조합원들이 뭘 몰라서 안 움직인다고 생각하지 않거든요. 그분들이 왜 자꾸 노동조합운동에, 노동조합에 등을 돌리는지부터 고민할 때가 되지 않았나……. 이미 여러 번의 경험이 있었다고 생각합니다.

사회자　김진숙 지도위원께서 골리앗 크레인에 올라가 있던 작년 8월, 제가 서울에서 8·20 희망시국대회를 기획하고 일을 꾸려나갔습니다. 그때 내세웠던 슬로건이 '내가 김진숙이다'였습니다. 서울광장에 오신 분들께 종이로 된 김진숙 탈을 나눠드렸죠. 후텁한 날씨인데 부채질도 하고 귀에 걸 수도 있도록 만든 것입니다. 사람들이 즐겁게 탈을 쓰고 "내가 김진숙이다!"라고 외쳤지요. 다들 그 일을 기꺼이 좋아하더라고요. 자발성이라는 건, 내가 하고자 하는 일, 우리가 해야 하는 일과 일체감을 갖는 것이거든요. 그런 과정들이 아주 중요합니다. 여전히도 한국의 사업장 체계 자체가 명령 중심이다 보니까 노동조합도 그런 부분이 닮아가게 되는 것이지요. 창의성과 자발성에서 노동조합이 좀 더 앞설 필요가 있습니다. 아까 질문하신 분의 '연대'와도 관련이 있는 게 아닌가 하는 생각을 해보게 됩니다.

자기 삶에서 중심이 되려면

청중4　안녕하세요. 강연 잘 들었고요. 저는 한 시민단체에서 일하다가 지금은 아프리카에서 자원활동을 하고 있는 자원활동가인데요. 요즘 청년들이 사회의식이 없다고 하지만, 제 주변에는 사회의식을 가진 청년들이 많거든요. 어떻게 참여해야 할지를 몰라서 행동하지 않는 청년들도 많다고 생각합니다. 그런 청년들에게 한 말씀 부탁드립니다.

김진숙　저는 '386' 이런 표현 싫어합니다. 거기에는 학번이 필요한데, 저 같은 사람들도 6월 항쟁 때 진짜 '조낸' 싸웠거든요. 그런데 학번이 없으면 그 386에 끼질 못하는 거예요. 그래서 그런 세대 구분은 싫어하는데, 어떤 세대가 공통의 경험을 한다는 건 굉장히 중요한 일이라고 생각합니다. 지금 30대는 거리에서 같이 투쟁해본 역사적인 경험들이 없는 것 같아요. 사실 그 세대가 제일 불행한 세대 아닙니까. IMF 두들겨 맞으면서 취업 안 되지, 도서관에 처박혀서 토익 공부만 했죠. 취업이 생애의 목표가 되어버린 세대가 그 세대거든요. 공통의 어떤 것들을 추구하기보다는 개인이 우선시되었던 사회적 분위기도 있었고요. 그들의 유전자가 특별해서가 아니라 그렇게 강요되어왔던 사회적 분위기들이 있었단 말이에요. 그래서 저는 그 사람들에게 "움직이지 않는다", "투쟁하지 않는다"라고 몰아가는 건 맞지 않다고 생각합니다. 그들의 책임이 아니거든요.

　이 세대를 건너뛴 세대가 촛불세대 아닙니까. 제가 KBS 파업하는데 가보니까 만 보 투쟁을 하는 친구들이 있는 거예요. 선배들이 징계 먹고 이러니까요. 이제 입사한 PD들이에요. 이 친구들이 만보기를 차고 회사 주변을 1만 보 도는 거예요. 그런데 한 날은 경비 아저씨가 그러더래요. "그렇게 가만히 돌면 너희 왜 도는지 아무도 모른다." 그래서 그때부터 가면 쓰고 피켓 들고, 돌기 시작하는 거예요. 추운 날은 3,000을 흔들고, 7,000만 돈다고 그러더라고요.(웃음) 이 친구들이 보니까 촛불세대예요. 그때 왜 피켓 든 촛불소녀 있었잖아요. 그 친구가 KBS에 있더라니까요. 이 친구들이 자기 삶의 현장에서 투쟁의 중심이 되는 역할들을 하더라고요. 저는 그렇게 번져나갈 거라고 생각해요. 우리가 행동하지 않는다고 하지만, 저는 서울시장

선거 때 트위터 보고 깜짝 놀랐습니다. 오전만 하더라도 질 거라고 생각했거든요. 그런데 젊은 친구들이 퇴근하고 나서부터 판세가 역전됐던 거 아닙니까. 이렇게 자기 삶의 자리에서 행하는 실천들이 모이다 보면 역사를 바꿀 거라고 믿습니다.

사회자　민주정부 10년이라고 하는 세월이 IMF와 함께 시작되었지 않습니까. 그렇다 보니까 개인이 겪는 그 사회적 속성은 정작 보수적인 측면이 많았습니다. 신자유주의가 성장기를 포섭하는 겁니다. 동시에 성장기의 모순을 개별화하는 거죠. "너만이라도 잘해라" 하는 겁니다. 이렇게 해서 사회성이 제거되는 거죠. 1970~1980년대에 반독재운동 시절 투쟁에 참여한 사람이 늘 많았을 것 같습니까? 전체 숫자를 합치면 꼭 그렇지는 않았다고 봅니다. 그런 것들이 끝없이 모이고 확대되는 과정이 운동인 거지요. 흔히 '88만 원 세대'라고 얘기하는데, 그건 세대모순이라기보다는 계급모순이거든요. 그 계급모순이 세대에 집중적으로 나타나고 있는 걸 말하는 거죠. 그런 것들을 공유할 수 있는 계기를 자연스럽게 만들어내는 과정이 필요한 거라고 생각합니다.

청중5　고등학교 교사로 있습니다. 앞서 크레인에 올라가셨던 두 분이 살아서 내려오지 못하셨는데, 선생님께서는 살아서 내려오셨잖아요. 그럴 수 있었던 근본적인 힘이 무엇이었을지 궁금합니다. 우리가 살다 보면 누구나 크든 작든 자기 크레인에 서게 되는 경험들이 있는 것 같아요. 그런 순간을 맞이하는 분들을 위해서라도 꼭 알려주셨으면 합니다.

김진숙　아까도 말씀드렸듯이 저는 신변을 다 정리하고 올라갔습니다. 그 얘기는, 못 내려온다고 생각했다는 거죠. 사실 못 내려올 뻔했어요. 정말 힘든 고비들이 있었습니다. 그런데 그걸 표현도 못 하는 거예요. 거기서 제가 "힘들다. 너무너무 힘들다"라고 하면 조합원들이 불안해하니까요. 제가 조합원들에게 힘이 되어야 하니까 위에서 '파이팅'을 열심히 외쳤고요.

저는 그게 기적이라고밖에 표현할 수 없는 게, '정말 힘들다. 이제 더 이상 못 버티겠다' 하면 꼭 누가 와요. 한번은 서울에서 약사를 하는 친구가 왔는데, 이 친구가 공장에 그렇게 들어오고 싶었나 봐요. 그런데 들어올 수가 없는 거예요. 용역들이 다 가로막고, 이미 철벽을 쳐놨으니까요. 그때 크레인 밑에서 키우는 개 이름이 '연대'였어요. 애가 꽤 커졌거든요. 애가 드나드는 개구멍이 있었던 거예요. 이 친구가 개를 앞세워서 동문 쪽으로 들어오는 거예요. 동문은 그나마 크레인에서 보이니까, 그 친구를 가만히 내려다봤어요. '저 친구는 여길 들어오면 엄청 봉변을 당하는데, 저렇게 개를 앞세워서라도 들어오고 싶은 마음이 뭘까.' 어느 순간부터 그런 마음들을 알 것 같았어요. '내가 간절한 것만큼 저 사람들도 간절하구나. 내가 저들이 보고 싶은 것만큼 저 사람들도 나를 그리워하는구나.' 그 먼 거리를 차타고 새벽에 도착해서, 손 한번 흔들고 가요.

저는 김주익, 곽재규 동지를 땅에다 묻고 8년 동안 어디 가서 웃는 것도 죄스러웠습니다. 맛있는 걸 먹어도 '내가 이런 걸 먹고 살아도 되나', 3만 원짜리 바지를 한 벌 사면서도 '나는 살아서 이런 걸 사 입는데……' 이런 느낌에 8년을 억눌려 있었어요. 그런데 '내가 그렇게 되면 저 사람들 중에 누군가가 그 상처를 안고 평생을 살아야겠구나' 라는 생각이 들었습니다. 그 사람들의 간절함을 배신할 수가 없었어요. 그리고 그렇게 힘들 때마다 기적처럼 그런 사람들이 꼭 나타났어요. 제가 트위터로만 사람들을 보잖아요. 상상을 하는 거예요. 누가 왔다 가고 나면, '저 친구는 이렇게 생겼을 거야. 키는 요만할 거야' 라고 막 상상을 해요. 그런데 내려와서 확인해보면 대부분 비슷했어요. 그게 너무 신기했고요. 전 지금도 트위터로만 알던 사람들을 보면서 "네가 미정이냐, 네가 정희냐, 자네가 돌멩인가" 이런 걸 확인하는 게 너무 신기해요. 저하고 '트친' 인 분들은 반드시 나중에 아이디를 밝혀주시기 바랍니다.

사회자   "김진숙 지도위원께 이 질문을 안 하면 못 가겠다" 하는 한 분만 더 받겠습니다.

청중6   서울에서 직업환경의학과 및 산업의학과 의사로 있습니다. 저희 과 특성상 조선소에 가면, 요즘은 아주머니들이 많이 계십니다. 그분들이 대부분 비정규직이신데, 다른 남성 노동자들에 비해 배제되어 있고, 조직화도 떨어지고, 건강을 오히려 안 챙기시는 모습을 많이 봤어요. 그런 점들에 대해서 현장에서 어떻게 느끼시는지 궁금하고요. 조선소에서는 중대재해가 아니면 은폐되는 걸 많이 봤는데, 산재 문제에 대해서 앞으로 어떻게 투쟁해나가실 것인지에 대해서 묻고 싶습니다.

김진숙   조선소가 비정규직 비율이 엄청납니다. 그런 데서 막대한 이윤을 착취하는 건데요. 저도 깜짝 놀랐어요. 조선소에 여성 노동자들이 정말 많아졌어요. 도장 같은 경우는 굉장히 힘들거든요. 그런데 그런 일을 다 아주머니들이 해요. 아주머니들이 분진, 쇳가루 뒤집어 쓰며 그 힘든 일을 하면서, 제가 임금 수준을 듣고 깜짝 놀랐던 게 월 130~140만 원이에요. 철야도 밥 먹듯이 하는데요. 이렇게 사는 노동자들이 많은데요. 아까 말씀하신 대로 조선소가 사고 비율이 굉장히 높거든요. 정규직들은 사고가 별로 안 나요. 왜냐하면, 힘들고 위험한 일들은 하청들이 하니까요. 얼마 전에 부산에서 예순이 넘은 아주머니가 일하다가 롤러에 손이 감겨서 돌아가신 거예요. 그런데 회사에서는 목격자가 없다고 산재 처리도 안 해주는 거예요. "개인 실수다", "어떻게 죽었는지 모른다"라는 식으로 나오면서요. 자식들이 싸움을 계속하고 있나 보더라고요. 이 경우에는 그래도 자식들이 나서서 싸우지만, 싸움을 어떻게 시작해야 할지 모르다 보니까 은폐된 것들이 얼마나 많겠습니까.

한진중공업에서만 보더라도 노동조합이 민주화되고 나서 제일 크게 달라진 게 작업 환경, 안전에 대한 부분들이에요. 그전에는 배 한 대 만들어서 나가려면 너덧 명은 죽어야 나간다고 했으니까요. 제가 조선소에서 처음에 깜짝 놀랐던 게, 뱃고동 소리가 삑 나면서 명명식이 시작되면 아저씨들이 담배를 태워서 전부 철판 위에 올려놓는 거예요. 그 배 만들면서 죽었던 노동자들, 누구 나간다고요. 그러고 일했던 데가 조선소였어요. 전에는 사다리도 없었어요. 그냥 올라갔다가 뛰어내리니까 죽는 것뿐만 아니라 부상도 이루 말할 수가 없었죠. 조선소에서는 손가락 다친 건 다쳤냐고 물어도 안 보니까요. 저도 손바닥 찢어지고, 철판에 깔려서 두 다리 부러지고 했는데도 그게 산재 처리가 안 됐어요. 그랬던 조선소가 그나마 나아졌다고는 하는데, 하청 노동자들에게 그런 짐이 다 가 있는 거예요. 그게 여전히 숙제로 남아 있고요.

금속노조가 산업 안전에 대한 부분을 중요한 과제로 여기면서 싸움을 하고 있어요. 그런데 힘이 모자라는 부분이 많지요. 워낙 노동조합운동이 수세에 몰려 있으니까 그런 요구들을 전면화해서 싸우지는 못하지만, 노력은 해나가고 있습니다. 산업의학과 쪽에도, 옛날에는 진보적인 단체들이 많았어요. 보건의료 단체들과 연대해서 공통의 사업들을 많이 해왔는데, 이제는 그런 부분들이 거의 없더라고요. 그래서 저는 그런 노력들도 좀 해주셨으면 좋겠어요. 같이 보조해서 해나가면 훨씬 진전이 있을 거라고 생각합니다.

사회자 강연과 질문은 여기서 마치고, 정리하는 말씀 듣겠습니다.

김진숙 불만 있다고 세상이 바뀌지는 않습니다. 욕 한다고 세상이 바뀌는 것도 아니에요. 조직하고 움직여야 세상이 바뀝니다. 이명박 정권, 지긋지긋해 죽겠어요. 하루하루 시간은 빨리 가는데, 돌아보면 이 사람은 아직도 1년이 남은 거예요. 제가 전국을 다녀보면 느껴지는 게, 사람들이 뭔가를 잔뜩 벼르고 있어요. 그게 느껴집니다. 광주 같은 경우, 거기는 진짜 민도가 높은 게요. 희망버스를 탔던 사람들이 조직을 만들었어요. 민주노총을 초월하고, 진보정당들을 초월해서 단체를 만든 거지요. 이전에는 부문별로 뿔뿔이 흩어졌던 운동들이 다시 모이기 시작하는 게 희망버스가 만들어낸 큰 성과라고 생각합니다. 우리 시민사회의 요구를 과연 저 진보정당들이 다 담아낼 수 있는지 저는 사실 의문이에요. 시민사회의 역할이 훨씬 커져야 합니다. 그 힘이 여러분에게 있다고 생각합니다. 지금까지도 그런 자세로 살아왔지만, 저는 변화를 확신하는 사람입니다. 움직이고, 실천하는 사람들에 의해서 세상은 딱 그만큼씩 바뀌어왔습니다. 그 역사의 중심이 여러분이길 바라면서 이상으로 마치겠습니다. 고맙습니다.

사회자 2011년 한 해 동안 양식 있는 한국인은 김진숙이라는 자력에 이끌려 살았습니다. 김진숙의 손짓 발짓 하나하나에 때로 기뻐하고, 절망하고, 희망을 느끼면서 말이죠. 저는 더 많은 김진숙이 나오는 걸 원치 않습니다. 누구도 그런 일을 더 해선 안 되겠죠. 그건 희망을 말하는 겁니다.

김진숙 동지를 생각할 때마다 2003년에 같은 자리에서 돌아가신 분이 떠오릅니다. 김주익 동지입니다. 그분은 키가 훤칠하고 덩치도 무척 컸습니다. 그 때문에 제대로 몸 한번 편케 펴지 못한 채로 129일 동안 골리앗 크레인에 머물러 있어야 했습니다. 여름에는 태풍 매미가 크레인을 여덟 바퀴나 돌려쳤더랬습니다. 그분이 돌아가셨을 때 제가 한겨레신문에 '나는 나를 하늘에 묻는다' 라는 조시를 쓴 적이 있습니다. 그 129일과 김진숙의 309일이 웅변하고 있는 가치를 우리 사회는 깊이 있게 성찰해야 합니다. 불행히도 날짜가 129일에서 309일로 늘어났다는 것도 뼈저리게 되돌아봐야 하는 대목입니다.

아이작 뉴턴이라는 사람이 있습니다. 그가 친구에게 쓴 편지에 이런 대목이 있습니다. 애초 이야기는 그리스 신화에서 나오는 것이기는 합니다만. "나는 어떤 거인의 어깨를 짚고 세계를 바라보았다." 여기서 '어떤 거인' 이란 케플러를 말하는 것입니다. 작년 한 해 동안 김진숙은 골리앗 크레인이라고 하는 모든 노동자들의 어깨를 짚고 세계를 바라보았습니다. 그래서 우리의 전망과 희망을 훨씬 더 멀고 높은 곳으로 이행해갈 수 있도록 힘을 주었습니다. 오늘 우리는 김진숙의 어깨를 짚고 세계를 바라보았으면 합니다. 노동자들이 더 죽지 않아도 되는 평화로운 세상, 비정규직 없는 세상, 일과 밥과 삶과 꿈이 어긋나지 않는 세상 말이지요. 오늘밤 뉴턴의 시선으로, 김진숙의 시선으로 그 희망의 별을 관찰하는 밤이 되시길 바랍니다.

Note

Information

Planner

Note

제2강 정연주

다시
언론의 자유를 말하다

해직 기자라는 선택

2012년 3월 14일 저녁 7시
백범김구기념관 컨벤션홀

1946년 경북 경주에서 태어나 서울대 경제학과를 졸업했고, 〈동아일보〉 기자로 일하다 1975년 해직됐다. 1989년 미국 휴스턴대학에서 경제학 박사 학위를 받았다. 〈한겨레〉 워싱턴 특파원과 논설주간을 지냈으며, 2003년부터 2008년까지 KBS 사장으로 일했다. 『기자인 것이 부끄럽다』 『서울-워싱턴-평양』 『정연주의 기록』 『정연주의 증언』 등의 저서가 있다.

사회자 〈한겨레21〉 인터뷰 특강 '선택' 두 번째 시간입니다. 오늘 특강 주제는 '자유언론의 길'입니다. 대학생이거나 그 또래쯤 되는 분들은 '이런 강연이 언론자유를 위해서 필요한 모양이구나' 하고 생각할 수 있는데, 저는 이 말이 굉장히 이상하게 들립니다. 왜냐하면 이 말은 유신독재나 전두환 시대 때 쓰던 말이거든요. '자유언론의 길'이라는 주제는 '다시 우리가 이런 말을 하는 시대에 살고 있구나, 이 사회가 얼마나 후퇴했는가'라는 걸 단적으로 보여주는 말이 아닌가 싶습니다. 제목을 고쳐보면 이렇게 되지 않을까 싶습니다. '다시 언론의 자유를 말하다.'

요새 우리 언론에 몇 가지 희한한 일이 있습니다. 카메라 성능은 날로 좋아지는데 진실을 찍어대는 힘은 몹시 약합니다. 도곡동이라고 다들 아시죠? 우리가 도곡동이라는 지명에 관심 있는 게 아니죠. 도곡동에 있는 어떤 집 때문인데, 이상하게 우리 방송 카메라들은 도곡동 근처에는 가지 못합니다. 거기가 낙진 지역인 것 같습니다. 이걸 제가 한국 언론의 '후쿠시마 현상'이라고 이름 붙인 적이 있습니다. 권력과 자본의 문제가 있는 곳에 정작 접근조차 하지 못하고 있다는 뜻입니다.

어떤 유수한 신문이 장물이라는 말도 있습니다. 〈부산일보〉 말이지요. 대통령은 이런 말을 한 적이 있습니다. "종합편성 채널을 만들어서 국민에게 채널 선택의 다양성을 확보해주고 고용 창출을 하겠다." 이 말에 국민들은 딱 두 글자로 답했습니다. "안 봐." 지금 종편 방송은 영 점 몇 퍼센트 시청률을 내고 있죠. 시청률에서도 세계적 현상으로 '국격'을 올리고 있습니다. 갑자기 종합편성 채널이 네 개씩이나 생기는 건 식민지에서 해방되거나 하지 않는 한 드문 일이죠.

특수한 현상은 이뿐이 아닙니다. 근래 들어 양식 있는 한국인들이 텔레비전을 안 보고 라디오를 듣고 있습니다. 라디오도, 인터넷으로 다운로드해서 듣는 기이한 현상이 벌어지고 있습니다. 〈나는 꼼수다〉 등 말이지요. 비디오 시대에서 오디오 시대로 적극적으로 후퇴하고 있는 거죠. 또 새로운 종합편성 채널이 생기면서 채널이 늘었음에도 불구하고 〈뉴스타파〉라고 하는 화질도 나쁘고 오디오 녹음도 잘 안 된 인터넷 방송을 몇 십만 명이 기다렸다가 보고 있습니다. 이것이 엠비 체제 하의 미디어 현상입니다. 기술적으로는 이를 팟캐스트라고들 하는데 이는 너무 심심한 말이지요. '뜨거운 퇴행성'에 기초한 저항미디어 시대를 우리는 살아가고 있습니다.

어떤 방송사 사장님께서는 법인카드를 7억 원인가 쓰셨는데, 그걸로 명품가방도 사셨다고 합니다. 이분이 카드만 좋아하는 줄 알았더니 해고도 좋아하십니다. MBC 직원들이 거리로 내쫓기고 있고 시민들은 파업 '무한도전'에 박수를 보내고 있습니다.

그런데 오늘 모시려고 하는 분은 웬걸, 해고된 방송사 사장님입니다. 1975년도에 박정희 유신독재에 저항하면서 언론자유를 위해 싸운 대선배들이 있습니다. 제가 기억하기에는 140여 명 기자들이 해직되었습니다. 그때 함께 해직된 언론인입니다. 〈동아일보〉였는데, 유신독재 때 헌법보다 높고 악랄했던 긴급조치 9호로 감옥까지 가셨습니다. 아마 짐작건대 그때 '동료'들인 것 같은데 아까 청중으로 오셔서 인사하는 걸 보았습니다. 성동구치소 동기라고 하면서. '죄수'

들끼리 만나면 원래 반가워하죠.(웃음) 그 뒤 〈한겨레〉 창간 이후 특파원을 하셨습니다. 우리 세대들은 찌르는 창(槍) 같은 칼럼을 잘 쓰는 선배로 기억하고 있습니다. 이분이 KBS 사장이 되어 갔을 때, 우리 시대의 큰 창(窓)이 되어주시길 바라는 마음이 있었습니다. 모든 진실을 들여다볼 수 있는 창 말이죠. 거기서 해고가 되더니 다시 언론자유를 말하고 있습니다. 창에서 창으로 갔다가 다시 창으로 돌아온 분입니다. 오늘 이분에게 들어볼 소중한 이야기는 엠비체제에서 언론자유뿐 아니라 언론인으로서 살아온 길고 보람차고 신산스러운 역정입니다. 정연주 KBS 전 사장님이십니다.

정연주 안녕하세요.

사회자 강연에 앞서 사회자로서 몇 가지 질문을 드립니다. KBS 직원이 몇 명인가요?

정연주 정규직만 4,500여 명 됩니다.

사회자 프리랜서와 외주업체 같은 간접고용까지 합치면 몇 만 명이 되겠군요. 그런 큰 회사 사장님과 나란히 앉아보긴 처음입니다.(웃음) KBS, MBC, YTN, 연합뉴스, 국민일보 등이 파업을 하고 있습니다. 텔레비전만 3개 방송사가 파업을 하고 있는데요. 지금 KBS 사장이라면 어떻게 하시겠습니까?

정연주 지금 제가 사장이라면, 어떻게 할 거냐? 다 해고시키죠.(웃음) 그러면 어떤 일이 발생하느냐, 그 멤버들이 전부 가서 〈뉴스타파〉 만듭니다. 진짜 뉴스 하는 거죠. 물론, 제가 있었으면 이런 일이 안 생기죠.

사회자 그렇죠. 정연주 언론인이 KBS 경영을 맡고 있었다면 이런 일은 생기지 않겠죠. 현업에 있는 언론인들이 파업을 하면서 "기자로, PD로 살게 해달라"라는 요구가 가장 큽니다. 공정보도를 하게 해달라는 거죠. 혹시 명품가방 같은 걸 법인카드로 사거나 한 적 있는지요.(웃음) 이게 가능한 일인가요, 정말?

정연주 '칠억철' 씨 정말 대단한 분이에요. 법인카드를 실제로 써본 사람들은 그만큼 쓰는 게 얼마나 힘든지 다 알아요. 여의도에서 방송사 파업을 축하하는 공연을 할 때 안철수 교수님께서 영상 메시지를 보냈는데, 그런 이야기를 하셨어요. 자기도 법인카드 써봤지만, 그만큼 쓰는 거 진짜 힘들고 불가능하다고요. 무슨 호텔에서 그렇게 일을 많이 하는지 모르겠어요.

사회자 여러분이 원한다면 제가 정연주 언론인께서 KBS를 맡고 있는 동안 법인카드를 어떻게 썼는지 내역을 읽어드릴 수 있습니다. 안 쓴 내역을 말이죠. 왜냐하면 정연주 사장을 KBS에서 내쫓기 위해 엠비 정부가 찾아놓은 게 있기 때문입니다. 우선 감사원에서 긴급 KBS 특별감사보고서를 제출했습니다. 검찰은 또 배임 혐의로 기소했습니다. 국세청에서는 정연주 사장 비리를 캐기 위해서 KBS 외주사들과 독립제작사들을 대상으로 특별 세무조사를 벌였습니다. 무슨 애긴지 아시겠죠? 만약 법인카드로 명품이 아니라 짝퉁을 샀더라도 신문에 대문짝만하게 나왔을 겁니다. 나아가 그 짝퉁 구입 뉴스가 한 달 가까이 우리가 잘 알고 있는 특별한 신문들에 계속해서 보도되지 않았을까요? 그게 신발일 경우 뒷굽이 얼마나 닳았는지까지 보도됐을 거라고 자신 있게 말씀드릴 수 있습니다.(웃음)

한나라당, 조중동, KBS의 어느 이상한 노조, 방송통신위원회, KBS 이사회까지…… 그때 정연주 사장을 쫓아내기 위해 움직였습니다. 왜 그렇게 쫓아내려고 했을까요? 저는 엠비 정부가 단지 KBS를 장악하지 못해서 그랬다고만 생각하지 않습니다. '정연주'는 한국 진보언론의 한 상징이지요. 그걸 정말 견딜 수가 없었을 겁니다. 〈동아일보〉에서 해직되어서 지금까지 한 번도 훼절 없이 한 길을 걸어온 사람입니다. 그런 사람이 중요 기간 매체를 경영하고 있다는 걸 용납할 수가 없었던 것이지요. 요컨대 정연주 불법해고는 상징 제거였던 것입니다. 제가 그때 정말로 화가 났던 건 감사원에서 특별감사를 했는데 정작 그 감사원이 잘못을 했을 경우에 누가 감사하느냐는 겁니다. 그 감사보고서에 따라 검찰이 기소를 했는데 법원이 이렇게 판결했습니다. "정연주 사장을 해고하는 데 위법사유가 있으니 해임 처분을 취소하라." 1심, 2심에서 다 그렇게 판결이 났거든요. 그러면 복직하셔야 하는 것 아닙니까?

정연주　대법원에서도 그 판결이 났고요. 당연히 복직해야죠.

사회자　그런데 왜 안 하고 계십니까?

정연주　복직하는 과정이 있습니다. KBS 이사회에서 복직을 결정하면, 대통령이 다시 복직 발령을 내면 되는 거예요. 지금 그 절차를 기다리고 있습니다. 법원에서 제 해임을 취소하라는 판결을 했고, 그 판결 앞에 "해임이라는 과정에 재량권을 일탈하고 남용한 위법 행위가 있다"라고 했거든요. 그러면 대통령이 저를 해임한 건 위법 행위입니다. 그렇다면 법을 어겼으니 제가 해임되고 난 이후의 KBS 체제는 불법 체제입니다. 법을 어긴 행위에 의해서 들어온 체제이기 때문이죠. 그래서 저를 복직시키지 않으면, 이명박 대통령의 위법 행위는 현재진행형이 됩니다. 그런데 대통령이 취임할 때, "법을 준수하고"라고 국민 앞에서 선서했잖아요. 그런데도 법을 어기는 행위가 지속되고, KBS 불법 체제도 계속되고 있습니다. 우리가 상식을 가지고 사는 21세기에 어떻게 이게 가능합니까. 고쳐야겠다고 생각하면 고쳐야죠. 국민의 힘에 의해서 고치게 될 거예요.

사회자　사장직에 복귀하시면, 여기 있는 분들 모두 KBS 구경 좀 시켜주시지요.

정연주　〈열린 음악회〉로 오세요. 〈개그 콘서트〉는 안 됩니다. '개콘'은 워낙 표를 요구하는 분들이 많아서요. 제가 2003년 4월 말에 KBS에 취임해서 보니, '개콘'이 하도 인기가 좋아서 많은 젊은이들이 밖에 줄 서서 기다립디다.

사회자　그러니까 KBS 사장님 빽으로도 '개콘'은…….

정연주　안 됩니다. 왜냐하면 그걸 제가 바꿨거든요. 당시 한 10~15퍼센트 정도는 직원들에게 우선권을 주는 틈새가 있었어요. 대부분의 시청자들은 그 프로그램을 보기 위해서 겨울에도 추운데 밖에서 기다리는데, KBS 직원이라고 해서 특혜를 받는 건 말이 안 되잖아요. 그래서 '개콘'은 무조건 100퍼센트 인터넷 신청으로만 받는 걸로 바꿨습니다. 지금은 어떤지 모르겠습니다.

사회자　이렇게 혜택 못 주는 사장이라 잘라버린 겁니다.(웃음) 여러분, 이걸 민주적이라고 하는 겁니다. 특혜가 없는. (정연주 사장을 향해) 혹시 현진영이라는 가수를 아십니까?

정연주　몰라요. 제가 1982년부터 2000년 6월에 귀국할 때까지 미국에 열여덟 해를 있었습니다. 그래서 그사이에 큰 공백이 있습니다. 잘 모릅니다.

사회자　정연주 전 KBS 사장께서는 언론인으로만 활동하신 게 아니라 좋은 책도 많이 번역했습니다. 그 가운데 『말콤 X』도 있습니다. 한국에 『말콤 X』를 본격적으로 알려주신 분입니다. 당시 저는 『말콤 X』, 제목만으로도 좋았어요. X라는 말이 뭔가 모호하면서, 기분이 괜찮았습니다.(웃음) 저는 그때 정연주라는 사람을 처음 알았습니다.

정연주　1975년 3월에 〈동아일보〉에서 해직되고 난 뒤에 해직기자 일고여덟 명이 모여서 번역실을 했습니다. 그땐 취직이 안 됐으니까요. 유신 정권에서 저희 취업을 막았습니다. 번역실을 만들어서 이런 저런 책을 참 많이 번역했는데요. 예를 들면, 『러브 스토리 2』도 일곱 명이 달라붙어서 이틀 만에 다 했고요. 그때 마침 백낙청 교수님이 가까이 지내시면서 『말콤 X』이야기가 나와서, 저 혼자서 한 게 아니라 선배 두 분과 함께 셋이서 공동번역을 했지요. 그 공동번역 과정에 백낙청 교수님도 도움을 많이 주셨습니다. 그 책은 여러 가지로 참 의미가 있는 책입니다. 한국에 『말콤 X』를 소개했고요. 또 당시에는 대부분의 번역서가 유명 교수 이름으로 나갔지, 실제 번역자 이름은 밝혀주지 않았거든요. 제가 그때 서른 살이었는데, 번역한 세 사람 이름을 다 밝혀줬어요. 그리고 그 책이 많이 팔렸습니다. 제가 나중에 미국 가서 운전면허 시험을 치다가 떨어졌는데요. 두 번째 시험 칠 때 흑인 검사관이 떡 앉아 있길래 잘 봐달라고, 제가 한국에 있을 때 『말콤 X』를 번역했다고 그랬습니다. 잘 봐줍디다.(웃음)

사회자　현진영이라는 가수가 데뷔할 때 말콤X 분장을 하고 나왔던 거거든요. 흑인 저항문화를 잇는다는 뜻으로 그렇게 했다는 말을 들은 적이 있습니다. 저는 번역하신 그 책을 읽으면서 차별에 저항하는 한 젊은이의 모습에 크게 공감했던 기억이 있습니다. 그리고 정연주 언론인께서 오랫동안 〈오마이뉴스〉에 '나는 왜 KBS에서 해임되었나'라는 칼럼을 연재하는 걸 짬짬이 읽었습니다. 저는 그 제목만으로도 모욕스러움을 감당키가 어려웠습니다. 공감이 심해지면 나타나는 현상일 겁니다. 정연주 '해고'를 한국 '언론해고'로 여긴 까닭입니다. '다시 자유언론이라니!' 하고 말이죠. 오늘 그 해고는 물론, 꿋꿋한 선비정신으로 살아오신 정연주 언론인의 강연을 청해 듣도록 하겠습니다.

매일매일 행복한 이유

정연주　반갑습니다. 제가 요새 전국을 다니면서 이야기를 많이 하는 편입니다. 할 이야기가 많거든요. 종편 이야기 하나만 해도 두 시간을 합니다. 그런데 오늘은 조금 다른 이야기를 들려 드리고 싶어요. 주제도 '선택'이고요. 오늘은 제가 기자가 된 과정이랄까요. 어떻게 기자가 되었고, 그 이후에 어떤 선택을 하면서 여기까지 왔는가 하는 개인적인 이야기를 드리고 싶습니다.

제 나이가 67세입니다. 개띠입니다. 67세라고 하면 대부분 "와, 그렇게 안 보인다"라고 합니다.(웃음) 특히 지금처럼 이렇게 조명이 환하게 비춰주면, 제 얼굴에서 광채가 납니다. 마치 형광등 100개 켜놓은 듯한 아우라가 보이시죠? 왜 그러냐, 요새 저는 행복한 일이 참 많아요. 이 이야기는 3년 전부터 해온 이야기입니다만, 자고 일어나면 행복해요. 왜? 이명박 정권의 날이 하루씩 짧아지니까요. 이명박 대통령이 집에 가야 할 날이 하루씩 짧아지지요. 가게 될 집이 큰 집이 될지, 작은 집이 될지 그건 나중에 볼 일이고요.

두 번째는, 제가 배임죄와 해임 무효 소송에서 모두 승소했습니다. 1심, 2심, 대법원까지 6전 6승인데요. 밀린 봉급 다 받거든요. 밀린 봉급만 받는 게 아니라 거기에 이자가 붙어요. 그래서 저는 자고 일어나면 하루하루가 이자입니다. 그거 두 개만 해도 참 기분 좋은 일인데, 종편 시청률 보면 행복이 더 커집니다.

제가 2003년 3월 말께에 〈한겨레〉를 그만뒀습니다. 그리고 생각지도 않게 한 달 뒤에 KBS 사장으로 가면서 글 쓰는 일을 못 하게 되었습니다. 해임되고 난 뒤에 1년 동안은 재판 때문에 정신이 없었고요.

1심에서 배임죄 무죄 판결 나고 난 2009년 8월 말부터 다시 글을 쓰기 시작했습니다. 그리고 그해 연말에 다시 〈한겨레〉에 칼럼을 쓰기 시작했는데, 그 첫 번째 칼럼이 '조폭언론의 일망타진'입니다. 꼭 읽어보세요, 명문입니다.(웃음) 거기에 제가 뭐라고 예언을 했느냐 하면, "종편 하면 다 망한다, 이거 망하게 되어 있다"라고 했습니다. 제가 5년 반 동안 KBS를 운영해봐서 압니다. 방송, 방송 시장, 방송 콘텐츠 시장, 방송 광고 시장이 어떤 건지 압니다. "이거 하면 망한다, 방송만 망하는 게 아니라 본체인 조중동까지 망한다, 그러니 하지 마라" 그랬어요. 그 이후에도 그런 글을 여러 차례 썼습니다. 그런데 제 말을 안 들어요. 지금 종편 평균 시청률이 0.3~0.4퍼센트인데, 저는 그걸 '애국가 시청률'이라고 부릅니다. 지상파에서 매일 아침 방송 시작할 때 애국가를 틀잖아요. 그거 보는 사람도 상당수가 돼요. 어떤 사람들은 종편 시청률을 '선동열 방어율'이라고 그럽니다. 또 어떤 분은 '시력 검사표'래요. 시력 검사표 보면 0.3, 0.4······ 잘 안 보이잖아요. 시청률 0.3퍼센트면, 국민 15만 가구 정도가 보는 거예요. 종편 세 채널 합쳐봐야 45만 가구가 보는 겁니다. 〈뉴스타파〉1회를 80만 명이 봤습니다. 종편 저렇게 되어가는 거 보니까 '이거 진짜 희망이 있다, 수구언론 진짜 깰 수 있겠다'라는 희망이 생겼어요.

그리고 또 하나 기쁜 일이 생겼어요. 뭐냐, 이명박 정권 덕분에 새로운 미디어의 가능성을 본 겁니다. 〈나는 꼼수다〉, 〈뉴스타파〉, 지금 파업하면서 〈제대로 뉴스데스크〉, 〈리셋 KBS 뉴스 9〉 이런 게 사실은 이명박 정권이 아니었으면 탄생하지 않을 방송들이에요. 그런데 이 방송들이 새로운 희망을 보여주고 있거든요. 진짜 희망을 보여주고 있어요. 이제 수구언론 깰 수 있다. 그리고 현실적으로 새 언론이 가능하다는 걸 보여주고 있습니다. 돈도 많이 안 들어요. 제가 〈뉴스타파〉 1회분에 인터뷰를 했는데요. MBC 노조위원장 하다가 해직된 이근행 PD와 둘이 마주앉아서 이야기를 나누었습니다. 옆에 네 사람이 와서 카메라 세팅을 하는데, 요만한 캠코더 같은 거 두 대 갖다놓고 녹화를 했어요. 이근행 PD가 저에게 그래요. "사장님, 이거 중고 한 대에 50만 원씩 주고 샀어요." 50만 원짜리 두 대 가지고 인터뷰한 그 〈뉴스타파〉를 80만 명이 봤어요. 조중동 종편, 돈 얼마나 많이 들였는지 몰라요. 그런데 그 세 개 합친 것보다도 더 많은 사람들이 봤잖아요. 역사의 축복이지요. 저는 이 모든 일들이 지금 이 시대에 일어나고 있는 것이 너무나도 행복해서 자고 일어나면 나날이 기쁘고 감사합니다. 그래서 제 얼굴에 광채가, 아까는 형광등 100개라고 했는데 400개입니다. 네 개의 그런 기쁨이 있어서요. 그 말씀 먼저 드리고, 이제 제 이야기를 드리겠습니다.

내 인생 세 번의 해직

돌이켜보면, 제 삶에서 처음으로 이른바 언론이라고 하는 것과 마주하게 된 게 고등학교 2학년 때 같습니다. 제 고향이 경주인데, 제가 경주의 매우 보수적인 교회를 다녔습니다. 배냇교인입니다. 제 아버님이 장로셨고, 어머님은 집사셨습니다. 저는 아주 독실한, 보수적 기독교 신자였습니다. 한때는 목사가 되려고 했습니다.

그 교회에서는 중·고등학생 모임을 '소년회'라고 했습니다. 이 소년회에서 발간하는 교우지 같은 게 있었는데요. 그때 제가 부회장이었고, 저와 친한 친구가 회장을 해서 한 달에 한 번 교우지를 만들었습니다. 그 교우지 이름이 지금 생각해보니 참 좋아요. '광야'였습니다. '세례 요한처럼 광야에서 외치는 소리'라는 뜻이 아니었나 싶은 데요. 고등학교 2학년 때 회장인 친구와 둘이서 '광야'를 만드는데, 제가 필경을 했습니다. 그때 소위 말해서 1면 톱으로 뭘 썼느냐 하면, 우리 교회에서 교회 건물을 신축한다고 특별 헌금을 걸었거든요. 그런데 그게 저희 눈에는 말이 안 되는 거예요. 헌금 걸을 때 막 강요하지 않습니까. 제 친구가 "지금 교회 신축을 위해서 헌금 강요하는 것은 중세에 면죄부 파는 것과 다를 바 없다, 당장 그만둬라. 성경에 보면 가난한 과부 돈 낼 때 아주 부끄러워서 낸 그게 더 귀하다고 그랬는데 이거 뭐하는 짓이냐, 당장 그만둬라"라는 내용의 글을 썼고, 그걸 1면 톱으로 실었습니다. 그리고 그 친구가 "야, 이 글이 너무 좋으니까 이것도 쓰자"라면서 저에게 신문 쪽지를 하나 줬어요. 그래서 저는 긁었지요. 그때는 그 글을 쓴 이가 누군지도 몰랐어요. 나중에 문제 생기고, 그분이 누군지는 한참 지나서 알았습니다. 강원용 목사님의 글이었어요. 그런데 제가 다니던 그 교회는 아주 보수적이라서 소위 기독교 장로회, '기장'을 이단으로 봤거든요.

드디어 신문이 나왔습니다. 그러자 교회가 벌컥 뒤집혔습니다. 교회 장로셨던 아버님도 크게 화를 내셨지요. 당장 '광야'를 전부 회수하라고 그러셨습니다. 그래서 제 친구와 둘이서 그거 회수하러 다녔어요. 그다음에 처벌받았습니다. 소위 학생회를 더 이상 나가지 못하는 처벌을 받았어요. 돌이켜보니, 첫 '해직'인 것 같습니다. 학생회 회장·부회장 자격을 박탈당하고, 학생회 예배 참석도 못 하게 되었습니다. 제 친구는 그 길로 교회를 떠났습니다.

저는 떠나지 않았습니다. 그 시절이 지나고, 서울에 와서 영락교회를 열심히 나갔습니다. 그런데 갈등이 오는 거예요. 이 보수적 기독교의 도그마들이 얼마나 저를 억압했는지 모릅니다. 대학교 3학년 겨울방학 때, 대학생회에서 빈민 조사를 했습니다. 영등포의 빈민가에서 도대체 교회라는 것이 무슨 의미가 있느냐를 조사해서 그 리포트를 제가 썼습니다. 지금은 그 원문이 어디 갔는지 모르겠는데, 제가 봐도 그때 참 잘 썼습니다.(웃음) 우리나라 개신교에 대해 비판을 많이 했습니다. 그중에 지금도 기억나는 몇 가지가 있습니다. "교회를 완전히 개방하자. 아이들이 놀이터가 없어서 길가에서 놀다가 교통사고를 당해서 죽는데, 왜 교회는 일주일 내내 문 잠가놓고 일요일만 문 여느냐. 그러지 말고 개방하자." "결혼식장에서 돈 내고 결혼할 필요가 있느냐, 교회 개방하자." 그다음에 "크리스마스 때 떡국 끓여서 주변에 있는 가난한 분들 모아놓고 줄 때 제발 축복기도 그만해라, 국 다 식는다." 당시의 한국 개신교가 이래선 안 된다는 걸 상당히 격하게 비판하는 리포트를 썼어요. 한경진 목사가 설교 시간에 저희의 리포트를 아주 호되게 비판했어요. "나가서 전도는 안 하고 이따위 짓을……." 제가 그 설교 도중에 걸어서 나온 것이 영락교회와의 이별이었습니다.

그리고 제 인생에서 가장 큰 스승을 만났습니다. 민중신학자이신 안병무 박사님을 향린교회에서 만나게 되었습니다. 제 인생을 돌아보면, 제 삶에 영향을 주신 큰 스승이 세 분 계십니다. 가장 큰 영향을 주신 분은 안병무 박사님이시고, 그다음에 함석헌 선생님, 마지막으로 성서신학을 하신 김재준 박사님이십니다. 이 세 분이 제가 살아오면서 생각을 가다듬는 데 가장 많은 영향을 주신 분들입니다. 특히

당시 제가 아주 열심히 읽었던 잡지가 안병무 박사님이 하셨던 〈현
존〉, 함석헌 선생님이 하셨던 〈씨알의 소리〉, 그리고 김재준 박사님
이 하셨던 〈제3일〉이었습니다. 판형이 다 비슷했습니다. 〈씨알의 소
리〉만 한 판형이었고, 60~70페이지의 책자였습니다. 아주 열심히
읽었죠.

　그 세 분의 스승을 만나면서 제가 소위 보수적인 기독교 혹은 조금
더 넓게는 편협하고 보수적인 종교적 도그마에서 해방되었습니다.
성경을 보는 눈도 완전히 달라졌고요. 다른 종교를 보는 눈도 근본적
으로 달라졌습니다. 제가 어릴 때 받았던 종교적 도그마는 보수적인
개신교의 신학 논리로서, '성서의 한 점, 한 획도 못 고친다. 문자 그
대로 해석해라' 이런 것이었습니다. 가령 구약에 보면, 요나가 고래
뱃속에 들어가는 이야기가 있거든요. 대부분의 보수적인 기독교 신
자들은 실제로 요나가 고래 뱃속에 들어갔다고 믿어요. 또 보수적인
기독교인들이 아주 격렬한 반감을 일으키는 표현 중 하나가 '창조설
화'라는 표현입니다. 창조설화라면 '이야기' 또는 '신화'라는 말인
데, 그렇게 주장하는 건 이단이나 사탄의 말이라는 거지요. 창세기에
나오는 창조 이야기를 실제 그대로 있었던 역사적 사실이라고 믿거
든요.

　그리고 예수의 기적 중 하나인 '오병이어' 있지 않습니까. 떡 다섯
덩어리와 물고기 두 마리로 수천 명의 관중을 다 먹였다는 그 기적.
말 그대로 기도하니까 계속 떡이 나오고, 물고기가 나왔다고 이해하
시거든요. 저는 오병이어의 기적을 이렇게 이해합니다. 예수의 이야
기를 들으러 온 사람들이 처음에는 대부분 자기가 가져온 떡과 물고
기를 내놓지 않았어요. 내놓은 게 떡 다섯 덩어리, 물고기 두 마리였

지요. 그런데 예수가 기도를 합니다. "숨겨놓지 마라, 다 내놓고 우리 같이 먹자, 나눠 먹자, 그게 사랑이다." 그러니까 기도가 끝나고 난 뒤에 전부 부스럭부스럭 감춰놓은 걸 내놓은 거예요. 처음에는 떡 다섯 덩어리와 물고기 두 마리밖에 안 됐는데, 예수의 이야기를 듣고는 '우리 나눠 먹자, 그게 사랑이야' 하면서 꺼내놓아서 다들 먹게 된 게 아닌가, 전 그렇게 이해를 합니다.

그렇게 종교적 억압에서 벗어났는데요. 그 과정에서 안병무 박사님께서 제 평생 잊히지 않는 중요한 말씀들을 많이 하셨습니다. 가령, 기독교의 사랑이 삶 속에서 구체성을 띠어야 한다는 이야기를 하시면서 "관념이 아니라 땀을 흘려야 한다. 지금 여기에서 땀을 흘려야 하고, 이 역사 안에서 구체적으로 사랑을 실천해야 한다" 같은 이야기를 참 많이 하셨습니다.

기자가 되는 과정에도 구약 창세기에 나오는 노아의 방주 이야기가 큰 영향을 주었습니다. 노아의 방주 이야기, 잘 아시죠? 사실 노아의 방주 이야기도 창세기를 자세히 읽어보면, 묘사가 서로 다른 부분이 있습니다. 서로 다른 자료를 근거로 해서 기록했기 때문인데⋯⋯ 어쨌거나 노아의 방주 이야기를 보면 40일 동안 밤낮으로 비가 왔지요. 밖은 암흑세계였습니다. 그때 노아가 '비의 심판'이 끝났는지 알아보기 위해서 방주 밖으로 비둘기 한 마리를 내보냅니다. 그런데 얼마 뒤 비둘기가 나뭇잎 하나를 물고 돌아옵니다. 그 나뭇잎을 보고 노아는 '이제 비가 다 그쳤구나, 암흑의 심판 시대가 끝났구나, 이제 희망이 어디 있을 것이다' 라며 갑니다. 비둘기가 물고 온 그 나뭇잎은 바로 희망이었지요. 육지가 있고, 그 육지에 식물이 있다는 증좌니까요. 그래서 비둘기를 보고, 암흑시대가 끝났다는 희망을 품고 갑니다. 그 이야기를 읽으면서 저는 '노아 시대의 그 한 마리 비둘기가 암흑시대의 언론이구나' 라는 생각을 하게 되었습니다. 진실을 전하고, 그 진실을 통해서 희망을 주니까요. 그때가 1970년입니다. 제가 대학 졸업할 때인데, 유신 선포 2년 전이지요. 저는 그 암흑시대에 진실을 전하고, 희망을 전하는 한 마리 작은 비둘기가 되어야겠다는 생각을 하게 되었습니다.

바로 그즈음에 함석헌 선생님이 〈씨알의 소리〉를 창간하셨습니다. 그리고 〈씨알의 소리〉 창간사에서 함석헌 선생님이 이런 말씀을 하셨습니다. 그게 제 가슴에 콱 박혔습니다. 인용합니다. "그렇게 생각할 때 참 미운 것이 신문입니다." 이때 함석헌 선생님께서 '신문' 이라고 표현하는 건 언론을 통칭하시는 겁니다. 그때 당시에는 지금처럼 SNS가 있었던 것도 아니고, 방송이 지금처럼 영향력이 있었던 것도 아니니까요. 언론, 그러면 신문이었습니다. "그렇게 생각할 때 참 미운 것이 신문입니다. 신문이 무엇입니까. 씨알의 눈이요, 입입니다. 옛날 예수, 석가, 공자가 섰던 자리에 오늘날에는 신문이 서 있습니다. 오늘의 종교는 신문입니다." 그런 말씀을 쓰셨어요. 〈씨알의 소리〉 창간호에 나옵니다. 옛날 예수, 석가, 공자가 섰던 바로 그 자리에 언론이 서 있는데, 진실을 전하고 희망을 전해야 하는 그 언론이 참 밉다고 하셨어요. 왜 미우셨습니까, 언론이 제 기능을 전혀 하지 못하니까 그런 거 아니겠어요. 그래서 당신께서 제대로 된 언론을 하시고자 〈씨알의 소리〉를 창간하신 거죠.

그렇다면 함석헌 선생님이 그때 참 밉다고 했던 그 언론, 언론이 도대체 어떤 기능을 해야 언론 본연의 제 기능을 하는 것이고 마땅히 해야 할 일을 하는 것인가. 이건 아주 상식적인 겁니다. 언론의 두 가지 핵심적인 기능이 있습니다. 존재 이유기도 하고요. 첫 번째는 사실 전달입니다. 사실보도가 언론의 가장 중요한 역할입니다. 왜곡하지 않고, 사실 그대로 전하는 거예요. 굉장히 쉬운 것 같죠? 굉장히 어렵습니다. 정치권력, 자본권력 등 온갖 권력이 못 하게 합니다. 왜? 사실보도를 하면 그게 전부 자기들에게 불리하거든요. 사실보도 안 합니다. 지금도 하지 않고, 유신 때도 안 했고, 전두환 때도 안 했습니다.

두 번째 핵심 기능은 권력과 강자에 대한 감시비판 기능이에요. 특히 권력, 정치권력뿐만 아니라 자본권력, 언론권력, 종교권력, 사회권력…… 소위 강자의 논리만 펴는 그 권력이 우리 사회에 좀 많습니까. 그 권력에 대한 감시와 비판 기능을 언론이 시민들을 대신해서, 사회 약자를 대신해서 해야 합니다. 모든 권력은 감시비판을 안 받으면 부패하게 되어 있어요. 그래서 이 두 가지가 핵심 기능인데, 그 두 가지 기능을 다 못 했습니다. 1970년대 유신 때는 물론 박정희에게 거슬리는 거 한 줄도 못 나갔습니다.

제가 3년 차 기자 때인 1973년, 그때가 유신 이듬해인데요. 대학에서 막 데모가 터지기 시작했습니다. 제가 여기 들어오기 전에 만난 성동구치소 감방 동기들이 다 그때 들어온 친구들이에요.(웃음) 그때는 데모를 했다 하면 무조건 제적, 그다음에 투옥 아니면 강제징집, 순서가 정해져 있었어요. 잡혀가서 두드려 맞고 감옥 가는 거예요. 그런데도 그 강고할 것 같던 유신 체제를 깨려고 달려들었습니다. 대단하고 놀라운 용기죠. 제가 대학가에 데모가 있을 때 취재를 갔는데요. 그때 물론 기사 한 줄도 못 썼어요. 기사 써서 보내도 나가지도 않고, 만약에 조금이라도 나갔다고 하면 정보부에 붙잡혀가서 두들겨 맞았어요. 걸핏하면 정보부에 잡혀갔습니다. 나중에는 자기검열을 하게 됩니다. '이거 써도 안 나갈 걸, 잘못하면 두드려 맞는다.' 자기검열은 언론인의 '영혼의 죽음'입니다. 그래도 어쨌거나 취재는 합니다. 가서 성명서도 구하고, 오늘 어떻게 되느냐고 물어서 데스크에 보고합니다. 오늘 어느 대학에서 학생 500명이 데모를 했는데, 구호는 이런 거 외치고 성명서 발표했는데 이런 내용이 나왔고 몇 명 잡혀갔는데 어떻게 됐다고 보고합니다. 기사는 물론 못 나가고요. 제 모교에 데모가 있어서 갔더니 이미 다 끝나고 학생들이 도서관에서 농성 중이었어요. 도서관 앞에 경찰이 접근하지 못하게 의자를 전부 쌓아서 바리케이드를 쳐놓고요. 제가 성명서 구하고 이야기도 듣고 구호 뭐 외쳤는지 물어보려고 갔더니, 그 앞에 이런 팻말이 하나 붙어 있었습니다. "개와 기자는 접근 금지."

언론이 감시비판 기능은 말할 것 없거니와 사실보도조차도 안 하니까 기자가 아니라 개가 되었어요. 그걸 보는 순간에 얼마나 부끄러웠는지 모릅니다. 부끄러워서 견딜 수가 없었습니다. 하늘을 쳐다볼 수가 없었어요. 저만 그랬던 게 아닙니다. 제 동료들, 〈동아일보〉 젊은 기자들이 그 부끄러움과 분노를 견디지 못합니다. 그래서 1974년 가을에 '자유언론 실천선언' 하고, 제작 거부하고, 저항해서 잃어버린 언론자유를 하나하나 찾아왔습니다. 그러다가 이듬해 3월 17일에 결국 130여 명이 쫓겨났습니다, 해직됐습니다. 유신 정권에 굴복한 〈동아일보〉 경영진, 그 뒤에서 압박을 가한 박정희 정권 때문에 결국 저희가 잘렸죠. 좀 작긴 하지만, 고등학교 2학년 때 교회에서 잘렸고요. 1975년에 박정희 대통령, 그리고 그와 결탁한 〈동아일보〉 경영진이 저희 목을 쳤고요. 2008년 8월 11일에 이번에는 이명박 대통령이 제 목을 쳤어요.

〈동아일보〉해직 전에 마지막 저항을 하겠다고 제작 거부에 들어갈 때, 그때는 쫓겨나는 걸 각오해야 하는 상황이 되니까 갈라집니다. 제작을 거부하는 파가 있고, 제작에 참여하는 파가 있습니다. 지금과 똑같습니다. KBS, MBC, YTN에서 파업하면 100퍼센트 다 참여하지 않습니다. 파업 혹은 제작 거부에 들어갈 때 선택의 갈림길이 있는 거죠. 저는 그때도 그랬고, 그전에도 그랬고, 그 뒤에도 살아오는 과정에서 선택의 길목에 섰을 때 항상 생각하는 게 매우 단순했습니다. '이게 옳은 일인가 아닌가', 그 생각을 했습니다. 옳다면 이 길로 가는 것이지요. 옳지 않은 길로 가면 제 마음에 평화가 없지 않습니까. 저 자신에게 떳떳하지 않고, 제 가족에게 떳떳하지 않고, 제 역사 앞에도 떳떳하지 않고요.

지난 2008년에도 그랬습니다. 온갖 퇴진 압박이 오고, 권력기관이라는 권력기관은 총동원됐거든요. 청와대, 검찰, 감사원, 국세청, 방송통신위원회, 교과부, KBS 이사회…… 권력기관이 총동원돼서 저를 몰아내려고 할 때, 편하게 살려면 그냥 사표 던져버리면 되는 거예요. 제가 이 정권 아래에서 무슨 영광을 보겠다고……. 그런데 사표를 내는 선택이 옳지 않다는 생각이 들었어요. 그 시점에서 공영방송 사장이 KBS라는 공영방송의 책임자로서 우리 사회를 위해 해야 할 가장 중요한 역할은 공영방송의 독립성, 즉 정치적 독립성을 지키는 거라고 생각했습니다. 그 당시에 정치적 독립성을 지키는 구체적인 형태로 떠오른 건 뭐냐, 사장의 임기를 보장하는 거였습니다. 정권이 바뀔 때마다 사장이 바뀌면 정치적 독립성이 보장될 수 없지요. 공영방송의 정치적 독립성을 위한 최소한의 조건이 사장의 임기 보장이라고 여겼던 겁니다. 그래서 "당신네가 아무리 나가라고 해도 난

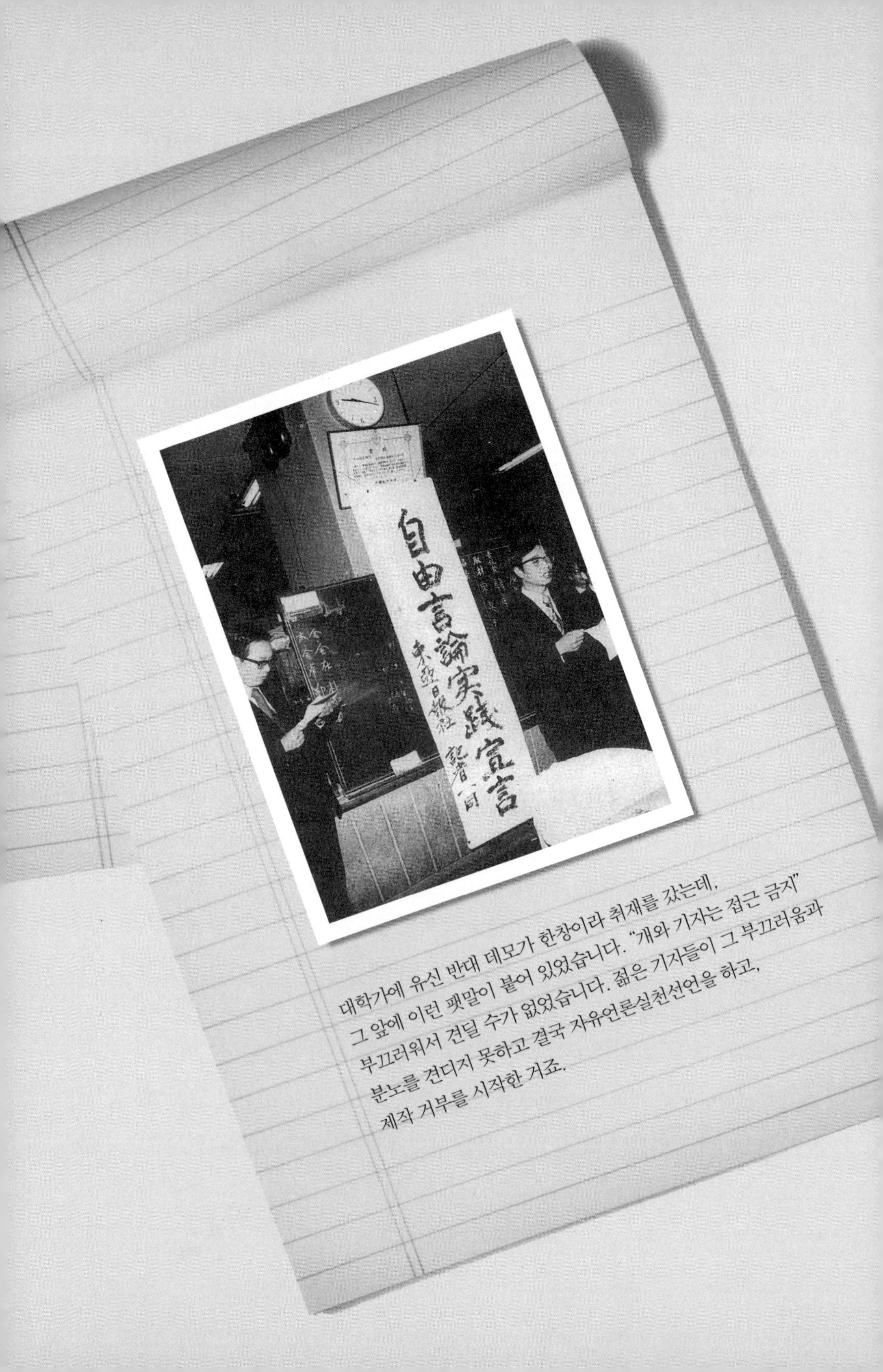

대학가에 유신 반대 데모가 한창이라 취재를 갔는데,
그 앞에 이런 팻말이 붙어 있었습니다. "개와 기자는 접근 금지"
부끄러워서 견딜 수가 없었습니다. 젊은 기자들이 그 부끄러움과
분노를 견디지 못하고 결국 자유언론실천선언을 하고,
제작 거부를 시작한 거죠.

안 나간다. 바위처럼 제자리를 지키겠다"라고 했습니다. 제 발로 걸어나가는 것은 스스로 정치권력에 투항함으로써 정치적 독립성을 허무는 것이니까 마지막까지 버티는 게 옳은 선택이라고 봤습니다.

그 다음, '이 정권이 나를 쫓아내기 위해서 온갖 권력을 동원하는 과정에서 이 정권의 폭력성과 야만성이 드러나게 될 것이다'라고 생각했습니다. 실제로 그렇게 됐습니다. 저항을 하면, 저항하는 사람들을 억압하는 과정에서 못된 권력의 야만성과 폭력성이 드러납니다. 유신 때 박정희가 그랬고, 전두환이 그랬지요. 자유와 민주주의, 인간의 권리와 평화, 통일을 이야기하는 사람들을 감옥에 가두고 고문하고 심지어 죽이기까지 하는 과정에서 그 포악한 권력의 야만성이 다 폭로됐거든요. 그래서 저도 그때 그렇게 생각했습니다. '나를 쫓아내는 과정에서 이 정권이 온갖 무리한 수를 다 쓸 텐데, 그 과정에서 폭력성과 야만성이 드러나게 될 것이다. 그러면 이 정권의 생명을 단축시키게 된다.' 지금도 마찬가지입니다. 파업 중인 후배들이 싸우고 있는데, 그 과정에서 해직되고, 정직되고, 감봉당하고, 지방으로 쫓겨나고 그렇게 될 겁니다. 그런 과정에서 정권 친위대들의 야만성이 다 드러나게 되어 있어요. 그러면 결국 자신들이 서 있는 자리가 정당하지 못하다는 것을 스스로 밝히는 것이고, 정권의 생명을 단축하게 되는 겁니다. 저는 그런 선택을 하면서 결국 해임되었습니다.

2008년 8월에 해임되기 전에도 이런저런 고비들이 적지 않았습니다. 1975년에 해직되고, 1978년 11월에 긴급조치 9호 위반으로 구속되고, 1979년 12월에 긴급조치 9호가 해제되어 감옥에서 나왔다가 이듬해 서울의 봄이 지나가고 나서 5·18 이후 수배 대상이 되어 1년 동안 힘들게 도망자 생활도 했습니다. 그렇게 삶의 고비마다 어떤 선택을 하게 되어 있지요. 그런 고비에서 선택을 하게 될 때 '어떤 마음 가짐 혹은 가치를 가지고, 이 세상을 보고 역사를 봐야 하는가' 라는 이야기를 하고 싶습니다. 제가 살아온 경험이기도 하고요.

열린사회로 가는 것이 진보다

우리가 역사와 사회를 어떻게 볼 것이고, 어떤 것이 역사의 진보고 발전이며, 어떤 생각을 가지고 이 세상을 봐야 할까. 제 경험에 비추어서 말씀드릴게요. 여러 가지 기준이나 방식에 의해서 역사가 어떻게 전개되어왔고 발전해왔는지를 봅니다. 가장 쉬운 방식이 생산수단, 즉 생산관계와 생산력이 어떻게 바뀌어왔는지 보는 방식이죠. 가령, 석기시대는 생산수단이 돌멩이니까 아무래도 생산력이 낮을 수밖에 없고요. 그다음에 청동기, 철기를 거치고 나중에 산업혁명을 거치며 생산력이 폭발적으로 증가하면서 우리 삶의 질이 달라지고 하는, 그런 생산력 측면에서 역사 발전을 보는 방식도 있을 수 있겠고요. 여러 가지 단계론도 있을 수 있습니다.

역사와 사회가 어떤 질적인 변화를 하는가, 저는 그 방향이 어느 쪽이냐는 측면에서 보자는 겁니다. 역사와 사회뿐만 아니라 개인도 그렇다고 생각하는데요. 갇힌 데서 열린 세상으로 가는 것. 획일적인 것이 아니라 다양한 것이 존중되고 다양성이 보장되는 사회. 하나의 이념이든 가치든 그것이 경직되어 있는 것이 아니라 유연하고 폭넓게 받아들이는 사회. 어떤 권력이나 힘이 한 사람 혹은 소수자에게 집중되어 있지 않고, 많은 사람들에게 분산되어 있는 사회. 권력이 분산되면서 많은 사람이 참여하여 평등사회로 가는 것. 타율의 시대에서 자율의 시대로 가는 것. 이런 역사의 질적 변화와 방향, 사회의 질적 변화와 방향이 진보라고 봅니다. 개인의 삶도 마찬가지지요. 하나의 생각, 가치, 이념에 갇혀 있지 않고 생각을 열어버리는 것. 어떤 종교적 도그마에 빠져서 이것만이 유일한 구원이라고 생각하지 않고 마음을 열어서 다른 종교도 받아들이는 것. 그래서 하나로 집중되지 않고 다양성을 인정하는 사회로 가는 것이 역사가 발전하는 게 아니냐는 거죠. 그런 측면에서 보면 지난 4년이 어떻다는 것은 금방 규정지을 수가 있죠. 열린사회로 간 게 아니라 명박산성을 쌓아서 모두 닫아버리고, 자기와 생각이 조금이라도 다르면 가차 없이 목을 날려버리고, 도무지 다양성 같은 것은 인정하지 않고요.

언론인으로서 평생 살아오면서 제가 특히 주목하고 관심을 갖는 것은 언론의 자유, 표현의 자유, 양심의 자유에 관한 것입니다. 그게 사실은 민주주의의 가장 근간이 되는 것이니까요. 제가 미국에 좀 오래 있었는데, 미국에서는 수정헌법 1조(First Amendment)가 가장 핵심적인 권리이고 자유입니다. 그게 바로 표현의 자유거든요. 대법원이 보수적으로 기울어져도 그 수정헌법 1조는 생명처럼 존중하는 걸 제가 미국에 있으면서 지켜봤습니다. 거듭 말씀드리지만 언론의 자유, 표현의 자유, 양심의 자유가 인간의 가장 기본적인 자유이고 권리이며 민주주의의 바탕이 되는 것인데요. 이명박 정권 들어서 구체적인 자료들이 수없이 많습니다만, 몇 가지 상징적인 사건들이 있습니다. 언론의 자유와 관련해서 이명박 정권을 상징하는 표상 같은 사건들입니다. 그중 대표적인 게 G20 포스터에 쥐 그렸다고 잡아간 거죠. 이건 정말 있을 수 없는 일입니다. 한번 생각해보세요. 그 포스터에 쥐 한 마리 그렸다고 잡아갔죠. 그럼 거기에 고양이 그렸으면 괜찮겠어요? 저는 더 말이 안 된다고 생각하는 게, 대법원에서 벌금형으로 확정 판결을 내렸습니다. 법원은 도대체 뭐하는 겁니까.

그다음에 요즘 방송통신심의위원회에서 걸핏하면 주의, 경고 막 때립니다. 주의, 경고면 별것 아니라고 생각하실지 모르겠는데요. 방송사는 3년에 한 번씩 재허가 과정이 있습니다. 신문은 등록제이기 때문에 그냥 만들면 되는데요. 방송은 전파를 사용하는데, 전파가 공공재이기 때문에 3년에 한 번씩 재허가를 받습니다. 재허가 과정에서 법적 제재, 이를테면 방송통신심의위원회로부터 제재받은 것도 전부 마이너스 점수거든요. 여기저기 불려 다니고 골치 아픕니다.

몇 해 전에 말이에요. 어느 날, 인터넷에 들어가 보니까 〈지붕 뚫고 하이킥〉 때문에 국회에서 시끄럽고, 심의해서 제재를 한다고 기사가 났어요. 기사 내용이 '빵꾸똥꾸'가 어쩌고 그래요. 그런데 그때 제가 그 시트콤을 보지 못했어요. 그게 무슨 소린지 몰랐습니다. 저희 집에서 IPTV를 보니까 지나간 방송을 다 볼 수 있거든요. 며칠 동안 〈지붕 뚫고 하이킥〉을 1회부터 100회까지 다 봤어요. 저 그 시트콤 보면서 몇 번 울었습니다. 우리나라 텔레비전 프로그램 중에서 그것이 다큐멘터리건, 드라마건, 뉴스 리포트건 무엇이건 간에 그 시트콤처럼 학벌 차별을 그렇게 직접적으로 아프게 그린 작품이 없었어요. 황정음 씨가 '서운대'생이잖아요. 그 심정이 얼마나 처절합니까. '이거 정말 대단한 시트콤이구나' 했습니다. 그런데 보니까 한나라당 문광위 국회의원이 '빵꾸똥꾸'라고 하는 애를 보고 무슨 정신병 환자라고 그러더라고요. 결국 '빵꾸똥꾸'라는 표현을 썼다고 제재했습니다. 방송통신심의위원회에서 '주의'인가 무슨 조치를 내렸어요. 제가 그걸 보고 얼마나 화가 나던지 '야, 너희가 진짜 빵꾸똥꾸 같은 놈들이다'라고 생각했습니다. 하나의 상징적인 사건입니다.

텔런트 김여진 씨 사건 아시죠? 라디오에서 소위 보수, 진보 논객들을 한 명씩 불러서 사회적인 이슈를 가지고 토론하게 하는 프로그램을 만든다고 MBC 홍보국에서 선전했습니다. 진보 쪽에서는 김여진 씨가 나오고 보수 쪽에서는 누가 나온다고요. 저는 그 소식을 듣고는 '야, 이거 참 MBC가 그래도 좀 낫구나' 싶었습니다. 왜냐하면, 제가 KBS에 있을 때 그런 프로그램을 하고 싶었거든요. 미국 CNN에서 25년 동안 매일 저녁 7시, 그 골든타임에 했던 장수 시사 프로그램이 있습니다. 〈크로스 파이어〉라고, 크로스 파이어(Cross fire)는 서로 총질하는 교전을 말하죠. 그 프로그램의 포맷은 진보 논객 한 명, 보수 논객 한 명이 양쪽 공동 MC입니다. 둘이서 MC를 보면서 게스트 한 명을 불러서 한쪽은 보수적인 시각을 가지고 질문하고, 다른 한쪽은 진보 쪽 가치와 논리를 가지고 얘기합니다. 25년 동안 정말 꾸준히 인기 있었던 프로그램입니다. 미국에 있을 때 참 열심히 봤는데요. 그걸 보고 있으면, '보수주의자들은 이런 논리를 가지고, 이렇게 접근을 하는구나. 진보는 세상을 이렇게 보고, 이런 답을 제시하는구나' 그게 다 보입니다. 어느 것이 옳고, 어떤 것이 바른지는 보는 사람의 판단입니다. 제가 그 프로그램이 너무 좋아서 KBS에 있을 때 라디오 PD들에게 "내가 미국에 있을 때 〈크로스 파이어〉라는 걸 봤는데, 그런 거 하면 참 좋겠더라. 고민해봐라"라고 했는데 잘 못 합디다. 그래서 그게 왜 안 되느냐고 물어봤더니 진보 쪽은 할 사람이 많은데, 보수 쪽은 할 사람이 별로 없다는 거예요. 그때는 그랬어요. MBC에서 그걸 한다고 하기에 '진짜 괜찮은 거 제대로 하나 보다' 했지요. 그런데 그 뒤에 어떤 일이 있었어요? MBC에서 자체 심의규정을 만들어서 자기 생각을 이야기하는 사람은 시사 프로그램에 못 나오게 했잖아요. 김여진 씨 못 나오게 하려고요. 그걸 '김여진법'이라고 했잖아요. 그러면 시사토론 프로그램에 자기 생각을 이야기 안 하고, 누구 생각을 이야기합니까. 이게 정말 '빵꾸똥꾸' 아니에요?

그렇게 비상식적이고 비합리적인 일들이 21세기 대명천지 대한민국에서 지금 벌어지고 있어요. 그래서 지난 4년을 제가 말씀드린 사회의 발전과 진보의 관점으로 보면 다 뒤집어졌습니다. 타율의 시대에서 자율로 갔다가 전부 뒷걸음질했어요. 생각이 경직되고 획일적이고 폐쇄적이고, 다 거꾸로 가버렸어요.

그럼 우리가 지향하는 가치의 목표는 어디에 둬야 하느냐. 인류가 그동안 살아오면서 보편적으로 추구해온 가치가 있습니다. 인류가 보편적으로 추구해온 가치니까 가장 값진 것이죠. 자유, 인권, 평화, 생명, 사랑…… 이런 게 인류가 보편적으로 추구해온 가치이지 않습니까. 우리가 살아가면서 선택의 길목에서 어느 길로 가야 하느냐 할 때는 그런 인류 보편적 가치 기준에서 보면 답이 나옵니다. 저 같은 경우에는 거기에 따라서 선택을 했습니다. 이게 우리 사회의 자유를 늘리는 일이냐, 죽이는 일이냐. 그래서 단순하게 유신 체제, 이건 전부 거꾸로 가는 거니까 저항했던 거고요. 언론의 자유, 억압 역시 거꾸로 가는 거니까 저항했던 거고요. 그 이후에도 마찬가지입니다. 제가 살아오면서 그런 생각들을 가지고 살아왔다는 말씀을 드립니다.

37퍼센트의 시멘트

우리 사회의 선택과 관련해서 꼭 말씀을 드려야겠다는 게 몇 가지 있어서 그 부분에 대해서 말씀드리겠습니다. 우리 사회를 보면 37~38퍼센트의 구성원들은 하늘이 두 쪽 나도 생각이나 선택이 같은 행태를 보입니다. 몇 가지 예를 들겠습니다. 6월 항쟁의 결과로 직선제가 쟁취되었고, 그래서 1987년 대통령 선거가 있었습니다. 당시 불행하게도 두 야당 지도자께서 단일화를 못 해서 결국 노태우 후보가 대통령에 당선됐는데, 그때 득표율을 보면 YS가 28퍼센트, DJ가 27퍼센트, 김종필 후보가 8.1퍼센트이고, 노태우 후보가 36.6퍼센트입니다. 그런데 그때가 시기적으로 어떤 때입니까. 박정희·전두환 군부독재를 끝내고 난 다음, 6월 항쟁에서 직선제를 쟁취해서 민주화 열망이 가장 높았을 때입니다. 제가 주목하는 것은 그렇게 민주화 열망이 높았을 때 노태우 후보가 얻은 36.6퍼센트, 37퍼센트입니다.

그다음에, 정운찬 씨가 총리 됐습니다. 제 대학 동기인데요. 참 훌륭한 친구인데, 요새 좀 그렇게 됐어요. 그때 세종시 문제 가지고 시끄럽지 않았습니까. 세종시 문제야 우리 각하께서 워낙 말을 많이 바꾸는 분이니까 여러 차례 말을 뒤집었지요. 그때 세종시 관련해서 "정운찬 총리 잘하고 있느냐, 못하고 있느냐?" 물어봤더니 53퍼센트의 국민이 "잘못하고 있다"라고 했쥽니다. 그런데 "정운찬 총리 잘하고 있다", 37퍼센트 나왔습니다.

노무현 대통령, 그렇게 돌아가셨습니다. 서거 일주일 뒤입니다. 그의 죽음에 대해 사회적인 애도가 가득할 때입니다. 그때 〈한겨레〉에서 여론조사를 했습니다. 노무현 대통령에 대한 검찰의 혹독한 수사,

표적 수사, 정치적 보복 수사에 대해서 책임이 있으니 "이명박 대통령이 유족과 국민에게 사과해야 하느냐, 안 해야 하느냐?"라는 여론조사를 했습니다. "이명박 대통령이 국민과 유족에게 사과해야 한다", 55.9퍼센트. "사과할 필요 없다", 37.5퍼센트 나왔습니다.

미국산 쇠고기 수입 때문에 2008년 봄에 촛불집회가 있지 않았습니까. 2009년에 촛불 1년 맞아서 여론조사를 했습니다. "여러분은 지금 미국산 쇠고기에 대해서 불안해합니까, 불안하지 않습니까?"라고 물었어요. 그랬더니 국민의 56.1퍼센트는 "난 아직도 미국산 쇠고기가 좀 불안하다"라고 했어요. 그런데 38.1퍼센트는 "문제없다"라고 했습니다.

한명숙 총리 첫 사건 기억나시죠? 곽영욱 사장이 의자 위에 5만 달러를 두고 나왔던 사건 말입니다. 그러면 의자를 기소해야지 왜 한 총리를 기소하느냐고 했던 그 사건. 1심, 2심에서 다 무죄 나왔던 그 사건. 얼마나 수사가 엉터리였습니까. "검찰 수사 문제 있느냐, 없느냐?"라고 물어봤어요. "검찰 수사 문제 있다", 51퍼센트. "문제없다", 37.7퍼센트입니다.

가장 최근에 나온 여론조사입니다. YTN에서 전국적으로 민주통합당과 통합진보당, 두 당의 야권 연대 단일화에 대해서 물었습니다. 그랬더니 "연대가 잘됐다", 42.6퍼센트. "연대 그거 잘못됐다", 37퍼센트. 이 37퍼센트는요, 세상이 몇 번 뒤집어져도 37퍼센트입니다. 제가 언제부터 이 37퍼센트에 주목하기 시작했느냐 하면요. KBS 사장 할 때, 그때 여론조사 많이 있었습니다. "정연주 사장이 있는 현재 KBS는 좌편향이다", 37퍼센트 나왔습니다. 정치적으로 편향되어 있다, 37퍼센트 나왔습니다. 시멘트보다도 강고합니다.

제가 강연 다니면서 질문을 많이 받았습니다. 요새는 그 질문이 별로 안 나옵니다. 왜 한때 이명박 대통령의 지지율이 항상 44~45퍼센트 나왔잖아요. 그러면 강연 끝나고 꼭 한 분이 묻습니다. "이명박 대통령의 지지율이 어떻게 44~45퍼센트가 나옵니까?"라고요. 그래서 제가 되물었습니다. "그게 높다는 뜻이에요, 낮다는 뜻이에요?" 여러분은 그게 높다고 생각하세요, 낮다고 생각하세요? 저는 터무니없이 낮다고 생각합니다. 왜 그러냐. 제가 언론인으로 살아온 지, 그리고 언론 문제를 가슴에 꼭 품고 살아온 지가 40년이 넘었습니다. 그런데 이 40년 넘는 세월 동안에 제도권 언론이 이렇게 일방적으로 정권 편드는 적이 없었습니다. 90퍼센트입니다. 정권 친위대가 장악한 방송은 말할 필요 없죠. 조중동도 말할 필요 없고요. 경제지에서 노동자의 파업과 그들의 아픔에 대해서 실어주는 거 봤습니까? 강자, 자본의 논리 아니에요? 대부분의 신문이 그렇죠. 그러니까 제도권 언론의 90퍼센트는 완전히 정권 친화적이에요. 이런 언론 조건에서 지지율이 44~45퍼센트밖에 안 나와요? 60퍼센트 정도 나오는게 정상 아닙니까? 언론이 완전히 편향해버렸어요. 특히 조중동이 종편 받기 전에는 거의 비판 안 했습니다. 혹시 종편 못 받을까 싶어서요. 당시 우리나라 제도권 언론만 들여다보면, 태평성대입니다. 이렇게 언론이 일방적으로 편들어주는데, 40 몇 퍼센트가 나왔단 말이에요. 더군다나 생각해보세요. 이 37~38퍼센트는 시멘트보다도 강고해서 거기에다가 조금만 플러스알파 하면 순식간에 44~45퍼센트가 됩니다.

대표적인 게 지난번 서울시장 선거입니다. 박원순 후보와 나경원 후보가 싸웠는데, 나경원 후보는 온갖 악재가 다 생겼잖아요. 게다가 그 선거를 하게 된 계기가 뭡니까. 오세훈 시장이 아이들 밥 먹는 거 가지고 예산 왕창 들여서 주민투표를 했는데, 하도 결과가 허망해서 개표도 못 해봤죠. 그 말도 안 되는 계기로 선거를 시작했는데요. 그때 내곡동 사건 터졌죠. 내곡동 사건, 제가 배임죄 걸려봐서 아는데 명백한 배임입니다. 스킨케어에 뭐 어쨌죠. 많이 나왔잖아요. 게다가 박원순 후보는 혜성처럼 나타난 안철수 교수의 축복까지 받았잖아요. 그러면 이건 애초에 게임이 안 되는 거 아닙니까. 그런데 나경원 후보의 표를 까보니까 46.4퍼센트가 나옵니다. 무섭습니다.

제가 왜 이런 말씀을 드리느냐 하면 우리 사회의 수구, 저는 보수라고 부르지 않습니다. 우리나라에는 진정한 보수가 없으니까요. 친일 세력과 그 후손들, 군부독재 정권에 빌붙어 먹었던 사람들, 그 독재 정권 세력, 영남 패권주의 세력, 우리 사회에서 강자의 논리만 대변해온 조중동으로 상징되는 세력…… 이 수구 기득권 세력은 시멘트보다도 강고하게 37~38퍼센트이기 때문에 조금만 얹으면 순식간에 46~47퍼센트가 나온다는 말씀을 드리려는 거예요. 이명박 대통령의 지지율이 계속 44~45퍼센트였고, 그 말도 안 되는 서울시장 선거에서 나경원 후보가 46.4퍼센트 나왔고요. 요새 선거만 했다 하면 아슬아슬하잖아요. 최문순 지사도 51퍼센트가 나와서 간신히 됐죠. 손학규 후보도 51퍼센트로 간신하게 됐죠. 경남 김해에서도 김태호 후보가 되기는 했습니다만, 51퍼센트로 간신히 됐죠. 요새는 이렇게 51 대 49입니다. 이 이야기 들으니까 속이 답답하시죠?

이제 희망을 이야기하겠습니다. 제가 볼 때는 두 가지가 샘솟는 희망입니다. 언론의 90퍼센트가 수구 기득권 편을 들고 있지만, 아까 말씀드린 새 언론들이 나와서 드디어 수구언론과 맞짱을 뜨기 시작

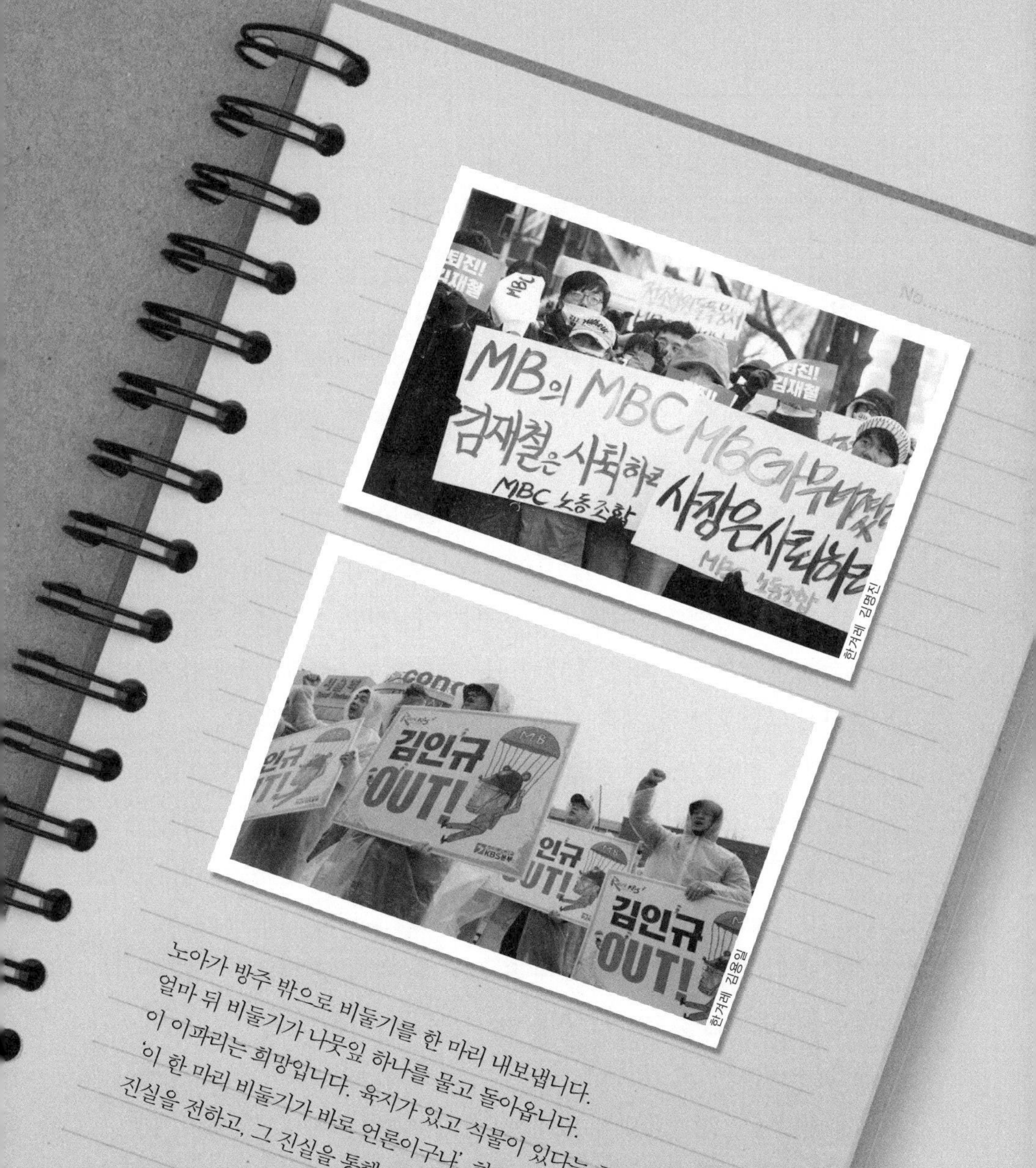

노아가 방주 밖으로 비둘기를 한 마리 내보냅니다.
얼마 뒤 비둘기가 나뭇잎 하나를 물고 돌아옵니다.
'이 이파리는 희망입니다. 육지가 있고 식물이 있다는 증좌니까요.
이 한 마리 비둘기가 바로 언론이구나' 하고 생각했습니다.
진실을 전하고, 그 진실을 통해 희망을 주니까요.

했습니다. 돈 별로 안 들이고도 새로운 걸 할 수 있다는 것을 지금 우리가 새 언론을 통해 직접 보고 있습니다. 〈나는 꼼수다〉, 〈이슈 털어 주는 남자〉, 〈뉴스타파〉…… 유튜브에 올리면 순식간에 수십만이 보거든요. 종편 세 개보다 많이 본단 말이에요. 그래서 이런 새 언론 환경이 세상을 바꿀 수 있다는 희망을 갖게 하고 있고요.

두 번째는, 잘 아시는 이야기니까 구체적인 통계는 생략하겠습니다. 20~30대의 생각과 가치관이 아버지 세대와 완전히 다릅니다. 한 가지만 제가 설명해 드리지요. 〈PD수첩〉 1심에서 무죄 판결 났을 때, 여론조사를 했습니다. "만약 당신이 판사라면 〈PD수첩〉 사건에 대해서 어떤 판결을 했을까요?"라고 물어봤습니다. 그랬더니 이 결과가 세대별로 완전히 다릅니다. 전부는 아니지만 주로 조중동을 보시는 50대 이상은 무죄 판결 내린다는 답변이 42.6퍼센트밖에 안 됐습니다. 그런데 40대, 무죄 판결 내린다는 답변이 61.7퍼센트. 30대, 65퍼센트. 20대, 74.7퍼센트 나왔습니다. 세상 보는 눈이 다르다는 거죠. 한국전쟁을 직접 경험했느냐 안 했느냐, 가난을 경험했느냐 안 했느냐 등 여러 가지 역사적·사회적 요인으로 설명이 가능합니다. 언론의 입장에서 보면, 20~30대가 자신들의 아버지 세대와 완전히 다른 생각, 가치, 세상을 보는 눈을 갖게 된 것은 조중동을 안 읽기 때문이라고 저는 믿고 있습니다. 안 보잖아요. 저는 그게 아주 중요한 요인이라고 보고 있고요.

이 자리에도 20~30대가 많이 계시는데, 2002년에 노무현 후보가 대통령에 당선될 때를 보면요. 그때 전체 국민의 투표율이 70.8퍼센트였는데, 20대들이 투표장에 안 가고 애인 손 붙잡고 놀러 갔어요. 20대 전반 투표율이 57.9퍼센트, 20대 후반 투표율이 55.2퍼센트였습니다. 일반 투표율보다 15퍼센트 정도 낮았습니다. 20대 유권자가 2010년 지자체 때 보니까 760만 정도 돼요. 만약에 20대가 2002년처럼 놀러 안 가고, 10퍼센트만 더 투표장에 가면 76만 표가 더 나오는 거죠. 760만의 10퍼센트니까 76만 표가 더 나오는 거 아닙니까. 1997년 대선 때 김대중 후보가 39만 표 차로 대통령이 됐습니다. 2002년 대선 때 노무현 후보가 57만 표로 당선됐습니다. 그렇게 보면 20대가 10퍼센트만 더 투표해서 나오는 76만 표는 세상을 바꿀 수 있는 표입니다. 그래서 20~30대 분들이 얼마나 투표장에 가느냐가 세상을 바꾸는 핵심입니다. 20~30대가 짱돌 들고 뻘건 띠 매는 게 아니라 투표 날, 애인 손 붙잡고 가서 투표만 하면 세상이 바뀌는 겁니다. 그렇게 하실 거죠? 그렇게 약속하시니 저는 더 이야기할 게 없습니다.(웃음) 감사합니다.

사회자 　1970년대 언론에서부터 KBS 경영, 무엇보다도 해직, 그 뒤에 또 언론자유, 세상의 진실을 위해서 싸우고 계신 정연주 언론인의 말씀 잘 들었습니다. 질문과 대화 나누도록 하겠습니다. 어려운 걸 질문해주십시오. 아까 대기실에서 잠시 이야기를 나눴는데 어려운 질문이 좋다고 말씀하시더라고요.(웃음)

자신의 선택을 끊임없이 비판하고 채찍질하라

청중1 　회사원입니다. 현재 상황으로 봤을 때, 왜 1970년대에 〈동아일보〉를 선택하셨는지 궁금하고요. 그 연장선상에서, 제가 고등학교 때 국사책에서 "〈조선일보〉와 〈동아일보〉는 민족지다"라는 내용을 본 걸 기억하는데, 그게 사실이라면 과연 언제부터 언제까지 민족지였는지 궁금합니다.

정연주 우리 역사에 대한 정확한 인식이 필요합니다. 제가 〈동아일보〉에 입사할 때만 하더라도 〈동아일보〉는 일제 강점기 때 독립에 가담하고 저항한 민족지로 여겨졌지요. 저도 그렇게 알았습니다. 그리고 〈조선일보〉도 그런 줄 알았는데, 나중에 최민지 선생님이 쓰신 일제 강점기의 언론사를 읽어보고 굉장히 충격을 받았습니다. 〈조선일보〉와 〈동아일보〉 모두 얼마나 친일 행위를 많이 한지 모릅니다. 특히 일제가 전쟁 말기에 가면서 우리 젊은이들을 징용 끌고 갈 때 보면, 그때 당시 〈동아일보〉의 사주였던 김성수 씨가 "청년들이여, 대의를 위해서 전쟁에 나가라"라는 글도 쓰고 그래요. 그다음에 여러분이 잘 아시는 손기정 선수가 베를린 올림픽에서 마라톤 우승했을 때 〈동아일보〉의 일장기 말소 사건, 그거 일선 기자가 지운 겁니다. 조선 총독부에서 발칵 뒤집어지니까 경영진이 이 젊은 놈들이 회사 망치려고 한다고 징계했습니다. 그래서 일제 강점기나 그 이후도 그렇고, 언론사를 제대로 읽고 공부하고 많이 알려야 할 필요가 있는데요. 참 부끄러운 역사가 많습니다. 저는 그걸 나중에 알았고요.

그럼 왜 〈동아일보〉에 들어갔느냐, 그때는 지금과 같은 의미의 진보 언론, 그러니까 〈한겨레〉나 〈경향신문〉 같은 언론은 없었고요. 〈동아일보〉가 야당지였습니다. 〈동아일보〉는 야당지로서 이승만 정권에 저항했지요. 상대적으로 권력에 대해 가장 비판적인 입장을 취하던 언론이었습니다. 신문 부수도 압도적으로 많이 나간 1등 신문이었지요. 그래서 기자들의 자부심이 굉장히 높았습니다. 박정희 시대에도 가장 앞서 저항하던 언론이 〈동아일보〉였습니다. 그래서 저는 제일 좋은 신문일 줄 알고 들어갔고, 실제로 그때 제일 좋았습니다. 지금 저렇게 망가진 걸 보면 선배 입장에서는 참 안타깝죠. 그렇게 좋았던 신문이 어떻게 저렇게 망가졌는가. 직접적인 원인 중 하나는 1975년에 그 중심을 이루던 젊은 기자들이 다 쫓겨나 버렸기 때문이라고 봅니다. 기둥이 무너져버린 거죠.

사회자　일제 강점기 때 〈동아일보〉가 그런 역할을 하도록 조선 총독부가 유도한 측면이 있습니다. 일제는 조선의 저항 세력들이 어떤 생각을 갖고 있는지 알고 싶어 했습니다. 그런 차원에서 외형적 민족성을 일정하게 갖도록 했다는 것이지요. 그 기간은 극히 짧았습니다. 일제 강점기 〈동아일보〉에는 쓸 만한 인재들이 제법 있었습니다. 나중에 조선공산당 최고 책임자가 되는 박헌영도 있었습니다. 당대 최고 인텔리들이 신문에 모여 있었지요. 그때와 거의 흡사한 게 1970년대 초반 〈동아일보〉였습니다. 그때 〈동아일보〉와 〈조선일보〉에서 해직된 기자들이 모두 140여 명 되는데, 100여 명 정도는 대략 우리가 알고 있는 분들입니다. 해직된 뒤 이분들이 사회 각계에서 정말 다양한 활동을 펼쳤고, 무엇보다 정의로운 길을 걸어갔기 때문이지요. 바로 이 〈한겨레〉 또한 그 힘에서 나온 거지요.

청중 2　안녕하세요. 〈한겨레〉에서 아르바이트를 하고 있는 대학 휴학생입니다. 20~30대가 나서서 투표하면 세상이 많이 바뀔 거라고 말씀하셨는데, 저는 정치권의 현실이 막막하게만 느껴집니다. 이런 현실 속에서 어떤 선택을 해야 할지 조언해주셨으면 합니다.

정연주　정치 현실에서 어떤 선택을 하게 될 때, 사람에 따라서는 상대적으로 차선을 선택하고 차악을 배척하는 사람이 있을 수 있는가 하면, 아주 근원적인 변화를 추구하는 사람도 있을 거예요. 이명박 대통령이 오나 누가 오나 똑같다고 보시는 분도 있고, 그 차이는 분명히 다르다고 보시는 분도 있는데, 저는 후자 입장입니다. 특히 표현의 자유와 관련해서 이런 정권이 연장되어서는 안 된다는 게 제 신념입니다. 그런 면에서, 바뀌어야 한다는 생각을 하고 있습니다.

새로운 세상의 구체적인 내용이 무엇이냐에 대해서는 참 많은 고민이 필요합니다. 다만 최근에 다행스러운 것은 우리 사회에서 경제 자유화라든지 복지 같은 근원적인 문제에 대한 고민이 많아지고, 그런 논쟁이 많습니다. 그다음에 재벌을 어떻게 바꾸느냐 하는 이런 문제들이 사회적인 의제가 됐다는 것도 굉장히 다행스러운 일이라고 봅니다. 그래서 그 일을 누가 상대적으로 더 잘할 수 있느냐에 따라서 선택을 할 수밖에 없지 않나……. 최선이라는 게 안 보일 수도 있거든요. 결국 현실에서는 상대적인 선택을 할 수밖에 없지 않은가 하는 생각이고요.

그런 상대적 선택을 하는 과정에서도 선택한 대상을 끊임없이 비판해야 하고, 더 제대로 된 길을 갈 수 있도록 채찍을 가해야 한다고 봅니다. 핵심적인 건, 공동체적 삶을 어떻게 잘 만들어 가느냐는 것 아닙니까. 저는 사람이 짐승과 다른 점이 두 가지라고 생각합니다. 하나는 부끄러움을 아는 것이고요. 두 번째는 약자를 배려하는 마음이지요. 짐승은 약육강식인데, 사람은 적어도 자기보다 약한 자를 배려하고 공동체적 가치를 지향하지 않습니까. 이명박 정부의 지난 4년을 보면, 이건 완전히 강자의 세상이거든요. 교육 그렇고, 경제 정책 그렇고, 모든 것이 강자와 효율 중심이고요. 정글의 법칙이죠. 사람 사는 세상이 아니죠.

청중 3 대학 휴학생입니다. 강연 말씀 잘 들었고요. 언론 일을 꿈꾸고 있어서 조언을 구하고 싶은데요. 예비 언론인이 어떤 마음가짐으로 언론인을 꿈꿔야 하는지, 좋은 말씀 부탁드립니다.

정연주 언론을 꿈꾸는 사람들이 많습니다. 그런데 제가 요새 젊은 후배들을 만나면 꼭 그 이야기를 합니다. 가령 'KBS, MBC에 꼭 기자나 PD로 들어가야겠다' 혹은 '메이저 신문에 꼭 기자로 들어가야겠다'라고 생각하고 2~3년 떨어지고도 계속 시도하는데, 메이저 언론에 들어가는 것이 장단점이 있습니다. KBS 기자의 예를 듭시다.

KBS 기자가 되었을 때, 그 KBS라는 조직이 가지고 있는 영향력을 들어가서 바로 활용할 수 있죠. 그런데 만약에 이 조직이 이상해져서 요즘처럼 자율성이 침해되고, 소위 주체적 삶을 살 수 없을 때는 정말 비참해집니다. 지금 KBS, MBC, YTN 기자들이 왜 파업을 합니까. 기자로서의 자존심을 다 잃어버렸어요. 하도 간섭이 많아서, 못하게 하잖아요. 제가 후배들에게 숱하게 듣습니다. 4대강 아무리 발제해도 취재를 허용하지 않습니다. 취재 다 해와도 내지 못하고요. 반달곰 둘째 새끼가 나왔다면 막 이만큼 나가는데……. 이게 제 이야기가 아니고, KBS 새 노조에서 나온 이야기입니다. 반달곰이 둘째 새끼를 낳았다, 장수풍뎅이가 애완동물이 되었다고 하면 리포트가 되는데요. 나경원 씨 기소 사건 단신으로 나갔고, 내곡동 사건 났을 때는 현장에 기자 보내지도 않고 전부 청와대 발표 기사만 해명성으로 냅니다. 이런 상황에서 기자 생활은 정말 비참한 겁니다. 그래서 메이저 언론에 들어가면 장점이 있는 동시에 그런 위험부담도 있으니까 좀 더 유연하게, 넓게 생각할 필요가 있다고 봅니다.

저희 때는 기자가 되고 싶으면, 몇 개 언론사에 들어가지 않고는 자기가 생각하는 글을 발표할 수 없었습니다. 신문사에 못 들어가면 자기 글을 발표할 공간이 없었어요. 그런데 요새는 인터넷에 올려도 되고, 영상 찍어서 유튜브에 올려도 되고, 1인 미디어 가능한 시대거든요. 방송 장비도 과거에 비해 비교할 수 없을 정도로 저렴해졌습니다. 아까 말씀드린 대로 〈뉴스타파〉는 50만 원짜리 카메라 가지고도 찍어서 할 수 있어요. 지금 HD 6mm 카메라는 500만 원 주면 좋은 거 삽니다. KBS 1TV 프로그램인 〈걸어서 세계속으로〉도 PD가 직접 조그만 카메라 들고 가서 찍어온 겁니다.

옛날에는 진입 장벽이 워낙 높아서 언론사 하는 것도, 언론사에 들어가는 것도 매우 제한되어 있었는데요. 지금은 기존 언론사가 아니더라도 인터넷 매체가 얼마든지 영향력이 있고요. 그다음에 할 수 있는 영역이 굉장히 넓어졌습니다. 디지털 혁명으로 영역이 엄청나게 넓어졌기에 생각을 조금만 열면 기회가 많습니다. 언론인이 되겠다는 꿈을 갖고 'KBS 기자 한번 해보겠다' 싶으시면 2~3년 계속 시도하시고요. 아니면 '다른 길도 있구나' 하고 생각을 열어놓을 필요가 있다는 거죠.

청중 4 저는 대학교 4학년 학생이고, 언론사 입사를 희망합니다.

사장님께서 KBS에 계실 때, 입사 시험 과정에 '블라인드 제도'를 도입하신 걸로 아는데요. 그래도 지금 언론사를 준비하는 학생들은 KBS가 이른바 스펙, 학점이나 토익 같은 걸 가장 많이 본다고 걱정하고 있어요. 사장님께서 조만간 복직하시게 된다면, 그런 획일적인 기준 말고 좀 더 창의적으로 많은 인재를 등용할 수 있는 다른 방안을 생각하고 계신 게 있는지 여쭤보고 싶습니다.

정연주　제가 지금도 자신 있게 이야기할 수 있는 건데, KBS에 5년간 있으면서 가장 보람을 느끼는 게 한 가지 있습니다. 영향력 1위, 신뢰도 1위, 이런 건 제가 이룬 게 아니라 KBS 구성원들이 이룩한 성취고요. 제가 CEO로서 직접 집행한 것으로 보람을 느끼는 게 있습니다. CEO, 즉 Chief Executive Officer 아닙니까. executive라는 게 execute의 형용사인데, '집행'하는 거지요. 사장은 어떤 정책을 집행할 수 있습니다. 제가 뭘 집행했느냐 하면, 사람을 뽑는 제도를 바꿔버렸어요.

아까 제가 '빵꾸똥꾸' 이야기도 했는데, 저는 우리 사회에서 가장 심각한 문제로 '차별'을 보거든요. 여러 종류의 차별이 있습니다. 지역 차별, 성(性) 차별, 특히 평생 주홍글씨처럼 따라다니는 학벌 차별을 우리 교육과 사회의 가장 핵심적인 문제로 보기 때문에 그걸 KBS 단위에서 어떻게 바꿀 수 있을지 고민했습니다. 제가 미국에 있으면서 가장 감명을 받았던 제도가 '약자보호정책(Affirmative Action)'입니다. 예를 들면, 부자 동네에 사는 백인은 스펙이 좋습니다. 족집게 과외를 해서 SAT 1,500점 받습니다. 그런데 가난한 동네 사방에서 총소리 빵빵 나고, 마약 하다가 죽고, 아버지 죽고 한 흑인 아이가

SAT 1,200점 맞는 것은 거의 불가능합니다. 그러면 하버드 대학에서 심사할 때, 1,200점 맞은 흑인 아이는 합격시키거든요. 적극적인 배려입니다. 그런 걸 제가 KBS에서 어떻게 도입했느냐 하면, KBS 직원 중에서 지역 제작 인원, 그러니까 기자, PD, 아나운서의 절반은 무조건 그 지역 대학 출신에게 할당했습니다. 그리고 100퍼센트 블라인드제 했습니다. 응모자가 어느 지역 출신인지, 어느 대학 출신인지, 가족이 누군지, 이력서에 그런 내용은 다 지워버리게 했지요. 완벽하게 사람만 봤습니다.

아까 스펙 걱정하셨는데, 스펙은 제가 전면적으로 해결하지는 못했지만 일정 정도 규제를 했습니다. 1년에 100명 정도 뽑으면, KBS에 응모하는 숫자가 7,000~8,000명이 돼요. 이걸 전부 면접 볼 수 없으니까 첫 단계로 거릅니다. 3분의 1 정도를 거르는데요. 그 거르는 과정에서 어쩔 수 없는 스탠다드 점수로 처리를 하는데, 그게 대학 학점과 영어 점수 정도지요. 그런데 영어 점수는 사실 부잣집 아이들이 더 잘 나옵니다. 해외 연수 1년 가면, 귀 뚫려요. 영어 점수 더 잘 나와요. 영어 점수는 경제적 조건과 맞아떨어지게 되어 있습니다. 그래서 제가 영어 비중을 낮췄습니다. 그 대신에 한국어능력시험을 도입했습니다. 한국어능력시험은 열심히 공부만 하면 되니까요.

이렇게 100퍼센트 블라인드 면접을 하고, 지역 제작 인원의 절반을 지방대 할당제로 하고, 영어 비중 낮추고 했더니 놀라운 변화가 생겼어요. 그전에는 이른바 3개 대학이 KBS 기자, PD, 아나운서를 거의 독식했습니다. 그리고 전국적으로 KBS 직원을 100명 정도 뽑으면 20개 대학이 다 차지해 버렸어요. 100퍼센트 블라인드 면접을 하고 지역 인원의 절반을 지역할당제로 했더니, 5년 동안에 600 몇 명을 뽑는데 84개 대학에서 합격자가 나왔고요. 어느 해도 단 한 개 대학이 10명 이상의 합격자를 낸 적이 없었습니다. 정말 골고루 들어왔습니다. 저는 지금도 성공이라고 생각하고, 가장 보람을 느끼는 정책이기도 합니다. 특히 블라인드 면접은 우리나라처럼 학벌이 주홍글씨처럼 평생을 따라다니는 나라에서는 제도화돼야 한다고 굳게 믿는 사람이고, 지역할당제 해야 한다고 믿는 사람입니다. 해보니까 무지개처럼 아름다운 결과가 나왔다는 경험을 가지고 있고요. 앞으로 반드시 이 제도를 도입해야 합니다.

청중 5　학교에서 아이들을 가르치고 있습니다. 첫 번째로 시청률의 기준이 궁금하고요. 두 번째로, 저는 활자 매체인 신문 보는 걸 좋아하는데 요즘 세상은 그게 아니잖아요. 저도 〈한겨레21〉을 구독하지만, 항상 구독 기간이 끝날 때쯤 되면 전화가 오거든요. 그래서 "너무 힘든데 선생님 같은 분이 도와줘야 하지 않느냐……"라고 말씀하십니다. 이런 활자 매체가 앞으로 어떻게 될 것인지도 궁금합니다. 마지막으로, KBS 사장님 정도면 월급이 얼마인지도 궁금해요.

정연주　제일 마지막 질문부터 답을 드릴게요. 뜻밖에도 그걸 궁금하게 생각하시는 분들이 많더라고요. 제가 KBS에 있을 때 받은 월급이 세금 다 떼고 1,000만 원 정도입니다. 법인카드는, 제가 개인적으로 쓸 수 있었던 금액이 500만 원 정도인데, 한 번도 50퍼센트를 못 넘었습니다. 한번은 제가 광고 때문에 광고주들과 호텔의 일식집에서 밥을 먹었는데, 여섯 명이서 점심 먹고 술 한잔하고 나와 보니까 눈이 이렇게 벌어지게 돈이 나왔어요. 그래서 그다음부터 다시는 호텔에 안 갔어요. 싼 거 먹으면 되거든요. 호텔에 갈 필요 없어요.

시청률은 이렇게 조사합니다. 시청률 조사기관에서 샘플로 어떤 가구를 선택합니다. 지금 대강 3,000가구에서 플러스알파를 하는데, 그 3,000가구에 시청률 조사기관에서 미터기라는 걸 설치합니다. 미터기가 설치된 집에서 텔레비전을 보잖아요, 화면을 돌리고 어느 채널을 몇 시간 보고 한 게 초 단위로 기록됩니다. 그리고 전산화되어 본사로 넘어가서 다음 날 아침이 되면 초 단위로 전부 분석이 되어서 나옵니다. 제가 KBS 사장 할 때, 출근하면 사장실 책상 위에 그 전날 전적이 쫙 나와 있었습니다. 그런데 김중배 선배께서 MBC 사장 하실 때, 제가 MBC 시청자 위원을 했거든요. 그때 제가 시청자 위원회에서 김중배 사장에게 그랬습니다. "사장님, 아침에 나오면 책상 위에 시청률 표 있죠? 그거 절대 보지 말고 쓰레기통에 던져버려요." 그래서 제가 처음에 사장으로 가서는 안 보고 던졌어요. 얼마쯤 지나니까 궁금해서 못 견디겠어요. 드라마 시청률을 봐야 광고가 들어올지, 안 들어올지 알 수 있으니까요. '무능경영, 적자경영' 그러니까 시청률을 봐야 하잖아요. 그래서 그거 한번 보기 시작하면 영향을 받게 됩니다. 그리고 만약에 사장이 시청률 안 나온다고 잔소리하기 시작하면 그 프로는 망하게 되어 있습니다. 가만히 내버려둬야 해요. 실패할 자유까지 줘야 합니다.

두 번째 질문은, 저는 1975년에 해직되고 미국 가고 하는 과정에서 다시 기자가 될 수 있다는 꿈을 버렸어요. 그래서 미국 가서도 대학 때 했던 경제학 공부를 계속했는데요. 한겨레신문이 창간되었을 때, 제 기쁨은 표현을 못 합니다. 마흔네 살에 다시 기자가 되었거든요. 그만큼 정말 귀한 신문이죠. 6월 항쟁의 축복으로 나온 가장 큰 산물이고요. 그때 대선에서 졌지 않습니까. 노태우 후보가 대통령이 되고 난 뒤에 민주주의를 열망하던 국민들이 절망에 빠져 있을 때, 한겨레신문을 창간하면서 내건 모토가 있었습니다. "민주주의는 한 판의 승부가 아닙니다." 참 좋은 말이죠? 제 〈동아일보〉 입사 동기이 자 1975년에 같이 해직됐던 강정문이라는 친구가 만든 광고 카피인 데, 그 친구는 몇 해 전에 세상을 떠났습니다. 그렇게 6월 항쟁 이후 국민이 50억 만들어줘서 한겨레신문이 탄생했죠.

이렇게 생각하시면 아마 금방 답이 나올 거예요. 〈한겨레〉가 있는 세상과 〈한겨레〉가 없는 세상을 생각해보세요. 아마 매우 다른 세상 이 상상될 겁니다. 따라서 〈한겨레〉와 〈한겨레21〉 모두 도와줘야 해 요. 그리고 또 인터넷 매체 있고, SNS 있고, 〈나는 꼼수다〉 있고……
이런 게 조중동이 압도하는 언론 구조에 완전히 맞짱 뜨고 있거든요.
이제 희망이 생겼다니까요.

청중 6　대학생입니다. 지금 언론사에서는 낙하산 사장 때문에 파 업 사태가 벌어졌는데요, 현재는 정권에 따라서 언론이 좌지우지될 수 있는 상황이지 않습니까. 이런 문제를 해결할 만한 시스템을 생각 하신 게 있는지 궁금합니다.

정연주　KBS든 MBC든 YTN이든 마찬가지입니다. 사실은 꼭 이명 박 정부뿐만이 아니라 정권에 의해서 영향을 많이 받습니다. 지금 KBS, MBC의 경우에는 방송통신위원회에서 이사를 선임합니다. 그 런데 방송통신위원회는 정치적으로 구성됩니다. 따라서 KBS 이사회 도 정치적으로 구성되고, 사장도 정치적으로 구성됩니다. 지금 그렇게 되어 있어요. 그래서 저에게 "그걸 바꿀 수 있는 제도적인 장치가 가능하냐?"라는 질문들을 많이 합니다. 저도 사장 할 때 많이 고민했습니다. '무슨 방법이 없겠나?', 불행하게도 방법이 거의 없어요. 그래서 제가 얻은 답은 이겁니다.

그나마 조금 완화할 수 있는 방법이 숫자를 늘리는 거예요. 지금 방송통신위원회가 다섯 명인데, 여당에서 세 명이 와서 지배를 해버립니다. KBS 이사회도 열한 명인데, 여당에서 여덟 명이 와서 지배를 해버리거든요. 독일에 갔더니 이사회가 60~70명 됩니다. 60~70명을 뽑으면서 좀 다양하게 모아 놓으면, 그래도 지금처럼 저렇게 직선적으로 하지는 못할 겁니다. 그다음에 더 근본적으로는 시민적 감시, 시민적 정치의식, 시민의식이 높아지고 성숙해져서 정치권이 마음대로 언론을 쥐락펴락 못 하는 그런 사회로 가야 하는 거예요. 그렇게 쥐락펴락하는 정치, 정권, 권력을 심판하는 게 반복되면 그런 짓을 못 하거든요.

영국 BBC는 사장을 총리가 임명합니다. 임명권자만 놓고 보면 비민주적이죠. 그런데 그 프로세스는 정치적인 인물이 오면 사회적 저항이 있고, 그걸 하지 못하도록 성숙되어 있거든요. 그래서 우리도 깨어있는 시민의 성숙된 생각이 필요하고, 자꾸 그렇게 되도록 많이 모여서 공부도 하고, 투표도 열심히 하고, 저항도 하셔야 합니다. 그리고 이명박 정권 4년 동안 일선 기자, PD들이 워낙 혹독하게 당했기 때문에 아마 앞으로는 내부에서 상당한 견제가 있을 겁니다. 내부적으로 다시 낙하산이 오면, 저항이 굉장히 강할 거예요. 그래서 불교 표현을 빌리자면, 이 4년이 역행보살이 되어서 더 좋은 쪽으로 가는 좋은 계기가 되리라고 봅니다.

사회자　정리 말씀 부탁드립니다.

정연주　제가 좋아하는 시가 있어서 읽어 드리고, 이야기를 접겠습니다. 저에게 큰 힘을 주고, 격려가 되는 시입니다. 잘 아시는 도종환 시인의 〈담쟁이〉입니다. 여러분에게도 힘이 될 겁니다.

저것은 벽

어쩔 수 없는 벽이라고 우리가 느낄 때

그때

담쟁이는 말없이 그 벽을 오른다.

물 한 방울 없고 씨앗 한 톨 살아남을 수 없는

저것은 절망의 벽이라고 말할 때

담쟁이는 서두르지 않고 앞으로 나아간다.

한 뼘이라도 꼭 여럿이 함께 손을 잡고 올라간다.

푸르게 절망을 다 덮을 때까지

바로 그 절망을 잡고 놓지 않는다.

저것은 넘을 수 없는 벽이라고 고개를 떨구고 있을 때

담쟁이 잎 하나는 담쟁이 잎 수천 개를 이끌고

결국 그 벽을 넘는다.

사회자　정연주 언론인을 모시고 한국 자유언론의 궤적을 돌이켜봤습니다. 또 한국 언론의 미래에 대해서도 같이 고민해봤습니다. 여러분이 경험하셨다시피 엠비 정부 4년 동안 한국에는 사실상 언론이 존재하지 않았습니다. 저는 그 책임이 단지 정권에만 있다고 생각하지 않습니다. 언론인에게는 시민의 표현주권을 사수하라는 역할이 위임돼 있습니다. 표현의 자유는 언론과 언론인의 전유물이 아니라 주권자가 위임한 겁니다. 문제는 언론인 상당수가 언론사에서 일하는 걸 취업으로 여겨왔고, 또 그 공론의 위임 받은 힘을 사적 권력으로 바꿔서 행사해온 측면이 있다는 것입니다. 오늘날 언론파업에 대한 국민 지지가 폭넓게 형성되어 있기는 하지만, 지지하면서도 일부 비판적인 이유가 거기 있다고 봅니다. 가령 정연주 사장께서 해고될 때 KBS의 싸움은 마땅히 훨씬 더 치열했어야 합니다. 독립성이 없는 언론은 진실의 독립성에서 또한 해고되는 것이지요.

3월 15일은 오랫동안 3 · 15부정선거(1960) 날이었는데, 올해부로 한미FTA가 발효된 날이 되었습니다. 찬성 · 반대를 넘어 한미FTA에 대해서도 언론이 과연 얼마나 공정하게, 진실을 알리려고 했는지에 대해 이 순간에도 의문이 듭니다. 저는 그날 방송을 기억하고 있습니다. FTA가 가져올 '태평성대' 에 대한 장밋빛 전망을 가득 채우던 화면을.

표현의 자유보다 앞서는 소중한 자유는 없습니다. 공론으로서의 언론이 사라지면 관보와 담화문만 남게 됩니다. 이를 독재라고 합니다. 지금 의도적으로 방기되고 있는 언론파업은 관보화된 언론으로 대선을 치르겠다는 태도에서 비롯되고 있다고 의심 받기에 충분합니다. 이는 시민주권의 소멸은 물론 공정한 선택을 원천적으로 방해하는 일입니다. 선택을 강요당하지 않기 위해서 반드시 언론은 제자리로 돌아와야만 합니다. 그런 점에서 한국 시민은 지금 모두 진실에서 해고 중입니다. 오늘 선택 특강을 들으시는 분들은 그 해고자 신세를 벗어나기 위해 싸우는 분들인 줄 압니다. 우리가 대화를 주고받고 있는 이 자리는 백범 김구 선생을 기리는 공간입니다. 백범은 우리나라가 가장 아름다운 나라가 되기를 바란다면서 이렇게 말씀했습니다. '오직 한없이 가지고 싶은 것은 높은 문화의 힘이다. 문화의 힘은 우리 자신을 행복하게 하고, 나아가서 남에게 행복을 주기 때문이다.' 표현의 자유는 그 문화의 뿌리입니다. 그 뿌리 하나씩을 가슴에 심고 돌아가시길 바랍니다. 여러분, 고맙습니다.

Note

제3강 홍세화

내 삶의 최종 평가자는 바로 나

주체와 상황 사이에서

2012년 3월 20일 저녁 7시
백범김구기념관 컨벤션홀

1979년 무역회사 해외지사 근무차 유럽에 갔다가 '남민전' 사건을 계기로 귀국하지 못하고 파리에 정착해 20여 년간 생활했다. 2002년 영구 귀국해 언론인이자 실천적 지식인으로 살아왔다. 2011년 11월 진보신당 대표에 출마해 당선됐다. 당시 '오르고 싶지 않은 무대에 오르며'라는 출마선언문은 큰 반향을 일으켰다. 지은 책으로 『나는 빠리의 택시운전사』 『쎄느강은 좌우를 나누고 한강은 남북을 가른다』 『생각의 좌표』 등이 있다.

사회자　오늘밤 강연해주실 분은 '우리 안의 망명객'이라고 줄여 말씀드리고 싶군요. 우리는 '망명'이라고 하면 주로 일제 강점기에 독립운동하러 가는 것을 떠올립니다. 유신독재, 전두환 체제, 분단체제와 연관된 망명도 떠오르는데요. 실제로 많은 망명객들이 있었습니다. 아직 돌아오지 못하신 분들도 있죠. 한국전쟁 동안 지리산에서 숨진 분들은 국군과 토벌대까지 포함해서 대략 2만 명 정도로 보고 있는데요. 많은 사람들이 아직도 지리산에서 내려오지 못하고 있습니다. 뼈는 내려왔지만, 정치적·사회적·이념적으로 하산하지 못한 분들이죠. 또한 윤이상 선생님처럼 귀신이 되어서도 돌아오지 못한 분도 있습니다.

20년 만에 한 망명객이 돌아왔습니다. 그는 모든 망명에 크게 실망감을 주고 말았습니다. 그는 '망명'에 걸맞지 않게, 총을 들고 싸우거나 외교적인 활약 등을 한 게 아니라, 고작 파리에서 택시운전을 했습니다.(웃음) 당시 굉장히 신선하게 다가왔다는 걸 말씀드리는 겁니다. 그는 거창한 게 없었습니다. 그는 추상적이지 않았습니다. 그는 택시운전만큼 문제의식에서 구체적이었고, 구체적인 만큼 새로웠습니다.

조선 선비를 말할 때 흔히 문사철을 가져야 한다고 합니다. 자신만의 문학, 역사, 철학이 있어야 한다는 뜻입니다. 재능으로는 시서화가 일치해야 한다고 말합니다. 시와 글과 그림이 어우러져야 한다는 뜻입니다. 또 선비는 마땅히 신언서판이 좋아야 한다고들 합니다.

몸, 말, 글씨, 그리고 판단력이 좋아야 한다는 뜻입니다. 뒤에 있는 것은 금방 동의하겠는데, 몸이 좋아야 한다는 대목에서 문득 걸리는 느낌이 옵니다. 그렇다면 저 같은 사람은 어찌하라는 겁니까.(웃음) 이때 좋은 몸이란 잘생긴 외모 따위가 아니라 그 사람이 어떤 걸 풍기느냐 하는 것이죠. 살면서 그런 흔적과 행적이 몸에 생기고 또 스미는 것 같습니다. 아리스토텔레스도 『수사학』이라는 책에서 이런 말을 했습니다. 쓸 만한 인간이 되려면 명석한 머리가 있어야 하고, 가슴이 뜨거워야 한다. 그래야 상대를 설득할 수 있다고 말이지요. 여기에 하나를 덧붙입니다. 제아무리 머리가 뛰어나고, 가슴이 뜨겁다고 하더라도 상대를 설득할 수 없다. 상대를 설득하려면 그 사람이 가지고 있는 몸을 기초로 한 인격이 있어야 한다고 말이지요.

상당한 세월 동안 한 지식인을 멀리서, 때로 가까이서 지켜보았습니다. 저에게는 '질투'의 대상이기도 한 분인데요. 이분의 글은 멋부리는 법이 거의 없습니다. 글에 이상한 말, 괴이한 말, 특별한 말을 쓰지 않는데 읽고 나면 어딘지 모르게 슬프고, 분노하게 되고, 깨달음이 이는 거죠. 가장 질투가 나는 건 이분이 훌륭한 인격자라는 겁니다. 폭넓은 지성의 똘레랑스, 가슴 따뜻한 삶의 똘레랑스가 얼마나 소중한가를 깨우치게 해주신 우리 안의 망명객 홍세화 선생님이십니다.

홍세화　　반갑습니다. 제가 본디 말주변이 없어요. 글쓰기는 수정이 가능한데, 말은 한번 나오면 도로 들어갈 수가 없어서 대단히 조심합니다. 그러다 보니까 말을 많이 안 해요. 오늘은 많이 해야 해서 걱정이 됩니다. 서툴더라도 이해해주세요.

사회자　서울대 금속공학과를 다니다가 갑자기 그만두셨더군요. 이듬해 시험을 봐서 다시 외교학과를 들어가셨습니다. 이 첫 번째 선택, 어떻게 해서 이런 선택을 하셨습니까?

홍세화　제가 학교 다닐 때 영어보다는 수학을 잘했습니다. 제가 옆 짱구잖아요. 초등학교 6학년 때 제 별명이 '옆산'이었습니다. 앞·옆·뒤 할 때의 '옆'자에, 산수가 들어 있다고 해서 옆산. 당시에는 아시다시피 수학을 잘하면 이과고, 영어를 잘하면 문과잖아요. 전 수학을 잘하니까 이과로 가서 서울대 공대에 들어갔습니다. 들어간 해에 갓 스물이었는데, 저에게는 엄청난 사건이 있었습니다. 선배를 잘못 만났습니다. 치명적으로 잘못 만났어요.(웃음) 그 선배를 통하여 한국 현대사의 질곡을 알게 되었습니다. 현대사를 읽어나가면서 제가 그때까지 형성했던 가치관이 완전히 붕괴되는 사건이 있었습니다. 그러다 보니까 학교 다니기도 싫고요. 다시 서울대 외교학과를 간 것은 분단 상황 등에 대해서 제대로 알기 위해서였습니다.

사회자　괜찮으시다면 그 선배 이름을 공개해주시죠. 한국에 훌륭한 공학자가 나올 뻔한 걸 막아버린 사람을 말이죠.(웃음)

홍세화　그분은 이미 돌아가셨습니다. 필부입니다. 이분이 한국전쟁 때 인민지원군으로 끌려갔습니다. 그랬다가 바로 잡혀서 포로수용소에 갇힌 후 반군포로 석방을 하면서 풀려나 고향으로 돌아갔습니다. 그런데 고향에 갔더니 부모와 처자식이 모두 학살당한 겁니다. 그런 얘기를 제가 들어야 했습니다. 저에게는 엄청난 충격이었고, 사건이었죠. 아까 문사철 말씀하셨습니다만, 역사에 대해서 돌이켜 생각하게 되었고 인간에 대한 물음을 자연히 가질 수밖에 없었습니다.

사회자　전통이 오래된 걸로 알고 있는데, 문리대 연극반에 계셨죠?

홍세화　네, 연극을 했습니다. 습작으로 희곡도 써봤고요. 그게 나중에 글쓰기에 도움이 되었다는 생각이 듭니다. 문리대 외교학과를 들어갔는데, 또 재미가 없는 거예요. 저는 남북관계라든지 국제평화 쪽에 관심이 있었는데, 주로 외교관을 준비하는 분위기라서 '이거 또 잘못 왔구나' 싶었습니다. 그런데 다시 옮길 수는 없다 보니까 문리대 안에서 동아리 활동으로 연극을 했습니다. 임진택 씨가 제 고등학교 후배인데, 저에게 같이 하자고 권유했습니다. 거기서 김지하 선배를 만났죠.

사회자　그때 문리대 안에 거두가 김지하 선생이었고 거기에 '하수인'으로 계셨습니다. 그때 학생 시국선언을 했습니다. 또 학교 다니기가 싫어졌던 건 아닌지요.(웃음)

홍세화　저는 학생운동이 진행되면 주변에서 보조하는 편이었습니다. 그런데 1971년도에 위수령 사태가 나고, 주동하던 많은 학생들이 군대에 끌려갔지요. 학교가 조용해지니까 이 상황을 제가 견디지 못한 겁니다. 그럴 때는 나섭니다. 제가 그렇게 살아왔던 것 같아요. 침잠되어 있는 것을 견디지 못하고 참여하는 면이 있죠.

사회자　말씀하실 때나 글 쓰실 때 보면 차분하신데 세상이 잠잠해지면 정작 못 참으시는군요.(웃음) 지금 홍 선생님께서 별일 아닌 것처럼 말씀하셨는데 참고로 당시 민주수호선언은 유신에 대한 최초의 본격적인 저항이라고 할 수 있습니다.

홍세화　제가 선언문을 썼는데, 지금도 기억하는 것이 "총통제를 획책하고"라는 부분입니다. 박정희 대통령이 장기집권을 하기 위해서 총통제를 획책했고, 여기에 반대한다는 이야기를 썼습니다. 장기독재에 대한 반대를 분명히 했죠. 그래서 그 선언문을 쓰고 중앙정보부에 잡혀가서 흔히 말하는 치도곤을 당했습니다.

그다음에 시경 대공분실이라는 데로 끌려갔습니다. 선언문 하나 썼을 뿐인데 그것참…….(웃음) 당시에는 젊은이들이 실존적 선택을 요구받았습니다. 선언문 하나 썼다고 해서 잡아가고, 고문이나 국가폭력이 일상적으로 일어나는 현실이었기 때문이죠. 그런 국가폭력 아래 순응할 것인지, 아니면 거기에 저항할 것인지 선택을 요구받던 시절이었습니다.

사회자　하도 당시를 점잖게 말씀하시기 때문에 또 부연하자면 박정희 유신체제라는 건 정상적 사회 상황이 아니었습니다. '박정희'라는 말을 조금만 이상하게 해도 택시기사들이 곧장 경찰서로 차를 몰고 갈 정도였죠. 사회 전체가 거대한 감시 체제였습니다. 그 속에서 몇몇 학생들이 유신에 맞서 싸운 거죠. 정치권도 대부분 와해되어서 사실상 야당이라는 것이 유명무실하던 지경이었습니다. 그때 학생 대표로서 그런 일을 기초하고 싸웠다는 건 지금 우리가 생각하는 것보다 훨씬 더 심각한 일입니다. 살벌함이란 게 앞에 놓여 있는 뜨거운 물컵을 만지는 것처럼 생생했지요. 민주수호선언은 그걸 돌파해내는 첫 번째 투쟁 가운데 하나였습니다. 싸울 때 언제나 첫 번째 싸움이 어렵지 않습니까. 그런데 그건 선택이었다고 생각하지 않으신다는 말씀인가요?

홍세화   제가 선배를 잘못 만난 다음에 사르트르, 카뮈의 실존주의에 경도되었습니다. 그런 면에서 "실존적 선택이었다"라고 말씀드릴 수 있겠죠.

자기 삶의 의미를 끊임없이 물어야 한다

사회자   치명적인 질문을 드려볼까 합니다. 대학을 졸업하고도 데모를 계속하셨습니다. '지하 암약'을 하셨더라고요.(웃음)

홍세화   당시의 시대적 암울함에 대한 저항이랄까요, 삶의 의미에 대한 자기확인이 필요했던 것 같습니다. 결국 사람은 자기 삶의 의미를 끊임없이 물어야 하니까요. 제가 이렇게 생각하게 된 데는 어릴 때 할아버지께서 해주신 '개똥 세 개' 이야기가 중요하게 작용하지 않았나 싶습니다. 제가 초등학교에 다닐 때, 할아버지께 옛날이야기를 많이 들었습니다. 그중에서 개똥 세 개 이야기를 잊지 않고 있습니다.

옛날에 서당 선생이 3형제를 가르쳤습니다. 어느 날, 3형제에게 장래희망을 물어봤습니다. 첫째가 "저는 커서 정승이 되겠습니다"라고 하니 서당 선생이 흡족하게 "사내대장부는 포부가 커야지"라고 했습니다. 그다음에 둘째가 "저는 커서 장군이 되겠습니다"라고 하니 서당 선생이 역시 흡족한 표정을 지었습니다. 마지막으로 막내에게 "너는 커서 뭐가 되고 싶으냐?"라고 묻자, 막내가 우물우물하더니 "저는 장래희망은 그만두고 지금 여기에 개똥 세 개가 있었으면 좋겠습니다"라고 대답했습니다. 개똥 세 개라니 서당 선생이 황당하잖아요? 그래서 "왜 그러냐?"라고 물어보니 막내가 대답하기를 "저보다도 책 읽기를 싫어하는 맏형이 정승이 되겠다고 큰소리를 치니 저 아가리에다 하나 넣어주고 싶고, 저보다도 겁이 많은 둘째 형이 장군이 되겠다고 큰소리를 치니 저 아가리에다 넣어주고 싶고……" 그다음에 막내가 다시 우물우물하는 거예요. 그러니까 서당 선생이 "그럼 마지막 한 개는?" 하고 다가섰어요. 그 시점에서 할아버지께서 저에게 물으셨어요. "세화야, 그 막내가 뭐라고 대답했겠느냐?" 어린 제가 늠름하게 대답했죠. "그거야 서당 선생 먹으라고 하는 거 아니겠습니까." 그러니까 할아버지께서 "왜 그러냐?"라고 물으셨습니다. 제가 엉터리 같은 맏형과 둘째 형의 얘기를 듣고 좋아했으니 서당 선생의 자격이 없는 것 아니냐는 식으로 얘기하니까 "그래, 네 말이 맞다. 그런데 세화야, 네가 앞으로 살아가면서 그 얘기를 해야 할 때에 하지 못한다면, 그 세 번째 개똥은 네가 먹어야 한다"라고 말씀하셨습니다. 오늘의 주제가 '선택'입니다만, 결국 제 선택은 할아버지께서 말씀하신 세 번째 개똥을 어떻게든 적게 먹으려는 선택이었던 것 같습니다.

사회자 이윽고 무역회사에 다니다가 파리에 건너갔죠. 그해 10월에 남조선민족해방전선 사건이 터졌습니다.

홍세화 그때는 수출이 늘어날 때라 회사에 들어간 지 10개월 만에 유럽에 가게 됐습니다. 1979년 1월 1일 자로 발령이 났습니다. 그런데 여권이 안 나왔어요. 여권 심사를 하는데, 제가 전력이 있으니까요. 두 분의 신원보증인이 필요했습니다. 그래서 당시 3급 공무원이었던 두 분의 외교학과 선배에게 신원보증 도장을 받아서 내고, 발령으로부터 석 달 가까이 지난 뒤에 출국하게 되었습니다. 처음에는 저 혼자 갔고, 8월에 제 처와 두 아이가 합류했습니다. 그리고 한 달 반 만에 사건이 터졌습니다.

사회자 무역회사 다니면서 혁명도 하고 그러는 거군요.(웃음)

홍세화 먹고사는 문제는 해결해야 하니까 생업은 생업이었고요. 그 상황에서도 긴장의 끈, 저항의 끈을 놓을 순 없다는 것이 제 기본적인 생각이었습니다. 항상 긴장을 유지해야 한다고 생각했습니다.

사회자 당시 남민전은 엄청난 사건이었는데 대답이 너무 간단하군요. 취조관이 되어서 캐묻고 싶은 심정입니다.(웃음)

홍세화 저야 말단이었으니까요.(웃음)

사회자 선생님께서 쓰신 글에도 나오더군요. 한국에 들어올 수 없게 되어서 파리 사람들에게 자신을 설명해야 했을 때, 답답하다고 표현하셨던데요.

홍세화　네, 그렇습니다. 정치적인 이유나 종교적 이유 등으로 자기 나라로 돌아가면 핍박을 받을 가능성이 있다고 하면, 망명처를 제공해주게끔 되어 있는 게 제네바 협약입니다. 망명 신청을 하면 심사를 합니다. 제가 파리에서 심사를 받는데, 심사하는 사람이 그 조직 안에서 구체적으로 뭘 했느냐고 물어요. 삐라를 좀 뿌렸다고 하니까 대체 뭐가 문제인지 이해를 못 하더라고요. 그래서 저를 추궁했습니다. 그때 비애를 느꼈어요. 한 사회와 다른 사회가 어떻게 만나는지에 대한 비애였죠.

사회자　"한국전쟁 이후 최대 지하조직"이라고 발표되던 걸 기억합니다. "자생적 지하조직", "공산당 지하조직" 따위로 말이죠. 며칠간 신문 1면을 가득 채웠고 곧 한국에서 북한과 연결된 혁명이 일어나는 것처럼 되어 있었습니다. 홍세화는 해외공작원인 양 발표가 났습니다.

홍세화　네, 맞습니다. "조직원을 유럽에도 보내" 이런 게 부제로 있었습니다. 전 거기서 무역회사에 다녔을 뿐인데 말이죠.

지금 생각해봐도 기억이 생생한 게 거대한 애드벌룬을 이용한 삐라 살포 계획이었습니다. 애드벌룬으로 32절지 유인물 10만 부를 띄워, 공중에서 흩어지게 하는 것이었죠. 서울 시내에 박정희 독재에 반대하는 삐라를 대량 살포할 계획이었습니다. 저는 애드벌룬 운반

책을 맡았습니다. 동대문 시장에 사람이 얼마나 많습니까. 거기에서 엄청나게 큰 애드벌룬을 받아 들고 오는데, 그때가 여름이었습니다. 갑자기 비가 오는 거예요. 비가 오니 우산을 쓴 것과 정반대의 현상이 일어났습니다. 애드벌룬이 맞는 비가 모두 저에게 떨어지는 겁니다. 잠시 동안에 완전히 비 맞은 생쥐 꼴이 되었죠. 실제로는 애드벌룬에 말린 쑥을 이은 줄로 삐라 뭉치를 연결해서 올라가는 과정에 흐트러지게 할 계획이었는데, 애드벌룬이 흠뻑 젖어버리는 바람에 어디론가 날아가다가 10만 장이 몽땅 그대로 떨어졌을 것 같습니다. (웃음)

사회자　이렇듯 홍세화 선생님은 안은 치열하면서도 자신의 일에서조차 한 걸음 떨어져 있는 듯한 시선이 있으십니다. 선생님의 글과 말이 가진 가장 큰 매력이자 지식인이 가져야 할 중요한 덕목이라고 생각합니다. 선생님께서는 근래에 중요한 선택을 하셨습니다. 저도 놀랐는데, 한 정당의 대표가 되었지요. 정치에 뛰어드는 분들이 대개 30대 후반에서 40대 초반인 경우가 많은데 저보다 훨씬 선배이신 선생님께서 문득 정당 대표가 되었던 말이지요. 그 선택을 포함해서 유신 이후 한국사에서 누구보다 선택을 거듭해야 했던 한 지식인의 강연을 청해 듣도록 하겠습니다.

내 몸이 놓이는 자리의 궤적이 곧 나의 삶이다

홍세화　저는 '주체와 상황 사이 그리고 우연과 필연 사이'라는 주제를 정했습니다. 이 제목이 제 삶을 설명하는 데 있어서도 대단히 중요한 화두일 것 같아요. '앞으로 한국 사회를 살아갈 후배를 만난다면 어떤 얘기를 할 수 있을까?'라는 지점에서 가장 중요하게 생각되는 말씀을 드리려고 합니다. 한국 사회를 살아가는 동시대인으로서 선후배 간에 사랑과 우정을 토대로 놓고 삶에 대해서, 인간에 대해서 고민하고 소통한다는 생각으로 오늘의 주제를 보셨으면 좋겠습니다.

제가 뭔가를 선택한다고 했을 때, 가장 핵심적인 내면의 요구는 두말할 것도 없이 '자유인'이었습니다. 인간의 본성이 본디 자유를 지향한다고 했을 때의 바로 그 자유인입니다. 온갖 억압과 속박, 특히 자발적 복종으로부터 벗어난 존재죠. 여기서 꼭 같이 소개해야 할 것이 '자발적 복종'이라는 개념입니다. 이것은 16세기 프랑스 사람인 에티엔 드 라 보에티(Étienne de La Boétie)가 열아홉 살 즈음에 쓴 작은 책자의 이름입니다. 몽테뉴의 후배이기도 한 그는 이 책에서 노예인 자는 노예이기 때문에 어쩔 수 없이 복종하지만, 자발적으로 복종하는 자는 실은 노예이면서도 노예인지조차 모른다고 말합니다. 결국 제가 볼 때 핵심은 자유인입니다. 우리가 지향해야 하는 자유인의 가장 반대쪽에 있는 것이 자발적 복종이라고 봅니다. '자발적으로 복종하고 있는 자신조차 인식하지 못하는 사회 환경 속에 놓여 있지 않은가?'라는 질문을 던질 필요가 있다는 점을 특히 강조하고 싶습니다.

앞서 선배를 잘못 만났다는 표현을 썼습니다만, 제가 판단할 때 선배를 만나기 전의 저 자신은 그야말로 '대략 난감'이었습니다. 당시에 저는 이 체제와 사회 환경에 자발적으로 복종하는 인간이었습니다. 우리가 얼마나 철두철미하게 자발적으로 복종하도록 하는 사회 환경과 교육 환경에 있는지를 인식하는 것이 대단히 중요합니다. 제가 『생각의 좌표』라는 책에서도 자발적 복종에서 벗어나기 위해서는 자기 생각에 대한 점검이 필요하다는 말을 강조한 바 있습니다. 지금까지 제가 어떤 선택을 해왔다면, 그 과정에서 붙들었고 붙들고 싶었던 것이 세 번째 개똥을 먹지 않겠다는 의지와 '자유인'입니다. 그저 소박한 자유인으로 사는 것이 제 삶의 선택 기준이었다고 볼 수 있습니다.

여기에서 좀 더 접근해본다면, '몸 자리'라는 표현을 살펴볼 수 있겠죠. 사람은 누구나 자신의 몸 자리에 관심을 갖습니다. 몸이 놓이는 자리의 궤적이 곧 각자의 삶입니다. 제가 오늘 하루 동안 제 몸을 어디에 두었는지, 내일 제 몸이 어디에 놓이는지, 그 궤적이 제 삶입니다. 인간은 존엄하게 태어난 존재이니 몸이 놓이는 자리 역시 존엄성을 보장해주어야 한다는 것이 오늘날의 보편적 복지라든지 기본적인 인권을 강조하는 이유일 것입니다. 내 몸을 어디에 둘 것인지 자리를 정하는 것이 결국은 '선택'과도 맞물려 있는데요. 두 가지로 나누어볼 수 있습니다. 하나는 내가 내 몸을 놓는 의지, 즉 선택입니다. 그리고 다른 하나는 내 몸이 놓이는 처지라고 할 수 있겠습니다. 어떤 사람이 어느 지역, 몇 평짜리 주택에 사느냐는 그 사람이 갖게 되는 사회·경제적 처지에 의하여 놓이는 것입니다. 그러한 처지에서 또 선택이 이루어집니다. 이것이 서로 작용을 한다고 볼 수 있는데요. 제가 중요하게 생각하는 건 마르크스가 말했듯이 그가 맺는 사회적 관계의 총화가 바로 그 인간이라는 점입니다. 이 상호작용에 마르크스가 강조한 물질 관계, 물질적 토대가 크게 영향을 미치는 것은 두말할 필요도 없겠죠.

결국 한계 상황이라 하더라도 최선을 다하는 것이 중요합니다. '자유인'을 모색하는 과정에서 끊임없이 긴장하는 게 사실은 어려운 일이 아니라고 생각해요. 자기 삶의 중요성을 인식하는 만큼 따라오는 겁니다. 이 자리에 저보다 후배이신 분들이 많이 오셨기 때문에 자기 삶의 가치를 어떻게, 얼마나 소중하게 인식하느냐에 따라 그만한 가치가 있는 선택과 의지를 가질 필요가 있다는 말씀을 드리는 것입니다. 환경과 상황의 영향을 받는다고 하더라도 선택에 있어서 여러분의 삶을 '자유인'이 되게끔 하는 방향으로의 긴장과 모색이 필요합니다. 그 점에서 애석하게 생각하는 것들이 있습니다. 우리 사회를 지배하고 있는 물신입니다. 칼릴 지브란(Khalil Gibran)이 말한 바대로, 물신이 인간과 인간의 선택을 수치로 치환해서 평가하는 말도 안 되는 상황으로 우리 사회가 가고 있지 않나 하는 것입니다. 이러한 현실의 생존 조건 때문에 자유인의 길을 모색조차 하지 않고 미리부터 포기해버리는 것이 아닌가 하는 생각이 듭니다. 저는 파리에서 생존을 위한 호구지책으로 택시 운전을 하면서도 긴장을 유지하려는 방편으로 이 세상을 계속 인식해야 한다고 스스로 약속했습니다. 그래서 〈르몽드〉 신문을 매일 읽었습니다. 저에게는 대단히 중요한 일이었죠.

그렇게 자기형성의 자유를 모색하고 실천해야 합니다. 나라는 존재를 어떤 존재로 만들 것인가는 바로 나 자신에게 달려 있기 때문입니다. 물론 21세기 한국이라는 상황과 환경이 작용하는 건 어쩔 수 없지요. 그래서 물질 관계도 사회적 관계, 경제적 관계에 따라 많은 부분 제약이 있지만, 그 속에서도 자유인이 되기 위한 긴장을 놓치지 말아야 합니다. 제 삶도 개똥 세 개 이야기와 마찬가지로 결국은 끝없는 긴장이었습니다. 시시포스의 신화처럼 저 꼭대기까지 바위를 굴려 올려서 굴러떨어진 것을 다시 굴려 올리는 '끝없는 패배'였습니다. 끝없는 패배란, 한두 번 패배했다고 좌절하는 게 아니라 계속 도전했다는 의미죠. 끝없는 패배는 저의 화두이기도 합니다. 그러니까 긴장이나 끝없는 패배가 저에게는 자기형성의 자유, 나아가서는 소박한 자유인이 되기 위한 몸부림이기도 합니다. 그건 저에게 허용된 삶, 되돌릴 수 없는 삶의 소중함에 대한 가치에서 비롯된 것이죠. 자기형성의 자유와 자유인의 개념을 강조하고 싶습니다. 그리고 또 하나 강조하는 것은 자기실현, 자아실현입니다.

우리는 한국 사회에서 한국어로 사유하고 소통하는 존재이기 때문에 자신을 작용시켜서 한국 사회에 긍정적인 변화를 가져오게 하는 모색과 실천이 삶의 의미가 되어야 합니다. 그것을 부둥켜안고 절대 포기하지 말아야 합니다. 살아 있는 동안 어떤 상황에서도 자아실현의 열정을 절대 놓지 말아야 합니다. 아무리 척박한 자본주의 사회 환경 속에 있다 하더라도 긴장을 유지하고 모색하면 자유인의 길이 완전히 막혀 있는 것은 아니라는 믿음을 가져야 할 것입니다. 자아실현을 위한 상황이나 환경이 지극히 어렵지만, 그래도 우리가 속한 사회에서 자기를 실현하겠다는 의지와 거기에 바탕을 둔 선택이 무엇보다 소중하다는 것을 강조하고 싶습니다. 그 토대는 자기 삶의 가치에 대한 인식입니다. 사람은 자기 삶을 바라보는 잣대와 그 크기에 의하여 다른 사람의 삶의 소중함을 인식합니다. 그러므로 우선 자기 삶의 소중함을 인식하고 자기형성의 자유를 누리기 위하여 모색하면서, 자신이 체제와 사회 구조에 자발적으로 복종하고 있는 존재가 아닌지에 대한 부단한 물음을 던져야 합니다. 그런 토대 위에서 자아실

살아 있는 동안 어떤 상황에서도 자아실현의 열정을 놓지 말아야 합니다.
아무리 척박한 자본주의 사회 환경 속에 있다 하더라도
긴장을 유지하고 모색하면 자유인의 길이
완전히 막혀 있는 것은 아니라는
믿음을 가져야 할 것입니다.

현을 하는 과정들은 긴장 상태에 있어야 하죠.

유보는 하더라도 포기는 하지 말자

가장 먼저 드리고 싶은 말씀은 생존 때문에 자아실현을 포기하는 일은 없어야 한다는 것입니다. 제가 두 손 모아 당부하고 싶은 핵심입니다. 생존의 어려움을 무시할 수 없지만, 그 때문에 자아실현을 일찍이 포기해버리는 경우가 많죠. 생존을 무시할 순 없으니까 어떤 경우에 유보는 해야겠죠. 자아실현을 일단은 유보할 수 있습니다. 자신의 삶 전체에서 일부를 유보하든 전부를 유보하든 유보해야 할 때가 있죠. 먹고사는 문제를 무시할 순 없기 때문입니다. 그렇다고 하여 자아실현을 포기하는 일은 없어야 합니다. 설령 유보는 하되 포기는 하지 말자. 사회와의 만남과 그 속에서의 싸움과 저항을 통하여 자기 삶의 의미를 스스로 인식하고, 그 소중함을 깨닫고, 그러한 바탕 위에서 살아가는 것이 자아실현의 의미겠지요. 생존 조건 때문에 설령 유보하더라도 그 시간을 줄여나가면서 결국은 자아실현을 하는 주체가 되시라고 간곡하게 말씀드립니다.

요즘은 욕망의 시대입니다. 저희 세대 때만 해도 요즘처럼 물신 지배가 심각하지는 않았습니다. 그런데도 대부분의 사람들이 유보만 해야 하는 상황에서 아예 포기했습니다. 상황이 만만치 않다는 겁니다. 더구나 한국 사회에서 얼마나 비교하고 비교당합니까. 인품이나 인격이 아니라 철저하게 수치로 말이죠. 소득이 얼마나 되는지, 어떤 집에 사는지 등의 기준으로 비교하고 비교당하는 것에 익숙해지면서 거기에 조응하다 보니까 결국은 생존 조건에서 수치를 늘리는 것에 빠져버립니다. 너무나 심각할 정도죠. 그러면서 자유인의 길을 스스로 벗어나는 존재가 되기 쉽다는 겁니다. 요즘에 제가 전반적으로 자주 보는 현상이라서 특히 강조해서 말씀드립니다.

그러므로 긴장을 유지하는 것이 중요합니다. '긴장'이라는 말은 제가 좋아하는 말입니다. 긴축할 때의 긴(緊)과 베풀 장(張)이 합쳐진 말인데요. 스스로 한번 생각해보세요. 지금까지 생각해왔던 긴장이 과연 긴과 장이었나, 어쩌면 긴밖에 없지 않았나. 바로 지금 말씀드릴 주체와 상황 사이의 긴장입니다. 주체를 거듭되는 시간 속에서 유지하기 위해서는 최소한의 장이 결합되어야 합니다. 말하자면, 현실적인 상황이나 제약이죠.

한국에서 말하는 '현실'에는 두 가지 의미가 있다고 생각합니다. 어쩔 수 없이 받아들여야 하는 것과 바꿔야 할 것입니다. 문제는, 두 가지 의미 사이에 균형이 맞지 않는다는 것입니다. 어쩔 수 없이 받아들여야 할 것이라는 의미가 압도적입니다. '현실'이라는 단어가 프랑스어로는 '레알리테(réalité)'라는 말입니다. 제가 프랑스에서 느낀 바로는 '레알리테'라는 말은 어느 정도 균형을 이룹니다. 어쩔 수 없이 받아들인다는 의미가 있지만, 동시에 바꿔야 할 것이라는 의미도 있죠. 진보라는 건 뭡니까, 현실을 바꾸자는 겁니다. 그랬을 때, 지금 진보가 취약할 수밖에 없는 이유는 바로 현실을 어쩔 수 없이 받아들이는 경우가 지나치게 많기 때문입니다. 저는 "넌 현실을 몰라"라는 얘기를 자주 듣습니다. 진보를 지향하는 사람들이 겪는 어려움 중의 하나가 "넌 현실을 몰라", "현실적인 힘도 없으면서"라는 지적이죠. 당장은 현실적인 힘이 없죠. 현실을 바꾸려고 하니까요.

그러므로 자신이 가진 가치나 이념만을 강조할 게 아니라 현실적 상황도 품어야 합니다. 현실의 진보 정치에 대해서도 탐색과 고민이 필요합니다. 최소한의 장, 그게 똘레랑스에도 함의된 것이라고 생각합니다. 그래야만 자신이 지키고자 하는 가치를 유지할 수 있습니다. 이 말씀을 드리는 이유는, 제가 살아오는 과정에서 '긴'만을 강조했던 사람들이 부러진 모습을 많이 봐왔기 때문입니다.

우연적인 환경에서 의지에 의하여 어떤 것을 낳게 되면 그것이 필연이 되고, 필연 속에서 또다시 우연이 형성되죠. 이것이 내 몸을 어디에 놓고 놓이느냐의 관계와도 연결된다고 볼 때, 선택지에서 어떤 선택을 할 것이냐. 선택이 곳곳에서 부닥치게 될 때, 제가 한 일이라고는 별다른 게 없습니다. 저에게 허용된 삶의 소중함에 대해 인식하고, 그 의미를 깨닫는 것이죠. 결국 자유인으로의 지향, 자아실현, 삶의 의미에 대한 끊임없는 모색, 그리고 바로 그걸 위한 긴장. 그 과정 자체가 설령 한두 번의 패배가 아닌 끝없는 패배의 과정일지라도 말이죠. 사실은 그것뿐입니다.

마지막으로 제가 뒤늦게 현실 정치인이 된 것에 대해 말씀드려야겠네요. 앞서 말씀드린 대로 대학 때 뱃심 좋고 저처럼 소심하지도 않은 친구들이 앞장서서 주도했습니다. 전 대열에 서서 참여하다가 그 친구들이 모두 쫓겨나면 저항은 해야 해서 어쩔 수 없이 나섰는데, 그때의 상황과 별 차이가 없습니다. 저는 〈한겨레〉에 있으면서도 〈한겨레〉 노조 조합원이었고, 당시 민주노동당 당원이었습니다. 개똥을 먹지 않기 위해서였죠. 그다음에 〈르몽드 디플로마티크〉로 옮겨서 함께 일하는 세 사람과 언론노조 산하 분회를 결성해서 분회원으로 있었습니다. 노동자의 정체성을 유지해야 하니까요. 4년 전에 민주노동당이 분리되었을 때는, 저의 가치와 지향이 진보신당에 가까우니까 거기에 평당원으로 있었고요. 저야 주로 글 쓰는 서생이니까 특별 당비 내라면 내고, 후원회장 해달라면 했는데요. 이해는 할 수 있으나 동의할 수 없는 일이 일어난 거죠. 우선 진보신당의 정책 지향에서 이탈하는 것이라고 생각했습니다. 자존감의 문제였죠. 1만 명이 넘는 진보신당 당원들이 한국 사회에서 갖는 역사적 궤적이 있습니다. 이 척박한 사회에서 틀림없이 저처럼 선배를 잘못 만났을 것이고, 여러 과정을 거쳐서 당원이 됐는데, 그분들이 흩어지는 것은 막아야겠다는 생각이었죠. 깜냥도 안 되고, 정서적으로도 맞지 않고, 나이로도 맞지 않고, 어느 모로 봐도 적합하지 않은 저였지만 말입니다. 그렇게 해서 오르고 싶지 않은 무대에 올라왔습니다만, 일단 올라왔으니 최선을 다하려고 합니다. 그 선택이 오늘의 주제인 우연과 필연 속에서의 선택, 주체와 상황 사이의 선택의 한 모습을 보여주는 예라고 생각합니다.

결국은 자기 삶의 주인이 자신이라는 지극히 당연한 얘기입니다. 그 삶을 얼마나 소중하게 인식하고, 거기에 따라서 살아가는가. 설령 끝없이 패배한다고 해도 그 과정의 아름다움이 중요하죠. 소크라테스가 말한 대로 얼마나 아름답고, 훌륭하며, 올바른 존재가 될 것인가는 각자의 몫입니다. 누구도 여러분의 삶을 평가할 수 없습니다. 각자의 삶을 최종적으로 평가하는 사람은 자기 자신이어야 합니다. 제 삶을 최종적으로 평가할 사람은 그 누구도 아닌, 당연히 저 자신이어야 합니다. 이것이 자존감의 핵심이라고 봅니다. 제가 거듭 자유인, 자기형성의 자유, 자아실현, 삶의 의미, 긴장, 끝없는 패배와 그 과정에 대해서 말씀드렸는데요. 마지막으로 드리고 싶은 말은 자기

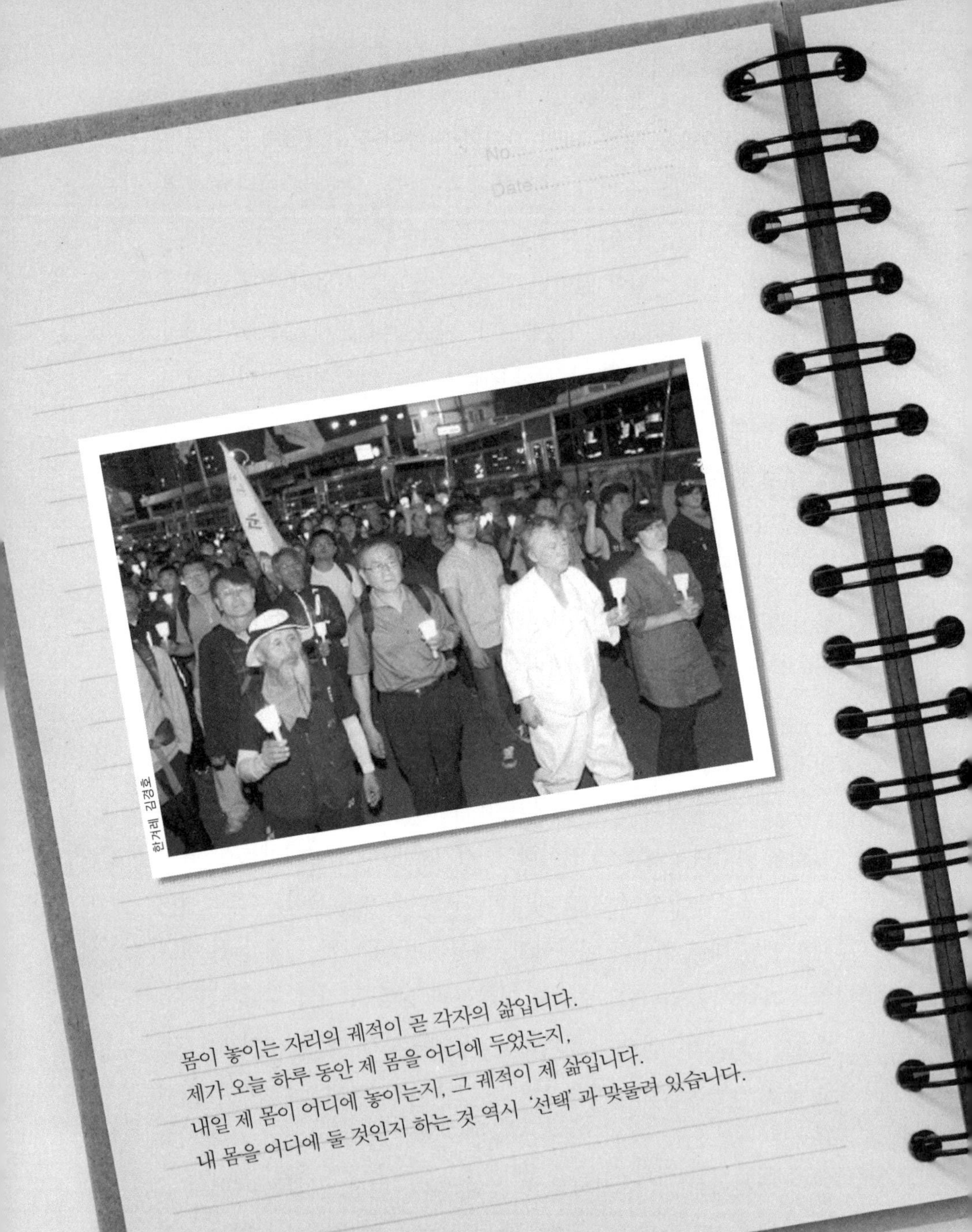

몸이 놓이는 자리의 궤적이 곧 각자의 삶입니다.
제가 오늘 하루 동안 제 몸을 어디에 두었는지,
내일 제 몸이 어디에 놓이는지, 그 궤적이 제 삶입니다.
내 몸을 어디에 둘 것인지 하는 것 역시 '선택'과 맞물려 있습니다.

삶의 최종 평가자는 당연히 자기 자신이어야 한다는 것입니다. 그 속에서 멋지게 자신의 삶을 형성합시다. 제가 '선택'이라는 주제로 드리고 싶었던 말입니다. 여기서 마치겠습니다. 고맙습니다.

사회자　우리가 진보정당을 얘기하는 게 한국 사회에서 주체 형성에 관한 문제이지 않습니까? 사실상 글로벌 자본의 하수인이 되어버린 정치권력 속에서 진보정당의 의미에 대해서 말씀해주시면 좋겠습니다.

홍세화　저는 후배 세대와 자라나는 세대가 어떤 사회에서 살도록 할 것인지가 가장 중요한 과제라고 생각합니다. 과거에는 국가폭력의 강제 앞에서 어쩔 수 없이 복종했다면, 오늘날은 재벌 체제가 욕망을 매개로 하여 우리를 자발적으로 복종하게끔 하고 있습니다. 그래서 많은 사람들이 매트릭스 세계에 빠지게 되죠. 주체 형성이 되기는커녕 물신에 자발적으로 복종하면서도 스스로 노예인 줄 모릅니다. 이처럼 자기소외 상태에 있는 것도 모르는 개인, 파편화되어 있는 사회에 대한 인식이 중요하고요.

　물질 관계로 본다면 지금까지의 끝없는 성장주의, 자본주의 체제의 착취와 불평등, 자기소외 등에 대해서 진보 정치 세력은 '옳지 않다'고 말해왔습니다. 그렇다면 앞으로는 생태 문제와 관련해서 옳지도 않지만, '가능하지도 않다'는 것입니다. 전통적으로 진보 세력이 옳지 않다고 말해왔던 것에 그것이 가능하지도 않다는 녹색의 가치가 내적 일치를 이룰 때, 앞으로의 세대가 어떤 삶을 살아가야 할 것인지의 그림을 우리가 전망할 수 있지 않겠느냐는 생각을 해봅니다.

그래서 이제는 소유의 시대가 아닌 관계의 시대로의 전환이 요구됩니다. 소유의 시대는 해방의 조건도 소유를 많이 해야 하는 것이므로, 성장의 틀에 갇힐 수밖에 없습니다. 끊임없이 성장을 목표로 할 수밖에 없죠. 그렇다면 관계의 시대에는 성숙이 목표예요. 인간과 인간의 관계, 인간과 자연의 관계가 성숙되는 것이죠. 이렇게 됐을 때, 성장을 목표로 했을 때의 제로섬 게임으로부터 헤어날 길이 열리지 않겠습니까. 그러므로 우리 후배 세대에게는 진보좌파의 가치와 녹색의 가치가 결합된 전망을 그리도록 해야 하지 않겠느냐는 생각을 갖고 있습니다.

사회자　"소유의 시대에는 성장이 목표였다면, 관계의 시대에는 성숙이 목표다. 진보의 가치 또한 그렇다"라는 말씀을 하셨는데, 화두가 되는 말씀이라는 생각이 듭니다. 데카르트가 "나는 생각한다, 그리하여 존재한다"라고 했는데요. 68혁명 때는 "나는 저항한다, 그리하여 존재한다"라는 말이 나왔습니다. 그 말을 오늘날에 맞춰 확대시켜 "나는 연대한다, 그리하여 존재한다"라고도 바꿔볼 수 있을 것 같습니다. 68혁명 때 왜 그런 말이 나왔을까요?

홍세화　68에 대해서 정치혁명으로는 실패했지만, 사회·문화적으로는 엄청난 진전을 가져왔다고 말하지 않습니까? 그때의 연대, 솔리다리테(solidarité)에 대한 말씀을 하셨습니다. 솔리다리테는 베트남전쟁이나 제국주의에 맞서는 연대 틀에 대한 주장이기도 했고, 그 당시 히피 문화의 바탕이기도 했습니다. 68혁명으로 인한 사회·문화적인 엄청난 변화의 한 예를 들 수 있다면, 이것입니다. 1950년대만 해도 프랑스 사회는 여전히 과도기였습니다. 엄격한 가부장 사회였죠. 그래서 여성이 취업을 하려면, 그 직장에 남편의 동의서를 가지고 가야 했습니다. 시몬 보부아르가 『제2의 성』을 썼던 그 시기에 프랑스 여성의 처지가 그런 것이었습니다. 68혁명 이후로는 상상도 할 수 없는 일이 되었죠.

청중1　서울에 사는 30대 중반의 회사원입니다. 말씀 잘 들었는데, 제가 가슴 아프게 들은 단어가 있다면 '끝없는 패배'라는 말입니다. 진보신당의 가치를 현실 정치 내에서 의석을 통해 이루고자 했다면, 통합에 있어서도 동의해주실 순 없었는지 여쭙고 싶습니다.

홍세화　저는 가치와 이념이 같지 않음에도 불구하고 통합을 강요하는 것도 일종의 폭력이라고 생각합니다. 『논어』에 나오는 공자님 말씀에 "군자는 화이부동(和而不同)하고, 소인은 동이불화(同而不和)한다"라는 말이 있습니다. 즉 군자는 같지 않으면서 화목할 수 있는데, 소인은 같으면서도 불화한다는 뜻입니다. 문제는 통합 여부에 있지 않다고 봅니다. 사안과 의제에 따라 연합하거나 연대할 수 있기 때문입니다. 군자의 정치를 하느냐, 아니면 소인의 정치를 하느냐의 차이겠죠.

사회자　한국전쟁 때 우리 집안은 이른바 좌익으로 몰렸습니다. 그분들이 마르크스레닌주의 책을 읽고 진지한 탐색과 토론 끝에 그런 선택을 했을 거라고는 생각하지 않습니다. 한국인 대부분처럼 유교 집안이었죠. 지금도 그 점에서는 큰 차이가 없지요. 당시 돌아가신

할아버지께서 이런 말씀을 하셨다고 합니다. "공맹이나 마르크스레 닌이나 근본은 큰 차이가 없다. 백성에게 이로운 게 옳은 것이다"라 고 말이죠. 지향하는 뜻이 같다는 겁니다. 홍세화 선생님께서도 그런 '선비'의 기품이 느껴지시죠? 질문 이어 받겠습니다.

자기 삶의 최종 평가자는 자기 자신이다

청중 2   서울에서 학생들을 만나고 있는 사람입니다. 자아실현과 시시포스의 바위를 말씀하셨는데, 끊임없는 실패로 그 바위를 올리 겠다는 마음속 결의가 생깁니다. 그런데 요즘 아이들 같은 경우에는 굴릴 바위 자체를 발견하지 못하거나 끝없이 패배라는 심리적 상태 속 에 놓여 있는 경우가 많습니다. 그런 학생들에게 조언 부탁드립니다.

홍세화   아이들에게 환경을 바꿔주는 것이 좋은 방법이 될 수 있지 않을까 생각합니다. 저는 초등학교 고학년이나 중학교 학생 정도라 면 아이들끼리 여행을 보내는 기획도 대단히 필요하다는 생각을 갖 고 있습니다. 아이들 스스로 여행 계획을 짜게 하면서, 주체적으로 뭔가를 해보게 하는 것이죠. 우리 사회의 아이들은 과보호 상태이고, 시간이 너무 없습니다. 그런 데서 결국은 지금 말씀하신 지경에 와버 린 것 같아요. 그래서 아이들 스스로 자신을 돌아볼 수 있고, 책임 있 는 자리에 서볼 수 있게 하는 기획들이 필요하다고 생각합니다.

물론 책을 읽게 하고, 함께 토론하게 해야 한다는 이야기도 당연히 드려야겠지요. 독서는 사람을 풍요롭게 하고, 글쓰기는 사람을 정교하게 하니까요. 그런데 우리는 둘 다 하지 않습니다. 그렇지 않습니까? 어떻게든 독서 기회를 갖도록 하고, 그다음에 토론해야지요. 선생님은 아이들과 인간, 자연, 사회에 관해서 이야기를 나누는 친구가 되고요. 그리고 아이들 스스로 여행을 기획하게 하는 겁니다. 물론 아이들이 모든 걸 할 수는 없겠죠. 경제적인 문제도 있을 테니까요. 그렇지만 최대한 스스로 해나가는 과정을 거치면, 충분히 달라질 수 있는 계기가 될 거라고 생각합니다. 하나의 예로 말씀드렸습니다.

청중 3　안녕하세요. 저는 대학생입니다. 선생님께서는 선배를 잘못 만나서 이렇게 됐다고 하셨는데, 저는 학교를 잘못 만나서 현실을 알게 됐습니다. 그런데 알면 알수록 희망이 없고 암담해서 지금은 한 발 물러난 상황입니다. 등록금 시위를 볼 때마다 가슴이 아픕니다. 그런 '끝없는 패배'를 어떻게 견뎌야 하는지 그 방법을 알려주세요.

홍세화　특별한 방법이 있는 게 아니라 그게 곧 선택입니다. 끝없는 패배의 과정을, 그 소중함을 인식하는 것이죠. 그것이 내 삶의 의미라고 인식하는 겁니다. 도스토옙스키가 "내가 두려워하는 것은 고통 그 자체가 아니라 의미 없는 고통이다"라고 말했습니다. 그 고통에 의미만 있다면, 그것이 아무리 끝없는 패배라고 하더라도 견딜 수 있다고 봅니다.

사회자　강정에 문정현 신부님이 계십니다. 제가 문 신부님을 뵈면 한 번도 이기지 못한 싸움만 하신다고 곧잘 놀립니다. 용산에서, 평택에서, 이분이 가신 모든 싸움은 패배했습니다. 그런데 우리는 문정현 신부님이 졌다고 생각한 적이 없습니다. 이분은 패배해서 항상 이깁니다. 정의의 힘입니다.

등록금 싸움에서 대학생이 어떻게 이 정권을 이기겠습니까, 지는 게 당연하죠. 그런데 이깁니다. 그 외침과 분노가 있을 때 세상이 조금씩 전진하는 거죠. 우리가 등록금 절반으로 내려 달라고 해서 바로 내려주면…… 그분이 그럴 분이십니까?(웃음) 국민의 70퍼센트, 80퍼센트가 반대해도 4대강과 FTA를 진행하시는데요. 무력해하지 마세요. 언제라도 힘드실 땐 구럼비로 가십시오. 거기 가면 문 신부님께서 늘 패배하면서도 아침이면 유쾌하게 일어나십니다.

청중 4 나이는 40대에 접어들었는데, 아직 정신은 40대에 어울리지 않는 사람입니다. 아까 수학을 잘하셨다고 해서 수학과 관련해서 질문을 연구했습니다. 수학에서 스칼라와 벡터를 나누지 않습니까? 홍세화 선생님께서 말씀하신 '자발적 복종'을 하는 존재에 대해서 생각해봤는데, 그런 삶을 사는 사람은 스칼라적인 존재입니다. 그렇지 않고 자기가 방향을 가진 존재라는 걸 인식했을 때, 벡터가 되는 겁니다. 자신의 존재를 인식하는 순간이 그 출발점 아닙니까? 방향을 인식하고, 중요성을 깨달으신 선배로서 자신을 인식할 수 있는 계기를 어떻게 하면 앞당길 수 있는지 조언 부탁드리겠습니다.

홍세화 한국의 이과생, 수학에 좀 더 친화력을 가진 분들이 글쓰기를 많이 해줬으면 좋겠습니다. 제가 프랑스에 있을 때, 한 TV 토론을 보았는데요. '수학을 잘해야 글도 잘 쓰나'라는 게 그 토론의 주제였습니다. 양쪽에서 붙었어요. 한쪽에서 볼멘소리로 자기가 수학을 못해서 이과를 못 가고 사회과학 쪽으로 왔는데, 글도 못 쓴다면 자기는 뭐에다 써먹느냐고 얘기했습니다. 그러니까 수학을 잘해야 글도 잘 쓴다는 쪽 패널이 뭐라고 하느냐면, 당신이 지금 논리적으로 얘기하는 걸 보니까 수학 점수는 낮았는지 몰라도 수학적 능력은 뛰어나다고 했습니다.

실제로 논리적 글쓰기는 수학을 잘하는 사람이 잘 할 수 있습니다. 당연하죠. 그런데 한국에서는 이과생들이 글을 안 씁니다. 학교 다닐 때 안 쓰죠. 문과생들은 생업 때문에 어쩔 수 없이 쓰게 되지 않습니까. 이과생들은 사회에 나가서도 안 씁니다. 질문에 대한 제 답변의 초점입니다. 어릴 때부터 글을 써야 합니다. 제 두 아이가 프랑스에서 공부하는 걸 보면서 제가 충격을 받았던 게 끊임없는 글쓰기 때문이었습니다. 프랑스어는 물론이고 역사, 지리, 사회, 경제 모두 글쓰기였습니다. 우리는 암기만 하잖아요.

한번 생각해보십시오. 암기는 모든 학생들에게 똑같은 내용을 주입하는 과정입니다. 획일적이며 비주체적입니다. 자기 생각을 요구한 적이 없으니까요. 그에 비해서 글쓰기는 어떤가요? 어떤 주제에 대해서 자기 생각을 고민하고 형성해서 정리하는 과정입니다. 이것이 완전히 배제되었어요. 제가 비근한 예를 드리면, 제 아이들이 프랑스에서 중학교 3학년 때 '사형 제도에 대해서 나는 이렇게 생각한다' 라는 글을 썼습니다. 그 글에 의하여 평가를 받습니다. 우리는 어떠합니까? 사형 제도에 대해서 한 번이라도 자신의 생각을 피력해보신 적이 있나요? 우리는 '다음 중 사형 제도가 폐지된 나라는 어느 나라인가' 라는 질문에 익숙하잖아요. 생각하는 존재로 기르지 않는다는 겁니다. 이 문제가 핵심이라고 봅니다. 아이들에게 글을 쓰도록 해야 합니다.

사회자　파스칼은 수학자입니다. 데카르트도 수학자입니다. 근대와 관련된 초기의 지식인은 상당수가 수학자입니다. 그 데카르트가 문제의 'X'라는 걸 만들었습니다. 방정식의 X입니다. 우리를 오래도록 아주 피곤하게 한 것 말이죠.(웃음) 그 X를 해명하는 것이 근대였습니다. 그전까지 보이지 않았던 것을 합리적으로 산출한 것입니다. 그 X를 구하는 과정의 합리성을 추구했던 것이죠. 지금 우리의 문제는 그걸 사회적으로 생각해볼 기회가 없다는 것입니다. 수학은 훌륭한 학문인데, 그걸 깨닫지 못하게 하고 있습니다. 한국 교육의 가장 큰 문제는 공부의 과정을 통한 '거세'입니다. 자기 사고를 하지 않도록 가르치는 셈이지요. 집단의 일부로서만 살게 하는 것이 핵심이죠. 주체와 상황 사이에서 주체를 거세시키면 상황의 일부로 남게 됩니다. 홍세화 선생님께서 말씀하신 '노예' 상태인 거죠. 수학과 문학이라는 게 그토록 떨어져 있는 것만은 아닐 터인데 우리는 그 분리가 유독 심하다는 생각이 듭니다.

청중 5　강남에서 법률 관련 일을 하고 있습니다. 10년 전쯤에 선생님께서 귀국하시고, 사모님과 셋집을 얻으러 다니시면서 느낀 점에 대해 쓰신 글을 신문에서 읽었습니다. 복덕방 주인이 그 나이에 전셋집을 얻으러 다니느냐는 듯 쳐다보는 거 같았다고 하셨는데요. 그 뒤에 이어지는 칼럼에서 한국 사회, 한국 자본주의의 잔인함과 비열함에 대한 계속되는 실망을 느꼈거든요. 그래서 저는 그때 선생님께서 실망만 하시다가 다시 프랑스로 돌아가실지도 모르겠다고 생각했는데, 그 뒤에도 계시더라고요.(웃음) 여기가 아직은 살 만한 곳인지, 아니면 다른 희망을 가지고 계시는 건지 궁금합니다.

홍세화　답변은 간단합니다. 아까 인용한 마르크스의 말처럼, 인간은 그가 맺는 사회적 관계의 총화입니다. 사람이 사회적 존재이자 사회적 동물이라고 했을 때, 사회적 동물이 어떠한 사회에 속하는가를 규정하는 것은 바로 그 사람이 어떤 언어로 사유하느냐는 것입니다. 저는 한국어로 소통하고 사유하고 추론하는 존재로서, 제가 속한 사회는 당연히 한국 사회입니다. 프랑스 사회에서는 편하게 생존할 수 있을지 몰라도, 거기서 제가 맺게 되는 사회적 관계라는 건 지극히 좁겠죠. 자아실현의 여지도 없을 겁니다. 그러나 한국에서는 그렇지 않죠. 자아실현의 주체라고 했을 때, 그가 어떤 사회에 속하느냐. 그건 사회적 관계 속에서 맺는 것이고, 저는 한국어로 사유하고 소통하는 존재이기 때문에 당연히 한국 사회가 저의 사회이죠. 여러분도 마찬가지입니다. 프랑스 사회와 한국 사회 중에서 어느 사회가 객관적으로 더 좋다는 얘기를 하는 것 자체가 의미 없죠. 제가 속한 사회는 한국 사회이니까요.

청중6　안녕하세요. 저는 스물다섯 살의 대학원생입니다. 아까 말씀하신 주입 위주의 교육을 받고 자란 세대가 지금의 20대라고 생각합니다. 그렇다 보니까 결정하고 선택하는 것에 겁을 낸다고 생각하고, 저 역시 그런데요. 제 나름대로 사회 현실을 인식할 때 바꿔야 한다는 마음은 가지고 있는데, 행동하지 못해서 항상 미안함과 죄책감을 느낍니다. 저 같은 사람도 필요한 존재인지, 용기를 주셔도 좋고

요. 겁쟁이니까 틀을 깨라는 잔소리를 해주셔도 좋습니다. 선생님의
의견이 궁금합니다.

홍세화 대단히 중요한 질문입니다. 실천에 대해서 생각하고 있으
나 몸이 가지 못하는 데서 오는 자기고민에 대한 질문인데요. 그 고
민 자체가 소중한 것입니다. 제가 드리고 싶은 당부는, 물러서지 마
시라는 겁니다. 실천하지 못하니까 차라리 그만둬버리자. 이게 바로
긴장을 유지하면서 유보해야 하는 상황에서 그냥 포기해버리는 경우
거든요. 그런 고민을 하고 있다는 그 자체가 소중한 겁니다. 어느 시
점에는 고민조차 사라져버린다는 거죠.
　어떤 시기에는 물론 거기에서 멈출 수는 없겠죠. 시간 속에서 적극
성을 띠고 조금씩이라도 행동으로 옮길 수 있어야 합니다. 온 힘을
다하지 않아도 관계없습니다. 그래서 거듭 말씀드리는 게 유보는 할
지언정 포기는 하지 말자는 것입니다. '생각은 있지만, 행동을 하지
못하니까 차라리 포기하자'라고 하면 안 되겠지요. 그런 고민을 하는
자신이 스스로 그 고민을 하는 자신을 아름답다고 생각하셔야 합니다.

사회자 '아름답다'라는 표현이 가장 적합한 표현이 아닌가 싶습니
다. 죄책감을 느끼거나 우는 것도 감정을 통한 사회참여 행위라고 생
각합니다. 모든 사람이 투사가 될 순 없겠지요. 실제로 그런 것도 아
니고요. 미디어가 발달하면서 직접 광장에 나오지 않는 다양한 참여
들도 있다고 생각합니다. 어떻게든 자기 의사를 표현하는 일 자체가
중요하다는 거죠.

청중7　안녕하세요. 저는 29세의 회사원입니다. 저는 제 생각이 지극히 당연하다고 생각하는데, 주변 사람들로부터 "이상적이다", "너는 하늘을 날아다니는 것 같다"라는 말을 자주 듣거든요. 그럴 때마다 '내가 이상한가?' 라는 생각과 함께 '이런 환경에서 박차고 나가는 게 가능할까?' 라는 생각이 많이 들어요. 선생님께서는 그런 얘기를 듣거나 그런 감정이 드실 때, 어떻게 받아들이시는지 궁금합니다. 그리고 다른 사람들과 조금이라도 생각을 공유했으면 하는데, 그럴 때 어떤 식으로 대화하시는지도 궁금합니다. 오늘 강연을 통해 용기를 주셔서 감사합니다.

홍세화　제가 『생각의 좌표』라는 책에서 물은 게 있습니다. "내 생각은 어떻게 내 것이 되었나." 토론하고 주장할 때마다 자신이 어떻게 그 생각을 갖게 되었는지 물어보라는 것이죠. 사람은 생각하는 존재지만, 생각을 갖고 태어나지 않습니다. 그런데 자기 생각을 고집하지요. 그 생각, 고집하고 있는 생각을 갖고 태어나지 않았다면 스스로 물어야 합니다. '내가 창조했나?', 아닙니다. '내가 선택했나?', 그럴 가능성도 크지 않습니다. 결국 이 사회 환경 속에서 나의 의지, 선택과 관계없이 갖게 된 경우가 많다는 것이죠. 그런데 스피노자가 강조한 대로 생각의 성질이 고집이기 때문에 사람들이 모두 고집을 부립니다. 여기에 위험이 있는 거죠. 내 생각이지만 실상 내 것이 아닌데도, 그 고집하는 생각에 따라서 살아가거든요. 이 위험은 자발적 복종과도 연결됩니다. 주위 분들과 얘기를 나눌 때, 지금 강조하고 있는 생각을 어떻게 갖게 되었는지 서로 출처를 물어보십시오.

청중 8　안녕하세요. 저는 올해 입시지옥에서 탈출해 가까스로 대학에 입학한 새내기입니다. 제가 입시지옥을 겪으면서 생각했던 건데, 우리 사회는 패배가 인정되지 않는 사회인 것 같아요. 이러한 상황에서 끝없는 패배를 인정하고 다시 일어날 수 있게끔 하는 원동력, 그러니까 유보에서 포기로 넘어가고 싶을 때 선생님을 다시 잡아주었던 그 힘이 뭔지 궁금합니다.

홍세화　저에게 허용된 삶의 소중함에 대한 끝없는 반추, 그리고 거기에서 비롯된 삶의 의미. 그것뿐입니다. 계속 말씀드렸는데, 그게 가장 중요합니다. 자기 삶의 가치를 최종적으로 평가하는 사람도 자기 자신이어야 한다는, 일종의 오기라고도 할 수 있겠죠. 그것이 끝없는 패배를 그야말로 늠름하게 받아들일 수 있는 힘이라고 생각합니다.

사회자　제가 재량권을 가지고 강제 질문을 요청하겠습니다. 저쪽에 흰머리가 반백인 신사분, 돋보기안경을 쓰고 계십니다. 보이시죠? 여러분, 김민웅 교수님을 소개합니다.

김민웅　홍세화 선생님 반갑습니다. 선생님께서 건강도 안 좋으신데, 힘든 일을 맡고 계셔서 뜨거운 격려의 마음을 우선 나누고 싶습니다.

최근에 선생님을 만나고, 또 지내시는 걸 보면 마음이 아파요. 아까 오르고 싶지 않은 무대에 올라갔다고 하셨지만, 사실은 아픈 자리입니다. 만여 명의 진보신당 당원들을 얘기하셨지만, 그분들도 굉장히 아픈 길을 통과해왔죠. 저는 "홍세화가 누구인가?"라고 묻는다면, 이렇게 대답할 겁니다. "그것이 패배라도 상관없다. 함께 아픔을 나눌 수 있는 사람들만 있다면, 내 인생은 뜨거울 것이라고 확신하는 분이다." 아픈 자리에 가는 사람들이 적어지고 있습니다. 아픈 기색이 보이면 도망칩니다. 홍세화는 도망치지 않습니다.

함께 만나는 자리에서 홍세화 선생님께서 하시는 게 있어요. '세화의 춤'을 잘 추세요. 여러분이 동영상을 열심히 찾아보시면, 분명히 발견하실 수 있을 겁니다. 저는 그 춤을 보면서 느끼는 게 하나 있습니다. '세화의 춤'의 놀라운 장면은 발 꺾기입니다. 상상을 초월하는 자유로운 발 꺾기. 도대체 짐작이 안 갑니다. 그런데 그렇게 살아오셨다는 거죠. 그래서 어떤 것이 와도 자유롭게 자기 몸을 던지는 그런 모습을 보이십니다.

홍세화 선생님과 저는 민주노동당의 분리 과정, 진보신당의 여러 가지 일에 있어서는 생각의 차이를 자주 보여 왔습니다. 그러나 저도 군자에 속하고 싶고, 홍세화 선생님도 군자이시니까요.(웃음) 화이부동입니다. 사실은 같아요. 아픈 사람들 아프지 않게 하고 싶어서, 자기 몸 아픈 거 돌보지 않고 뛰시는 홍세화 선생님을 생각하면 마음이 애잔하지만, 한편 이렇게 쭉 보면서 굉장히 기뻤습니다. 젊은 분들이 홍세화 선생님을 뜨겁게 사랑하시니까요. 개똥 이야기도 정말 좋았습니다. "개똥을 먹지 않기 위해서"라고 하지 않으시고, "개똥을 조금 먹기 위해서"라고 얘길 하셔서 '아, 살아오시면서 개똥을 좀 드시긴 드셨구나' 라는 생각도 했습니다.(웃음) 고맙습니다. 건강하십시오.

홍세화　　고맙습니다.

사회자　홍세화 선생님께서 춤뿐 아니라 노래도 잘하십니다. 여러분, 샹송 한 곡 듣고 싶지 않으세요?

(청중 박수)

홍세화　애교로 들어 주십시오. (〈고엽(Les Feuilles Mortes)〉, 〈알뜰한 당신〉 열창)

사회자　여러분, 진보가 이렇게 멋있습니다. 유쾌하고 즐거운 밤입니다. 이제 정리하는 말씀 해주시죠.

홍세화　오랜만에 노래도 부르고요.(웃음) 저에게도 굉장히 행복한 시간이었습니다. 아까 제가 '사랑과 우정'이란 말씀을 드렸습니다만, 오늘 이 시간에 그 의미를 서로 나눌 수 있었던 것 같습니다. 한국 사회를 살아가는 동시대인으로서 우리가 어떤 사회적 관계를 맺어야 할지 고민이 필요합니다. 저는 기본적으로 우리 아이들에게 사랑과 우정이 담긴 사회를 갖게 할 수 있도록 우리 스스로 멋지고 아름다운 만남들, 관계들을 형성하는 것이 소중하다고 봅니다. 그 자체가 우리를 인간다운 존재로 만든다는 생각을 같이 나누고 싶었습니다. 행복했습니다. 고맙습니다.

사회자　흔히들 '아프니까 청춘'이라는 말들을 합니다. 저는 그 말이 자꾸만 부당하게 느껴집니다. 인턴이니까 아픈 거고, 비정규니까 아픈 거고, 일할 곳이 없어서 아픈 거고, 스펙 안에 갇혀 살아야 하기

때문에 아픈 것이거든요. 그래서 그 말에 동의할 수 없습니다. 해방
이 되었을 때 선배들이 하던 얘기가 있습니다. "청년이 살아야 조국
이 산다." 청년들에게 문제의식을 갖고 세계를 돌파하라는 말이었습
니다. 오늘 그 얘기를 이렇게 정리하고 싶군요.

　"아픈가, 그렇다면 홍세화처럼 생각하고, 홍세화처럼 망명하고, 홍
세화처럼 싸워라."

　홍세화 선생님, 고맙습니다.

Note
Information
Planner
Note

제4강  조국

정의의 여신은
왜 눈을 가리고 있을까

검찰과 법원의 선택,
그리고 국민의 선택

2012년 3월 21일 저녁 7시
백범김구기념관 컨벤션홀

1965년 부산에서 태어나 서울대학교 법과대학과 동 대학원을 졸업하고, 미국 캘리포니아 버클리 로스쿨에서 법학 박사 학위를 받았으며, 현재 서울대 법학전문대학원 교수로 재직 중이다. 권위주의에 맞서 싸우고 세상과의 소통과 참여를 위해 노력해온 대표적인 법학자로 평가 받고 있다. 참여연대 사법감시센터 소장, 국가인권위원을 지냈고, 현재 시민정치행동 '내가 꿈꾸는 나라' 공동대표다. 대중용 저서로 『성찰하는 진보』『보노보 찬가』『조국 대한민국에 고한다』『진보집권플랜』 등을 발간했다.

사회자 〈한겨레21〉 인터뷰 특강 '선택' 네 번째 시간 시작하겠습니다. 박정희 대통령이 기록에 의하면 음악을 만들기도 했습니다. 이분이 아마 전 세계에서 사관학교를 가장 많이 나온 사람일 겁니다. 일본 괴뢰정부가 있던 만주에서 신경군관학교를 다녔습니다. 거기서 뽑혀 전학해서 일본 육사를 나왔습니다. 해방 뒤 한국에서 또 육사를 다녔습니다. 사관학교만 세 번을 다니셨습니다. 그보다 앞서 대구사범을 다녔습니다. 교사 사관학교라고 할 수 있는 곳이겠지요. 그래서일 텐데, 이분이 이른바 창가를 만들 줄 알았습니다. 그중에 〈나의 조국〉이라는 노래가 있습니다. 유신 때 학생들은 이 노래를 하루에 20~30번 듣고, 적어도 한두 번 부르면서 발맞춰 학교에 다녔습니다. 유신독재 권력을 유지하기 위한 수단으로써 애국심을 강요하던 때 나온 노래입니다.

그 노래가 흘러나올 때 국민학교에 다녔던 한 사람이 있습니다. 먼 훗날 이 사람으로 말미암아 〈나의 조국〉은 대체되었습니다. 이 사람이 쓰고 있는 트위터 아이디가 라틴어로 'patriamea'라고 되어 있는데 바로 '나의 조국'이라는 뜻입니다. 스스로를 '나의 조국'이라고 부르고 있는 사람입니다. 지금 한국에는 '나의 조국'을 좋아하는 사람과 좋아하지 않는 사람, 두 부류의 인종이 살고 있습니다.

옛날에는 공부 잘하는 사람, 혹은 운동권하면 대략 머리 안 감고 꾀죄죄하게 옷 입고 다니고 하는 모습이 떠올랐죠. 이 사람이 공부와 운동권에 이바지한 바가 있습니다. '나의 조국' 이 사람은 학교도 일찍 들어갔고 월반하면서 다녔습니다. 당연히 대학도 여느 학생보다 앞서 진학해 두 살 위의 형들을 친구로 두었습니다. 학교를 마친 뒤 지방에서 대학교수를 하면서 국가보안법 위반으로 감옥도 갔습니다. 정작 자기 자신은 형법을 전공했습니다. 헌법에 대해서도 탁월한 견해를 가지고 있습니다. 이 사람을 통해 한국인, 특히 한국의 젊은 사람들은 '법에 인간미나 아름다움이 있을 수 있구나'라고 생각하게 되었습니다. 앞으로도 이런 기여를 하기는 쉽지 않습니다.

이 사람이 주장하는 얘기를 종합해서 정리하면, 법률은 가만히 있어서 지켜지는 것이 아니라 그 가치를 지키기 위해서 싸워야 한다고 말하고 있습니다. 예로부터 '서울대 법대' 하면 경성제대와도 맥이 닿아 있는 오랜 역사와 전통의 친일·친독재 권력자 배출 출세 기관이라 떠올려왔지요. 그런데 이 사람은 걸핏하면 그게 문제라고 얘기하는 겁니다. 일상적으로 사회 현장에 있고, 또 그런 활동을 하고 있습니다. 법학을 상아탑에서 끄집어내서 사회의 영역, 인간의 영역으로 조금씩 이동시키고 있는 학자라고 할 수 있겠습니다. 이른바 사회학적 법학의 태초가 된 독일의 학자가 있습니다. 루돌프 폰 예링(Rudolf von Jhering)입니다. 그는 법률의 가치를 지키기 위해서는 투쟁해야 한다고 말했습니다. 법학적으로 그는 한국의 예링입니다. 무엇보다 이 사람의 이름을 부르면 누구나 다 애국자가 되고 맙니다. 그는 우리 사회에서 정의가 인격화된 사람입니다. 이 장구한 설명의 주인공은 서울대 법학전문대학원 조국 교수입니다.

조국　　반갑습니다. 과찬의 말씀, 면구합니다. 근래 들어 저를 싫어하는 분들이 많아졌습니다. 그래서 썰렁한 농담 하나 하겠습니다.

조국을 좋아해야 '애국자'가 됩니다.(웃음) 권위주의 체제하에서 '법대'는 '밥대'라는 놀림을 많이 받았습니다. 진정한 정의에는 신경 쓰지 않고, 고시 공부나 하며 제 밥그릇에만 신경 쓴다는 비판이었지요.

사회자 가장 진부한 질문으로 시작해보겠습니다. '법대생 = 고시생'이란 통념이 있는데 왜 그 길을 선택하지 않았는지요?

조국 법률 용어를 사용해 말하자면, 고시생이 되려는 의사와 능력이 없었나 봅니다. 비법률적으로 말하면, 고시에는 전혀 관심 없고 감옥 갈 생각만 하는 '나쁜 선배'와 '나쁜 친구'를 많이 사귀어서 그랬나 봅니다.(웃음) 그 결과 저도 국가보안법 위반 전과자가 되었고요. 전과자가 법대 교수를 한다는 것, 참 묘한 역설이지요. 한국 현대사의 굴곡을 보여주기도 하고요. 그리고 서울대 법대가 권력 추구 법률가를 많이 배출하기도 했지만, 홍성우, 조준희, 조영래 등 공익인권법률가의 다수를 배출했다는 점도 기억해주세요.

사회자 강연 주제를 '디케의 선택'으로 삼았더군요. 디케라면 그리스 신화에 나오는 여신의 이름인데요.

조국 정의의 여신이죠. 한 손에는 저울, 한 손에는 칼을 들고서 눈을 가리고 있는 모습입니다. 어느 사회에서나 시민과 시민, 시민과 국가 사이에서는 분쟁이 발생합니다. 돈에 대한 분쟁이건, 각종 인권 침해에 대한 분쟁이건, 인간 세상에 분쟁이 없을 수 없습니다. 그 분쟁을 제대로 해결하려면, 양쪽 입장을 충실히 듣고 각 입장의 옳고 그름을 공정하게 평가해야 합니다. 저울은 이를 상징하죠. 그리고 이 저울질을 함에 있어서 관련자의 계급, 신분, 지위 등에 영향을 받아선 안 됩니다. 그래서 디케의 눈이 가려져 있습니다. 정의를 판단하는 자가 강자와 부자의 목소리에만 귀를 기울이면, 안 되지 않겠습니까? 인간 세상에서 '저울의 추'는 이미 강자와 부자 쪽에 기울어져 있는 경우가 많은데 말입니다. 사실 정치권력과 시장권력의 눈치를 보는 법은 바로 부정의를 초래합니다.

사회자　제가 과거에 재판정에 자주 갔습니다. 아는 사람들이 감옥에 많이 가는 바람에. 제가 전과자들과 친했습니다. 재판정에 가면 정말로 디케의 후예들이 많습니다. 법정에서 눈을 가리고 주무시는 분들이 많더라고요.(웃음) 시국 재판을 2시에 한다고 하면 제 시간에 하는 경우가 드뭅니다. 앞 재판이 길어져서 5시에 하는 경우도 예사입니다. 할 일이 없어서 옆 법정을 기웃거리게 됩니다. 특히나 민사 법정에 가보면 제가 보기엔 조는 기술이 우리가 학교 다닐 때 수업 중에 졸던 것과는 비교가 안 됩니다. 디케의 후손들이라서 그런 건가요?(웃음)

조국　합의부 사건 재판이나 항소심 재판에 가보시면 법대(法臺) 위에 세 명의 판사가 앉아 있습니다. 가운데 재판장, 좌 배석, 우 배석입니다. 요즘에는 그런 일이 별로 없을 텐데, 과거 권위주의 체제 하에서는 그중 한 명이 조는 장면이 많이 목격되었습니다. 당시에는 판결이 법정에서의 공방을 기초로 내려지기보다는 양 당사자가 제출한 서류에 기초하여 내려지는 경우가 많았기 때문입니다. 재판이 법정에서 이루어지는 게 아니라 사실상 판사 방에서 이루어진 것입니다. 시민이 보는 재판은 요식 행위가 되어버렸지요. 재판 지휘를 해야 하는 재판장은 졸 수가 없고, 사건을 책임지는 주심판사도 졸 수가 없지만, 나머지 한 명은 꾸벅꾸벅 조는 경우가 있었어요. 노무현 정부의 사법 개혁으로 '구술심리'가 정착되어, 지금은 그런 모습이 드물지 않을까 생각합니다. 이제 민사든 형사든 법정에서 양 당사자가 말을 통해 싸우고, 판사는 그것을 정확히 듣고 판단하도록 하고 있으니 졸기가 어렵겠지요. 판사가 졸면, 재판받는 시민이나 변호사들도 가만있지 않을 것이고요.

사회자　그러니까 실제로 많이 졸았군요.(웃음)

조국　판사가 법정에서 졸아도 문제가 되지 않는 비정상적인 상황이었죠. 판사가 자기 방에서 서류를 제대로 검토한다고 하더라도, 서류가 전부는 아니잖아요. 그리고 자기 자신이나 가족, 친구의 재판에 들어온 판사가 존다고 생각해보세요. 재판 결과에 대해 신뢰가 생기겠습니까.

사회자　바로 그겁니다. 졸음에 그치는 게 아니라 사법부에 대한 불신이 생기지 않나 하는 거죠.

디케가 그리스 신화에서 원래 계절의 여신입니다. 계절의 여신이 왜 법률의 여신, 정의의 여신이 되었는지 생각해보면 참으로 이치에 맞다는 생각이 듭니다. 계절이 순환하듯이 합리적인 흐름이 법에서 말하는 정의에 가깝다는 뜻이 아닌가 싶습니다. 디케가 로마에 가면 유스티티아(Justitia)가 되는 거죠.

조국　　　예. 유스티티아를 영어로 하면 저스티스(Justice)가 되고요.

사회자　　강연에 앞선 마지막 질문인데요. 노무현 대통령이 검찰수사 과정에서 돌아가시지 않았습니까? 정작 검찰의 힘이 참여정부 때 가장 크게 팽창하지 않았나요?

조국　　　역설적이죠. 노무현 정부는 검찰을 손에 쥐려고 하지 않았던 최초의 정권이었습니다. 그리고 검찰 개혁을 시도했던 최초의 정권이기도 합니다. 그 이전에 김대중 정부의 경우는 검찰의 구조를 바꾸는 개혁을 하려고 한 게 아니라 역량이 있음에도 검찰 조직 내에서 소외되었던 인사를 발탁하는 데 머물렀지요. 사실 당시에 IMF 위기가 터졌기 때문에 검찰 개혁 문제가 초미의 과제가 아니었습니다. 김대중 대통령은 법률가가 아니었기 때문에 검찰 개혁에 대한 감이 약했다면, 노무현 대통령은 법률가로서 평소 검찰 개혁의 필요성을 절감하고 있었던 것으로 봅니다. 노 대통령은 검찰 수사에 개입하지 않았습니다. 검찰이 정권 담당자나 측근들을 수사하더라도 내버려두었죠. 또 평검사들과 대화도 했습니다. 평검사들이 자신들의 인사권자 앞에서 따지고 대들었지만, 불이익을 주지 않았습니다. 검찰에게 자율성을 준 것입니다. 그러나 검찰은 노무현 정부가 자신들을 모욕한다고 생각했습니다. 강금실, 천정배 등 검찰 출신이 아닌 사람을 법무부 장관으로 임명하는 것에 대해서도 기분 나빠 했고요. 역설적이지만 검찰은 노무현 정부가 준 자율성을 행사하면서 권력을 키워나

갔고, 정권 말기에는 칼을 뒤로 잡고 노무현 대통령에게 들이댔다고 생각하고 있습니다.

사회자　참여정부가 검찰이 독립성을 갖게 하고자 했던 뜻이 결국은 노 대통령을 죽음에 이르게 한 과정과 상당한 관련이 있다는 말씀으로 정리할 수 있겠군요.

조국　그렇습니다. 정치권력이 자신의 정치적 목표와 이익을 위하여 검찰을 수족처럼 부려선 안 됩니다. 그러나 대통령과 법무부 장관에게는 헌법과 법률이 부과하는 인사권이 있고, 이를 행사하는 것은 정당합니다. 인사권을 통해서 검찰을 바꿔야 하죠. 인적 쇄신도 해야 한다는 겁니다. 저는 노무현 정부가 검찰 개혁을 위한 제도 개혁은 했지만, 인적 쇄신을 하지 못했던 게 아닌가 싶습니다. 제도는 바꿨는데 사람이 바뀌지 않으니까, 그 사람이 바꾼 제도를 활용하여 위세를 부렸지요.

사회자　엠비 정부 4년 동안 다들 힘드셨을 줄 압니다. 이 정부가 우리에게 준 충격 중 가장 큰 게 기본권 후퇴입니다. 표현의 자유라든지, 헌법에 보장된 질서 자체가 후퇴하는 끔찍한 경험을 해야 했습니다. 그걸 회복하기 위해서 수많은 사람들이 지금도 곳곳에서 싸우고 있습니다. 정의를 회복하기 위한 투쟁이지요. 그 '정의'가 '나의 조국'에서 어떻게 회복되어야 하는지를 듣도록 하겠습니다.

정의가 실현되지 않으면 평화는 오지 않는다

조국　　제가 1982년에 대학에 입학해서 지금까지 법을 공부하고 가르쳤으니까 30년을 법과 같이 산 셈입니다. 법학 논문을 쓰고, 법을 가르치는 게 저의 주업입니다. 서 선생님이 말씀하신 예링 얘기부터 시작하지요. 그는 『권리를 위한 투쟁』이란 책으로 유명합니다. 투쟁이라는 단어가 생경하게 들리실 겁니다. 예링이 왜 투쟁을 강조했느냐? 그는 이렇게 말합니다. '법의 목적은 평화이고, 평화를 얻는 수단은 투쟁이다." 어느 사회에서나 정의와 평화 사이에는 긴장이 있습니다. 정의가 실현되지 않으면 평화는 오지 않습니다. 국가권력에 의해서건 또는 타인에 의해서건 시민의 권리가 부당하게 침해나 제한을 당했을 때, "그 상태로 감수하고 조용히 있어라"라고 말할 수 있을까요? 예링이 권리를 위한 투쟁을 강조하는 것은 합리적이고 공정한 분쟁 해결을 위하여 시민이 적극 나서야 하며, 이를 통하여 평화가 이루어진다는 점을 강조하기 위함입니다. 그래서 그는 권리를 위한 투쟁이 "자기보전의 명령"일 뿐만 아니라 "공동체에 대한 의무"라고 말하기도 했지요. 그렇다면 우리 사회에서 분쟁을 해결하고 정의를 집행하는 기관이 무엇이냐, 바로 검찰과 법원입니다. 그런데 이명박 정부 출범 이후 각종 법 관련 사건 중 법학을 하는 사람으로서 '이건 정말 아니다'라는 생각이 든 사건이 여럿 있었습니다. 구체적인 사례를 가지고 하나씩 짚어보겠습니다. 검찰 얘기를 먼저 하고, 법원 얘기를 하도록 하겠습니다.

　먼저 '미네르바 사건'을 봅시다. '미네르바'라는 필명을 쓰는 사이버 경제논객 박대성 씨는 정부의 경제 정책을 비판하며 명성을 얻었습니다. '경제 대통령'이라는 별명도 얻었지요. 그런데 검찰이 이 사람을 전기통신법 위반으로 구속·수사했습니다. 전 세계 OECD 수준 국가에서 시민이 정부의 경제 정책을 비판했다고 구속·수사된 예는 없습니다. 황당하더군요. 주변 사람들이 재판 결과에 대해 묻기에, 정상적인 법학 교육을 받은 판사라면 무죄 판결을 내릴 수밖에 없다고 답했죠. 물론 무죄가 났습니다. 당시 죄목은 박 씨가 공익을 해할 목적으로 허위의 통신을 했다는 건데요. 그가 정부의 경제 정책을 비판하는 과정에서 부분적으로 틀린 사실을 올린 게 있었습니다. 그러면 민주주의 국가에서는 "나중에 확인해봤더니 이건 잘못되었습니다"라고 정정하면 됩니다. 이를 이유로 시민을 감옥에 넣는다? 헌법이 보장하는 표현의 자유를 짓밟는 거지요. 그래서 무죄 판결이 났어요. 그리고 전기통신법 제47조 제1항은 위헌 결정이 났습니다. 그럼 다 해결되었느냐? 전혀 아닙니다. 박 씨가 석방된 뒤 어디에 글 썼다는 얘기, 들어보셨습니까? 활발했던 집필 활동이 중단되었습니다. 또한 몸무게 몇십 킬로그램이 빠지고, 정신과 치료를 받았다고 합니다. 검찰의 이러한 과잉수사와 기소는 '미네르바', 즉 '지혜의 여신'을 질식사시키는 행위였습니다. 박 씨가 구속되면서 각 언론은 이 사람이 4년제 대학을 나오지 않았다는 얘기를 기사로 냈지요. 4년제 대학을 나오지 않으면 정부의 경제 정책을 비판하지 못합니까? 우스꽝스러운 논리죠.

마지막에 무죄 판결이 내려졌다는 결과가 중요한 게 아닙니다. 일단 구속되어 수사와 재판을 받는 것 자체가 고통입니다. 무죄 판결이 나고 난 뒤에도 피해가 완전히 회복되지 않습니다. 박 씨의 사회적 생명은 절단이 났습니다. 또한 이를 지켜보는 시민들은 '나도 잘못하면 걸리겠구나' 하며 글을 쓰거나 말을 할 때 조심하게 됩니다. 시쳇말로 '쫍니다'.(웃음) 법률 용어로 '냉각 효과'라고 합니다. 저는 검찰도 구속·수사하면서 무죄 판결이 날 거라고 예상했다고 봅니다. 하지만 상관하지 않습니다. 일단 집어넣고 나면, 나중에 무죄 판결이 나더라도 충분히 소기의 성과를 거둘 수 있으니까요. 실제 수사와 기소를 담당했던 검사들은 승진에 불이익을 받기는커녕 승승장구했지요. 최근 박대성 씨는 국가를 대상으로 1억 원의 손해배상청구소송을 제기했지만, 기존의 판례에 따르면 쉽지 않을 겁니다.

이명박 정부 초기에 촛불시위가 전국을 뒤덮었습니다. 저도 나갔습니다. 당시 대통령은 "배후" 운운하며 시위를 비난했습니다. 정부는 불법 시위에 대해 엄정 대처하겠다고 목청을 높였습니다. 그런데 이 사진을 보시지요. 이 대통령이 촛불시위를 하는 모습입니다. 촛불을 두 개나 들고 계시네요.(웃음) 당시에 이 대통령은 사립학교 재단을 위하여 사립학교 관련 법 개정 반대 시위를 하러 거리투쟁에 나섰지요. 이 덕분에 사립학교 재단 및 종교 단체의 지지를 받았고, 이후 정권을 잡았습니다. 그런데 정권을 잡고 난 뒤, 광우병 쇠고기 수입 문제로 인하여 전국적으로 시위가 일어났습니다. 전 촛불시위가 단순히 광우병 쇠고기 수입 반대만이 아니라, '명박산성'으로 상징되는 이명박 정권의 불소통에 대한 항의로 일어났다고 보는데요. 촛불시위 참가자에 대해서 바로 수사와 기소가 이루어집니다. 물론, 촛불시위 참가자 중에서 폭력을 행사했다거나 불을 질렀다거나 할 경우에는 별도로 처벌됩니다. 그런데 야간 촛불시위에 참석했다는 그 자체가 집회 및 시위에 관한 법률 위반이라고 수사·기소가 이루어졌습니다. 당시에 박재영 판사가 이 법률은 위헌 소지가 있다고 헌법재판

2005년 12월 사학법 반대 시위에
촛불을 들고 참석한
이명박 당시 서울시장.

소에 위헌심사를 청구했습니다. 전적으로 판사로서의 법적 권한 내에서 이루어진 행동이었지요. 그랬더니 〈조선일보〉에서 박재영 판사의 사진을 넣은 박스 기사를 만들어서 맹비난을 했습니다. 그 결과 박 판사는 옷을 벗었고, 많은 사람들이 구속·기소되어 재판을 받게 되었지요. 그런데 한참 뒤, 헌법재판소가 이 법률 조항은 '헌법 불일치'라고 결정합니다. 법률이 틀렸다는 거지요. 검찰이 잘못 잡아갔다는 겁니다. 그러면 헌법재판소의 결정이 내려지기 전에 유치장과 구치소에 갇혀서 고생한 사람들은 뭡니까, 박 판사는 또 무슨 봉변을 당한 겁니까.

다음으로 MBC 〈PD수첩〉 사건을 봅시다. 정부와 보수 언론은 〈PD수첩〉이 광우병에 대한 허위 사실을 선동적으로 보도해서 촛불시위가 일어났다고 맹공했습니다. 그래서 검찰 수사가 착수되었습니다. 첫 번째 수사책임자가 임수빈 서울중앙지검 형사2부장이었습니다. 저의 서울대 법대 2년 선배입니다. 이분이 "이건 기소해봤자 분명히 무죄가 나오기 때문에 기소를 못 하겠습니다"라고 천성관 서울중앙지검장에게 문제를 제기합니다. 이 사람이 운동권 출신의 '좌빨 검사' 냐? 전혀 아닙니다. 이분은 공안검사를 오래 했던 사람으로, 보수적인 분입니다. 이러한 보수적 정견을 가진 검사의 눈으로도 정권에 비판적인 언론인을 잡아넣는 건 민주주의의 원칙에 반하는 것이었습니다. 그러나 천 지검장은 끝까지 기소하라고 합니다. 임 부장은 이를 거절하고 사직합니다. 그래서 그 후임자가 기소합니다. 그 과정에서 〈PD수첩〉의 작가, 기자, PD의 모든 신상정보가 털립니다. 은행계좌, 이메일 등이 탈탈 털렸죠. 그런데 무죄 판결이 나고, 대법원에서 확정됐습니다. 임수빈 부장이 옳았던 거지요. 임 부장을 압박했던 천 지검장이 틀렸던 겁니다. 그러나 임 부장은 옷을 벗었고, 천 지검장은 2009년 6월 검찰총장에 지명되었습니다. 물론 스폰서 의혹으로 낙마했지만요. 불행 중 다행이고, 사필귀정이라고 생각합니다. 수사실무를 지휘한 최교일 당시 서울중앙지검 1차장은 이후 서울중앙지검장으로 영전합니다. 무죄가 날 사건을 기소했으니 승진에 불이익을 받아야 하는 게 마땅한데, 반대로 승진한 것이지요.

그 결과가 뭐냐? 미국의 프리덤 하우스(Freedom House)가 발표한 '2011년 세계 언론 자유도'에서 한국이 '부분 자유 국가'로 강등이 되는데, 이는 노태우 정권 이후로 처음 있는 일입니다. 노태우 정권 때도 '자유 국가' 였습니다. 이 말은 현재 언론 자유 상태가 전두환 정권 때와 같다는 얘기입니다. 프리덤 하우스의 발표에 따르면, 한국의 언론 자유도 등수가 세계에서 70등입니다. 이는 자메이카 23등, 아프리카 가나 54등보다 아래지요. KBS, MBC, YTN 등에서 파업이 일어나는 이유를 알 수 있습니다. MBC의 경우, 당시 〈PD수첩〉을 만들었던 사람들이 모두 한직으로 쫓겨납니다. 프로그램을 만들지 못하게 하려고 최고 수준의 PD들을 제작 외 부서로 보내는 보복성 인사를 한 것입니다. MBC 김재철 사장 때문에 MBC는 'MB씨(氏)'의 방송이 되었고, 보도 수준은 '재처리' 해야 할 수준으로 떨어지고 있습니다.

　다음으로, 정연주 전 KBS 사장과 김상곤 경기도 교육감 사건을 보겠습니다. 예상하시겠습니다만, 두 사람 모두 무죄 판결을 받았습니다. 이명박 정권이 임기가 남은 정연주 사장을 내보내고 싶었습니다. 그런데 마땅한 빌미가 없었습니다. 찾고 찾다가 희한한 빌미를 찾아냅니다. KBS와 국세청 사이에 소송이 벌어졌습니다. 국세청은 세금을 좀 더 내라고 했고, KBS는 세금을 덜 내려고 했습니다. 법원에서는 재판을 끝까지 가지 말고, 서로 타협해서 조정하기를 권했습니다. 다른 재판에서도 법원은 재판보다 조정을 권하고 있습니다. 정 사장이 판사의 조정안을 보고받고 난 뒤에 KBS 내의 경영자문위원회, 이사회 등 여러 기관에 안건을 회부하여 조정안을 받을지 물었습니다. 조정안을 받는 게 좋겠다는 쪽으로 의견이 모이자, 그 조정안에 해당하는 세금을 냈습니다. 그런데 검찰은 이게 범죄랍니다.(웃음) 검찰의 주장이 뭐냐고요? "당신이 그 조정안을 안 받았더라면 세금을 훨씬 덜 낼 수 있었을 텐데, 그 조정안을 받아서 세금을 더 많이 냈고, 그 결과 KBS에 손해를 끼쳤다. 따라서 당신은 배임범이다"로 요약됩니다. '배임범' 이라고 하면 뭔가 파렴치한 느낌이 들지 않습니까? 정 사장이 자기 이익을 위하여 회사 돈을 빼먹은 것 같습니다. 하지만 법대에서 형법각론 수업을 제대로 들은 사람이라면 100퍼센트 무죄임을 알 수 있습니다. 재판을 끝까지 가게 되면 국세청이 이겨 조정안보다 훨씬 더 많은 세금을 낼 수도 있거든요. 재판 결과는 아무도 모릅니다. 정연주 사장이 유죄라면, 그 조정 권고를 한 판사는 '배임 교사범'이 되나요?(웃음)

정연주 사장은 무죄 판결을 받았지만, 사장직에서 물러나야 했습니다. 재판 과정에서도 심리적, 육체적 고통을 겪었습니다. 최시중 방송통신위원장이 이 사태를 주도한 것은 다 아시죠? KBS를 '김비서'로 만들려고 한 것이지요.(웃음) 최 위원장이 국회에서 "만약 정연주 씨가 대법원에서 무죄로 확정되면 책임지겠습니다"라고 했습니다. 무죄 판결이 나고 난 뒤에 뭐라고 답했을까요? "정연주 씨에게 미안하게 생각하지만, 사퇴하진 않겠습니다." 후안무치한 거죠. 이명박 대통령의 '멘토'라는 이분, 끝이 어떨지 두고 봐야 하겠습니다.

이명박 정부 입장에서는 김상곤 경기도 교육감도 밉습니다. 왜? 지난 지방선거에서 무상급식이 최고의 이슈 아니었습니까. 무상급식 논쟁이 불붙고, 이를 계기로 오세훈 시장이 날아가고, 오 시장 노선을 지지하던 나경원 후보도 날아가고, 차례차례 도미노가 됐는데……. 무상급식을 선창하고 이를 실현한 사람이 김상곤 교육감이니까요. 이분이 경기도 교육감 선거 과정에서 무상급식을 하겠다고 나서면서, 무상급식 이슈가 전국화되는 단초를 마련했거든요. 마음에 들지 않았겠죠?(웃음)

당시에 경기도 지역 교사들이 시국선언을 하자, 교육부에서 징계를 내리라고 김상곤 교육감에게 지시합니다. 그러자 김 교육감은 "무죄 추정 문제가 있기 때문에 대법원 확정판결이 날 때까지 징계를 미루겠습니다"라고 답합니다. 충분히 할 수 있는 얘기입니다. 사안마다 1심에서 유죄가 날지 안 날지 모르고, 그 뒤로 항소심 및 상고심에서

G20 포스터에 '쥐' 낙서를 한 사람에게 검찰은 징역 10월을 구형했다.

어떻게 결론이 날지 모르기 때문이죠. 그럼에도 검찰은 지시 불이행을 이유로 기소합니다. 물론 또 무죄가 납니다. 이쯤 되면 "도대체 우리 사회에서 검찰은 무엇을 하는 집단인가" 하는 탄식이 나오지 않을 수 없습니다.

'G20 쥐벽서' 사건 아시죠? G20 홍보 포스터에 대학 강사 박정수 씨가 쥐를 그려 넣었습니다. 저는 공용물에 낙서하면 안 된다고 생각합니다. 장난꾸러기들이 선거 포스터의 이빨을 까맣게 칠하고 수염이나 안경도 그려 넣는데, 그러면 안 되죠.(웃음) 낙서해서 포스터를 못 쓰게 하면 포스터값을 받아야 합니다. 그런데 낙서를 했다고 구속영장을 청구하고 징역 10월을 구형한다? 웃기는 일입니다. 죄목이 '폭력행위 등 처벌에 관한 법률' 위반입니다. 무시무시합니다.(웃음) 검사가 구형하면서 한 말이 대단했습니다. "청사초롱을 마치 쥐가 들고 있는 것처럼 그림을 그려 넣었습니다. 피고인은 우리 국민들과 아이들로부터 청사초롱과 번영에 대한 꿈을 강탈한 것입니다."(웃음) 사실 박정수 씨의 그림은 세계적인 그라피티 예술가 뱅크시(Banksy)의 모방입니다. 뱅크시는 세계 곳곳의 도시에 쥐 그림을 포함한 풍자와 저항의 그라피티를 그리고 다니는 사람이지요. '아트 테러리스트'라고도 불립니다. 그러나 뱅크시를 체포하기 위한 수사가 시작되었다는 소식은 들어보지 못했습니다.

이 사건이 있고 난 뒤에 검사 친구들과 만난 자리에서 이런 얘기를 했습니다. "우리 솔직히 얘기하자. 여기에 이 친구가 고양이나 호랑이를 그렸으면 경찰이 잡으러 갔겠느냐." 한국 수사기관은 업무량이 매우 많습니다. 여러분이 집에서 도둑을 맞았다고 칩시다. 신고하더라도 수사가 빨리 진행되지 않습니다. 수사기관이 나빠서가 아니라 그 정도 사건은 우선순위에서 밀리기 때문입니다. 살인, 강도, 강간 등 중한 범죄가 많거든요. 동네 근처 포스터에 낙서했다고 수사팀이 만들어졌다는 소식 들어보셨습니까? 그런데 'G20 쥐벽서' 사건은 신속한 수사가 이루어집니다. 왜 그럴까요? 특정 동물이 그려졌기 때문입니다.(웃음) 경찰과 검찰은 이명박 대통령에 대한 야유와 풍자를 그냥 두고 넘어갈 수 없었던 거지요. 형식적으로는 공용물 손괴를 문제 삼았지만, 실질적으로 국가원수에 대한 '불경'을 문제 삼은 겁니다. 후지지 않습니까? 박정수 씨에게는 벌금 200만 원이 선고되었지만, 검찰은 항고했습니다. 이 사건이 진행되는 동안에 박 씨는 거침없이 투쟁했습니다. 〈쥐와 벌〉이란 창작극에 출연도 했습니다.(웃음) 그러나 부인 황진미 씨에 따르면 혼자 샤워하면서 울기도 했다고 합니다. 국가형벌권은 시민을 위축시키기 마련입니다.

끊고 끊어도 나오는 몸통

근래에 민간인 사찰이 큰 문제가 되고 있습니다. 이 문제를 최초로 알린 피해자 김종익 씨 사건을 봅시다. 김종익 씨는 범죄 용의자도, 피의자도 아니었습니다. 이명박 정부와 정면으로 싸우는 투사도 아니었습니다. 중소기업을 운영하는 기업가였을 뿐입니다. 이분이 자신의 블로그에 이명박 정부에 대한 비판 글을 올려놓았습니다. 저나 여러분이 모두 하고 있는 일입니다. 그런데 갑자기 국무총리실에서 먼지 털기를 시작합니다. 현행법상 어떠한 국가기관도 범죄 혐의가 없는 민간인을 사찰하지 못합니다. 민간인 사찰은 권위주의 정권 때 자행되었던 만행이죠. 그런데 이러한 국헌문란 범죄행위를 국무총리실 공무원들이 버젓이 저질렀습니다. 이들은 자신들의 범죄 증거가 담겨 있는 컴퓨터 하드디스크를 파괴하기 위하여 '대포폰'까지 만들어 연락을 주고받았습니다. 다른 OECD 국가에서 정부가 무고한 시민을 조직적으로 사찰했다는 사실이 밝혀졌다면, 정권이 바로 바뀌었을 것입니다.

당시 국무총리가 정운찬 씨인데, 정 총리도 이런 일이 벌어지고 있는지 몰랐습니다. 공직윤리지원관실은 국무총리실 소속이지만, 전혀 다른 명령 체계 아래 놓여 있었던 것이죠. 어디서 명령을 받았습니까? 물론 청와대입니다. 국무총리실은 활동 은폐를 위한 껍데기였지요. 이러한 사실이 밝혀지니까 검찰이 수사에 들어갑니다. 검찰은 수사 결과를 뭐라고 발표했습니까? 뻔합니다. 총리실에 있던 사람만 잡아서 감옥에 넣고, 청와대는 전혀 관계가 없다고 발표합니다. 그런데 얼마 전에 청와대와 관련 있음이 밝혀졌죠. 청와대 이영호 고용노

사비서관이 문제가 된 공직윤리지원관실 소속 장진수 주무관에게 2천만 원을 준 사실이 드러났습니다. 장진수 씨는 청와대 민정수석실에서도 5천만 원을 주었다고 말했습니다. "입 닫고, 네 선에서 꼬리 잘라라. 그러면 돌봐주마"라는 거죠.

이때 돈을 준 이영호 비서관이 기자회견을 했습니다. 보셨습니까? 가관이었습니다.(웃음) 이 사람이 나타나서 "내가 한 거 맞다"라며 고함을 칩니다. 미안한 태도가 전혀 없어요. 사과도 하지 않습니다. 게다가 야당이 자신을 괴롭힌다고 얘기합니다. 누가 누구를 괴롭혔는지 정말 모르는 것인지……. 진짜 코미디는 이 사람이 "내가 몸통이다"라고 선언한 부분이었습니다. 진짜 '몸통'은 그렇게 얘기하지 않거든요. '꼬리'가 그런 자백을 합니다. 예를 들어, 조폭 세계에서 서열 50위가 범죄로 잡혔을 때 "내가 혼자 했다" 그러거든요. 그러다가 수사를 해서 서열 30위와의 연관이 밝혀지면, 서열 30위는 또 "내가 다 시켰다"라고 합니다. 이 비서관의 '몸통 고백'도 마찬가지 같아요. 자기가 '몸통'이라고 강변하는 걸 보니 분명 몸통은 따로 있다는 확신이 들었습니다. 이 비서관의 말을 곧이곧대로 받아들인다고 해도, 자신이 '몸통'이면 '머리'는 따로 있다는 얘기일까요? 그 '머리'는 누굴까요?

문제는, 검찰이 이런 사람을 1차 수사도 제대로 하지 않았다는 겁니다. 검찰은 이 비서관을 딱 한 번 소환합니다. 자신이 전혀 증거를 인멸한 적이 없다고 말하자, 돌려보내고 나서 어떠한 추가 조사도 하지 않았습니다. 예컨대, 민간인 사찰이 폭로된 전후 이 비서관의 전화 통화 내역 등에 대한 조사도 이루어지지 않았습니다. 총리실 하드디스크는 레이저로 완전히 파괴되고 난 뒤에야 압수수색이 이루어집니다. 이제 청와대 민정수석실도 관련되어 있음이 밝혀졌는데, 검찰이 어떻게 할지 두고 봐야 하겠습니다.

이 사건에서 김종익 씨는 어떻게 되었을까요? 박살이 납니다. 회사가 거덜이 났습니다. 민간인 사찰을 범한 자들에게는 솜방망이 수사를 한 검찰이 피해자 김종익 씨에게는 쇠방망이를 휘둘렀습니다. 회사 장부를 전부 뒤집니다. 경조사 때 부조금을 내지 않습니까. 김 씨의 부조를 받은 사람들을 불러 조사합니다. 부조금을 받은 사람이 누구겠습니까, 비즈니스 파트너나 친구겠죠. 이들은 '저 사람과 거래하면 검찰에 불려 가는구나' 하며 관계를 멀리하게 됩니다. 회사가 망할 수밖에 없게 만드는 거죠.

이 사람을 억지로 잡아와서 패거나 한 건 아닙니다. 입장 바꿔서 생각해보세요. 김종익 씨와 가까이하기가 싫어집니다. 무슨 불이익을 받을지 모릅니다. 회사 망하게 하는 거, 간단합니다. 검찰이 그런 칼을 휘두른 거죠. 회사가 거의 망하기 직전에까지 이르니까 검찰이 김종익 씨를 기소합니다. 이 사람은 피해자인데, 기소를 당합니다. 뭐 때문이냐, 검찰이 이 사람의 장부를 털고 털다 보니까 하나를 발견합니다. 김 씨의 학교 은사가 중병으로 입원하자, 김 씨가 회사 돈 몇백만 원으로 병원비를 대줬습니다. 그걸 횡령이라고 해서 기소합니다. 통상적으로는 수사 착수조차 되지 않았을 사안이죠. 김 씨가 왜 자살 결심을 몇 번이나 했는지 짐작이 갑니다. "도대체 대한민국은 어떤 나라인가? 이런 자괴감까지 드네요" 김 씨가 어느 인터뷰에서 한 말입니다.

검찰 개혁의 요체는 권력 분산이다

이런 검찰이 검찰 내부의 불법과 비리는 어떻게 처리하고 있나 보겠습니다. 검사윤리강령을 보면 "정당한 이유 없이 금품, 금전상 이익, 향응이나 기타 경제적 편의를 제공받지 아니한다"라고 되어 있습니다. 그런데 〈PD수첩〉의 '검사와 스폰서' 보도에서 보셨죠? 그 스폰서 검사들은 공소시효가 지났기 때문에 기소할 수 없었고, 징계도 유야무야됩니다. 검찰총장 후보까지 되었던 천성관 씨도 스폰서 사실이 드러나 낙마했지요. 천 씨는 서울 강남의 28억짜리 아파트를 살 때, 사업가 박경재 씨로부터 15억 5천만 원을 빌렸습니다. 그런데 차용증이 없습니다. 통상의 공무원이 어떤 사업가에게 15억을 차용증 없이 빌리면 어떤 일이 벌어지느냐? 즉각 수사에 착수하겠지요. 어떤 경찰관이 관할 내의 업주에게 차용증 없이 1천만 원을 받았다는 게 알려졌다고 칩시다. 검찰은 바로 구속·수사에 들어갈 겁니다. 천 후보는 4박 5일간 부부동반 해외 골프여행을 갔는데, 이 모든 비용을 박경재 씨가 댑니다. 천 씨는 참으로 좋은 '친구'를 둔 것이죠.(웃음) 그런데 검찰은 수사를 하지 않습니다. 대가성이 있는지, 이 돈을 이후에 갚았는지 따져보지 않습니다. 단지 천 씨는 검찰총장 후보에서 낙마만 하게 됩니다. 희한한 일입니다.

노회찬 씨가 폭로했던 '삼성 X파일' 사건 아시죠? 1997년 대선 시기에 삼성의 최고위층과 〈중앙일보〉 회장 등이 모여서 이회창 후보를 지원하자는 모의를 했는데, 그걸 당시에 안기부 요원이 불법 녹음합니다. 양쪽 모두 불법을 저지른 거지요. 삼성과 〈중앙일보〉는 '정치적 보험'을 들려고 여당 후보에게 돈을 줬고, 안기부 쪽은 삼성과 〈중

제17대 국회의원 노회찬은 소위 '떡값 검사' 명단을 공개했다. 하지만 이 결정적 자료에도 검찰은 '떡값 검사' 관련 수사는 진행하지 않고, 이 자료를 공개한 노회찬 의원만 기소한다. 자료사진은 이 일련의 과정을 기록한 책 『노회찬과 삼성 X파일』의 표지

앙일보〉의 약점을 잡아두는 게 중요하니까 불법으로 도청을 해뒀어요. 아시다시피 이회창 씨가 정권을 잡지 못했죠. 이후 문제의 안기부 요원은 퇴직했는데, 아쉽지 않습니까?(웃음) 그래서 이 파일을 가지고 돈을 요구하며 협박합니다. 그 과정에서 파일의 내용이 드러납니다.

그런데 'X 파일' 내용을 보면, 삼성과 〈중앙일보〉에서 정기적으로 고위 검사에게 언제 얼마만큼의 '떡값'을 줬는지가 나옵니다. 예컨대, "이번에 부산에서 올라온 내 1년 선배인 2차장은 연말에나 하고, 지검장은 들어 있을 테니까 연말에 또 하고", "회장께서 전에 지시하신 거니까", "작년에 3,000 했는데, 올해는 2,000만 하죠" 등의 대화 내용이 나옵니다. 그런데 검찰은 수사를 하지 않습니다. "공소시효가 지났다", "통신비밀보호법 위반 문제다" 하면서요. 당시 김홍일 제3차장 검사가 "고발인들이 제기한 의혹들은 철저히 확인하겠지만 그 부분", 즉 떡값 검사 의혹은 "언급할 단계가 아니다"라는 말을 합니

다. 반대로 '떡값 검사' 명단을 공개한 노회찬 씨는 바로 기소되어 유죄 판결을 받았지요.

우리나라 검찰이 왜 이렇게 됐는가? 비교법적으로 보게 되면, OECD 수준 국가 중에서 대한민국의 검찰이 가장 많은 권력을 가지고 있습니다. 예를 들어 보겠습니다. 가까운 일본의 경우, 1945년 이후부터 모든 수사를 경찰이 합니다. 검찰은 기소 여부만 결정합니다. 한국은 검찰이 수사도 하고, 기소도 합니다. 검찰청 안에 '검찰 수사관'이라는 자체 수사 인력이 있습니다. 또한 검찰은 경찰의 수사도 지휘합니다. 일본에 비해 권한이 엄청나게 크죠.

다음으로, 미국에서는 경찰이 수사권을 갖습니다. 검찰도 수사에 부분적으로 관여합니다. 검찰이 경찰과의 협조하에 수사하면서, 기소 여부를 결정합니다. 그런데 주의할 점은, 미국에서는 선거를 통해서 검사장을 뽑습니다. 우리 식으로 얘기하면 서울고검장, 부산고검장, 광주고검장 등을 선거로 뽑는 겁니다. 검찰에 대한 대중적 통제가 가능하다는 거죠. 현재 기소를 검토하는 '검찰시민위원회'라는 제도가 있지만, 이를 통한 검찰 통제는 미미합니다.

독일을 볼까요. 독일 검찰은 경찰 수사를 지휘할 수 있습니다. 그런데 독일 검찰 안에는 자체 수사 인력이 없습니다. 또한 독일 검찰은 범죄 혐의가 확인되면 어떠한 재량도 없이 무조건 기소를 해야 합니다. 그런데 한국 검찰은 자체 수사 인력이 있을 뿐만 아니라, 범죄 혐의가 있다고 하더라도 기소 여부를 검사가 결정하게 합니다. 그걸 '기소편의주의'라고 합니다.

요컨대, 한국 검찰은 다른 나라 검찰의 권한 중 좋은 건 모두 갖고 있는 겁니다. 첫째, 대중적 통제를 받지 않습니다. 둘째, 자체 수사

인력을 가지고 있습니다. 셋째, 경찰 수사를 지휘합니다. 넷째, 범죄 혐의가 인정되었다고 하더라도 기소하지 않을 수 있습니다. 그러니까 스폰서가 몰려들 수밖에 없습니다. 기업을 운영하는 사람 중에서 회계 문제나 횡령배임에 걸릴 수 있는 사람이 많죠. 그러니까 뒷배를 봐줄 검사가 필요합니다. '스폰서 검사'가 왜 생기느냐, 검찰이 너무 많은 권력을 갖고 있기 때문입니다. 쪼개야 합니다. 검찰 개혁의 요체는 권력 분산입니다. 노무현 정부 때 법원 개혁은 상당히 이루어졌는데, 검찰 개혁은 하다가 중지됩니다. 향후 민주진보정부가 들어서면 검찰 개혁을 꼭 해야 합니다.

한국 검찰은 이러한 형사사법 관련 권한 외에도 정치·사회적 힘을 가지고 있습니다. 저는 한국 검찰이 통상의 외국 검찰과 다르게 거의 정당, 준정당에 가까운 힘을 가지고 독자적 논리에 따라 움직이고 있다고 봅니다.

첫째, 검찰은 법무부를 장악하고 있습니다. 물론 법적으로 검찰은 법무부의 외청입니다. 행정안전부 밑에 경찰청이 있는 것처럼 법무부 밑에 검찰이 있지요. 그러나 실제는 반대입니다. 법무부 안에는 검찰과, 인권과, 교정과 등의 부서가 있습니다. 외국의 경우는 검찰과만 검찰이 파견근무를 하며 책임지고, 다른 부서는 검찰이 아닌 공무원이 책임집니다. 그런데 한국은 교정과나 출입국관리부서 등을 제외하고는 검찰이 장악하고 있습니다. 법무부를 장악하고 있다는 의미가 뭔지 풀어서 설명해 드리겠습니다.

법무부는 법안 제출권이 있습니다. 우리나라는 의회민주주의 국가이지만, 국회의원이 제출한 법안은 잘 통과되지 않습니다. 반면, 정부가 제출한 법안의 통과율은 매우 높습니다. 또한 국회의원이 제출한 법안 같은 경우도 법무부가 검토하여 의견을 냅니다. 요컨대, 검찰의 이익에 반하는 법안은 통과되지 않을 가능성이 높다는 거죠. 둘째, 검찰은 청와대, 공정거래위원회, 금융감독위원회, 국회정무위원회, 국정원 등 국가기관의 중요한 기구에 검사를 파견하고 있습니다. 그 정보는 모두 검찰로 모입니다. 검찰은 가만히 앉아서 우리나라 주요 기관들이 뭘 하고 있는지를 다 알 수 있다는 거죠.

검찰의 힘을 보여주는 다른 예가 있습니다. 행정부서의 장관 밑에 차관이 있죠. 차관은 보통 몇 명입니까? 통상 한둘입니다. 검찰총장은 법무부 장관 밑입니다. 그런데 검찰에는 '검사장'이라는 자리가 있습니다. 검사장은 차관급입니다. 현재 검사장 수가 40명쯤 됩니다. 다른 행정부는 차관이 많아야 두 명인데, 검찰 안에는 40명인 겁니다.

다시 말씀드리지만, 민주진보정부가 들어서서 해야 할 일 중의 하나가 검찰권력의 통제라고 봅니다. 검찰 내부의 비리에 대해서 검찰은 철저한 수사를 하지 않습니다. 검찰 외의 고위공직자 비리도 검찰에 맡겨둘 수 없습니다. 노무현 정부 시절 법안으로 제출됐지만 통과되지 못했던 '고위공직자비리수사처'를 신설해야 합니다. 두 개의 검찰을 만들어 서로 견제하면서 동시에 범죄와 비리, 투쟁에서는 경쟁하도록 하자는 것입니다. 그리고 수사권도 지금보다 더 많이 경찰로 이관해야 합니다. 경찰 수사에 자율권을 주고, 검찰의 직접 수사는 자제하는 동시에, 검사는 경찰 수사에 대한 법적 통제를 엄격히 하는 쪽으로 가야 합니다.

법의 생명은 논리가 아니라 경험이다

이어서 법원 얘기를 하도록 하겠습니다. 〈부러진 화살〉이라는 영화를 보셨죠? 저도 봤습니다만, 영화를 보면서 많은 관람객들이 손뼉을 치고 탄식하더군요. 법률가적 관점에서 보면, 이 영화에는 허구가 많습니다. 첫째, 이 영화에는 '석궁 교수'를 기소한 검사의 주장이 압축·생략되어 있습니다. 검사가 거의 바보처럼 나오죠. 둘째, 이 영화는 2심 재판을 가지고 만들었습니다. 증거 조사는 1심에서 많이 이루어지는데, 1심 얘기는 모두 빠졌기 때문에 균형이 맞지 않습니다. 예를 들어, 사건의 최초 목격자인 경비원은 화살을 맞은 판사가 배를 움켜쥐고 있었고 옷을 들추자 피가 흐르고 있었다고 증언했는데, 영화에서는 빠져 있지요. 그 외에도 "판사가 자해했다", "검사가 증거를 인멸했다", "의사가 증거를 조작했다" 등의 주장에는 동의하기 어렵습니다. '석궁 교수'를 영웅시할 것도 아니라고 봅니다.

요컨대, 이 영화는 다큐멘터리가 아닙니다. 따라서 이 영화와 사실의 싱크로율이 몇 퍼센트인가를 따지는 건 의미가 없다고 봅니다. 이 영화의 진정한 메시지는 이 두 장의 사진에 있습니다.

문성근 씨가 연기한 이 재판장의 표정, 어떻습니까? 위 사진은 당사자 또는 변호인을 비웃는 표정이죠. 아래 사진에서는 눈을 내리깔면서 법대 아래의 사람을 보고 있습니다. 당사자의 주장을 듣지 않고, 눈을 감고 있는 것 같기도 합니다. 저는 이 영화가 법원에 대한 대중의 불신과 불만을 극화했다고 보고 있습니다. 대중은 직접 재판을 받거나 친인척 혹은 친구가 재판을 받을 때, 많은 경험을 합니다. 어떤 경험을 하느냐, 고압적이고 권위주의적인 재판 진행을 경험합

영화 〈부러진 화살〉에서 문성근이 분한 판사의 모습은 대중들이 갖는 사법부에 대한 불신과 불만의 계기를 잘 드러낸다.

니다. 자신이 마치 진실을 다 알고 있다는 듯이 행동하는 엘리트주의 판사를 목격합니다. 무슨 얘기인지 몰라서 물어보면, 못 알아듣는다고 타박합니다. 무슨 말을 하면, 정확히 말하라고 구박합니다. 법대에 앉아서 법대 아래 앉아 있는 원고, 피고 등 시민과 소통하기보다는 군림하려 하고, 경청하기보다는 명령하려는 태도지요. 김남희 변호사가 이 영화를 보고 평을 썼는데, 읽어보겠습니다. "변호사를 하면서 종종 경험하고 겪었던, 고압적이고 권위적이고 불친절하고 오만한 법원의 모습이 보인다. 익숙하다." 〈부러진 화살〉에 많은 사람들이 열광한 이유는 바로 이 점을 생생히 드러냈기 때문입니다.

2011년에 서울지방변협에서 법관 평가를 하면서 '무개념 판사'의 사례를 발표합니다. 첫 번째, 막말형. 가정폭력의 희생자로, 이혼 소송을 한 여성에게 "20년간 맞고 살았으니 앞으로도 그렇게 살아라"라고 합니다. 황당하죠? 이 외에도 호통, 반말, 비속어를 사용하는 판사가 있습니다. 두 번째, 편향형. 신용금고와의 소송을 맡은 판사가 일방 당사자인 금고 쪽 사람에게 웃으면서 "저도 이 금고에서 돈을 좀 빌리고 있습니다. 지점장은 안녕하시죠?"라고 묻습니다. 반대 당사자는 어떤 마음이 들겠습니까. 세 번째, 권위형. 법정대리인이 법대 앞으로 가서 설명 내용을 확인하려고 하니까 "감히 변호사가 법대 앞으로 오느냐"라고 하면서 인상을 씁니다. 네 번째, 굼벵이형. 항소이유서를 제출하고 1년이 지난 후에 변론 기일을 지정합니다. 당사자로서는 속이 타지요. 오랫동안 법조계 주변에 회자되던 관련 속어를 하나 소개하겠습니다. '육조지'라는 말인데요. 1974년에 정을병 씨가 이를 제목으로 한 단편소설을 발표하기도 했습니다. '육조지'가 뭐냐, 여섯 번 '조진다'는 뜻입니다. 즉 형사재판에 연루되면 "집구석은 팔아 조지고, 죄수는 먹어 조지고, 간수는 세어 조지고, 형사는 패 조지고, 검사는 불러 조지고, 판사는 미뤄 조진다"라는 겁니다. 굼벵이형 판사란, 바로 미뤄 조지는 판사지요. 이러한 유형의 무개념 판사를 경험한 시민은 불신과 불만을 넘어 분노하게 됩니다. '석궁 교수'는 판사에게 상해를 입힌 범죄인인데, 대중이 이 사람에게 열광할 수밖에 없는 사회적 이유가 있는 것입니다.

이 영화를 보고 난 뒤 저는 '만약 석궁 교수 사건을 배심재판으로 했더라면 어땠을까'라는 생각을 했습니다. 노무현 정부 시절 역사상 최초로 배심재판이 도입되었지만, 아직 배심재판의 비율은 2퍼센트 정도밖에 되지 않습니다. 배심재판이 아닌 경우, 법률가들의 공방으로 재판이 진행됩니다. 그 과정에서 사건 당사자인 피고인이나 가족은 무슨 일이 벌어지고 있는지 정확히 알 수 없는 경우가 많습니다. 법률 용어가 어려운 한자로 구성되어 있기 때문입니다. 예컨대 '원인으로부터 자유로운 행위', '공동정범의 기능적 행위 지배', '독립 행위의 경합' 등의 용어는 바로 알아듣기 어렵잖아요. 의사들끼리 어려운 전문 용어나 영어를 쓰면 환자들은 알아듣지 못하는 것과 마찬가지입니다. 하지만 배심재판을 하게 되면, 비법률가인 배심원이 유죄와 무죄를 판단합니다. 따라서 이들이 알아들을 수 있게 재판이 진행됩니다. 양 당사자의 주장을 시민이 듣고 난 뒤 최종 판단을 내리는 거지요. 이렇게 되면 앞에서 말씀드린 무개념 판사의 사례들이 줄어들 것입니다.

다음으로 넘어가겠습니다. 영화를 보면 화살을 맞은 판사의 피 문제에 대해서 나옵니다. 판사의 옷에 묻어 있는 혈흔이 그 판사의 것이 맞느냐를 가지고 논쟁이 벌어지는데요. 화살이 꽂히게 되면 몸 안쪽에서부터 밖으로 피가 배어 나오지 않겠습니까. 판사가 입고 있던 내복, 와이셔츠, 조끼 등에서 화살 구멍은 확인됩니다. 그런데 '석궁 교수'는 그 옷에 묻어 있는 혈흔에 대하여 의심을 품습니다. 와이셔츠에 핏자국이 있었느냐 없었느냐의 논쟁이 벌어지는데, 국과수 조사에 의하면 육안으로는 보이지 않는 혈흔이 발견됩니다. 여하튼 이러한 논쟁은 피해자인 판사의 피를 채취하여 옷에 있는 피와 비교해 보면 간단히 해결될 수 있었습니다. 역설적으로 영화는 만들어지지 않았겠죠. 그러나 항소심 재판장은 절대 이를 허가하지 않습니다. 모든 증거가 분명한데, 판사에게 테러를 가한 교수가 이상한 주장을 한다고 생각하며 무시했겠죠. '감히 어떻게 선배 판사에게 피를 뽑자고 요구하겠는가'라는 생각도 했겠지요.

미국에서 최고의 법률가로 꼽히는 올리버 홈스(Oliver Wendell Holmes, Jr.)라는 사람이 이런 얘기를 한 바 있습니다. "법의 생명은 논리가 아니라 경험이다." 법 문제를 다룰 때 정확한 개념을 쓰고, 정밀한 논리를 구사하는 능력이 필요합니다. 그런데 그것만이 전부는 아닙니다. 보통 사람들의 경험을 모르거나 무시하면서 법 논리를 구사하면, 그 결론은 신뢰받지 못합니다. 또한 그런 법률가도 신뢰받지 못합니다. 판결의 결론도 중요하지만, 결론으로 가는 과정이 중요합니다. 일부 판사들은 결론만 제대로 내려주면 된다고 생각합니다. 또는 자신은 이미 그 결론을 알고 있다고 생각합니다. 그러나 결론이 올바르다고 하더라도 절차에서 불만이 생기면 승복할 수 없게 됩니다. 사실 세상일이 다 그렇습니다. 친구나 가족과 싸웠어요. 그런데 상대방 말이 맞아요. 맞는데도 끝까지 싸우는 경우가 있습니다. 저 녀석 말이 분명히 맞아요. 그런데 뭔가 기분이 나빠요. 그러면 끝까지 대듭니다. 정답을 가르쳐준다고 "예, 이제부터 입 닫을게요"가 되는 게 아니죠. 절차와 과정에서 승복할 수 있어야지만 결론에 동의합니다. 법원이 이 점을 깨닫지 못하고 엘리트주의, 권위주의에 빠져 "나는 답을 아노라, 너흰 이를 받아들여라"라고 하면 시민들이 그걸 받을 리가 없죠.

만인이 아니라 만 명만 평등하다

지금까지 검찰과 법원을 봤습니다. 법조계에 대한 시민들의 공통된 인식이 뭘까, 전 이 그림으로 요약된다고 봅니다. 19세기 프랑스

법률가 집단에 대한 통렬한 풍자로 유명한 19세기 프랑스 화가 오노에 도미에의 그림.

의 오노에 도미에(Honore' Daumier)가 그린 그림입니다. 맨 왼쪽 그림을 보시면, 시민이 변호사에게 사건을 의뢰했는데 재판 결과가 좋지 않게 나왔습니다. 그래서 항의를 합니다. 그런데 이 변호사는 '네가 뭘 아느냐' 라는 식으로 깔보고 있는 모습이죠. 가운데 그림은 재판에서 지고 난 뒤 슬픔에 젖어 걸어 나오는 과부와 그 아들의 모습입니다. 그런데 이 모녀 옆의 변호사는 여전히 목에 힘을 주고 거들먹거리고 있습니다. 그림 아랫부분에 이 변호사가 한 말이 적혀 있습니다. "당신은 패소했지만, 법정에서 나의 멋있는 변론을 들을 기회를 얻었습니다." 가장 오른쪽 그림은 세 명의 법조인이 모여서 깔깔대며 웃고 있는 모습입니다. '법조 3륜' 이란 말, 들어보셨죠? 판사, 검사, 변호사를 가리키는 용어죠. 그런데 이 그림은 이 세 직종의 법률가가 짬짜미를 한다는 메시지를 던지고 있습니다.

한국 사회의 정의가 어떠한 모습인가를 야유하고 있는 문구가 있습니다. '유전무죄 무전유죄'라는 메시지입니다. 이는 1988년에 지강헌이라는 상습 절도범이 탈옥하여 가정집에 들어가 인질극을 벌이다가 경찰에 의해 사살되기 전에 외쳤던 말입니다. 지강헌은 흉악범의 이미지로 알려져 있지만, 탈옥 전까지 그는 절도범이었습니다. 그는 죽기 전에 비지스의 노래 〈홀리데이(Holiday)〉를 들려 달라고 요청했죠. 그래서 이 사건을 소재로 2005년 〈홀리데이〉라는 영화가 나왔습니다. 지강헌이 왜 탈옥을 했느냐. 이 사람이 500여만 원을 훔치고 징역 7년을 살게 되는데, 상습 절도범이었기 때문에 지금은 폐지된 보호감호처분 10년이 더해져 총 17년을 갇혀 있게 되었지요. 보호감호처분은 징역을 다 살더라도 '반사회적 위험성'이 남아 있으면 더 가두어두는 형사제재인데, 위헌 소지가 많아 폐지됩니다. 그런데 지강헌이 교도소에서 당시 전두환 대통령의 동생인 전경환 씨의 형량을 듣게 됩니다. 전 씨는 새마을운동 본부장을 역임한 사람으로, 70억 원이 넘는 돈을 횡령했는데, 7년 징역형이 확정됩니다. 지강헌이 받은 제재보다 훨씬 가벼웠죠. 그 때문에 분통이 터지고 억울해서 탈옥을 한 것입니다. 결국, 그는 죽기 전에 방송사를 불러 모아 놓고 "유전무죄 무전유죄"라고 외칩니다. 이를 단지 판결에 불만을 품은 상습 절도범의 헛소리라고 치부해버리면 그만일까요? 이 말은 지금도 우리 사회에서 회자되고 있습니다. 근래에는 '유권무죄 무권유죄'라는 말도 덧붙여 사용되고 있지요. 돈과 권력이 정의를 왜곡한다는 것, 바로 이것이 우리 사회의 정의에 대한 시민의 인식입니다.

최근의 예를 보겠습니다. 2005년 인천지법 형사6단독 이성기 판사가 7,000원을 훔친 사람에게 상습 절도죄를 적용하여 1년 6월을 선고했습니다. 물론 7,000원이라도 훔치면 안 되죠. '상습성'이 문제라는 것이겠지만, 그래도 1년 6월은 잘 이해가 되지 않으실 겁니다. 이에 반하여 현대그룹 정몽구 회장은 비자금을 조성하여 900억 원을 횡령했는데, 징역 3년에 집행유예 5년과 300시간의 사회봉사 명령이 선고됩니다. 7,000원은 1년 6월, 900억 원은 집행유예. 이걸 어떻게 이해하느냐는 거죠. 이랬을 때, 시민들이 판결의 공정성을 믿을 수 있을까요? 또한 삼성의 이건희 회장은 1996년 전두환·노태우 비자금 사건으로 징역 3년에 집행유예 5년의 유죄 판결을 받았고, 2009년 배임과 조세 포탈 등으로 징역 3년에 집행유예 5년의 유죄 판결을 받았는데, 두 번 다 특별사면을 받습니다. 이걸 어떻게 이해하느냐는 거죠. 그래서 노회찬 씨가 아주 재미있는 말을 합니다. "법 앞에 만인이 평등한 게 아니라 만 명만 평등하다." 기막힌 말이죠. '법 앞에 평등'이라는 헌법 원칙을 법 앞에 만 명만 평등하고, 그 만 명이 아닌 몇천만 명에게는 불평등하다는 말로 야유한 것이지요.

디케가 이런 모습입니다. 저는 한국 사회의 정의의 여신은 저울추를 한쪽으로 옮겨놓지 않았나 하는 의심이 듭니다. 그러면 애초부터 저울이 기울지 않습니까. 그리고 혹시 디케가 자기 앞에 누가 왔는지 눈가리개 사이로 살짝 보는 것은 아닌지 의심스럽습니다. 어떤 사람은 쇠망치로 내려치고, 어떤 사람은 솜방망이로 쓰다듬어 주고……. 이번 강의는 검찰 개혁과 법원 개혁이 필요하다는 문제 제기를 하기 위함이었습니다. 이를 통해 제대로 된 디케를 가져야 합니다. 우리는 가질 자격이 있습니다. 이만 줄이겠습니다. 감사합니다.

사회자　다들 법이 이렇게 재미있는 거로구나 하셨을 줄 압니다. 게다가 풍부한 배경지식이 뒤를 받쳐주니 더욱 그렇지요. 강연을 들으면서 저는 프랑스 작가 빅토르 위고의 소설 『레미제라블』이 떠올랐습니다. 『레미제라블』에서 장발장도 아까 말씀하신 7,000원 급의 범

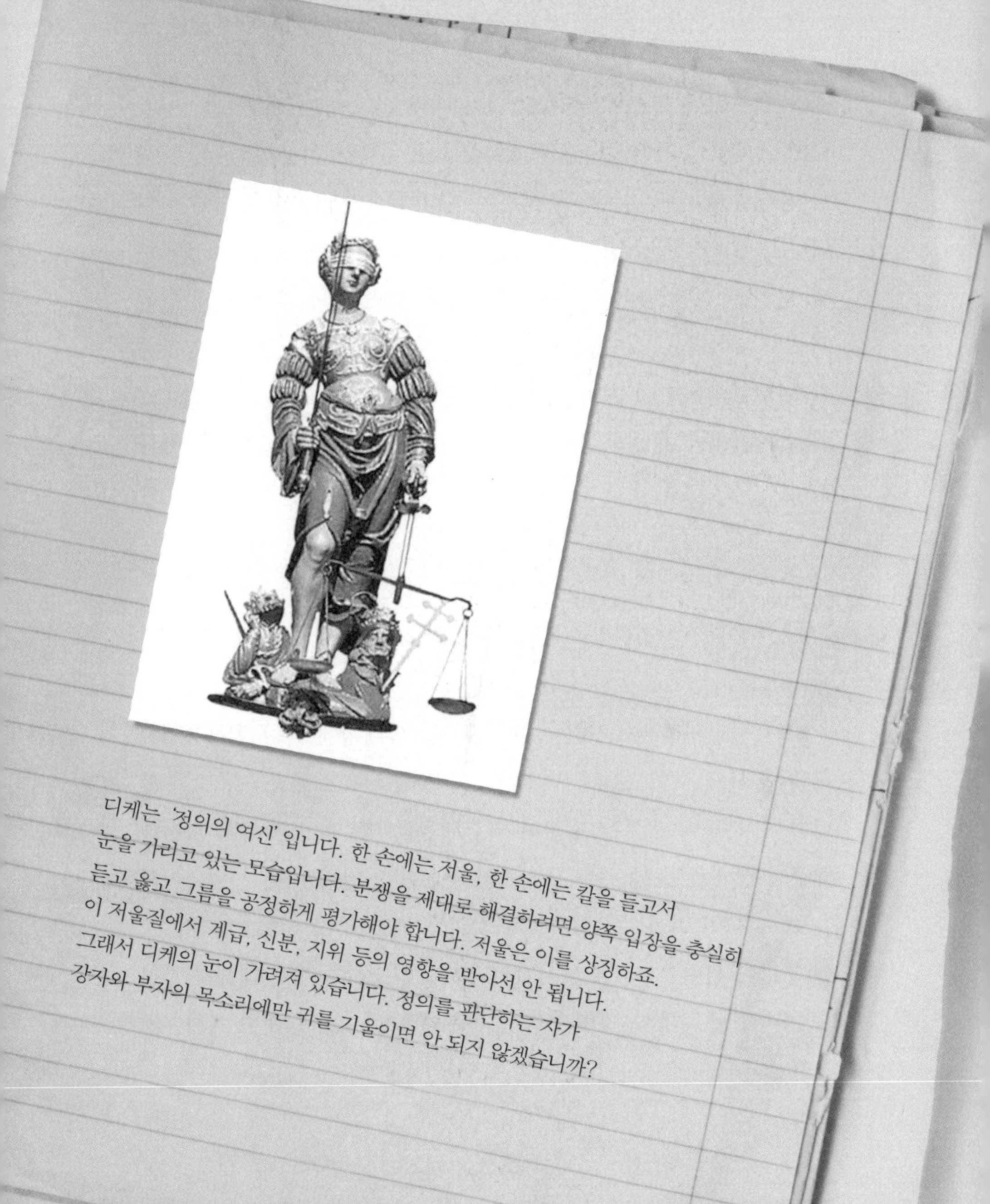

디케는 '정의의 여신'입니다. 한 손에는 저울, 한 손에는 칼을 들고서
눈을 가리고 있는 모습입니다. 분쟁을 제대로 해결하려면 양쪽 입장을 충실히
듣고 옳고 그름을 공정하게 평가해야 합니다. 저울은 이를 상징하죠.
이 저울질에서 계급, 신분, 지위 등의 영향을 받아선 안 됩니다.
그래서 디케의 눈이 가려져 있습니다. 정의를 판단하는 자가
강자와 부자의 목소리에만 귀를 기울이면 안 되지 않겠습니까?

죄를 저질러서 문제가 생기죠. 저는 예비 법조인분들에게 판검사가 되기 전에 『레미제라블』을 꼭 읽어보라고 권해드리곤 합니다. 자베르 경감이 평생에 걸쳐서 추적하는 사람이 장발장입니다. 혁명이 일어나고 장발장은 사위 될 사람이 다치자 그를 하수도로 내려 보내준 뒤 자신은 그만 잡히고 맙니다. 드디어 자베르가 꿈꾸던 장발장을 체포한 것이지요. 그때 자베르가 했던 말이 있습니다. "이런, 영장을 안 가져왔군."(웃음) 작가는 인신구속이 얼마나 엄중한 일인가를 그 긴 이야기에서 가장 핵심적으로 다루고 있는 것입니다. 질문 받겠습니다.

모든 사람은 회색분자다

청중1 안녕하세요. 저는 교수님과 같은 대학에 다니는 학생입니다. 주변에서 사법고시에 관심을 가진 선배나 로스쿨생들을 많이 봅니다. 그분들이 공부는 굉장히 열심히 하는데, 제가 사회적 사건에 대해서 분개를 표할 때는 냉정하시더라고요. 법에 대해서 이야기하는 게 아니라 어쩔 수 없는 일이라는 식으로 받아들이고요. 저는 그런 분들이 사법연수원에 들어가는 걸 보고, 오히려 법에 대해서 불신을 가지게 됐는데요. 그런 분들을 위해서 어떤 교육을 하고 계시는지 궁금합니다.

조국 어느 법대건 다양한 성향의 사람들이 있습니다. 세상의 변화에 관심이 많은 사람이 있고, 반대로 전혀 관심이 없는 사람도 있지요. 인권에 관심 있는 사람이 있고, 인권보다는 물권에 관심 있는 사람이 있겠죠. 대학은 그렇게 다양한 사람들이 논쟁하고 타협하는 곳입니다. 제 수업에도 다양한 성향의 학생들이 있습니다. 저의 정치적 입장에 반대하는 학생도 있을 것입니다. 당연히 그래야 하죠. 실제로 집안 형편이 어려워서 대학 시절 고시 공부에만 집중하는 학생도 있습니다. 제가 진보라고 해서 진보를 강요하지는 않습니다. 다만, 수업 시간에 두 가지를 강조합니다. 첫째, 항상 반대 입장이 뭔지 생각해보라고 합니다. 둘째, 자신의 주장을 할 때 근거를 찾고 세우라고 훈련시킵니다. 사람이 갑자기 바뀌진 않습니다. 그러나 교육의 힘이라는 게 있습니다. 제 수업을 들은 보수적인 학생이 있었는데, 이름을 들으면 알 만한 대형 로펌에서 기업 변호사로 살아갑니다. 10년쯤 일하다가 갑자기 무슨 깨침이 있었던 것 같습니다. 그러다 제 말이 생각났나 봅니다. 그때부터 진보적인 여러 활동에 도움을 주기 시작합니다.

사회자　　우리나라에 사법 제도가 생긴 게 1895년입니다. 당시 초창기 판사 중에 충격적인 분을 소개해 드리겠습니다. 동학혁명이 고부 민란 때문에 일어나지 않았습니까. 그때 고부 군수가 조병갑이라는 분이었죠. 그가 고금도로 4개월 동안 유배를 갔다 오고 나서 바로 평리원 판사를 했습니다. 최초로 생긴 우리 재판소의 이름이 평리원(平理院)입니다. 평리원, 뜻은 정말 좋죠. 이치에 따라서 평등하게 한다는 겁니다. 그분이 평리원에서 한 공적 가운데 하나가 우리가 잘 알고 있는 해월 최시형 선생을 체포하는 일이었습니다. 우리 법의 전통이 어떻게 세워졌는지 이해가 가실 줄 여깁니다. 조국 교수께서 참고가 될 말씀을 좀 더 해주시죠. 관료화된 우리 법정, 그러니까 법에 대한 기계적인 적용을 하면서 법관 자신은 면피하는 것이라든지.

조국   서 선생님께서 말씀하신 평리원 산하에 '법관양성소'가 만들어집니다. 이름은 법관양성소지만 최초의 국립 법학 교육기관으로, 이후 몇 번의 개명을 거쳐 현재의 서울대 법대로 이어집니다. 이 기관을 졸업한 인물 중에 친일파가 된 법률가가 많았을 것입니다. 어느 사회에서나 법원은 국가기관이고, 이는 체제를 유지하는 일을 하기 마련이니까요. 단, 졸업생 중 이준 열사 같은 분도 있었고, 안중근 열사를 위해 무료 변론을 한 안병찬 변호사도 있었습니다. 이 기관 출신은 아니지만, 이인, 김병로, 허헌 세 변호사는 일제 치하에서 독립운동이 무죄라는 점을 밝히기 위해 치열한 법정 투쟁을 벌였습니다. 이인, 김병로 두 분은 '우파'라 지금도 잘 알려져 있지만, 허헌은 '좌파'였고 월북했기에 남쪽에서는 조명받지 못했지요.

그때나 지금이나 상당수 판사들이 '존재하는 법률은 옳다. 법원이 확립한 판례도 옳다. 나는 이를 따르고 적용하기만 하면 된다'라는 생각을 가지고 있습니다. 해월 선생이든 민족해방투사이든 그런 식의 사고를 가지고 대했겠죠. 아까 질문한 학생이 접했던 법학도의 모습도 유사할 것입니다. 세상의 모순과 문제에 대하여 애써 외면하면서, "나는 실정법을 해석하고 집행할 뿐이야. 그게 법률가의 일이야"라고 말하는 태도이지요. 진보도 좋고, 보수도 좋습니다. 양자가 겹치는 공유의 영역이 있습니다. 앞에서 얘기한 표현의 자유 후퇴, 국가형벌권의 남용 등은 진보와 보수를 떠난 민주주의와 인권의 문제거든요. 예컨대, '친박' 진영의 학자인 이상돈 교수의 경우는 앞에서 말한 이명박 정부의 형사정책에 대하여 매우 비판적이지요. 법률가의 기본, 법률가의 양식이 중요하다는 것입니다.

청중2　안녕하십니까. 저는 30대 후반의, 조국을 사랑하는 남성입니다.(웃음) 존경하는 교수님의 고견 잘 들었습니다. 정치권에서 제일 러브콜을 많이 받는 인사들이 법조계 인사들입니다. 그리고 현역 쪽에도 법조계 인사들이 많은 것이 사실입니다. 과연 그렇다면 법 제정 과정, 입법 과정에서의 공정성은 어떻게 지켜질 수 있을지 궁금합니다. 이건 우스갯소리로 말씀드리는 건데요. 디케가 눈을 가린 걸 교수님께서는 솜방망이에 비교하셨는데, 저는 디케가 현재 우리나라에서 일어나는 일련의 사태들이나 여러 가지 사건으로부터 잠시 눈을 감고 싶다는 의미가 아닐까 하는 생각이 듭니다.

조국　'애국자' 이십니다.(웃음) 법률가들이 입법부에 많이 들어가 있는 것이 현재 상황이죠. 저는 법률가들의 비율이 너무 높다고 생각합니다. 법률 전문가로서의 지식이 국회에 필요한 것은 사실이지만, 전체 인구 5천만 중 법률가의 숫자를 생각하면 너무 많습니다. 한국에는 법률가 아닌 집단이 훨씬 많잖아요. 각 정당 소속 국회의원의 이전 직업을 보세요. 노동자, 농민, 교사 등은 거의 없잖아요? 이런 계급, 집단을 대표하는 사람들이 더 많이 들어가야 합니다. 법률가들은 국회 전문위원, 국회의원 비서관 등으로 보조하면 되거든요. 다음으로 국회 법사위 구성을 바꾸어야 합니다. 입법 절차상 법안은 반드시 법사위를 통과해야 합니다. 그런데 법사위의 다수는 검찰 출신이 장악하고 있습니다. 이게 문제입니다. 저는 농반진반으로 검찰 출신은 무조건 법사위에 보내면 안 된다는 말까지 하는데요. 법사위 구성원의 적어도 절반은 비법률가로 바꿔야 한다고 보고 있습니다. 마지막으로 디케가 눈을 감고 싶을 것이라는 지적, 동감합니다. 꼴 보기 싫은 일이 연달아 발생하니까요.(웃음)

청중3　저는 기자 지망생입니다. 3월 초에 '봉주열차'에 참가했습니다. 많은 외신이 취재를 와서, 제가 〈LA 타임스〉 기자와 얘기를 했는데요. 미국에서는 권력자의 비리를 비판한다고 해서 이 정도의 처벌을 받는 걸 상상할 수 없다고 합니다. 그래서 같은 저널리스트로서 상당히 부끄러웠습니다. 정봉주 판결에 대한 교수님의 의견이 궁금합니다. 그리고 아까 검찰 개혁 말씀하시면서 '고위공직자비리수사처'를 만들어야 한다고 하셨는데, 그 수사팀의 독립성은 어떻게 지킬 수 있을지 고견 듣고 싶습니다. 마지막으로, 가장 시급한 게 법률가들의 권위주의적 카르텔을 깨는 거라고 생각하는데요. 사람의 인식이 변하는 게 상당히 어렵지 않습니까. 그래서 그 현상을 어떻게 깰 수 있을지 궁금합니다.

조국　'정봉주 판결'은 갑자기 튀어나온 것이 아닙니다. 그 이전의 판례가 반복된 것뿐인데, 정봉주 전 의원과 관련되어 크게 부각된 것이지요. 우리 공직선거법 판결은 표현의 자유를 축소하고, 억압하는 방향으로 고착되어 있습니다. 공인이 관련된 공적 사안을 가지고 검증하기 위해 비판하는 경우, 사후에 부분적으로 오류가 발견되었다고 하더라도 형사처분을 하지 않는다는 것이 OECD 국가의 확고한 법리입니다. 선거 과정에 나선 공인은 이러한 검증 과정을 마땅히

감수해야 합니다. 만약 사후적으로 틀린 주장이었다는 이유로 처벌하게 되면, 공인 검증은 사실상 불가능하게 됩니다. 이명박 후보의 BBK 관련 의혹을 제기한 것이 감옥에 가야 할 사안이라면, 당내 경선 과정에서 이를 제일 먼저 제기한 박근혜 씨도 감옥 가야 합니다.(웃음)

'고위공직자비리수사처'도 정치적 독립성이 중요합니다. 그러려면 수사처장을 어떻게 임명할 것인가가 핵심이지요. 대통령이나 법무부 장관이 아니라 국회에서 여야가 합의로 추천하여 임명하도록 하고, 임기를 보장해주어야 합니다. 관련 법안이 이미 제출되어 있으니, 제가 설명하기보다는 국회 인터넷 사이트에서 찾아보시는 게 더 좋을 것 같습니다. 다음으로 법률가들의 카르텔을 깨려면, 시민의 참여와 통제가 강화되고 확대되어야 합니다. 강연 중에 말한 검사장 직선제, 배심재판의 확대 등이 그 예입니다.

청중4 반갑습니다. 여러분이 좋아하시는 한 맥주회사에 다니고 있습니다.(웃음) 저는 보수주의자들을 원칙주의자라고 생각하면서 살았는데, 우리나라 보수주의자들은 결과만 좋으면 된다는 결과주의자들이 많은 것 같습니다. 그런데 오만하다 보니까 좋은 결과가 나오지 않고, 지금 각하께서도 그러시지 않나 하는 생각이 드는데요. 우리나라 보수가 왜 이렇게 됐는지 궁금하고요. 저는 회색분자인데, 진보와 보수를 나눌 수 있는 적당한 기준이 하나 있으면 제가 진보인지 보수인지 알아볼 수 있을 것 같습니다.

사회자 제가 '보수의 역사'에 대한 강연을 여러 번 다닌 적이 있어서 간략하게 말씀드려보겠습니다. 한국 보수에는 세 가지가 없습니다. 첫째, '아버지'가 없습니다. 친일파에서 출발했기 때문입니다. 둘째, '민족주의'가 없습니다. 그들이 일제와 미국을 좋아하기 때문이죠. 셋째, '민주'가 없습니다. 이 사람들은 민주주의를 얘기할 때 그게 나라를 망하게 한다고 그랬거든요. 그렇기 때문에 이 사람들은 일종의 정체성 분열 상태에 있는 것입니다. 이성적 판단이 어렵죠.

조국　추가로 답변하겠습니다. 모든 사람은 '회색분자'입니다. 저도 그렇습니다. 그걸 자학할 필요는 없다고 봅니다. 모든 사람은 갈등하고 고민하거든요. 100퍼센트 확신에 차서 신념을 체화하고 있는 사람은 많지 않습니다. 더 중요한 것은 자신의 '회색성'을 직시하는 것, 그리고 조금씩이라도 좋은 세상을 만들려고 노력하는 것입니다. 그리고 우리나라에서 보수를 자처하는 사람들, '어버이연합'부터 시작해서 이명박 대통령까지, OECD 기준으로 보게 되면 전혀 보수가 아닙니다. 독일 집권당인 기독교민주당의 강령과 정책을 보세요. 한국의 자칭 보수들은 '좌빨'이라고 했을 겁니다. 예컨대, 이 보수정당은 노동자의 노조 활동을 지지함은 물론 경영 참여까지 동의하고 있습니다. 그래서 벤츠 회사의 이사회에는 노조의 대표자가 이사로 들어가 있지요. 전 우리 사회의 자칭 보수 세력은 '사익추구집단'의 다른 이름이라고 보고 있습니다.

깨어있는 시민이 법질서를 바꾼다

청중 5　안녕하세요. 대학생입니다. 첫 번째 로스쿨 졸업생들이 나왔는데요. 로스쿨이 처음 생길 때는 보편적인 법률 서비스나 다양한 인재 등용을 생각했지만, 현재의 폐쇄적인 사법 구조를 개선하기보다는 사법고시라는 입문 방법을 대학원 재학 이후로 미룬 것은 아닌가 하는 생각이 듭니다. 이 제도가 우리 사회에서 어떤 역할을 할지 궁금합니다.

조국　로스쿨은 등록금이 비싸고, 대학을 마치고 하기 때문에 비용이 많이 들고, 비용이 부담되니까 그만큼 돈 있는 집안 자식이 들어간다는 비판들이 있는 것 같습니다. 매우 아이러니한데, 현재 로스쿨을 없애자고 가장 선봉에 서서 주장하고 있는 분이 강용석 의원입니다. 다시 사법 시험 제도로 돌아가야 한다고 주장하고 계십니다. 묘하지요. 현재 로스쿨 시스템에 문제가 있습니다. 비용과 선발 방식의 문제, 개선해야 합니다. 그러나 사법고시 체제가 갖고 있던 폐해는 지금 로스쿨의 폐해에 비할 바가 아닙니다. 사법고시 합격생의 평균 나이가 서른 살이 넘습니다. 대학 졸업하고 난 뒤에 오랫동안 고시촌에서 고시 공부만 합니다. 이른바 '향토장학금', 집에서 돈을 받아 공부하지요. 제 동기 중에 아직도 사법고시 공부를 하고 있는 사람이 있습니다.

사회자　조국 교수보다 제가 더 선배인데, 제 동기 중에도 있습니다.(웃음)

조국　　사회적 낭비가 어마어마한 거죠. 또한, 사법 시험 체제 아래에서 대학의 각 과는 사실상 법학과로 바뀝니다. 인문대, 사회대는 물론이고 공대, 자연대 학생들도 고시 공부를 합니다. 제 수업이 사시 필수과목인데, 대학의 모든 과 학생들이 수강했습니다. 대학 교육 자체가 추락하는 거죠.

청중 6　　안녕하세요. 대학생입니다. 저는 지인이 국가보안법으로 고통받는 걸 지켜보면서 법에 대해 생각해보게 되었는데요. "악법도 법"이라는 말이 참이라면, 그 법 때문에 고통을 받고 있는 사람들도 법이니까 그걸 수용하고 받아들여야 하는지에 대한 교수님의 생각을 듣고 싶습니다.

조국　　고전적인 법철학적 주제입니다. 우리나라 국민 다수는 "악법도 법이다"를 소크라테스가 말했다고 알고 있지 않습니까? 그런데 소크라테스는 그런 말을 한 적이 없습니다. 소크라테스가 실제 한 말은 "나는 죽음을 두려워한 나머지 그릇된 또는 부정의한 일에 관해서는 어느 누구에게도 복종하지 않을 것이며, 복종하기보다는 차라리 죽겠다"였습니다. 그러고는 독배를 마시고 죽었지요. 소크라테스는 국가가 자신에게 철학을 포기하라고 명하더라도 결코 포기하지 않겠다고 말했습니다. 그리고 자신에게 사형을 선도한 배심에 대해서 "당신들은 현자를 사형에 처했다고 하는 악명과 비난을 받게 될 것이다"라고 비판했습니다. 이러한 소크라테스의 법사상을 "악법도 법이다"라고 요약하는 것은 틀린 것이며, 이는 유신을 옹호하던 학자들이 퍼뜨린 것입니다.

헌법 정신이나 민주주의·인권 정신에 맞지 않는 법률이 존재하는 경우가 있습니다. 그 경우 어떻게 해야 할 것인가. 먼저 실정법 안에서 여러 가지 반대 운동과 비판을 할 수 있겠죠. 표현의 자유를 행사하고, 집회와 시위를 하는 겁니다. 그럼에도 해결이 안 될 경우, 최후 수단으로서 그 법률을 어기는 것은 정당화된다는 것이 법철학적 답입니다. '시민 불복종 운동'이 헌법적 권리로 인정되는 것이 바로 이러한 이유입니다. 질서, 중요합니다. 그러나 질서의 전제는 자유입니다. 자유 없는 질서는 공안 통치지요.

청중 7　안녕하세요. 연구직에 종사하는 사람입니다. 현재 우리나라에 새누리당, 민주통합당, 통합진보당 등이 있는데요. 검찰 및 사법 개혁에 대처하는 각 당의 자세와 정책에 대한 교수님의 견해를 듣고 싶습니다.

조국　새누리당, 민주통합당, 통합진보당의 세 당 모두 표면적으로는 검찰 개혁에 동의하고 있습니다. 새누리당 의원들도 검찰에게 당했다고 생각하더라고요. 최근 새누리당 검찰 개혁 간사였던 주성영 의원이 갑자기 사퇴하지 않았습니까. "대구의 화려한 밤 문화" 운운하며 논란을 일으켰던 사람이지요.(웃음) 주 의원은 검찰이 자신에게 보복했다고 생각하는 것 같았습니다. 저는 정치인은 말보다 행동을 봐야 한다고 봅니다. 새누리당도 검찰 개혁을 하자고 말합니다. 그러나 실제로는 검찰 개혁을 거의 추진하지 않았지요. 새누리당의 핵심에 검찰 출신들이 포진하고 있거든요. 민주통합당과 통합진보당, 두 당은 검찰 및 사법 개혁에 대해 거의 비슷한 생각을 갖고 있습니다.

청중 8　안녕하세요. 저는 감히 대한민국 대통령을 꿈꾸는, 고등학교 2학년 학생입니다. 이 강연을 듣기 전에『조국, 대한민국에 고한다』라는 책을 읽고 답답한 마음으로 왔습니다. 그런데 이 특강을 들으니까 더 답답해져서 마지막으로 한 가지 여쭙고 싶은데요. 미래에 대한민국을 이끌어나가기 위해, 저희 같은 청소년들이 지금부터 무엇을 해야 좋을지 알려주시면 감사하겠습니다.

조국　호연지기가 좋습니다.(웃음) 지금은 고등학생이니 대입 공부에 바쁘리라 생각합니다. 먼저 책을 많이 읽고, 생각하고 고민하세요. 또한 사람을 많이 사귀고, 자연을 많이 느끼세요. 질문자의 얼굴이나 말투를 보니 공부를 잘할 것 같아요. 그런데 공부를 잘하는 사람이 빠질 수 있는 편향 중의 하나가 모든 것을 내 머릿속으로, 내 책상 위에서 할 수 있다고 생각하는 것입니다. 위험합니다. 아까 논리가 아니라 경험이 중요하다고 했습니다.

사회자　시간을 많이 넘기고 있습니다. 그런데도 갈 길을 모른 채 '나의 조국'을 구하고 계신 여러분께 정리하는 말씀 해주시죠.

조국　'선택'이라는 제목으로 강연하라고 해서 무슨 말을 할까 고민했습니다. 제 전공이 법이니 법 관련 주제를 택했고, 법 이론적 얘기보다는 우리 사회에서 쟁점이 되고 있는 얘기를 해야겠다고 판단했습니다. 그래서 검찰과 법원 이야기를 택했습니다. 제가 법학자,

법학 교수로서 얘기했습니다만, 여러분도 이미 알고 계신 얘기일 것입니다. 제가 조금 더 구체적, 논리적으로 얘기했을 뿐입니다. 이 문제의 해결 역시 그러합니다. 저 같은 법학자, 지식인들만이 해결할 수 있는 문제가 아니라 '깨어있는 시민'이 개혁에 대한 생각을 공유하고 확산시켜야 가능한 문제입니다. 검찰 개혁과 법원 개혁, 만만치 않습니다. 말로 하기는 쉽습니다. 검찰 전체와 싸워야 합니다. 장난이 아닙니다. 진보적이고 개혁적인 정치인, 법률가, 학자들 이전에 '깨어있는 시민' 모두가 검찰 개혁과 법원 개혁에 관심을 가질 때만 법률이 바뀌고 법률가가 바뀔 것입니다. 오늘 강연에 오신 분들이 새로운 정보를 얻었다는 데 그치지 말고, 앞으로 자신이 무엇을 할 것인지를 고민해주셨으면 좋겠습니다. 감사합니다.

사회자　디케는 안대를 쓰고 있습니다. 그리고 판사는 검은 옷을 입고 있습니다. 검은 옷은 중세 사제 권력이 세속적으로 이행한 것을 뜻합니다. 그가 세속적으로는 사망했다는 뜻이지요. 생명이 사망한 것이 아니라 자신의 이해관계에서 완전히 사망했다는 뜻입니다. 우리 사법부는 지금 그게 살아 있습니다. 안대와 검은 옷, 사법부의 가장 중요한 상징인 안대는 안경으로, 검은 옷은 색 있는 옷으로 바뀐 게 아닌가 싶습니다. 모두가 그렇다는 뜻은 아니지만 말이죠.

　다른 한편 혹시 우리 스스로 남의 고통에 대해서는 안대를 쓰고 있지 않은지 생각해볼 필요가 있습니다. 타인의 고통을 외면하면 결국 머잖아서 그건 내 고통이 되고 맙니다. 정의가 침해당하고 있을 때 침묵하는 것은, 침묵으로 공조하는 일입니다. 인터뷰 특강을 열고 여기에 참여하는 것 또한 침묵으로 공조하지 않기 위해서라고 생각합니다.

　벌써 밤이 깊었습니다. 정의의 여신 디케는 인간 타락이 극에 달하자 하늘로 올라가 처녀자리 별이 되었다고 합니다. 집으로 돌아가시는 길에 그 별자리를 찾아봐도 좋겠습니다. 그가 다시 땅에 내려오게 하는 일은 우리네 몫입니다. 디케가 살아가야 하는 곳은 하늘이 아니라 땅이기 때문이지요. 고맙습니다.

한겨레 탁기형

제5강  정재승

당신의 선택,
믿을 만한가요?

뇌과학으로 풀어본
탁월한 선택의 비밀

2012년 3월 27일 저녁 7시
백범김구기념관 컨벤션홀

카이스트 바이오및뇌공학과 교수. 카이스트 물리학과에서 '알츠하이머 치매 환자의 대뇌모델링'으로 박사 학위를 받고, 미국 예일의대 소아정신과와 콜롬비아의대 정신과에서 정신질환의 신경물리학을 연구했다. 전공 외에도 자연과학, 인문학, 예술 등 다방면에 관심을 두고, 따뜻한 상상력으로 여러 영역을 버무려 흥미로운 이야기들을 들려준다. 『과학 콘서트』『정재승+진중권의 크로스』『쿨하게 사과하라』 등이 그 결과물이다.

Contact

사회자　제9회 인터뷰 특강 '선택', 벌써 다섯 번째 시간입니다.

엠비가 대통령이 된 뒤로 한국인들이 굉장히 과학적인 생각을 자주 하게 되었습니다. 특히 오늘 모신 분의 전공과 밀접한 연관이 있는데요. 대략 500~600만 명 정도 되는 사람들이 거리에 나와서 어떤 동물의 뇌에 대해 집중적으로 연구하기 시작했습니다. CJD(Creutzfeldt-Jakob Disease), BSE(Bovine Spongiform Encephalopathy) 등 어려운 전문용어를 흔히 쓰는가 하면, 프리온 단백질에 의해서 소의 뇌가 이렇게 되었다는 식의 수준 높은 말을 하기에 이르렀습니다. 집단으로 하면 우리가 노벨상을 받을 수 있을지도 모릅니다. 한국인이 뇌과학의 높은 수준에 도달할 수 있게 하고 대중 과학사에 크게 기여한 이것을 '촛불집회'라고 부르고 있습니다.(웃음) 그때 저는 수많은 시민단체나 광우병에 관심 있는 사람들이 왜 이 과학자를 부르지 않는지가 아쉬웠습니다. 한국에서 뇌의 기능, 그 특성들에 대해 잘 알고 있는 대표 과학자가 멀지 않은 곳에 살고 있었거든요. 그분을 초청했습니다. 아마 그런 얘기를 물어보면 아주 재밌는 답을 듣게 되지 않을까 싶습니다.

오늘 오면서 차가 굉장히 막혀서 물어보니 핵안보정상회담을 하고 있어서라고 하더군요. 과학적인 기초에 서 있는 것이 핵입니다. 과학은 윤리가 필요하다는 것을 핵안보정상회담을 통해서도 알 수 있죠. 이 회담은 참가국 구성부터 문제가 있다고 생각합니다. 무엇보다 핵을 가진 자들의 정상회담이라는 겁니다. 핵 윤리를 누가 가장 지켜야 하는가가 빠져 있다는 거죠. 현재까지 핵을 무기로 만들어서 사람을 죽이는 데 사용한 유일한 국가가 미국입니다. 그 나라의 핵에 방울을 달아야 할 텐데 정작 그 얘기는 나오지 않는 것 같습니다. 핵 테러의 모호한 위험성만 얘기하고 있죠.

한국에 현재 21기 정도 원전이 있습니다. 고리 원전 1호기는 사실상 생명이 다했는데, 연장하고 있죠. 알다시피 2011년 3월 11일 후쿠시마에서 큰일이 벌어졌지 않습니까. 후쿠시마 사태에서 저는 인류사적 반성이 필요하다고 생각합니다. 그건 신이 물 채찍으로 문명에 대해서 타격을 가한 일이었지요. 후쿠시마에서 원전이 터진 그 무렵 우리 '가카' 께서는 아랍에미리트 연방에 계셨습니다. 원자력발전소를 수출하러 가셨지요. 그리고 지금 핵안보정상회담이 열리고 있습니다. 과학의 윤리가 얼마나 중요한가를 함께 생각해보게 하는 때가 아닌가 싶습니다.

제가 5년 전 인터뷰 특강 사회를 보면서 오늘 모신 분을 이렇게 소개했던 기억이 납니다. "지금까지는 '과학의 대중화'라고 말을 해왔다. 이 사람이 등장하면서 점점 '대중의 과학화' 쪽으로 우리 사회가 발전하고 있다. 과학의 인격적 가치가 표현되고 있는 사람이다"라고 말이죠. 대중에게 사랑받는 과학자가 한국에도 나오고 있다는 생각이 듭니다. 그때는 청년 과학자처럼 보였는데 이제 중년 과학자가 되었습니다.(웃음) 강연장 뒤에 의자를 추가로 놓아야 할 만큼 대중이 사랑하는 과학자 정재승 교수입니다.

정재승 안녕하세요. 카이스트의 정재승입니다. 반갑습니다. 먼저 과학에 대해서 안 좋은 얘기를 많이 하시고서 대중의 과학화를 말씀

하시니까 민망하네요.(웃음)

사회자　일찍이 이만큼 대중적인 과학자가 있었던가요.

정재승　사랑받는 느낌을 직접 받아본 적은 없고요.(웃음) 늘 감사할 따름입니다.

사회자　촛불집회 때 흔히 '다중지성', '대중지성' 등의 얘기를 많이 했습니다. 그런 것도 추적해 올라가면 개미나 이런 것들과 관련이 있는 얘기일 텐데요.

정재승　물론이죠. 그리고 과학자에게도 그렇게 갑자기 일시적으로 사람들이 비슷한 의사결정을 하고, 동시에 한자리에 모이고, 한꺼번에 집단행동을 하는 것은 굉장히 의미 있는 현상이고요. 저도 연구해보고 싶은 현상입니다.

사회자　촛불집회가 왜 일어날 수밖에 없는가에 대해서 설명을 부탁드립니다. 굉장히 재미있는 분석일 것 같습니다. 왜 사람들이 일시적으로 한 자리에 모이고 또 의사결정을 직접 하려는 특성을 보일까요.

정재승　인터넷의 등장은 대면적 접촉을 기반으로 한 인간관계를 망가뜨릴 거라고 많은 사람들이 예언했는데요. 다른 나라에서는 얼추 비슷한 현상이 벌어지기도 했습니다만, 우리나라에서는 정반대의 현상이 벌어졌죠. 오히려 사람들은 인터넷이 등장하고, 핸드폰이 등장하면서 대면 접촉을 더 많이 하게 됐습니다. 핸드폰으로 통화하면서 제일 먼저 하는 얘기가 "너 거기 어디야?"잖아요. 만날 수 없고 도저히 술을 마실 수 없는 상황에서도, 결국 만나서 술을 먹는 문화들이 핸드폰과 인터넷 덕분에 가능해졌죠. 이렇게 느슨한 네트워크가 형성된 상황에서 어떤 사건이 터져서 그 네트워크가 요동을 치면, 사람들이 예전 같았으면 비슷한 생각만 하는 데 그쳤을 것 같은 일들이 네트워크를 통해서 실제 행동으로 옮겨지는 현상이 만들어지는데요. 이 네트워크의 특징은 개인이 어떤 방식으로든 '알고 있는 사람'에 의해서, 다시 말해 연결된 사람들에게 가장 많은 영향을 받는다는 거죠. 그러니까 옛날 같았으면 잘 몰랐을 수많은 팔로워들과 느슨한 방식으로나마 어쨌든 관계를 맺으면서 많은 영향을 받고, 나도 좀 참여해봐야겠다는 생각을 하게 되면서 사회적 행동을 자연스럽게 하게 되는 '역동적인 네트워크 사회'에 우리가 살고 있다고 할 수 있죠. 바라바시(Albert-Laszlo Barabasi)라는 물리학자는 이런 현상을 '버스트(Burst)'라고 불렀습니다. 이런 의미에서 우리나라는 '다이나믹 코리아(Dynamic Korea)'가 아니라 '버스팅 코리아(Bursting Korea)'가 아닐까 싶네요.

사회자　우리 뇌에 그런 기능이 있군요.

정재승　물론입니다.

사회자　좀 더 긴 설명을 해주시죠. 여기 오신 분들은 대개 촛불집

회에 나갔을 가능성이 아주 높은 분들입니다. (웃음)

정재승 요즘 저희 연구실에서 관심이 있는 게, 트위터를 통한 집단행동의 동역학입니다. 트위터의 글을 보며 '이건 리트윗을 해야겠다, 말아야겠다' 매 순간 의사결정을 빠르게 하거든요. 어떤 글이 내가 리트윗할 만한 것인지를 결정할 때, 뇌에서 어떤 일이 벌어지는지를 'Functional MRI(기능성 자기공명 뇌영상장치)'로 측정해보고 있어요. 재밌는 건, 글의 내용과는 상관없이 인간관계에 따라서 리트윗을 할지 말지가 결정되는 경향이 있다는 거죠. 사람들이 인터넷이나 SNS를 통해서 다양한 방식의 관계를 맺고 있으니까 우리의 뇌는 매 순간 거기에 맞춰서 이것이 나에게 얼마나 의미 있는 정보인지를 사회적 관계(Social Relationship)와 연관 지어서 해석하는 수준에 이르렀다고 볼 수 있겠죠.

사회자 근래 들어 부쩍 UFO가 많이 나타나고 있습니다. UFO라는 게 말뜻대로 하면 미확인비행물체니까 없다는 거 아닙니까. 그런데 왜 자꾸 나타나는 거죠?

정재승 오늘 인터뷰 특강의 콘셉트는 '무엇이든 물어보세요' 인가요?(웃음) 거기에 관해서 재밌는 이야기를 해 드리면, 야구를 할 때 투수와 타자, 수비수가 있잖아요. 그중에서 제일 무기력한 사람들이 타자예요. 투수는 한 경기에서 10개 정도의 안타를 맞을 수는 있지만, 27명을 아웃 처리하지요. 그러다 보니 자기통제권, 자기결정권이 강해요. 자기가 원하는 대로 공을 던지고, 야수를 통해서 아웃 카운트를 늘리는 일을 할 수 있죠. 수비수는 자기한테 오는 공의 대부분을 잘 막아요. 한 경기에서 많아야 한두 번 실수합니다. 그런데 타자는 한 경기에서 안타를 1개 치면 잘 치는 선수죠. 2개 치면 굉장히 잘하는 선수고요. 평균적으로 열 번 나와서 세 번밖에 원하는 대로 못 치는 사람들이거든요. 그런데 그 세 그룹의 사람 중에서 경기 도중 징크스를 제일 많이 가지고 있는 사람이 바로 타자예요. 다시 말하면, 사람들은 자기가 상황을 통제할 수 없을 때 어떻게 해서든 상황을 이해하기 위해 심지어 상관없는 것 사이에 연관을 짓고, 인과관계를 만들지요. 그것이 사회적 사건 사이에서도 가능한데, 한 사회 안에서 사람들의 자기결정권이나 통제권이 줄어들수록 이른바 '음모론'이 등장하면서 내가 해석할 수 없는 무언가에 의해 이 무기력함이 비롯되었다고 믿는 경향이 있습니다. 그러다 보니 표현의 자유가 통제되어 있는 독재적인 권력하에서 수많은 음모론이 등장하고, 사람들은 자연스럽게 자기가 모르는 무언가가 있을 거라고 짐작하는 거죠. 이명박 정부 들어서 UFO가 더 많이 발견되었는지, 지구로 더 많이 오고 있는지는 모르겠습니다만, 사람들이 하늘에 떠 있는 무언가를 그냥 스쳐 지나가지 않게 된 것에는 개연성이 있을 수도 있습니다.(웃음)

사회자　여러분, 한국에 UFO가 처음 나타난 게 언제인지 아십니까. 한국전쟁 때입니다. UFO는 20세기 이전에는 나타나지 않았습니다. 그 전에 나타났으면 UFO가 과학일 텐데, 외계인들이 왜 주로 20세기 이후에 나타나는지 궁금합니다. 또 많이 나타났을 때가 팀스피릿(Team Spirit) 훈련을 할 때입니다. 군사적 긴장이 고조되거나 생

활이 어려워지면 외계인들이 우리를 확인하기 위해서, '휴거' 시키기
위해서 오지 않나 하는 생각을 하게 됩니다.(웃음)

정재승　저는 이 UFO의 정치학에 대해서는 코멘트하지 않겠습니
다.(웃음)

사회자　제가 질문을 더 하기 위해서 얘기하는 건데 코멘트하지 않
겠다고 그러시면 강사료를 깎아서…….(웃음)

정재승　뭔가 여기에는 확실히 음모가 있는 거 같네요.

사회자　음모까지는 아니고 정치적 목적이 있죠.

정재승　제가 〈한겨레21〉 인터뷰 특강을 다섯 번 정도 참여한 거
같은데요. 이 강연은 제가 굉장히 즐기는 강연 중 하나입니다. 평소
에 제가 하는 강연이 대개 정치적이지 않은데, 이 강연에 오면 오신
분들이 저를 정치적 시선으로 바라보세요. 작년에는 〈나는 꼼수다〉의
김용민 씨가 사회를 봤잖아요. 질문마다 정치적인 질문들을 하셔서
재미있으면서도 곤혹스러웠습니다. 제가 오늘은 인터뷰 특강을 순화
시켜야겠다, 정치적으로 편향되지 않은 그런 특강을 해야겠다고 생
각하면서 왔는데요. 오자마자 광우병으로 소개를 시작하시고, 촛불
집회와 이명박 시대의 음모론을 첫 질문으로 물어보시니…….(웃음)

사회자　저는 과학 또한 정치의 한 영역이라고 생각하는 경향이

있습니다.

정재승　물론 맞는 말씀이시죠.

사회자　가령, 다윈을 가장 정치적으로 활용한 사람이 히틀러입니다. 인종뿐만 아니라 사회진화론, 자본주의, 약육강식 등 과학이 정치적으로 활용된 건 틀림없는 사실이지요.

근래에 들어 흔히들 일하는 개미와 노는 개미의 '80 : 20 법칙' 등을 들먹이곤 합니다. 문득 어떤 재벌 회장님이 떠오르는데요, 그분이 이런 말을 한 적이 있거든요. 인재 1명이 10,000명을 먹여 살린다. 이 말을 듣고 있노라면 나머지 9,999명은 별 쓸모가 없는 것 같이 느껴지는 거죠.

이렇게 자연과학의 현상들을 정치적 목적을 위해 활용하는 사례들을 볼 때마다 두렵습니다.

정재승　좀 더 설명을 덧붙이자면, 개미는 80퍼센트가 일을 합니다. 20퍼센트가 놀고 있는 거고요. 나머지 일하는 80퍼센트를 빼내 전부 일하는 개미집단을 만들려고 해도 또다시 20퍼센트는 놀더라는 거예요. 이런 의미의 '80 : 20 법칙'이기 때문에 이 예를 끌어오는 것에는 문제가 있고요. 또 많은 분들이 '파레토 법칙'과도 혼동하시는데, 상위 20퍼센트가 전체 소비와 수익의 80퍼센트를 장악한다는 주장이지요. 이런 것들을 섞어서 자신의 주장을 합리화하는 건 위험합니다.

사회자　회장님, 위험한 주장이라고 합니다.(웃음) 전공이 '비선형 동역학'이라고 나와 있더군요. 이게 뇌와 관련이 있는 거겠지요.

정재승　네, 비선형 동역학이 제 전공인데요. 그걸 전공했다고 말씀드리는 이유는, 제가 여러분이 모르는 미지의 학문을 전공했다는 일종의 서태지식 신비주의 전략입니다.(웃음) 예를 들어서, 들어가는 입력을 두 배쯤 늘리면 출력도 두 배쯤 늘어나는 이런 시스템이 전형적인 선형 시스템인데, 세상에는 그런 시스템은 별로 없죠. 대부분 입력을 늘린다고 해서 결과가 그대로 늘어나는 것이 아니라, 굉장히 복잡한 방식으로 관계를 맺죠. 사실은 그것이 이 세상의 복잡성을 만듭니다.

대표적인 예가 바로 여러분이 잘 아시는 '나비효과'라는 거죠. 아주 작은 초기의 차이가 완전히 다른 결과를 만들어내니까요. 옛날에는 세상이 복잡한 이유가 그 안에 복잡한 원리가 숨어 있어서일 거라고 생각했는데, 원리가 단순하더라도 그걸 컨트롤하는 변수들 사이의 관계가 선형적이지 않으면 굉장히 복잡한 현상들이 나올 수 있다는 걸 알게 되었죠. 이런 이론을 통해 물리학자들이 복잡한 현상이나 시스템을 설명할 지적 용기가 생긴 겁니다. 제 선배들은 주식 예측 같은 걸로 학위 논문을 써서 증권사에 취직을 했고, 저는 그걸 이 우주에서 가장 복잡한 뇌에 적용해서 신경동역학, 뇌공학이라는 걸 하지요. 왜 모든 사람들에게 똑같은 입력이 들어가는데 나오는 결과 값은 다 다르고, 하나의 세포도 받은대로 내뱉지 않고 근처의 신경세포들에게 엉뚱한 값들을 내뱉는가. 그 네트워크가 망가지면 왜 우리는 정상적인 의사결정을 하지 못하는가. 같은 우울증 환자인데, 왜 어떤

사람은 대개의 생명체가 하지 않는 '자살'이란 걸 선택하는가. 이런
게 제가 하는 연구입니다.

사회자　우선 정재승 교수께서 어떤 공부를 하시는지 알려 드릴 필
요가 있을 것 같아서 물어봤습니다. 근대의 합리성이라고 하는 건 이
른바 선형적 세계입니다. 우리가 알고 있는 수학이 전형적인 선형적
방식이고, 고등학교 과정까지 주로 배우는 것들이 그렇지요. 그런데
비선형이란 말은 그런 것과 다른 결과에 도달할 수 있다는 이야기입
니다. 동일한 입력과 조건이 주어진다고 하더라도 다르게 나타날 수
있다는 것인데요. 저는 그것을 한 인격이나 혹은 개체마다의 존엄성
과도 연관시킬 수 있겠다는 생각이 들었습니다. 제가 이렇게 정치적
입니다.(웃음) 가령, 지금까지 대통령제 혹은 대의제 등과는 다른, 새
로운 정치 제도도 가능케 하는 중요한 근거가 될 수 있지 않을까 싶
습니다.

정재승　자꾸 정치적으로 몰아가지 마세요.(웃음) 그렇게 말씀드리
기는 사실 조심스럽고요. 어찌 보면 자연은 굉장히 냉정합니다. 자연
은 정치적으로 어떤 의미를 포함하지 않는 자기만의 방식으로 고고
하고 도도하게 운행되고 있습니다. 사람들이 그 시대에 맞춰서 자연
의 거대한 운행을 어떤 방식으로 받아들일지를 매 순간 끊임없이 고
민하며, 원하는 것들만 받아들이고 원치 않는 것들은 거부하면서 정
치적으로 해석하지요. 자연은 정치적으로 옳은 방식으로 돌아가지
않습니다. 그래서 정치적으로 해석하는 건 조심스럽습니다.

사회자　알겠습니다. 정치적인 저는 이만 내려가겠습니다.(웃음) 과학을 통해 세상의 아름다움을 읽어주는 과학의 연주자, 정재승 교수의 강연을 듣겠습니다.

우선 계획 없이 시도해보자

정재승　여러분, 반갑습니다. 제가 실험실 바깥에서 하는 강연의 내용들은 대개 과학 아닌 것에서 과학을 발견하는 겁니다. 그래서 오늘도 제가 평소 수행하는 연구 내용을 소개하기보다는 여러분의 일상 안에 들어 있는, 그 안에 숨어 있는 과학에 관한 말씀을 드리려고 합니다. 과학의 눈으로 사회 현상을 바라보는 독특한 경험을 하실 수 있을 겁니다. 제가 지금까지 인터뷰 특강을 여러 번 했습니다만, 올해는 아주 각별한 해입니다. 올해의 주제인 '선택'이 바로 제 전공이거든요. 제가 평소 실험실에서 연구하는 분야입니다. 그래서 어떤 말씀을 드릴지 준비하면서, 굉장히 설레면서도 가장 애먹은 강연이기도 합니다. 제 앞의 분들은 정치적 선택, 정치적 의사결정에 관한 이야기를 많이 하셨을 것 같은데요. 저는 정치적 의사결정을 포함해 좀 더 폭넓게 우리 삶에서의 선택에 관한 말씀을 드리겠습니다.

　한 번쯤 들어보셨을 '마시멜로 챌린지(marshmallow challenge)'라는 게임을 소개하는 것으로, 강연을 시작해보겠습니다. 원래 이 게임은 과학자들 사이에서는 잘 알려진 게임인데, 많은 사람들이 알게 된 계기는 톰 우젝(Tom Wujec)이라는 사람이 했던 실험 내용이 테드(TED)에 소개가 되면서부터입니다. 마시멜로 챌린지는 한 테이블에 있는 네 명의 사람들이 18분 동안 그들에게 주어진 스무 가닥의 스파게티 면과 테이프, 실, 그리고 마시멜로 한 개를 이용해 탑을 쌓는 겁니다. 탑의 모양은 어떻게 만들어도 전혀 상관없고요. 스파게티와 테이프, 실로 이루어져 있는 탑을 쌓으면 되는데, 마지막으로 마시멜로를 맨 위에 올려놓았을 때 무너지면 안 됩니다. 그 자체가 온전히 스스로 서 있는 상황에서 마시멜로가 바닥으로부터 얼마나 높이 올라가 있느냐, 즉 그 탑의 높이를 가장 높게 쌓은 팀이 이기게 되는 거죠. 이 게임을 해보면 굉장히 다양한 방식으로 탑을 쌓을 수가 있는데, 직업군에 따라 마시멜로 탑을 쌓은 방식이 많이 다릅니다.

미국 경영대 대학원(MBA) 학생들에게 마시멜로 챌린지를 시켜보면, 아주 전형적인 과정을 거칩니다. 우선 그들은 어떻게 이 미션을 수행할지 회의를 하고, 계획을 짭니다. "우리 이렇게 해볼까?" "아니야, 그렇게 하면 안 되지." "이렇게 하면 더 잘될 거 같아." 다양한 가설과 나름의 원리를 바탕으로 해서 다양한 플랜들을 짜고요. 계획이 결정되면, 거기에 맞춰 쌓습니다. 그리고 마지막으로 탑 위에 마시멜로를 짠 하고 올려놓습니다. 그러나 "짜잔" 하는 순간, 이 마시멜로 탑은 무너지는 경우가 많습니다. 스파게티 면에 대해, 테이프와 실에 대해, 마시멜로에 대해 경험이 별로 없는 그들이 계획을 세워봤자 틀릴 가능성이 높은 거죠. 게다가 계획을 짜는 데 대부분의 시간을 보내서 다시 회복할 기회도 없습니다. 그래서 대학원생들은 대체로 좋지 않은 실적을 보이죠.

하지만 이걸 유치원 학생들에게 시키면, 그들은 일단 재료를 가지고 탑을 만들어봅니다. 그래서 성공하면 다음에 좀 더 높은 탑을 쌓고, 18분 동안 여러 번의 성공을 경험합니다. 그들은 '어떻게 쌓을 것

마시멜로 챌린지. 주어진 18분 동안 네 명이 한 팀을 이루어 스파게티 면과 테이프, 실만으로 탑을 만들고 그 맨 위에 마시멜로를 올려 탑을 완성하는 게임. 팀원의 구성에 따라 흥미로운 결과가 나와 주목을 끈다.

인가?' 에 대해 아무런 계획이 없습니다. 일단 실행에 옮겨보는 거죠. 작은 탑을 하나 쌓으면, "이거 너무 낮은데, 높이려면 어떻게 해야 하지? 무너뜨리고 이렇게 해볼까?"라고 하면서 좀 전보다 조금 더 높은 탑을 쌓습니다. 그리고 다시 "이거 너무 낮은데, 시간 남으니까 또 해볼까?"라는 식으로 계속 성공하면서 조금씩 더 높은 탑을 쌓는 데 이른다는 거죠. 그래서 실제로 성공 확률도 아이들이 더 높고요. 마시멜로의 위치, 다시 말해서 탑의 높이도 아이들이 쌓은 것이 훨씬 더 높다는 겁니다.

이 실험 결과가 우리에게 들려주는 메시지는 무엇일까요? 사실 많은 사람들이 인생의 '계획'을 세우면서 대부분의 시간을 보냅니다. 그리고 젊은 시절 내내 그 계획을 완수하기 위해 준비하는 시간을 보내죠. 젊은 시절이 지나고 나이가 들면 더 이상 준비를 안 해도 되느냐, 그렇지 않습니다. 나이가 들면 '노후 준비'를 해야죠. 젊었을 땐 자기 인생을 준비하고, 커서는 자식들 인생을 준비하고, 나이 들면 또다시 자기 노후 인생을 준비하고…… 아직 오지 않은 무언가를 준비하고 계획하는 데 대부분의 시간을 보냅니다. 그런데 여러분의 삶이 정말로 계획대로 되었는지, 자신이 만든 계획 중에서 성공적으로 완수한 계획은 몇 퍼센트쯤 되는지 돌이켜보십시오. '내가 왜 이런 짓을 지금까지 하고 있었지'라는 생각이 드실 겁니다.

제가 예전에 '나꼼수'의 김어준 씨와 대담을 한 적이 있는데, 그가 이런 얘기를 하더군요. "인간이 하는 것 중에 제일 멍청한 짓이 계획을 세우는 거다. 나는 지금까지 한 번도 계획대로 살아본 적이 없다. 내가 생각하기에, 신이 있다면 그는 아마 계획을 세우고 있는 인간을 골탕 먹이는 재미로 살 것 같다." 그래서 저도 '맞아, 계획을 세우면 세울수록 내가 만약 신이라도 그 계획을 무너뜨리고 싶을 거야'라는 생각이 들었습니다.

물론 계획이 주는 유익함이 있습니다. 우리는 계획을 완수하지 않더라도 그 계획을 세우고 실행하는 과정에서 상황에 대해 구체적으로 배우게 되죠. 그래서 추천해 드리고 싶은 것은 일단 간단히 계획을 세우고, 한번 실행해보라는 겁니다. 그러고 나면, 뭔가 한번 해본 걸 가지고 좀 더 의미 있는 계획을 세울 수 있게 됩니다. 이른바 '실행을 통해 배우기(Learning by doing)'가 바로 그것입니다. 아이들은 누가 시키지 않았는데도 선험적으로 그런 방식을 통해 과제를 수행

합니다. 인간은 원래 그런 방식으로 세상을 배운다는 거죠. 학교라는 고등교육기관이 학생들에게 끊임없이 '도대체 너는 플랜이 뭐냐'면서 시간 계획을 요구하고 나름의 가설을 세우게 하고 거기에 접근하라고 요구하지만, 그것이 좋은 방법이냐를 회의하게 만든 게임 결과입니다. 한 번도 세상에 나가 장사를 해본 적이 없는 MBA 학생에게 장황한 창업 계획을 세우게 하는 것이 좋은 교육인지 저는 잘 모르겠습니다. 일단 한번 해보면서 감을 잡고, 도전해서 안 되면 다시 바꾸고, 시도를 통해 배우는 것이 좋은 학습이라고 생각합니다. 계획은 수정하고 다시 만드는 데 그 유용함이 있습니다.

마시멜로 챌린지에서 우리가 얻을 수 있는 두 번째 교훈은 '누가 이걸 가장 높이 쌓았느냐'는 분석을 통해 얻을 수 있습니다. 여러 팀에게 이 챌린지에 도전해보게 하면, 보통 그 높이가 평균 20인치(약 50센티미터) 정도입니다. 여기 보시는 그래프처럼, MBA 학생들의 결과를 보면 평균보다 현저히 낮습니다. 이런 분들이 지금 기업에서 열심히 일하고 있는 거예요.(웃음) 그래프를 보시면, 변호사 그룹도 평균보다 많이 낮습니다. 반면, 유치원생의 기록은 이렇게 높습니다. 일단은 시도하고, 다시 한번 해보고 하는 방식이 유용했다는 뜻이죠. 기록이 제일 좋은 사람들이 누구냐, 건축가와 과학기술자입니다. 참 다행이지요. 이런 분들이 우리가 사는 집을 짓는다는 사실이요.(웃음) 그리고 여러분이 앞으로 과학자를 어떤 식으로 대해야 할지를 알려주죠.(웃음) 우리 삶을 지탱하고 있는 중요한 사람들입니다. 건축가들이 이걸 잘 쌓지 못한다고 생각해보세요, 비극이잖아요. 기업 CEO들의 결과를 보시죠, 평균보다 조금 더 높은 수준입니다. 그런데 단, 그들에게 비서를 붙여주면 성과가 아주 높아집니다. 이 결과가 우리에

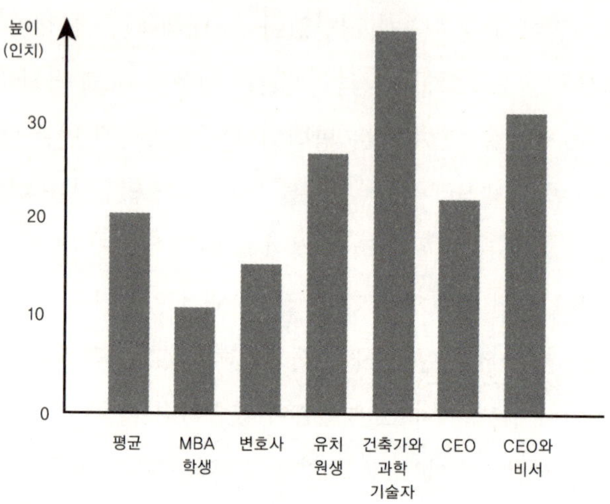

게 들려주는 메시지는 뭘까요? 사장님은 비서가 꼭 있어야 한다는 거죠.(웃음) 다시 말하면, CEO는 큰 그림을 보고 계획에 아주 능한 사람이지만 실제로 그들이 뭔가를 이루려면 실행하는 능력, 실행해 줄 사람이 필요하다는 거죠. 옆에 있는 비서가 아니라 본인이 이 두 가지 능력을 모두 갖고 있으면 훨씬 더 좋겠죠.

마시멜로 챌린지가 우리에게 들려주는 세 번째 교훈이 있습니다. 예를 들어, 여기 열 개의 팀이 있습니다. 열 팀에게 마시멜로 탑을 쌓아보라고 하면, 평균 여섯 팀 정도가 성공합니다. 이런 상황에서 이번에는 열 팀에게 보너스를 거는 겁니다. 제일 높이 쌓은 팀에게 1만 달러(약 1천만 원)의 상금을 겁니다. 그러면 어떤 일이 벌어질까요? 마시멜로 탑은 얼마나 높이 올라갈까요?

결과는 가히 충격적입니다. 성공하는 팀이 사라집니다. 이걸 여러 번 실험했습니다만, 매번 결과는 유사했습니다. 이 경우에 유치원생이 마시멜로를 1센티미터 높이로만 쌓아도 1천만 원의 상금을 받아가게 되는 거죠. 왜 이런 일이 벌어지는 걸까요?

이 경우, 2등이나 3등은 의미가 없지요. 그러면 사람들의 전략이 달라집니다. 가장 높은 탑을 쌓기 위한 무모한 도전이 시작됩니다. 상금이 커질수록 사람들은 시야가 좁아지고 조급해지면서 탑의 균형과 안정은 고려하지 않은 채 높은 탑을 쌓으려고 노력합니다.

"너 이거 하면 뭐 해줄게", "이거 못 하면 이런 거 해야 해" 우리 사회에서 굉장히 만연한 제도잖아요. 대학이든, 회사든, 학교든 잘하는 사람에게 인센티브를 주고, 못하는 사람에게 일종의 처벌을 내리죠. 그런데 이런 제도가 생기면 사람들이 목표를 위해서 달리지 않고, 보상과 처벌을 위해 일을 하기 때문에 시야가 좁아집니다. 마시멜로를 높이 쌓으려고 노력하는 게 아니라 1등을 하려고 노력하는 거예요. 그러면 마음이 급해지고, 다른 사람들이 어떻게 하는지 봐야 하고, 1등을 하기 위해 무리한 계획을 세우게 됩니다. 복잡하거나 창의적인 문제는 한 발자국 떨어져서 봐야만 기발하고 독창적인 아이디어가 나오는데, 시야가 좁아져서 '과제 집착형'으로 다가가다 보니 여지없이 실패로 간다는 겁니다. 공장에서 에러율을 줄이는 것처럼 20세기형 조직이라면 이런 상벌 제도가 성과를 높이는 데 도움이 되겠지만, 21세기의 좀 더 복잡하고 창의적인 목표는 보상과 처벌로는 이룰 수 없습니다. 자발적 동기로 충만한 사람들의 협업에 의해서만 가능합니다.

단, 이 미션을 다음 주에 하겠다고 미리 알려주고 사람들에게 충분한 시간을 주면, 그들은 여러 가지 시도를 해보면서 적절한 전략을 짭니다. 그렇게 충분한 시간이 주어지면, 기록이 좋아집니다. 지금

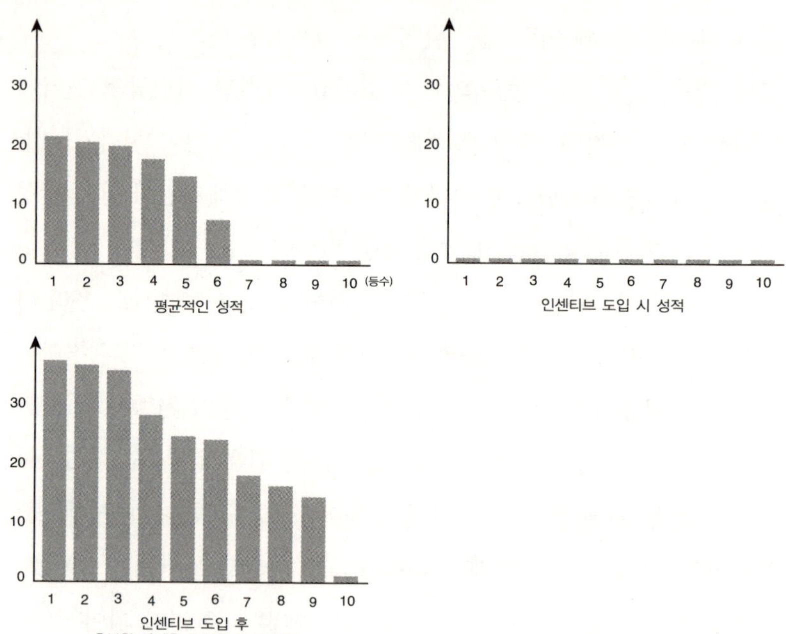

이 순간의 주어진 시간 내에 완수하라고 하면 모두가 실패하지만, 사람들에게 충분한 시간과 여유를 주면 보상이 오히려 도움이 된다는 거죠.

제가 이 에피소드를 소개해 드리는 이유는, 이것이 우리 사회 구성원들에게 요구되는 전형적인 일상이기 때문입니다. 그게 학교에서의 점수일 수도 있고, 회사라면 고과 점수(KPI)에 해당하겠죠. 우리는 그걸 더 높이 받으려고 노력합니다. 내 앞에 여러 옵션들이 있는데, 내가 그중에 뭘 선택해야만 이 사회에서 사회적 지위도 높아지고 경제적 여건도 좋아져서 남들이 부러워할 만한, 혹은 칭찬받을 만한 지위가 되느냐. 그런 것들이 끊임없이 요구됩니다. 이런 상황에서, 사람들은 어떤 의사결정을 하는 것이 적절한지 끊임없이 고민하게 되죠. 그래서 삶은 '선택의 연속' 입니다. 이 선택을 몇 번만 잘못해도, 우리는 인생에서 돌이킬 수 없는 후회를 하게 됩니다.

인생에서 '결정의 순간(GO-NO GO moment)'이 있어요. '이걸 할까, 말까', '이걸 받아들일까, 말까', '여기 갈까, 말까' 이런 의사결정을 사람들은 끊임없이 요구받는데, 이 중에는 진짜 의미 있는 기회도 있고 그렇지 않은 사소한 의사결정도 있겠죠. 물론 의미 있는 의사결정을 한두 번 놓친다고 해서 인생이 망가지지는 않습니다. 하지만 세 번쯤 놓치면 후회가 많이 남는 인생이 될 수 있습니다. 따라서 중요한 의사결정을 할 때, 후회하지 않을 만한 결정을 하려면 어떻게 해야 하느냐에 관한 문제의식을 가지고서 자신의 인생을 살아나가야 합니다. 우리가 어떻게 하면 더 나은 의사결정을 할 수 있을까, 오늘의 주제가 바로 그겁니다.

합리적인 의사결정을 막는 것들

좋은 의사결정이란 무엇인가, 당연히 후회 없고 실수하지 않으며 내가 생각했던 것 혹은 그 이상의 보상이 나 자신이나 내가 의도한 사람들에게 돌아가는 선택이겠죠. 그런데 의사결정은 그 순간 그것이 좋은 결정이었는지 바로 판단이 나올 수도 있고, 20년이 지난 후에 평가가 가능할 수도 있어요. 그 순간에는 잘못된 의사결정이라고 생각했는데, 시간이 지나고 나니까 참 좋은 의사결정이었다고 해석될 수도 있죠. 사람들이 '새옹지마' 라는 단어를 종종 사용하는 것도 사실은 그런 이유 때문이지요. 그래서 연구자들은 최고의 의사결정을 하려면 어떻게 해야 하는지에 관한 여러 가지 연구들을 수행해왔습니다.

"인간은 합리적인 의사결정자다"라는 게 '호모 에코노미쿠스(Homo economicus)'라고 부르는 가설이죠. 지난 100년 동안, 그러니까 20세기 내내 경제학자들과 게임이론을 전공한 수학자들에 의해 인간은 합리적인 의사결정자라는 가정하에서 다양한 제도들이 만들어지고 시장은 굴러갔으나, 인간이 사실은 그다지 합리적이지 않다는 것을 지금 우리는 모두 잘 알고 있죠. '나는 너무 합리적이야', 이런 분 안 계시잖아요. '나는 그렇게 합리적이지는 않은 거 같아'라고 생각하는 사람들이 훨씬 더 많죠. 굉장히 자연스러운 현상입니다.

"당신은 평소에 어떤 방식으로 구매를 합니까?"라고 물어봤을 때, "나는 주로 충동구매를 한다" 혹은 "나는 충동구매를 하는 편이다"라고 대답한 사람이 48퍼센트 정도입니다. 23퍼센트는 "나는 반반이다"라고 대답한 사람들이고요. 그러니까 계획에 따라 구매를 하는 사람들이 생각보다 많지 않은 거죠.

이게 뭘 의미하는 걸까요? 이것 때문에 많은 기업들이 망하는 거예요. 생각해보세요. 기업이 하는 일이 뭡니까. 어떻게 하면 소비자에게 물건을 팔 수 있을지를 궁리하는 사람들이 모여서 "값이 싼데 제품이 좋으면, 살 거야"라고 내내 준비하는데, 전 세계에 출시되는 신상품의 2퍼센트만이 그다음 해에도 계속 팔릴 만큼 성공합니다. 다시 말하면, 98퍼센트가 실패인 거예요. 왜 실패냐, 사람들은 '이렇게 만들면 살 거야'라는 예측 가능한 방식으로 사지 않는다는 거예요. 대부분의 사람들은 충동구매를 아주 어렸을 때부터 일상화합니다.

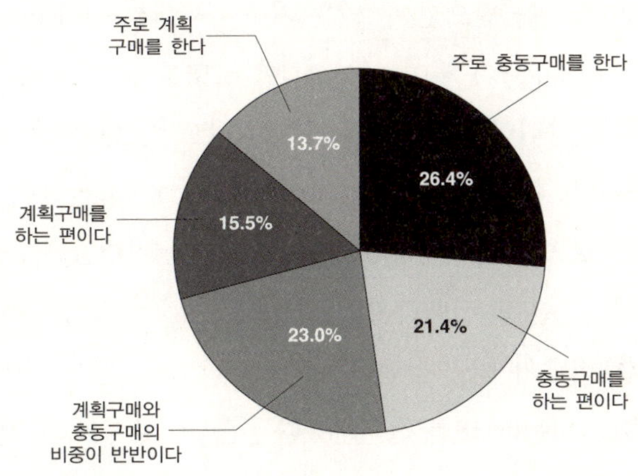

그래서 우리는 "이거 진짜 합리적으로, 굉장히 고민 많이 했어"라면서 사는데, 사실 그 고민은 어떻게 하면 사지 말아야 하는 상황에서 살 이유를 찾을까 하는 고민이에요. '이거 사면 안 되는 상황인데, 어떻게 하면 합리화할 수 있지……' 그래서 그 이유를 다행히 찾으면 편한 마음으로 충동구매를 하는 거고, 그 이유를 못 찾으면 불편하게 충동구매를 하는 거지요. 엉뚱한 이유로 물건을 사고파는 이런 일들이 벌어지기 때문에, 기업이 공들여 준비한 물건이 세상으로부터 외면받는 경우들이 생기는 거죠.

비합리적인 의사결정에 대한 재미있는 실험의 예를 들어보지요. 인터뷰 특강에 오신 분들에게 한겨레신문사에서 1,000만 원을 나눠주기로 했다고 가정해봅시다. 그런데 사장님이 센스가 있으셔서 그냥 나눠주지 않고 게임을 하는 거예요. 여러분이 밖에 나가 계셨다가 한 분씩 이 강연장 안으로 들어오시는 거죠. 여기 테이블이 있잖아요. '정재승'이라고 쓰여 있는 테이블 밑에는 1만 원짜리로 1,000장,

1,000만 원을 007 가방에 넣어놓습니다. 그래서 정재승을 선택하면, 현금 1,000만 원을 받으실 수 있는 거죠. '서해성'이라고 쓰여 있는 테이블 밑에는 로또가 들어 있어요. 이 로또를 긁어서 꽝이 나오면 한 푼도 못 받습니다. 그 대신에 당첨이 나오면, 3,000만 원을 받게 되어 있습니다. 확률은 꽝 반, 당첨 반입니다. 다시 말하면, 그 50퍼센트의 확률로 당첨되면 3,000만 원을 받으니, 기댓값은 1,500만 원인 거죠. 여러분은 뭘 선택하시겠습니까?

지금 절대다수가 현금에 손을 드셨는데, 보통 현금 1,000만 원을 선택하시죠. '나는 로또를 선택하겠다', 손들어보시죠. 용기 있게 드시고, 그 로또 선택하신 분들을 한번 보세요. 이 실험을 여러 번 반복해보면, 약 80퍼센트 정도가 현금을 선택한다고 합니다. 20퍼센트 정도가 로또를 선택하는데, 로또를 선택한 20퍼센트의 70퍼센트 이상이 남성입니다. 여성이 손든 경우가 있었나요? 마음속에 남성적인 내가 있을 수 있어요.(웃음) 여성은 대개 이런 경우에 위험감수(risk-taking)를 하지 않아요. 그래서 여성들이 로또를 선택하는 비율이 소수인 거죠.

여성성과 남성성은 손가락을 보시면 어느 정도 짐작할 수 있어요. 두 번째, 네 번째 손가락의 비율이 성 기관이 아닌 인간의 기관 중에서 남녀의 차이가 있는 유일한 비율입니다. 보통은 남성이 약지, 네 번째 손가락이 더 길고 두 번째 손가락이 짧은데요. 임신 13주차 때, 남성호르몬 테스토스테론(testosterone)의 양이 많아지면 네 번째 손가락이 길어집니다. 네 번째 손가락이 길수록 위험감수 성향이 강해 로또를 선택할 확률이 높아집니다. 여성분들 중에서도 네 번째 손가락과 두 번째 손가락이 비슷하거나 심지어 네 번째 손가락이 더 긴

분이 있을 수 있는데, 그런 분들은 로또를 선택할 수 있습니다. 그런가요? 보통은 네 번째 손가락이 길면 길수록 대개 사회적으로 성공하는 경향이 있어요. 왜냐하면 우리 사회가 굉장히 남성 중심 사회잖아요. 대개 두 번째 손가락이 길수록 좀 더 여성성이 강화되어 있고, 네 번째 손가락이 길수록 남성성이 강화되어 있다고 지금까지 논문들이 주장하고 있습니다. 본인의 손가락으로 한번 보시지요. 그렇다고 넷째 손가락을 잡아당기지는 마시고요.(웃음)

다시 말해, 사람들은 수학자들의 예측과는 달리 기댓값이 작더라도 안정적인 현금을 선택한다는 거죠. 그것은 우리의 뇌가 손실을 회피하려는 경향이 있기 때문입니다. 수학적으로 기댓값이 낮더라도 다른 사람들이 1,000만 원을 받는데 나만 로또를 선택했다가 꽝이 나와서 아무것도 못 받는 상황은 피하고 싶은 거죠. 이 손실회피를 담당하는 뇌 영역이 망가진 환자들은 주식투자에서 보통 사람들보다 더 높은 수익률을 보입니다. 수학적으로 주식투자를 하거든요.

다른 실험의 예를 하나 더 들어볼까요? 이것도 잘 알려져 있는 선택입니다. 예를 들면, 'Functional MRI' 안에 사람들을 눕혀놓고 고디바 초콜릿을 보여줍니다. 그리고 4초간 가격을 보여줘요. 그러고 나서 살지, 말지 '예스or 노' 버튼을 누르게 합니다. 그러면 사람들이 어느 걸 선택할지 그가 초콜릿을 본 순간의 뇌 이미지로 예측할 수 있다는 겁니다. 그래프 중 위 패널이 사겠다는 사람의 뇌 활성 정도이고, 아래 패널이 안 사겠다는 사람의 뇌 활성 정도인데요. 위 사진을 보면, '쾌락의 중추'라고 불리는 영역(Nucleus Accumbens, NAcc)이 사겠다는 사람은 초콜릿을 본 순간 강하게 활성화(activation)가 됩니다. 그다음에 가격을 보여주면, 이 가격에 살 만한 물건인지를 계

초콜릿에 대한 뇌 활성화 모습

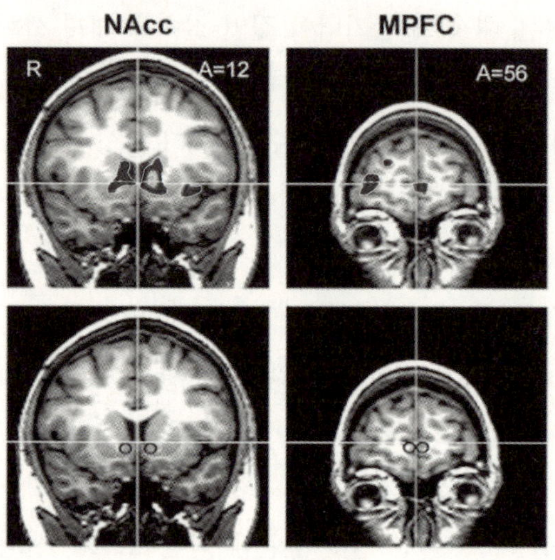

NAcc는 '쾌락의 중추'라 불리는 영역의 활성화 정도를 보여준다. 초콜릿을 사는 사람의 뇌(위)는 사지 않는 사람의 뇌(아래)에 비해 이 영역이 크게 활성화되었다. 또 MPFC는 사회적 인지에 관련된 영역인데, 초콜릿의 가격을 보여줬을 때 초콜릿을 사는 사람(위)은 이것을 사는 게 좋을지 계산하느라 이 영역이 활성화되는 것을 볼 수 있다.

산해요. 안 살 사람은 이 부분이 활성화가 안 된 사람입니다. 루이비통이나 샤넬 매장에서 살까 말까 고민하시는 분들, 본인도 사실 알고 있어요. 내가 이 고민 끝에 결국은 사게 될지, 안 사게 될지.

고민은, 아까 말씀드린 대로 충동구매를 정당화할 수 있는 이유를 찾는 과정입니다. 예를 들면, '내가 이 300만 원짜리 가방을 산 다음에 10년 동안 가방을 안 사면 매해 30만 원짜리 가방을 열 개 산 건데, 매해 30만 원짜리 가방을 열 개 사느니 이거 하나 사는 게 더 합리적이야' 하고 사는 거죠. 혹은 '내가 이걸 메고 동창회, 친구 모임, 부부동반 송년회 등에 가야 하는데, 그때 가서 사람들에게 줄 인상을 생각하면 이 정도 투자는 해야 해'라는 식으로 해석해서 자기가 생각하기에도 적절한 이유라고 생각이 들면 편하게 사는 거죠.

　여러분이 지난 석 달간의 카드명세표를 보시면, 단번에 알 수 있어요. 대개 사야 할 것보다 사고 싶은 것에 훨씬 더 많은 돈을 들였고, 사야 할 수준보다 더 높은 사양으로 물건을 샀을 겁니다. 아이폰 유저의 10퍼센트만이 자신의 전 핸드폰에는 없는, 아이폰에만 있는 기능을 쓴다고 대답했거든요. 90퍼센트는 아이폰으로 바꾸고 나서 처음에는 앱스토어에서 이것저것 다운로드받아서 프로그램을 깔았으나 지금은 카카오톡 외에는 아무것도 안 쓰는, 굳이 스마트폰이 필요 없는 삶을 살고 계시다는 거죠. 이런 사람들이 사실은 다수라는 겁니다. 그렇다면 왜 아이폰을 구입하는가? 그냥 아이폰을 쓰고 싶은 거죠. 아이폰의 그 느낌이 좋고, 모양이 좋고, 자꾸 들여다보고 싶고, 아이폰을 쓰는 유저 그룹 안에 끼고 싶고요.

　우리의 뇌는 기본적으로 잘못된 의사결정을 하기 좋게 만들어져 있습니다. 이것도 그 예 중의 하나인데요. 예를 들면, 교육을 많이 받은 의사, 변호사, 교수들을 모아 "우리가 사하라 사막에서 5일 정도 있을 건데, 끝나고 나서 네가 아름다운 여성과 함께 있거나 물과 음식이 풍족한 오아시스에 있을 수 있다. 뭘 선택하겠느냐?"라고 물어보는 거죠. 가기 전에는 80퍼센트의 사람들이 오아시스에 동그라미를 합니다. 그리고 실제로 사람들을 사하라에 데려가서 5일 동안 생활하게 해요. 굶긴 건 아니지만, 그래도 힘든 상황이었겠죠. 그러고 나서 정말로 둘 중 하나를 선택하라고 하는 거죠. 이쪽으로 4분의 1 마일 가면 맑은 물이 있는 오아시스가 있고, 이쪽으로 21마일 가면 아름다운 여성들이 있는데, 그 여성들과 놀 수 있다. 둘 중에 뭘 선택할 거냐고 물었더니, 67퍼센트가 여성들이 있는 쪽을 선택했습니다.

33퍼센트 정도만이 오아시스 쪽을 선택했는데, 제 생각에는 물을 선택한 그들도 이쪽에 가서 물을 마신 뒤에 여성들이 있는 곳으로 뛰어가려고 하지 않을까 유추해봅니다.

생존보다 성욕이라니, 참 이상한 의사결정이잖아요. 그런데 사실은 뇌를 이해하면 굉장히 자연스러운 현상이죠. 우리의 뇌는 약 3만 년 전의 원시적인 상황에서 원초적인 뇌가 주로 활동하면서, 전전두엽이라고 불리는 고등 영역이 서서히 발달했습니다. 이른바 창조적인 폭발(creative explosion)이 뇌 안에서 벌어진 겁니다. 3만 년 전의 사바나에서, 정글에서, 아마존에서 생활했던 그 뇌를 우리는 지금까지 쓰고 있는 건데, 현대 사회는 너무 빠르고 복잡하게 바뀌었거든요. 이 복잡한 현대 사회에서 우리는 아내나 남편을 고를 때, 학교를 고를 때, 직업을 고를 때, 국회의원이나 대통령을 뽑을 때도 이 뇌를 사용하고 있죠. 그래서 '저 사람이 내 친구인가, 적인가', '저 사람이 내 섹스 파트너가 될 수 있는가' 이런 단순한 기준으로 사람을 뽑고, 직업을 선택하고, 미래를 계획한다는 거죠. 우리의 뇌가 합리적이지 않은 이유는 이 복잡한 현대 사회에서도 원시 부족 사회 때 유용했던 전략으로 세상을 바라보고 선택하기 때문입니다.

의사결정 자체를 하지 않는 우리들

좋은 의사결정을 하기 위한 첫 번째 룰 중의 하나는, 일단 의사결정을 하라는 겁니다. 무슨 얘기냐 하면, 많은 사람들이 의사결정 자체를 잘 안 해요. 그래서 인생의 많은 순간이 그냥 지나갑니다. '이거

괜히 했다'라는 후회보다 '내가 그걸 그때 했어야 하는데'라는 후회가 훨씬 더 많다는 거예요. 그러니까 실제로는 의사결정을 한다는 것 자체가 사람들이 쉽게 할 수 있는 행동이 아니라는 거지요. 그것이 더 의미 있고 중요한 의사결정일수록……. 사소한 의사결정은 시도를 많이 해요. 한번 사 봐요, 어떨지 모르니까. 그렇지만 '내가 이때 여길 지원했어야 하는데', '내가 그때 그 사람에게 고백했어야 하는데' 같이 못 하는 경우들이 훨씬 더 많아서, 사실은 많은 경우에 'GO-NO GO 순간'에서 'GO' 버튼을 누르는 의사결정을 하는 것이 그 자체로 의미 있는 경우가 많다는 거예요. 그러면 사람들이 왜 안 하느냐. 99퍼센트, 95퍼센트 혹은 최소한 90퍼센트 이상의 상황이 되어야 고백을 하고, 글을 쓰고, 선택을 한다는 거죠. 그런데 실제로 살다 보면 90퍼센트 이상으로 여러 가지 조건이 맞고, 확신이 드는 경우는 극히 적습니다. 그래서 어떤 경우든 일단은 어느 정도 수준까지 되면, 아까 제가 말씀드린 유치원생의 전략인 거죠. 일단 한번 만들어보는 거죠. 해보는 거죠. 잘못되었으면 다시 고치면 되고요.

이게 미국의 해병대에서 쓰는 룰이라고 하더라고요. '70퍼센트 룰'이라는 건데, 70퍼센트 정도 완수되었으면 95퍼센트가 될 때까지 기다리지 말고 일단 의사결정을 할 만한 것으로 옮겨놓는 거죠. 어떤 사람에게는 이게 별로 도움이 되지 않는 조언일 수 있습니다. "저는 평소에 너무 과도하게 의사결정을 해서 문제예요." 일을 벌이는 타입의 사람들이 있죠. 그런 분들에게는 그냥 해병대에 가시라고 말씀드리고 싶고요.(웃음) 어떤 상황에서든지 항상 주저하시는 분들에게 특히 드리고 싶은 말씀입니다. '아직 결정하지 않은 상태'를 오랫동안 방치하지 마시라는 얘기입니다. 그런 사람들이 훨씬 더 많거든요.

그렇지만 빠르게 의사결정을 하는 것이 항상 좋은 것만은 아닙니다. 어떤 수준에서 의사결정을 해야 하느냐, 무척 중요한 문제인데요. 여기에 관해서 크게 극단적인 두 개의 가설이 있어요. 하나는 말콤 글래드웰(Malcolm Gladwell)이 이야기한 일종의 '블링크(blink)' 같은 거죠. 그는 사람들이 '보는 순간' 빠르게 판단을 하는 게 의외로 맞을 때가 많다, 심사숙고하고 오랫동안 분석해서 얻은 결과보다 훨씬 더 나은 결과를 보여줄 때가 많다고 주장하면서 다양한 근거들을 댑니다. 미술관에서 어떤 작품이 위작이냐를 판단할 때, 전문 분석가가 3개월 동안 분석해서 얻은 결과는 오히려 잘못되었고, 전문가가 보는 순간 빠르게 판단한 게 정확했더라는 식의 예제들을 여럿 보여줍니다. 그러면서 이런 식의 블링크, '아주 눈 깜짝할 사이에 하는 의사결정(snap judgement)'이 의미 있다고 주장하기도 합니다. 물론 그의 저서 『블링크』에서는 빠른 의사결정이 우리에게 얼마나 많은 '잘못된 의사결정'을 안겨주는지도 보여주지만요.

미국의 어떤 대통령이 있었는데, 이 대통령은 얼굴을 보면 그냥 대통령인 거예요. 너무 대통령처럼 생겼어요. 그래서 그 사람이 후보로 나오는 순간, '저 사람은 대통령감이야, 왠지 저 사람 뽑고 싶어'라고 모두 블링크를 한 거죠. 그 당시에는 TV 토론도 없었기 때문에 처음의 그 의사결정이 바뀔 가능성이 없었던 거예요. 그런데 그 사람이 미국에서 역대 최악의 대통령이었다고 하더라고요. 얼굴만 대통령감이지, 대통령직을 수행하기에 너무나도 무능했던 그런 사람의 예를 들면서 그렇게 단번에 결정하면 안 된다고 하죠.

그 대표적인 반대 이론이 바로 '싱크(think)'라는 거죠. 우리는 너무나도 블링크를 많이 하는데 그래선 안 된다, 우리 사회가 지성주의

사회로 가려면 이런 블링크 형태의 의사결정이 아니라 심사숙고하는 의사결정을 해야 한다, 이런 주장입니다. 왜 사람들은 이토록 중요한 의사결정을 그렇게 쉽게 할까요? 생각해보세요. 여러분의 의사결정을 돈의 가치로 매겨보는 거죠. 예를 들면 '이 집 살까?', 비싼 의사결정이죠. '저 사람과 결혼할까?', '이 회사에 다닐까?' 사실 엄청나게 값비싼 의사결정인데, 그 가치만큼 고민하는 시간이 늘어나느냐 하면, 그렇지 않다는 거예요. 자동차 같은 경우는 보통 와이셔츠나 티셔츠보다 훨씬 더 값비싼 것인데, 많은 사람들이 티셔츠 사는 정도의 시간으로 자동차를 결정한다는 거예요. 집도 마찬가지예요. 우리가 매우 고민하는 거 같지만, 내가 우리 집에 어떻게 오게 되었는지를 생각해보세요. 그때 나와서 본 몇 개의 집 중에 고르는 거잖아요. 생각해보면 무모해요. 그런 의사결정을 사람들이 한다는 거죠. 싱크 가설은 그러면 안 된다고 주장하고 있는 겁니다. 정치적으로도 그렇습니다.

2005년도에 프린스턴 대학교에서 학생들을 대상으로 했던 실험으로, 〈사이언스〉라는 저널에 실린 논문인데요. 두 사람의 사진을 보여줍니다. 이 사람들은 미국 위스콘신 주의 민주당과 공화당 상원의원 후보인데, 한번 얼굴을 보시죠. 내가 만약에 이 주의 주민이라면, 어느 사람을 뽑겠다고 생각이 드는지 손들어보세요. 여러분이 손든 숫자를 보니, 왼쪽을 뽑겠다는 사람이 더 많죠? 실제로 왼쪽에 있는 후보가 당선됐어요. 이런 겁니다.

프린스턴 대학이 있는 뉴저지 주의 후보는 빼고 나머지 모든 주의 민주당, 공화당 후보 사진을 학생들에게 1초간 보여줘요. 둘 중에 누가 더 유능해 보이는가? 당신이라면 누굴 뽑을 것인가? 버튼을 누르

는 거예요. 그러고 나서 실제 선거에서 누가 당선되었는지를 비교해 보는 겁니다. 그러면 둘 중에서 한 명을 고르는 거니까 만약 찍는 거라면 확률은 50퍼센트여야 하잖아요. 그런데 실제 선거 결과와 일치할 가능성이 70퍼센트로 나옵니다. 아주 높은 상관관계를 보이는 거예요. 무슨 의미일까요? 여러분은 얼굴만 보고 '이 사람이 유능해 보여' 하고 골랐잖아요. 실제로는 주민들도 딱 보고 '나는 이 사람이 좋아 보여'라고 결정한 것 같다는 거죠. 1달간 유세 듣고, 공약과 정책을 아무리 듣고 해도 처음에 자기가 했던 의사결정을 계속 유지한다는 겁니다. 그에 반하는 정보가 들려오면 부인해요. '이건 말도 안돼, 아닐 거야'라고 거부합니다. 나중에 맞다는 사실을 알게 되더라도, '그건 별로 중요한 게 아니야'라고 정보의 의미를 폄하해요. 자기가 처음에 했던 의사결정을 계속 유지하려는 경향이 강하다는 거죠.

　물론 부동층, 그러니까 아직 확고한 의사결정이 없는 사람들의 경우에는 영향을 받겠지만, 여러분이 어떤 사건에 의해서 갑자기 여러분의 마음속에 있는 당과 다른 의사결정을 할 가능성은 굉장히 적다는 거죠. 그리고 그 의사결정의 많은 부분은 '저 사람은 왠지 대통령감이 아닌 거 같아', '저 사람은 믿을 만한 사람 같지가 않아' 그런 거 있잖아요.

더욱 재미있는 것은 8세부터 13세까지의 아이들에게 이 후보 사진들을 보여준 거예요. 그 대신 문제를 조금 바꿔요. "네가 배를 타고 먼 대륙으로 가야 하는데, 그 배의 조종을 누가 할지 캡틴을 골라야 한단다. 너는 이 두 사람 중에서 누가 모는 배에 탈래?" 이렇게 물어본 거예요. 애들은 국회의원이라는 직업을 모르니까요. 그랬더니 8세부터 13세까지의 아이들이 선택한 사람들의 다시 70퍼센트가 실제로 국회의원으로 당선된 사람들이라는 거죠. 프린스턴 대학교 학생들의 결과와 굉장히 유사하지요. 즉 19세 이하의 애들은 국회의원을 뽑지 못하게 하는 법이 없어져야 하는 거예요.(웃음) 우리는 19세가 넘어서도 13세 때 생각으로 계속 국회의원을 뽑고 있는 겁니다. 그냥 포스터를 보고, "이 사람은 재수 없게 생겼어. 웃는 거 봐, 사악해" 이러면서 고르는 거죠. 사실 그들에게 어떤 공약과 정책이 있는지 잘 모르잖아요.

제가 4년 전에 학생들과 했던 실험을 소개해 드리겠습니다. 한나라당 지지자와 민주당 지지자들을 모셔놓고, 그 당시 이명박 후보의 사진과 정동영 후보의 사진을 보여주면서 'Functional MRI' 안에서 뇌를 찍은 거예요. 그리고 그들의 공약을 보여주고 뇌를 찍었어요. 대선이 있기 1달 반 전에 했던 실험이었습니다. 그러고 나서 그분들을 1달 반 후에 다시 모셨어요. 대통령 선거가 있는 날, 다시 불러서 병원에 감금해놨어요. 그리고 밤 10시가 넘어서 'Functional MRI' 안에 눕혀놓고, 실제 선거 결과를 TV에서처럼 보여주는 거예요. 그 방에 감금된 상태에서는 외부로부터 어떠한 정보도 듣지 못하고, 지나가는 사람이 혹시나 그들에게 말할까 봐 눈 가리고 귀 막고 실험 장소까지 왔거든요. 그리고 그 안에 들어가서 선거 결과를 보여주니까 사람들이 결과를 보며 막 울고 그래요. 지지자들은 사진만 보고도 우시더라고요.

그 실험을 하면서 저희가 뭘 알게 됐냐 하면, 1달 반 전에 사진을 보여줬는데도 2007년 대통령 선거는 완전히 '이명박의 선거'라는 걸 알 수가 있었어요. 무슨 얘기냐 하면, 이명박 후보 사진을 보여주잖아요. 당연히 지지자들의 뇌가, 특히 긍정적인 영역이 난리가 났겠죠. 그 영역이 어디냐 하면, 아까 보여 드린 '쾌락의 중추' 영역 같은 거예요. 그분들은 이명박 후보만 보면 엄청 좋으신가 봐요. 그분의 사진을 보는 것만으로도 사회적 보상(social reward)이 되는 거죠. 반면 정동영 후보 사진을 보여줄 때는 별 반응이 없죠. 부정적인 반응도 그렇게 많지 않아요. 더 놀라운 건, 정동영 후보 지지자를 눕혀놓고 보여주잖아요. 이명박 후보 사진을 보여주면 부정적인 반응이 굉장히 크지만, 정작 정동영 후보 사진을 보여줘도 별 반응이 없어요. 그러니까 정동영 지지자들은 정동영 후보가 좋아서 지지한다기보다는 상대적으로 이명박 후보가 너무 싫은 거예요. 그러니까 정동영 후보 자체에 대해 매력을 크게 못 느끼는 거죠. 선거 자체가 이명박 대 반이명박 구도인 거예요. 그런데 누군가를 반대한다고 해서 그 상대편이 선택되지는 않아요. 대통령은 비전이나 미래를 꿈꾸게 하는 사람이어야지, 저 사람을 반대하기 때문에 다른 사람을 뽑는다는 건 좋은 의사결정은 아니거든요.

삶에서도 마찬가지입니다. 내가 지금 다니는 학교가 너무 싫어서, 내가 지금 다니는 회사가 싫어서 그만두는 건 좋은 의사결정은 아닙니다. 내가 뭘 하고 싶어서 그리로 옮겨가는 건 괜찮지만, 지금 이게 싫으니까 그만둔다고 해서 상황이 달라진다는 보장은 없거든요. 그리고 대책도 없죠. 그 순간에 너무 싫기 때문에, 그만두는 것만으로도 보상이 될 거라고 사람들은 생각하죠. 그런데 그만두는 순간, 자기가 가질 수 있는 전략이 다시 바뀐 거죠. 무직 상태에 학교도 안 다녀서 빨리 뭔가를 찾아야 하는 상황이 되면, 아까 제가 보여 드린 것처럼 시야가 좁아지고 취직 자체가 중요해져 버리면서 내가 원래 꿈꾸는 무언가를 하기가 어려워집니다. 사실은 지금의 자리가 싫으면, 뭘 꿈꿔야 할지를 계속 고민하면서 대안을 찾는 게 더 중요합니다.

이 실험에서 두 후보의 공약과 정책을 보여주잖아요. 정동영 후보의 공약을 이명박 후보의 공약이라고 보여줘도, 이명박 지지자들은 모두 좋다고 대답해요. 뇌의 '쾌락의 중추'가 난리가 나죠. 정동영 후보 공약이니 이명박 후보 공약이니 공약 내용은 그들도 잘 모르고, 중요하지도 않다는 얘기입니다. 그 사람이 공약으로 정했다고 하면, 그 자체가 공약으로 의미가 있는 거죠. 저 사람이 나의 친구이냐 적이냐, 이것도 사실 마찬가지거든요. 여러분이 보시기에 이 사람이 눈을 부릅뜨고 뭔가 더 공격적으로 느껴지기 때문에 신뢰가 안 가고, 이 사람은 입꼬리를 올리며 웃고 있기 때문에 왠지 편안해 보이는 거예요. 이 사람은 적이고, 저 사람은 친구인 거예요. 우리 뇌에서는 사람을 볼 때마다 동성이면 '이 사람이 나의 친구이냐 적이냐, 나에게 우호적인 사람이냐 적대적인 사람이냐', 이성이면 '나의 메이팅(mating) 파트너가 될 만한 사람이냐'라는 게 누가 하지 말라고 해도 끊임없이 아주 짧은 순간 싹 스치고 지나가요. 그리고 그것에 의해서 그 사람을 판단해요. 그게 계속 남고요. 그걸 기준으로 해서 그렇다고 말하기는 어렵기 때문에 다른 이유를 들이대는 거죠.

기업에서 면접을 보기 전에 면접관들을 따로 불러다가 휴게실에서 차를 대접하면서 TV로 내셔널 지오그래픽 다큐멘터리를 보여줄 때와 성적인 장면이 들어 있는 드라마를 보여줄 때, 면접관들이 뽑는 직원의 외모가 달라져요. 다큐멘터리를 볼 때는 굉장히 냉정하게 뽑거든요. 성적인 장면이 있는 미국 드라마, 예를 들어서 〈스파르타쿠스〉 같은 걸 보잖아요. 그럼 사람들이 굉장히 성적인 기준으로 뽑아서, 외모의 수준이 높아져요. 그런데 왜 그 사람을 뽑았는지 이유를 기술하라고 하면, 어디에도 외모 때문이라고는 쓰여 있지 않아요. 왠지 이 사람은 더 신뢰가 간다, 아버지가 엄했을 거 같다는 둥 말도 안 되는 이유들을 대서 어떤 방식으로든 예쁜 사람을 뽑는다는 거죠.

우리는 모두 순간적으로 의사결정을 할 때, 우리에게 좀 더 유리한 방향으로 해요. 회사는 회사대로, 정부는 정부대로, 우리를 유혹하고 있죠. 대표적인 예입니다. 이건 그냥 케첩을 뿌리는 건데, 보면 왠지 '어~' 하는 생각이 드는 거죠. '얘는 그냥 케첩이 아닌 거 같아, 왜 하필 이렇게 배치해놓았을까?' 이런 거죠. 이런 정도는 좀 약하지만, 예를 들면 이런 맥도날드. 여기 진짜 장사 잘되거든요. 이건 그냥 핫도그인데, 보면 왠지 '어~' 하는 거죠. 뭐라고 말하기는 그런데, 아주 짧은 순간에 인상적인 거죠. 이런 것들이 많아요. 가장 논란이 되고 여성 페미니스트들에게 비판받았던 광고 중의 하나가 이건데, 여성의 성기를 만지는 듯한 모습을 보여주죠. 닷지 자동차의 로고는 굉장히 여성의 성기랑 닮게 디자인을 해놓았습니다. 아무도 몰랐는데 왠지 눈이 가다가 '어, 그렇구나' 나중에 알게 되는 거죠.

이런 성적인 코드들을 은근슬쩍 넣어놓기만 해도 사람들은 약 3만

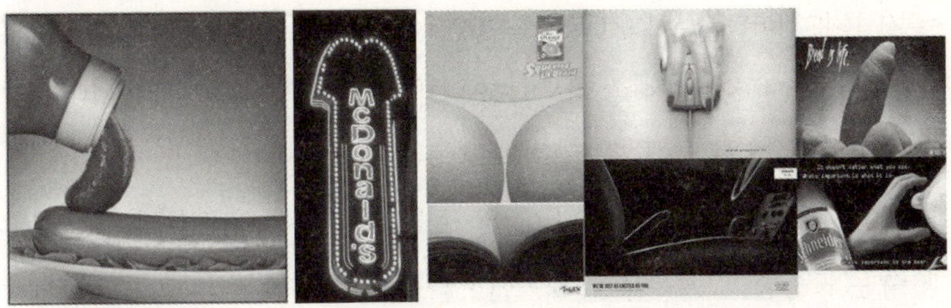

성적인 코드를 은근슬쩍 넣어놓은 광고들. 3만 년 전부터 발달해온 뇌의 하부 네트워크가 우리의 눈길을 이쪽으로 이끈다.

년 전부터 발달해온 뇌의 하부 네트워크가 이걸 선택해서 그것에 시선이 가고, 설명할 수는 없는데 왠지 끌리는 그런 일들이 벌어질 수 있는 거죠. 우리의 선택 중 상당 부분은 무의식에 의해서 수행됩니다. 이것을 '체감 표지(Somatic marker)'라고 하는데, 사람들은 어떤 것을 오래 보고 판단하지 않아요. 예를 들면 여러분이 눈을 감고 머릿속에 '정재승'을 떠올렸을 때, 떠오르는 키워드들이 있죠. 그 키워드들에 의해서 여러분이 저를 판단하시는 거예요. 그 떠오르는 키워드가 모두 좋은 거면, 그 사람이 우리 사회에서 받아들여지고 존경받고 사랑받는 거죠.

그런데 어떤 제품이나 인물, 회사 이름을 들었을 때 떠오르는 키워드 사이에 약간 충돌(conflict)이 있는 경우들이 있어요. 예를 들면, 삼성이 그렇거든요. '1등' 이런 것들이 떠오르지만, 또 한편으로는 CEO의 이름, 1등주의, 백혈병, 무노조 등 여러 가지 부정적인 키워드들이 같이 떠올라요. 충돌이 있는 거예요. 그래서 온전히 마음속에 품기가 어려워요. 그런데 이 이미지들에 의해서 많은 의사결정이 이루어지거든요. 이걸 컨트롤하는 게 연예인이나 정치인, 기업에는 굉장히 중요합니다.

저를 포함해서 우리는 주변에 있는 사람들로부터의 평판 (reputation)이 이렇게 결정됩니다. "너는 날 생각하면 뭐가 떠오르니?"라고 물어봤을 때, 그들이 대답하는 키워드를 들어보면 알 수 있어요. 대개 솔직하게 얘기하지 않아요. 여러분도 해보시면 알아요. 가까운 사람인데도 '내가 떠올린 걸 그대로 말할 수가 없구나' 라는 걸 알게 돼요. 그래서 좋은 방법은 이런 거예요. 전략적이긴 한데, '나, 하면 떠오르는 키워드가 이런 거였으면 좋겠어' 라는 것들을 적어보세요. 그리고 아주 가까운, 주변에 있는 사람들에게 "내 이름을 떠올리면 뭐가 떠올라?"라고 물은 다음에, 그걸 비교해보세요. 굉장히 다릅니다. 사람들은 자기가 다른 사람에게 자신이 적어놓은 키워드처럼 받아들여질 거라고 생각하지만, 전혀 그렇지 않은 거죠. 그 둘 사이를 일치시키는 노력을 하셔야 합니다.

'나는 약자에 대한 배려를 잘해' 라고 생각하고 있는데, 아무도 그런 생각을 안 하고 있어요. "너는 약자에게 강하고, 강자에게 약하잖아." 그러니까 내가 약자에 대한 배려를 속으로만 하고 있었다는 걸 알게 되는 거죠. 전혀 표현하지 않았고, 설령 해도 남들 모르게 했다는 걸 말이죠. '남들은 날 떠올리면, 술 먹고 토한 거나 진상 같은 것만 떠오르는구나. 내가 이걸 바꿔야겠다' 이런 노력이 결국은 평판 관리인 겁니다. 나쁘다고만 혹은 너무 속되다고만 볼 수 없다고 생각해요. 특히나 그것이 매우 중요한 연예인이나 정치인, 기업인들에게 꼭 필요한 건데, 그들은 이걸 잘 못 하고 있지요. '우리 기업' 하면 떠오르는 것을 좋게 만들기 위해 돈이 들더라도 노조를 만들고, 산업재해나 병에 걸린 사람에게 보험금을 주어서 그것보다 훨씬 더 큰 긍정적 체감 표지를 받게 되면, 그게 사실은 그 회사의 사회적 자산이 되거든요. 이건 하루아침에 얻을 수 없는 것이며 쉽게 얻을 수 없지만, 돈으로 환원할 수 없는 가치거든요. 오랫동안 이런 좋은 가치를 갖고 있다는 게 쉬운 일이 아니고, 무너질 때는 한순간에 무너져요. 그런 정치인들 있잖아요. 20년간 훌륭한 사람인 줄 알았는데, 알고 보니 아니었다. 한 방에 훅 가는 그런 일들이 벌어질 수 있는 거죠.

체감 표지가 얼마나 중요한지를 보여주는 사례가 있습니다. 아우디가 자동차 광고를 만들었는데, 유럽 전역에다가 그 광고를 똑같이 방송했습니다. 그랬더니 무슨 일이 발생했느냐. 독일어로 되어 있는 광고였는데, 독일어를 쓰지 않는 나라에서 오히려 광고 효과가 더 커서 매출 상승폭이 높아졌다는 겁니다. 그러니까 광고에 나오는 문자적 의미로서의 메시지는 하나도 중요하지 않은 거예요. 독일은 자동차를 잘 만드는 나라인데, 멋진 자동차가 있으면서 독일어가 함께 나오면 그 뜻을 제대로 이해하지 못하더라도 더 신뢰가 가고 근사해 보이더라는 거죠. 그래서 그것이 오히려 구매로 이어진다는 거예요. 사람들은 이런 식으로 굉장히 빠르게 의사결정을 한다는 겁니다.

성공한 사람들의 의사결정법

좋은 의사결정이란 무엇이냐? 만약 저에게 물어보시면, 적절한 시기에 적절한 의사결정을 하는 거라고 답하고 싶습니다. 그런데 많은 사람들이 좋은 의사결정을 하려고 노력하지만, 그걸 적절한 시기에 하려는 노력은 상대적으로 덜합니다. 그 적절한 시기에 한다는 게 굉장히 중요하거든요. 성공한 사람들의 공통된 특징은, 의사결정을 해야 할 때 나에게 필요한 정보를 성실히 모으는 거예요. 가만히 있으면 알게 되는 정보를 천천히 조금씩 모으는 게 아니라, 굉장히 성실하게 이 의사결정을 하는 데 필요한 모든 정보를 모아요. 그러고 나서 남들보다 한 템포 먼저 의사결정을 하는 거예요. 그리고 내 의사결정이 잘못되었다는 걸 알게 되면, 혹은 새로운 정보가 추가로 들어오거나 상황이 바뀌거나 하면, 의사결정을 조정합니다. 때로는 바꾸고, 심지어 번복합니다. 이게 성공한 사람들의 의사결정법이라는 거예요.

그런데 저를 포함해서 우리는 대개 신중하게 결정한다는 이유로 의사결정을 미룹니다. 그러다가 확신이 들 때 의사결정을 하고, 신중하게 한 결정이기에 좀처럼 바꾸지 않아요. 이게 우리 모두가 하는 전형적인 의사결정 패턴입니다. 그런데 우리가 확신이 들고 마음에 들어서 좋은 의사결정을 했다는 건 무슨 의미인가 하면, 모두가 그렇게 상황 파악이 되었다는 거죠. 이렇게 자명한 상황에서의 의사결정은 별로 임팩트가 없어요. 그래서 그때 한 의사결정은 득이 적어요. 그리고 그렇게 한 의사결정도 심지어 틀릴 수 있거든요. 그럼 바꿔야 하는데, 절대로 안 바꿔요. '내가 의사결정을 바꾸면 사람들이 날 무시할 거야', '아버지로서, 남자로서, 조직의 상사로서, 리더로서 권위가 손상돼' 그래서 바꾸지 않아요.

리더가 "내가 잘못했다. 상황이 바뀌었고, 추가로 우리가 이런 걸 알게 되었고, 그렇기 때문에 우리는 의사결정을 바꿔야 한다"라고 얘기했을 때, 누가 그 사람을 비난하나요. 그가 조변석개하고 변덕스럽게 의사결정을 바꾸지 않는 이상, 자신의 잘못을 인정하고 바꾸는 리더를 우리는 훨씬 더 존경합니다. 그리고 의사결정을 쉽게 바꿀 수 있는 리더란, 주변 사람들 혹은 부하 직원들과 의사소통을 많이 하는 리더라는 뜻입니다. 골방에 갇혀서 혼자 의사결정을 하는 사람들이 대개 의사결정을 바꿀 수가 없어요. 그 의사결정이 거의 유일한 소통이자 메시지이기 때문에, 메시지를 자꾸 바꿀 수 없는 거죠. 상황이 바뀌면 의사결정을 바꿀 수 있어야 하죠. 그리고 커뮤니케이션을 많이 한 사람만이 결국은 중요한 순간에 의사결정을 바꿀 수 있는 거죠. 그런 사람들이 대개 훌륭한 리더가 된다는 거예요.

그런데 여기에서 재밌는 건 현명한 의사결정을 했던 리더들도 나이가 들잖아요. 여기 어르신들도 계신데 죄송합니다만, 빠르게 의사결정을 하는 게 얼마나 중요한지를 절감하고 의사결정을 점점 더 빨리합니다. 그리고 자신의 직관과 직감이 발달했다고 생각해요. 그 의사결정을 바꾸거나 조정하는 유연한 사고는 점점 줄어들어요. 인간의 뇌가 보이는 자연스러운 특징입니다. 나이가 들수록 '인지적 유연성(Cortical flexibility)'이 떨어집니다. 상황이 바뀌면 전략을 바꾸어야 하는데, 그걸 잘 못 해요. 아주 어릴 때도 잘 못 하고, 나이가 들어서도 잘 못 해요. 의사결정은 빨라졌으니까 잘못될 가능성은 조금 더 높아졌는데, 고집스럽게 안 바꾸니까 사실은 자신의 그 성공모델 때문에 결국 실패하는 경우가 발생하는 거죠. 아놀드 토인비(Arnold Toynbee)가 말하는 이른바 '휴브리스(Hubris, 자기과신)'가 바로 이런 겁니다. 나이가 들었는데 열려 있으신 분, 그래서 자신이 잘못했다는 걸 쉽게 인정하고 의사결정을 바꾸시는 분, 젊은이의 말을 경청하고 나와 다른 생각을 가진 사람의 의견을 들으시는 분이 진짜 훌륭하신 분이죠. 그런 분을 자주 보긴 힘듭니다.

울릭 나이서(Ulric Neisser)라는 사회심리학자가 했던 실험 하나를 소개해 드리겠습니다. 미국에서 1986년도에 챌린저호가 지구 밖으로 발사됐다가 폭발한 걸 전 국민이 봤잖아요. 챌린저호에 학교 선생님인 민간인 비행가가 타서 함께 훈련받는 게 내내 TV에 나오다가 그분이 탑승해서 올라갔는데, 73초 만에 폭발한 걸 온 국민이 본 거죠. 미국뿐 아니라 전 세계인들에게 굉장히 충격적인 사건이었습니다.

나이서 교수는 챌린저호가 폭발한 다음 날, 자기 수업을 듣는 106명의 학생들에게 이 불행한 사건을 언제, 어디서, 누구와 함께 들었는지 물어봤어요. 어느 상황에서 누구와 같이 있다가 이 소식을 접했는지를 종이에다가 모두 상세히 쓰게 했어요. 그러고 나서 2년 반 후에 그 학생들을 다시 불렀어요. 그리고 인터뷰를 한 거죠. "2년 반 전에 챌린저호 기억나지? 그때 그 소식을 언제, 어디서, 누구와 어떤 상황에서 들었어?" 그랬더니 학생들의 25퍼센트가 완전히 다른 기억을 얘기하더라는 거예요. 엉뚱한 곳에서 자기가 그걸 들었다고 얘기하는 거죠. 그리고 나머지의 절반 정도도 세부사항이 마구 틀리더라는 거예요. 겨우 10퍼센트 조금 넘는 사람들만이 그때 상황을 제대로 기억하고 있더라는 겁니다.

이 연구 결과가 우리에게 들려주는 첫 번째 교훈은, 아무리 인상적인 사건이라고 해도 2년 반 정도가 지나면 우리가 그것을 정확히 기억할 가능성은 10퍼센트도 채 되지 않는다는 사실입니다. 물론 당연히 틀릴 수 있죠. 그런데 더욱 재밌는 건, 그 90퍼센트의 학생들에게 그들이 예전에 쓴 종이를 보여주면서 반응을 본 겁니다. 그랬더니 그들은 "이건 내가 쓴 거 맞는데, 이거 아니에요! 제 머릿속에 있는 게 맞아요!"라고 얘기한다는 거예요. 부정할 수 없는 증거를 내밀어도 나는 지금 내 머릿속에 있는 걸 확신한다고 대답하는 거예요. 우리 모두 기억이 불안정하고, 판단 착오를 할 수 있음에도 불구하고, 우리 뇌에는 자신이 알고 있는 것에 대해 확신을 갖는 기능들이 있다는 겁니다. 그래서 '내가 잘못 알고 있었네' 하고 바꾸는 게 아니라 '아니야, 믿을 수 없어. 나는 내가 생각한 대로 갈래' 라고 행동하는 사람이 더 많다는 거죠. 확신은, 내용의 확실성에 의해서만 결정되는 것이 아니라 저마다의 확신하는 성향에 의해 영향을 받는다는 겁니다.

뇌의 어디가 그걸 하는지도 우리가 알고 있어요. 어떤 사람은 매우 강하고, 어떤 사람은 약해요. 그래서 아까 서 선생님께서 저에게 그런 걸 물어보셨는데, 사실 우리가 알고 있는 것이 그토록 절대적으로 확신할 만한 것이냐 하면, 사실은 그렇지 않은 경우들이 많아요. 우리는 살아오면서 '어떤 환경에 놓였느냐, 어떤 정보를 주로 받았느냐, 누구와 가까이 지냈느냐' 라는 상황과 그 정보의 편향성에 맞춰서 판단하고, 거기에 치우칠 가능성이 높아요.

2012년 올해는 '선거의 해' 잖아요. 전 세계에서 64개국이 지도자를 뽑는다면서요. 여러분도 트위터나 페이스북 같은 거 보시지만, 보수와 진보 각각의 영역에서 많은 의견들이 오가면서 싸움들이 벌어지죠. 자기가 지지하거나 알고 있는 것에 대해 과도하게 확신하거나 지나치게 강요하는 사람들을 그 안에서 발견하실 수 있습니다. 특히 정치나 종교에서 이런 성향이 훨씬 더 강하게 드러납니다. 그것은 심지어 제가 애정을 갖고 있는 '진보' 라고 하는 사람들에게서도 마찬가지입니다. 제가 트위터를 할 때 마음속으로 가끔 거슬리는 것 중의 하나가 "이번 선거는 '상식 대 몰상식의 대결'이다", "'개념 투표' 하셨군요" 같은 표현입니다. 저도 사회적인 약자에 조금 더 많이 배려하려고 하고, 인권을 훨씬 더 중요하게 생각하고, 사회적 안전망이 우리 사회에는 꼭 필요하다고 믿기에 진보진영에 좀 더 애정을 가지고 있습니다. 지금과 같은 경쟁주의가 창의와 행복을 만들어낼 순 없으니까요. 하지만 진보진영의 사람들이 "이건 상식 대 몰상식의 대결" 혹은 "진보적인 인사를 뽑으면 개념 연예인이고, 개념 강남"이라고 얘기하는 건 굉장히 위험한 생각이라고 봅니다. 상식과 몰상식의 대결이라고 얘기해버리는 순간, 상대 진영과 타협할 수 없게 됩니다. 반대 진영 사람들을 몰상식한 사람들로 몰면서, 어떻게 몰상식과 타협할 수 있겠어요. 정치란 원래 타협하고 이해하고 존중하면서 적절한 합의점을 찾아가는 건데, 이건 타협하고 합의하지 않겠다는 것이죠. 그럼 그들과 다를 게 하나도 없어요. 각자 우리가 옳고, 상대가 그르다고 얘기하는 거죠.

우리 모두에게는 '내가 알고 있는 것이 혹시 진실이 아닐 수도 있다', '저 사람이 저걸 믿는 데에는 이유가 있지 않을까?'라는 태도가 필요합니다. 나와 다른 의견과 미적 취향에 너그러워야 합니다. 다양성을 존중해야 합니다. 내가 알고 있는 것에 대한 확신을 재고하고 회의하고 의심해보는 사람들, 그래서 결국 자기객관화를 할 수 있는 사람들이 더 나은 의사결정을 할 수 있습니다. 나와 다른 생각들을 끊임없이 포용하고, 들어보려는 사람들이 우리 사회에 많아야 합니다. 그런 면에서 보자면, 여러분의 트위터 혹은 페이스북의 친구들이 누군지를 보실 필요가 있어요. 내 트위터 팔로워들을 봤을 때, 내가 어떤 사람인지를 단번에 알 수 있는 트위터 팔로잉은 좋은 전략이 아닙니다. 여러분의 트위터 타임라인은 여러분이 디자인한 세상, 조작한 세상이거든요. 여러분이 조작한 그 세상이 편향된 세상이 아니도록 반대 의견까지도 듣는 문화를 만들어야 합니다.

사회적으로 보자면, 서로 다른 생각을 가진 사람들이 많아지고, 그런 것들을 관용하고 포용하며, 그 다양성들이 존중되어야만 모든 사람들이 한 가지 의사결정을 하는 위험 사회가 되지 않을 수 있는 거죠. 그런 면에서 보자면 사람들이 갖기 어려운 미덕 중 하나가 겸손함과 결단력입니다. 내 의사결정에 대해서 끊임없이 회의하고, 남에게 강요하지 않는 것. 그렇지만 그렇다고 우유부단하지는 않아서 때가 되면 실행에 잘 옮기고, 유치원생들처럼 끊임없는 실행을 통해 배우는 것. 이 두 가지 면을 동시에 갖고 있는 게 좋은 의사결정자들이라는 겁니다. 어설픈 사람들이 자신의 주장에 확신을 갖지, 진짜 성공한 사람들은 자기 생각에 대해서 확신이 없다는 거예요. 끊임없이 회의하고 의심합니다. 그렇다고 해서 아무 일도 하지 않느냐 하면, 그렇지 않다는 거죠. 지금 완전히 확신할 수는 없지만, 내가 할 수 있는 최선을 매번 실행한다는 거예요. 그런데 이 두 가지를 동시에 갖기는 진짜 어렵습니다.

자기만의 지도를 그려라

마지막 에피소드만 말씀드리고 마무리하겠습니다. 제가 작년에 터키의 어떤 학회에 초청을 받았어요. 이스탄불 옆에 있는 테키르다(Tekirdağ)라는 마을에서 학회가 열리는데, 제가 했던 '주의력결핍-과잉행동 장애(ADHD) 아동에 대한 뇌파 연구'에 대해 발표를 해달라고 초청이 온 거예요. 터키를 처음 가게 됐습니다. 이스탄불, 비잔틴 제국의 수도. 동서양이 만나는 곳. 그래서 굉장히 설레는 마음으

로 갔어요. 그 학회에서 준 자료들을 모두 프린트해서 서류가방에 넣
고, 이스탄불에 내렸습니다. 학회 발표 당일 오전에 내렸고요. 저녁 8
시에 발표가 예정돼 있었습니다. 제가 마지막 발표였거든요. 그날 학
교에서 수업을 하고 가야 해서 일정이 좀 빠듯했습니다. 테키르다까
지 이스탄불에서 두 시간 정도 걸린다고 해서, 차를 빌리고 운전해서
가면 이 정도 시간이면 되겠다고 생각한 거죠. 혹시나 늦을지 모르니
까 저를 맨 마지막 연자로 해달라고 하고, 학회를 간 거예요.

이스탄불에 내려서 차를 빌리고, 태어나서 처음 가보는 테키르다
라는 곳에 지도를 들고 갔어요. 두 시간 정도를 운전해서 테키르다에
도착했죠. 그런데 보니까 학회가 테키르다에서 한다는 건 알겠는데,
테키르다 어디에서 하는지를 모르겠는 거예요. 제가 터키의 학회에
발표하러 간다는 생각을 몇 달이나 했을 텐데, 주최 측으로부터 그
학회가 테키르다 어디에서 하는지에 대해 한 번도 들어본 적이 없는
거죠. 이 마을 어디에서 학회를 하는지 모르겠는 거예요. 그러니까
저는 내내 테키르다가 조그만 동네인 줄 알았던 거죠. 제가 가면 플
래카드가 붙어 있고, 도저히 길을 잃을 수 없는 상황에서 '여기구나'
하고 바로 알 수 있기 때문에 주최 측이 나에게 테키르다로 오라고만
했던 거라고 생각했던 거 같아요. 그런데 테키르다가 우리나라로 따
지면 일산 정도 크기의 마을이었어요.

도착했더니 오후 6시, 제 발표는 저녁 8시. 차를 타고 미친 듯이 테
키르다의 구석구석을 돌아다니기 시작했습니다. 먼저 제일 큰 호텔
로 가서 "여기서 혹시 이런 학회가 열리나요?"라고 묻고, 아니라고
하면 "그러면 어디서 열릴 거 같으세요?"라고 묻고, 두 번째로 큰 호
텔에 가서 같은 짓을 반복했습니다. 큰 호텔들을 다 돌아다녔는데,

어디에서도 안 열리더라고요.

두 번째, 대학. 대학 캠퍼스를 돌아다니면서 플래카드를 봤는데, 어디에도 없어요. 시간은 7시 반. 이제 30분밖에 안 남았는데, 저는 덩그러니 그 마을 한복판에 있는 거예요. 이제는 전략도 없어요. 인터넷에 들어가서 그 학회를 막 찾았는데, 어느 웹페이지에도 '테키르다'까지밖에 안 나와 있어요. 다시 운전을 하는데, 라디오에서 8시가 딱 된 거예요. 그런데 저는 그 마을 한복판에서 운전을 하고 있는 거죠.

그런 상황이 되니까, 시간이 지났는데도 저는 계속 학회 장소를 찾아 헤매고 있더라고요. 제가 밤 10시까지 그 도시를 돌아다녔습니다. 학회가 도대체 어디에서 열렸던 걸까를 생각하면서……. 밤 10시에 그 학회가 어디에서 열리는지를 안다고 한들 무슨 의미가 있겠어요, 다 끝났을 텐데요. 그런데도 미친 듯이 계속 돌아다니는 거예요. 그 마을을, 그 지도를 보면서요. 차로 테키르다를 돌아다니는 네 시간 동안 '아, 나는 학계에서 매장되는 것인가', '다시 터키에 입국할 수 있을까', '너무 미안하다' 제 머릿속에서 온갖 생각들이 다 났겠죠. 한번 상상해보세요, 제가 오늘 인터뷰 특강에 안 왔다고……. 그렇게 그 도시를 미친 듯이 돌아다니고 나서 10시쯤 되어서야 제정신이 든 거예요. 자, 이제 깨끗하게 포기. 가슴에 엄청난 짐이 있으나 그쯤 되니까 자포자기가 되더라고요. 그러고 나서 저는 가까이에 있는 호텔에 들어가서 잤어요.

여러분이 생각하시는 그런 반전은 없어요. 아침에 일어났더니 "여기였구나" 이런 거 없어요. 그건 영화에서나 벌어지는 일이에요. 그 호텔에서 그냥 잤어요. 아침에 일어나서, 그 마을에서 제일 경치가 좋은 레스토랑에서 아침을 먹었어요. 제일 좋은 산책로를 걸었고, 제일 좋은 호텔에서 점심을 먹었어요. 바다를 걷고, 산도 탔어요. 그리고 그날 저녁이 돼서 이스탄불로 돌아왔어요.

제가 무슨 말씀을 드리고 싶었던 걸까요? 제가 그 전날 미친 듯이 마을을 돌아다녔잖아요. 그러니까 머릿속에 테키르다 지도가 훤히 그려지는 거예요. 그래서 '아침은 어디서 먹고 싶다, 여길 걷고 싶다, 점심은 여기서 먹으면 좋겠다, 이 산은 올랐으면 좋겠다, 이 꽃길을 다시 가봤으면 좋겠다' 이런 생각이 든 거예요. 제가 그 도시의 진짜 좋은 곳을 모두 즐기고 돌아왔습니다. 여러분, 혹시 도시에서 길을 잃어본 적이 있으세요? 내가 어딜 가야 할지 모르고, 그래서 미친 듯이 돌아다녔더니 그 도시를 잘 알게 되는……. 저에게는 그게 인생의 큰 경험이었어요. 우리는 길을 잃어본 경험이 별로 없죠. 하지만 길을 잃어본 순간, 머릿속에 지도를 얻게 된다는 사실을 배운 겁니다.

제가 학생들을 대상으로 목요일 오후마다 면담을 해요. 카이스트 학생들이나 심지어는 다른 학교 학생들도 저에게 면담 신청을 하면, 면담을 할 수가 있어요. 물론 워낙 인기이니 몇 달이 밀려 있겠죠.(웃음) 그 학생들이 저와 만나서 고민을 얘기하잖아요, 그 고민의 70퍼센트는 이런 거예요. '내가 하고 있는 게 재미없는 건 아니다. 하려면 할 수 있다. 그런데 이거 아니면 안 된다는 절박감은 없다. 뭘 해야 할지 모르겠다. 대학원에 가야 할지, 남들은 의학전문대학원에 간다는데 의학전문대학원에 가야 할지, 취직을 해서 회사를 갈지, 유학을 갈지……. 뭐든 하라고 하면 하겠는데, 이거 아니면 안 된다는 게 없다.' 이런 식입니다.

당연하죠! 그걸 하려면 머릿속에 세상에 대한 지도가 있어야 해요. 그래야 내가 어디에서 뭘 하고 싶은지를 발견할 수 있습니다. 학교는 여러분에게 지도 읽는 법을 가르쳐주고, 여러분이 목적지까지 길을 잃지 않게 하려고 길 찾기를 열심히 훈련시켜서 세상에 내보냅니다. 하지만 여러분이 세상에 나가서 제일 먼저 해야 할 일은 내가 어디에 가서 누구와 함께 일할지, 내가 관심 있는 분야의 10년 후 지도는 어떤 모습일지, 나는 누구와 함께 이 세상을 살아갈지, 내가 추구하는 가치는 지도 위 어디에 있는지, 자기만의 지도를 그리는 일입니다. 아무도 여러분에게 지도를 주지 않아요.

젊은 시절에는 적극적으로 방황하는 기술을 배워서 자기 나름대로 머릿속에 지도를 그리는 일을 하셔야 해요. 수많은 시도들을 해보고, 주변에 있는 사람들을 귀찮게 하고, 직접 가서 여행하고, 책을 통해 간접경험을 하면서 내가 관심 있는 분야의 전체적인 지도가 어떻게 생겼는지 알아야 해요. 사람들은 그 지도 위에서 어디에 모여 있는데, '나는 사람들이 없는 어딘가에 가야겠다' 혹은 '나와 뜻을 같이 하는 사람들이 모인 그곳에 가야겠다' 마음을 먹는 거죠. '이거 아니면 안 된다'라고 내 인생을 올인할 만한 선택을 하려면, 여러분의 머릿속에 그 지도가 있어야만 해요. 그래야 후회 없는 선택을 할 수 있겠죠.

그런데 우리 사회는 지도를 그리기 위한 방황의 시간을 젊은이들에게서 박탈하고 있습니다. 학기가 끝나도 방학 동안 끊임없이 스펙 쌓기를 하게 만들고, 조금이라도 실수하면 뒤로 밀리는 세상에 살다 보니, 다들 남들이 뭘 하는지 보고 남들이 가는 데로 우르르 몰려가는 거죠. 집단적 선택 안에 있을 때 나약한 개인은 안전함을 느끼니까요. "저 정도 성적이면 이런 거 하더라고요", "제 상황이면 다들 이렇게 준비하더라고요", "뭐, 일단 대기업에 쭉 넣어보는 거죠" 제가 학부생들에게 만날 듣는 얘기가 그거예요.

　20~30대 때 꼭 세상에 대한 여러분만의 지도를 그려보셨으면 좋겠습니다. 그때 지도를 그리지 않으면 40대, 50대, 60대가 되어서도 남의 지도를 기웃거리게 돼요. 그리고 남의 지도를 뜯은 누더기 지도들을 대충 맞추고서 그걸 자기 지도라고 믿게 돼요. 후배들이 먼저 지나간 여러분에게 틀림없이 "앞으로 세상은 어떻게 될까요?"라고 비전과 미래를 물을 겁니다. 하지만 젊은 시절에 지도 그리기를 게을리하면, 여러분만의 시각을 보여줄 지도가 세상에 없는 거죠. 길을 잃고 방황하는 시간이라도 헛되지 않기 때문에 유치원생의 마음으로 미친 듯이 시도해보십시오. 그 안에서 얻는 게 있는데, 그 지도가 아무리 엉성한 지도라도 자기만의 지도를 갖게 되면 그다음 플랜을 짜고, 어디서 머물지를 계획할 때 도움이 될 거라는 겁니다. 여러분이 남은 인생 동안 하셔야 할 일은 그 일을, 그 지도를 끊임없이 업데이트하는 일인 거죠. 그리고 누군가가 여러분에게 길을 물어보면 여러분의 지도로, 나는 이 지도로 내가 갈 곳과 머물 곳을 정했다고 떳떳하게 보여줄 수 있게 되는 거죠.

　좋은 선택에 관한 여러 과학자들의 연구 결과를 들려 드렸습니다만, 제가 뇌를 찍고 여러 가지 실험을 하면서 결국 얻어낸 것은 '유치원생의 마음으로 일단 시도해보라' 는 겁니다. 그러면 그 시도가 시도 자체로 끝나지 않고, 여러분이 지도를 그리는 데 기여하리라 생각합니다. 앞으로 여러분이 더 좋은 선택을 하실 수 있을 거라는 생각이 듭니다. 경청해주셔서 감사합니다.

청중　　학회는 어디에서 열렸나요?

혹시 도시에서 길을 잃어본 적이 있으세요? 내가 어딜 가야 할지 모르고,
그래서 미친 듯이 돌아다녔더니 그 도시를 잘 알게 되는.
길을 잃어본 순간, 머릿속에 지도를 얻게 된다는 사실을 배웠습니다.
우리는 인생에서 자기만의 지도를 그려야 합니다.
그리고 길을 잃어야 자기만의 지도를 그릴 수 있습니다.

정재승　아직도 몰라요. 그게 인터넷에 들어가 봐도 어디인지가 안 쓰여 있어요. 그래서 알 수 있는 건, 주최 측에 이메일을 보내서 도대체 어디에서 열렸고 왜 안 가르쳐줬는지를 확인해보는 건데요. 제가 무서워서 이메일을 못 보내겠는 거예요. 그런데 희한하게 그쪽에서도 이메일이 안 오더라고요. 그러다가 시간이 지나가 버렸죠. 가끔 그들이 보낸 초청장 이메일을 들여다봐요. 그러면서 내가 다시 답장을 해볼까, 그런 생각도 하고 그날의 기억들을 떠올리기도 하지만, 그게 어디서 열렸는지는 사실 알고 싶지가 않아요.

사회자　방황을 여행으로 만들고, 그래서 지도까지 만들어낸 마지막 이야기가 감동적이군요. 결국에 인생은 카오스적인 선택에서 나온다는 거죠. 그걸 문학적 언어로 바꾸면 이렇게 되는군요. "길을 잃어야 내 지도가 생긴다."

처음에 마시멜로 이야기를 하셨는데요. 저는 들으면서 제가 왜 이렇게 정치적인가 생각했습니다. CEO들이 비서가 있으면 마시멜로 탑을 더 잘 쌓는다고 했죠? 역시 그렇군요. 전설에 의하면 아틀란티스가 바다 속으로 가라앉을 때 귀족들이 마지막으로 부른 사람은 자기 부인도 아들딸도 아닌 노예의 이름이었다고 합니다. "나를 구하라"라고 말이죠. 자기를 스스로 구해본 경험이 없기 때문입니다. 저는 마시멜로 얘기를 들으면서 그런 정치적인 상상력을 발휘하고 말았습니다.(웃음) 이제 질문과 대화 이어가겠습니다.

빠져나오지 못할 때, 빠져나와라

청중1　안녕하세요. 저는 과학전문기자를 지망하고 있습니다. 오늘 교수님의 강연을 듣고, 제 선택에 대해서 자신감이 생겼습니다. 교수님을 뵈면, 저널리스트의 면모와 과학자로서의 면모를 둘 다 가지고 계신 거 같아요. 글도 잘 쓰시고, 과학 대중화를 위해서도 엄청난 기여를 하셨는데요. 그 비결이 궁금합니다. 그리고 아까 선택을 할 때, 혼자 선택하지 말고 조언을 구하라고 하셨잖아요. 이런 선택을 한 저를 위해서 조언을 부탁드립니다.

정재승　비결은, 1퍼센트의 영감과 99퍼센트의 몽상으로.(웃음) 저는 원래 조언을 함부로 드리진 않아요. 조심스러운데, 그 이유는 제가 조언을 드리기 전에 알아야 할 것들이 많기 때문입니다. 제일 중요하고 많이 물어보는 건 지금 그 꿈, 과학전문기자가 되겠다는 생각을 하기 전에 어떤 일들을 하셨는지 물어봅니다. 다른 선택들을 어떻게 경험하셨는지, 또 과학전문기자라는 꿈을 이루기 위해서 그동안 뭘 하셨는지 물어봅니다. 대부분의 경우에 꿈꾸는 시간이 길고, 실제로 그걸 위해서 노력한 시간은 짧아요. 그걸 선택하기까지 받아들인 정보는 수동적이고요. 그래서 그런 경험들을 최대한 확장해서 후회하지 않는 결정을 하시면 좋을 거 같고요.

　과학전문기자가 제 주변에도 많은데, 일이 힘들어요. 그래서 '이 일이 너무 재미있다'라고 여기며 일하지 않는 이상, 그 힘든 것 때문에 일의 동력을 잃을 수 있어요. 예를 들어, 자기 인생을 수용하는 태도도 '내 인생은 숙제야', '내 인생은 도전이야', '내 인생은 선물이야처럼 여러 가지가 있을 텐데요. 그게 숙제처럼 느껴지지 않으려면, '이거 아니면 안 된다' 라는 마음이 있어야 합니다. 그 마음, 그걸 가지려는 노력을 하셨으면 좋겠습니다.

청중 2　저는 기계공학을 전공한 엔지니어입니다. 제가 조그만 회사를 운영하고 있어서 상당히 많은 선택, 의사결정을 해야 할 일이 생깁니다. 아까 슬라이드에 '결정적 의사결정' 에 관한 부분이 있었는데, "매몰된 비용에 너무 방해받지 말아야 한다" 라고 쓰여 있더라고요. 사실 항상 그 부분이 고민이거든요. 어느 시점에서의 매몰비용까지에 방해받지 말아야 하는지, 그걸 구분해서 말씀해주세요.

정재승　좋은 질문인데요. 지금까지 투자한 것들을 어느 시기까지는 고려하고, 어느 시기 이후부터는 고려하지 않는다는 게 아닙니다. 사실은 매 순간, 내가 여기에 들였던 돈과 상관없이 의사결정을 해야 합니다. 내가 들인 노력을 생각한다면, 시간이 가면 갈수록 못 빠져나와요. 대개의 경우, 늦어지면 더 큰 비용을 치러야 하고요. 매몰비용(sunk cost)에서 우리가 얻어야 할 교훈은, 내가 이걸 처음부터 하지 않았다고 가정했을 때 계속할 것인가 말 것인가를 생각해서, 더 정확하게는 지금 이 순간이 첫 순간이라고 생각하고 판단해야 한다는 겁니다. 그런데 제가 이렇게 말씀을 드려도, 아마 쉽지 않으실 거예요. 그렇기 때문에 하시고 싶은 대로 하실 텐데, '아, 내가 지금 이 순간에 이걸 빠져나오지 못하는 건 매몰비용 때문이구나' 하는 건 아셔야지요. 대개의 경우, 아는 것과 실제로 그렇게 선택하는 건 쉽지 않거든요.

사회자 그 경우, 일에서는 그럴 수 있을 거 같은데요. 사랑에 빠졌을 때, 체념이 잘 안 되면 어떻게 해야 할까요?

정재승 둘이 서로 같이요, 아니면 혼자요?

사회자 대개 문제는 같이 하다가 한쪽이 잘 안 되어서죠. 내 마음이 그럴 때, 체념이 안 될 때, 그때도 지금처럼 합리적으로 됩니까?

정재승 합리적으로 되지 않지만, 현명한 판단은 그때 포기하는 겁니다.

사회자 여러분, 포기하시기 바랍니다.(웃음)

정재승 사실 그 얘기는 긴데요, 사랑은 다시 회복되지 않기 때문에……. 사랑의 결정, 내년 인터뷰 특강 때 말씀드리겠습니다.(웃음)

청중3 제가 요즘 긍정적인 마인드에 대한 책을 읽고 있습니다. 그 책에서는 긍정적인 마인드로 계획을 세우고 그게 실현된다고 생각하면, 꿈이 이루어진다고 얘기하는데요. 그게 뇌과학적으로 실현 가능성이 있는 얘기인지 궁금합니다.

정재승 좋은 질문이시고요. 긍정적인 생각이 꿈의 실현에 조금 더 도움이 되는 거 같습니다. 자발적 동기와 적극적인 태도를 만들어낸다는 측면에서요. '안 될 거 같다'라는 마음으로 할 때보다 '될 거 같다'라는 마음으로 할 때, 조금 더 도움이 되지요. 그런데 문제는 그 정도가 '조금'이라는 사실입니다. 그러니까 『시크릿』을 읽고, '꿈꾸는 모든 건 이루어질 수 있구나, 언젠간 이루어지는구나'라고 생각하시면 안 돼요. 그런 의미에서 바버라 에런라이크(Barbara Ehrenreich)의 『긍정의 배신』이라는 책을 권해 드립니다.(웃음) 긍정심리학에 너무 매몰되진 마시고요. 다만 당연히 세상은 마음먹기 나름이니까 좋게 마음먹으면, 더 좋은 세상을 만들 수 있을 텐데요. 그게 '조금'이라는 현실 인식을 하셨으면 합니다. 물론 조금이라도 올리는 건 의미가 있죠. 그렇지만 그것 때문에 치명적인 실수를 하시면 안 되기 때문에 그렇습니다.

꿈의 한 발은 현실을 딛고 있어야 한다

청중 4　역사학을 전공하고, 문화사 전문가를 꿈꾸는 학생입니다. 저 같은 경우는 현실과 꿈 사이에서 꿈을 선택한 케이스인데요. 보통 제 주위의 학생들, 친구들, 동생들 같은 경우에는 현실과 꿈 사이에서 상당히 괴로워하고 있어요. 예를 들자면, 꿈은 철학자인데 현실에선 좀 더 경제적인 이익이 나오는 경제학과로 가야 한다는 식의 고민을 하는데요. 이런 고민을 하고 있는 청춘들에게 조언을 부탁드립니다.

정재승　현실적인 질문인데, 쉽게 답하긴 어려운 질문이기도 합니다. 꿈을 꿔라, 그리고 너무 현실적인 의사결정을 하지 말라는 것에 저는 전적으로 동의하지는 않습니다. 당연히 꿈을 꾸는 게 중요하지만, 그 꿈의 한 발은 현실을 딛고 있어야죠. 서태지와 아이들의 〈환상 속의 그대〉가 왜 우리에게 감동을 주느냐, 우리 모두가 환상 속에 살고 있거든요. 특히나 현실이 괴로울수록…….

현실과는 동떨어진 내 머릿속에 있는 나, 아까 그 체감 표지에서 떠오르는 키워드는 완전히 현실과 다르거든요. 그렇기 때문에, 현실과 나의 이상을 어느 정도 맞추는 게 필요합니다. 그런데 그걸 맞출 때 제일 중요하게 생각하셔야 할 건, 여러분이 '추구하는 가치와 삶의 태도'예요. 내가 어떤 직업을 갖느냐, 때론 이런 건 크게 중요하지 않기도 합니다. 하지만 '어떤 가치를 추구하면서 사느냐'라는 건 굉장히 중요합니다. 그래서 직업의 양태가 달라져도 같은 가치라면 만족도가 높은데, 다른 가치를 추구하면서 살기는 쉽지 않아요. 내가 그 가치를 실현할 만큼 삶의 태도가 성실한지, 어디에 매여 있는 성격인지, 권위를 부정하는 성격인지, 권위 안에서 행복한 성격인지, 자기 자신을 객관화해볼 필요가 있는 거죠.

큰 회사에 들어가는 것 자체가 모두에게 답이 될 수는 없어요. 내가 어떤 삶의 양식을 갖고 어떤 가치를 추구하는 사람인지에 대해서는, 그게 하루아침에 결정되는 것이 아니기 때문에 자기 자신을 돌이켜보셔야 해요. 만약 내가 '돈'이라는 가치를 굉장히 중요하게 생각한다면, 돈을 많이 벌기 위한 현실적 노력을 하셔야 하고요. 저는 그것이 그렇게 비난받을 일이라고 생각하지 않아요. 다만 내가 돈을 추구하는 사람인데, 인권을 추구하는 직업을 가져서는 안 되겠죠. 그러면 내적 갈등이 끊임없이 표출되니까요.

청중 5　저는 여의도에서 방송광고 대행사를 하고 있는 오너입니다. 제가 요즘 고민하고 있는 선택에 대한 조언을 들어보고 싶어서 질문을 드렸습니다. 얼마 전에 미디어랩 법이 통과되어서 우리나라 방송광고 시장이 시끄러운데, 이 미디어랩 사업을 할 것인지에 대해서 고민하고 있습니다.

정재승　보통 그런 고민을 하실 때 지금 끼어들어서 돈을 벌 수 있는지, 지금이 적절한 상황인지, 그럴 형편이 되는지 같은 고민을 하기 마련인데요. 선생님은 그런 고민을 하시는 게 아니라 좀 더 윤리적인 고민, 근본적인 고민을 하고 계시거든요. 대개의 경우, 그렇게 근본적인 고민이 들 때에는 좀 더 심사숙고하시는 게 좋습니다. 다시 말해, 지금 상황은 마음 깊은 곳에서 '적절하지 않다'라는 신호를 보내고 있는 거죠. 그건 경제적 의사결정과는 다른 양상입니다. 상황이 바뀐다고 해서 해결되는 게 아니거든요. 지금 바로 의사결정을 하실 수 있는데 주저하는 상황이라면, 감히 말씀드리자면 안 하시는 게 적절해 보이네요.

청중 6　과학자를 지망하고 있는 중학교 3학년 학생입니다. 마지막 에피소드 얘기하실 때, 자기만의 지도를 만들어야 한다고 하셨는데요. 스펙을 벗어나서, 교수님은 학생 때 어떻게 자기 지도를 만드셨는지 궁금합니다.

정재승　저의 경험을 일반화할 순 없어요. 저는 초등학교 5학년 때부터 쭉 과학자가 꿈이었고, 다른 대안을 생각하기보다는 그 안에서 뭘 할지에 관한 지도를 만들었으니까요. 제 지도의 성격은 여러분이 생각하는 지도와는 좀 다를 수 있습니다. 저는 천체물리학을 전공하려고 했습니다. 이 우주가 어떻게 탄생해서 지금과 같은 모습이 되었는지를 날마다 생각하는 인간이 가장 고귀한 인간이라고 생각했어요. 그래서 내가 현대 사회에서 돈을 벌면서 일하지만, 그걸 꿈꾸면서 하루하루를 살면 나는 보통 사람들과는 다른 고귀한 삶을 사는 거라고 생각했고, 그게 그때의 제가 꿈꿨던 삶이었습니다.

제가 한순간 천체물리학을 버리고 복잡계 과학과 비선형 동역학 분야로 가서 뇌를 연구하게 된 건 어느 학회에서 유명한 석학의 강연을 들어서인데요. 저는 우리나라에 온 유명한 과학자들의 강연을 많이 들었어요. 예를 들면, 스티븐 호킹이 와서 강연하면 맨 앞에 앉아서 질문을 해요. 스티븐 호킹은 답을 하는 데 3분이 넘게 걸려요. 질문을 듣고 그가 입력을 하면 기계음이 나와서 답을 해줘요. 그 3분 동안 엄청 기분이 좋은 거예요. 이 세계적인 석학이 나를 위해 3분을 쓴 거잖아요. 그리고 강연장 안의 모든 사람들이 그 3분 동안 스티븐 호킹이 뭐라고 대답할지를 기다려주는 거예요. 온전히 나만을 위한 시간이었어요. 그런 것들이 저에게는 설레고 감동적인 순간이었거든요. 그렇기 때문에 저는 과학자가 된 거예요.

그런데 어느 날 학회에서 새로운 분야를 만나게 됩니다. 천체물리학은 수많은 천재들이 수백 년간 쌓아올린 탑에 돌 하나를 올려놓는 거잖아요. 그게 아니라 뇌를 연구하는 물리학 분야가 우리나라에 지금 새로 만들어지고 있고, 제가 하면 처음인 거예요. '하나의 학문이 만들어지는 걸 옆에서 보고, 또 심지어 기여도 할 수 있겠다.' 이 점이 너무나도 흥미로워서 우주가 어떻게 탄생했느냐는 존재론적 질문

대신에 인간은 어떻게 이 우주를 인식하게 되었느냐는 인식론적 질문에 답하는 현대의 철학자, 과학자가 되려고 꿈꿨던 거죠. 그러니까 저에게는 책이나 석학의 향기를 맡는 강연이 제 지도를 그리는 데 굉장히 기여했지요. 지도를 어떻게 그려야 하는지에 대한 방법은 정해진 게 아니기 때문에 수많은 시도를 하시다 보면 누군가의 우연한 한마디, 누군가의 격려, 우연히 뽑아든 책 한 권이 여러분의 삶을 바꿔놓을 수 있습니다. 그런데 거기에서 영향을 받으려면, 굉장히 많은 책을 뽑고 많은 사람들의 한마디를 들어야 하죠. 그래야만 그중에서 의미 있는 한마디가 꽂히니까요. 그 시도를 해보시라는 겁니다.

청중 7　안녕하세요. 인생을 살면서 제일 중요한 선택 두 가지가 하나는 진로를 결정하는 것이고, 하나는 결혼이라고 생각하는데요. 그래서 저는 결혼이라는 선택에 대해서 여쭤보고 싶습니다. 교수님도 결혼하신 걸로 알고 있거든요. 어떻게 결혼을 결심하게 되셨고, 어떤 선택 과정을 거치셨는지 궁금하고요. 지금까지 말씀해주신 전략이나 방법이 결혼할 사람을 선택함에 있어서도 적용될 수 있는지, 아니면 다른 무엇이 있는지도 궁금합니다.

정재승　좋은 질문입니다. '결혼의 선택', 이번 강연 안에 넣으려고 했어요. 그런데 그 자체가 너무 길어서, 아무래도 내년에 해야 할 거 같아요. 저도 결혼이라는 선택을 여러 번 해본 건 아니어서, 단 한 번의 선택만으로 조언을 드리기는 조심스럽습니다. 그렇지만 결혼에 대한 전략은, 자기가 결혼이라는 걸 꼭 해야 하는 사람인지, 안 해도 되는 사람인지에 따라서 기본적으로 다릅니다. 내가 언젠가 꼭 해야 하는 선택이라는 마음가짐이 있을 것이고, 하면 좋지만 안 해도 상관 없으며 사랑의 완성은 결혼이 아니라고 생각하실 수도 있을 텐데요.

우선, 전 결혼에 상관없이 많은 사람들을 만나고 사랑해보시라고 권해 드립니다. 20대 내내 온전히 거기에 시간을 보내셔야 해요. 사랑하고 실패해서 이별할수록, 여러분은 더 좋은 사람이 됩니다. 내가 왜 사랑에 실패했는지를 뼈저리게 느끼면서 고통스러운 이별의 밤을 보낼수록, 여러분은 그다음 사랑을 하실 때 그런 문제를 극복한 사람이 됩니다. 고백하지 못해서, 사랑에 빠지지 못해서, 완전히 맘에 들지 않아서, 결혼할 정도의 사람은 아니라서 등의 이유로 너무 재지 마시고요. 일단은 많은 사람들을 만나서 다양한 수준의 관계를 맺으시고, 당연히 이별의 아픔이 두렵지 않잖아요. 그러니까 이별도 해보시고, 결혼은 아주 '늦게'…….(웃음) 사랑이라는 뜨거운 열정으로 결혼을 결정하시지 말고, 그 열정이 식은 자리에 뭐가 남는지를 보시고 결혼의 선택을 하세요.

청중 8　안녕하세요. 저는 평범한 30대 남자입니다. 아까 '확신'에 대해서 얘기하셨는데, 그게 의사결정에 있어서 가장 큰 장애가 된다는 생각이 들어요. 그러니까 확신 때문에 새로운 객관적 자료가 들어와도 '아닐 거야'라고 부정하는데요. 그렇다고 확신이 아예 없어도 문제가 될 거라고 생각해요. 적절한 확신이 중요한 것 같은데요. 아까 뇌 사진에서 확신에 대한 부분이 있다고 얘기하셨는데, 혹시 측정된 것 중에서 '어디에서 어디까지가 적절한 강도이다'라는 데이터가 있는지 궁금합니다.

정재승 어느 한 영역이 확신을 담당하는 건 아니고요. 어떤 사람이 확신에 찬 마음으로 답을 할 때와 그렇지 않을 때, 그 사람이 그 기억을 얼마나 하고 있느냐와 상관없이 활성화되는 측두엽과 두정엽이라는 곳이 있어요. 그 영역이 평소의 의사결정에 많은 영향을 미쳐요. 하지만 이 영역의 활동성과 발달 정도를 가지고 "당신은 평소 지식에 대한 확신 정도가 70퍼센트입니다"라는 식으로 말하기는 어렵습니다. 다만 알고 있는 것에 대해서 쉽게 확신하는 타입인지, 아니면 좀처럼 확신하지 못하는 타입인지 정도는 얼추 알 수 있다고 얘기하는 게 정직할 거 같습니다.

사회자 이제 정리하는 말씀 부탁드립니다.

정재승 오늘 재밌으셨죠? 저에게도 즐겁고 유쾌한 강연이었습니다. 그 이유는, 여러분이 너무 집중해주셔서요. 여러분의 몸과 눈은 객석에 계신데, 마음은 제 코앞까지 나와 있어서 제가 대화하듯 강연을 할 수 있었습니다. 사실 이번 강연에서 선택을 어떻게 해야 하는지에 대해 말씀드리기가 조심스러웠어요. 인생에서 저보다 더 중요한 선택을 하신 분들도 많을 텐데, 제가 주제넘은 얘기를 드려서 죄송합니다. 널리 이해해주시고요. 저는 앞으로도 계속 '선택과 의사결정'에 관한 연구를 할 텐데 10년이나 20년쯤 후에 "20년쯤 선택을 연구해보니, 선택의 묘미는 이런 거더라"라고 또 다른 이야기, 더 풍성한 강연을 여러분께 해 드릴 수 있었으면 합니다. 그때도 여러분이 이 자리에 와서 즐겨주셨으면 좋겠습니다. 감사합니다.

사회자　과학이 오늘날처럼 발전한 데에는 연금술사의 상상력도 크게 기여했습니다. 납을 금으로 만들고 싶어 했던 사람들이죠. 괴테는 별과 별 사이에 시로 다리를 놓았습니다. 그건 어려운 일이 아니었습니다. 케플러는 모든 별들이 음악 소리를 낸다고 했습니다. 가수 밥 딜런은 어느 날 노래를 부르면서 우주를 가로질러 갔습니다. 아무도 거짓말이라고 하지 않았습니다. 이백은 술에 취해서 물을 통해 곧장 달 표면에 도착했습니다. 암스트롱이 달에 도착하기 최소한 1,500년 전 일입니다. 시란 우주선이나 산소마스크 없이 카페에서 나와 걸어서 문득 별에 이르는 과학을 말합니다.

　여러분, 오늘밤만이라도 주저 없이 연금술사가 되어보기 바랍니다. 찻잔에 녹은 별을 한 모금이라도 드셔보기 바랍니다. 고맙습니다.

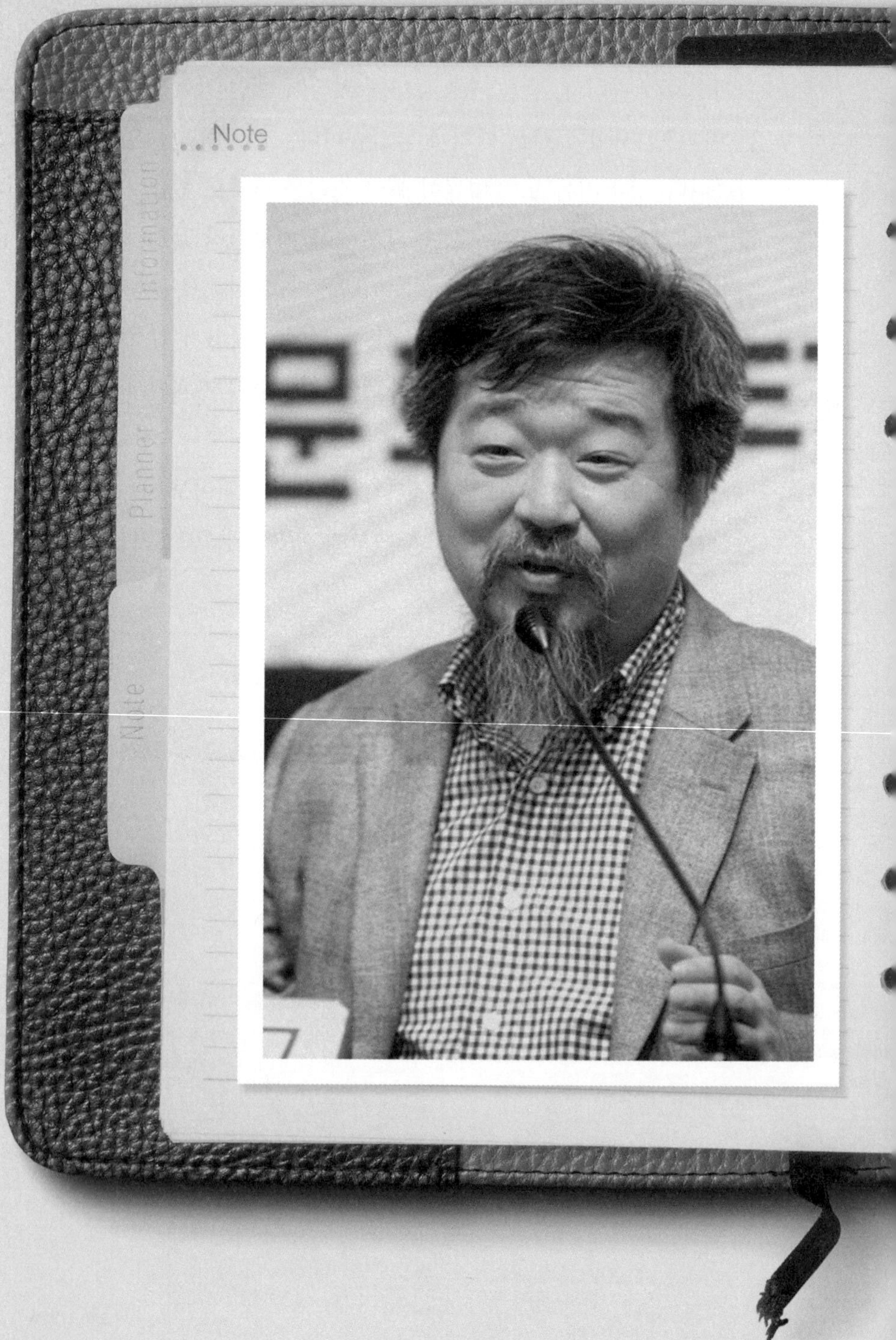
Note
Information
Planner
Note

제6강 **한홍구**

복잡한 건 길이 아니라 우리 마음이다

한국 현대사의 고비와 그 선택

2012년 3월 28일 저녁 7시
백범김구기념관 컨벤션홀

성공회대 교양학부 교수. '걸어 다니는 한국 현대사'라 불리는 이 시대 대표적인 역사학자다. 1959년에 출생하여 서울대 국사학과와 동대학원을 졸업하고, 미국 워싱턴 대학에서 박사 학위를 받았다. 그는 꿈꾸는 권리조차 박탈당했던 한국 현대사의 금기들을 통쾌하게 고발해온 논객으로 유명하다. 『지금 이 순간의 역사』 『특강』 『대한민국사』(1~4권) 『직설』(공저) 등이 그 산물들이다.

사회자　　2012 인터뷰 특강 '선택', 마지막 시간입니다.

근대 역사학의 태두 레오폴트 폰 랑케와 이탈리아 철학자 베네데토 크로체는 "모든 역사는 현대사다"라고 말했습니다. 여기서 '현대사'는 '현재사'로 읽어도 될 것입니다. 영국 역사학자 E. H. 카는 "역사는 과거와 현재의 대화"라고 했습니다. 한홍구 교수가 몇 년 전에 책을 냈습니다. 책 제목을 상의해서 정했는데『지금 이 순간의 역사』입니다. 역사라고 하는 것을 멀리 떼어놓는 게 아니라 오늘로 가져온다는 취지입니다. 그 뒤 함께 강연을 자주 다니면서 제가 일방적으로 한 글자 수정한 게 '지금 그 순간의 역사'입니다. "모든 역사는 현대사다", "역사는 과거와 현재와 대화다" 이런 말을 가장 쉬운 한국말로 풀어낸다면 '지금 그 순간'이겠죠. '지금 이 순간'이라는 건 현재 그 자체인데 '지금 그 순간'이라고 하면 동학혁명이, 혹은 역사적으로 있었던 그 순간이 지금 우리 앞에 와 있는 거죠. 그럼으로써 역사는 살아난다고 생각합니다.

'역사학'이라고 하면 흔히 고고미술학적 태도나 유적을 떠올리곤 합니다. 발굴하고 흙에 붓질하는 걸 '역사학'이라고 생각하는 태도가 있습니다. 이는 일제가 남기고 간 유산이라고 보고 있습니다. 자꾸 역사를 고대사 중심으로 끌고 간다든지, 혹은 지나치게 물증 중심으로 가는 겁니다. 실은 그보다 훨씬 중요한 것은 그걸 어떻게 해석할 수 있느냐 하는 태도와 능력입니다. 역사학에서 가장 중요한 것은 'view', 즉 사관이죠. 역사에 대해 어떤 관점을 갖고 있느냐 하는 것입니다. 금관은 중요한 역사적 물증인 건 틀림없으나 왕만 쓰는 거였죠. 그렇지 않은 나머지 사람들의 모자 이야기가 저는 늘 궁금합니다.

어릴 적 단재 신채호 선생이 쓰신 책을 읽고 가슴 뛰는 황홀한 경험을 하곤 했습니다. 우리가 잃어버리고 있었던 것들이 거기 들어 있었거든요. 그 뒤로 역사가 가슴을 뛰게 할 수 있다는 것을 다시 증명한 역사학자를 오늘 소개할까 합니다. 한자투성이 역사를 순 한글의 '가로쓰기의 역사학'으로 이끌었습니다. 오랫동안 암기 과목으로 여겨온 '역사'를 심장의 박동소리가 들리는 역사, 숨소리의 역사로 바꾸었습니다.

한국 사람들이 널리 읽은 역사책 중에서 일본 역사작가가 쓴 『로마인 이야기』가 있습니다. 저는 이 책을 그다지 칭찬하지 않는 사람입니다. 이 책을 읽고 있으면 로마는 유토피아입니다. 그 좋은 유토피아는 왜 망했을까요. 이 책에서는 식민지배가 너무나 합리적인 나머지 숫제 아름다울 지경입니다. 바로 60여 년 전까지 우리가 식민지였는데 말이죠. 저는 이 책이 제국주의의 지배 정당화에 일정하게 기여하고 있거나 제국주의 질서를 옹호하는 혐의가 제법 짙은 책이라고 생각합니다. 이 작가와 책을 폄하하려는 게 아니라 역사를 바라보는 관점을 말하고자 하는 것입니다.

오늘 강연을 해줄 한홍구 교수는 구어체로 된, 대중적 역사기술법을 구사하고 있습니다. 지난 과거인 역사를 무덤에서 끄집어내 현재화시켜 놓았기 때문에 책을 읽는 이가 그 상황에 개입하는 느낌을 주고 자기 근육이 단련되는 듯한 분노와 자신감도 함께 전달해줍니다. 이렇게 말하고 있는 동안 강연 약속에 늦은 한홍구 교수가 막 문을 열고 들어오고 있습니다.

한홍구　반갑습니다. 이런 걸 할 때는 사회자와 약간 거리가 있는 게 좋습니다. 그런데 둘이 한집에도 살아보고 해서 영 그렇습니다. 특강을 맡으라고 해서 한다고 했는데, 나중에 보니까 사회자가 서 모라고 하데요. 잘못된 선택이었다, 그렇게 생각합니다.(웃음)

사회자　저도 한홍구 교수가 인터뷰 특강 강연자로 오리라고 생각하지 못했습니다. 반대할까도 했습니다.(웃음) 농담입니다. 늘 보는 사람과 공식적인 자리에 같이 설 때 생기는 쑥스러운 기분을 표현한 것뿐입니다. 실은 자주 강연을 같이 다니고, 학교에서 공동 강의도 하고 있습니다. 아마 인문사회과학 쪽에서는 이런 일이 처음일 텐데, 둘이서 한 강의를 합니다. 두 사람이 똑같은 명제를 어떻게 다르게 생각할 수 있는지 보여주는 6학점짜리 강의를 몇 년째 운영해오고 있습니다. 한국에서 새로운 시도를 해보는 중입니다. 제가 외국에 나가 좋은 강의나 강좌를 일부러 찾아다녀 보곤 했습니다. 한 강의를 공동 진행하는 강의를 보고 놀란 적이 여러 번 있었습니다. 주제는 하나인데 서로 다른 방향을 달리해서 얘기를 하는 거죠. 기본적으로 교수가 자기 견해에 자신감이 있어야 가능한 일이겠죠. 우리 수업에서는 학생들이 웃느라고 정신이 없습니다. 두 사람이 강단에서 다투거나 하니까 그렇게 보이겠죠. 한홍구 선생님은 전공 폭이 아주 넓어서 현대사 전반을 통사적으로 포괄하고 있습니다. 박사논문은 간단하게 말하면 '김일성'을 전공했습니다. 굉장히 위험한 학자입니다.(웃음) 한홍구 선생님, 역사에서 선택이 어떤 의미가 있습니까?

한홍구　누가 선택하느냐가 중요하죠. 요새 주어가 중요하잖아요.(웃음) 역사에서 내가 선택해서, 모든 일을 주체적으로, 주인이 되어서 할 수 있죠. 잘못 선택했을 때는 자기가 책임을 지면 되고요. 그런데 누가 선택한 것인지 모르는 일을 가지고 내가 뒤통수를 맞는다든가, 뒤통수 맞는 거 정도는 괜찮아요. 비명도, '악' 소리도 못 하고 내 삶이 흔들려버리는 일도 많죠. 1910년에 우리가 나라를 뺏겼습니다. 우리 민족 전체, 99.9퍼센트가 악영향을 받았어요. 그건 누구의 선택이었죠? 내 선택과는 상관없는 거죠. 그러니까 '선택' 하면 좋은 일이고, 내가 할 수 있으면 좋은데요. 역사에서 내 선택의 범위가 크지 않죠. 역사라는 건 길게 보면, 한 개인이 자신의 선택권을 확대시키는 역사입니다. 그리고 확대시키기 위해서 싸우는 역사, 싸우다가 많은 경우에 실패했지만 조금씩 늘려온 역사라고 말할 수 있겠죠. 그래서 어디까지 왔어요? 왕을 선택할 수 있죠. 그래서 선택하니까 어때요? 지금 어떻게 됐어요? 잘못 뽑아서……. 그래도 5년에서 4년을 넘겼습니다. 이제 심판의 날이 가까워져 오는데요. 또 잘못 선택하면 도루묵이 될 수도 있는, 그런 거라고 생각합니다.

사회자　지난 100년의 역사를 돌이켜보면 한국사나 민족사로 보았을 때, 우리에게는 거의 선택의 여지가 없었습니다. 남이 선택해줬죠. 지난 100년 동안에 가장 중요한 두 가지 사건을 꼽으라면 당연히 식민지배와 분단이죠. 두 가지 모두 우리가 원하지 않은 거였습니다. 전혀 우리의 의지가 작용하지 않은 거였죠. 그에 반해 민중들이 자기 의지로 선택한 것을 우리가 자랑스러운 역사로 기억하고 있는 거죠. 항일운동, 누가 시켜서 한 게 아니지 않습니까. 해방 이후 민주화 운동 또한 마찬가지고요. 우리 세대로 치자면 박정희·전두환 정권을 안 만났으면 지금 '쾌적'한 데 살고 있을 텐데 말이죠. 이 자리에서 한홍구 선생님과 앉아 있지 않을지도 모르고 말이죠.(웃음)

한홍구 쾌적한 데가 아니라 퀴퀴한 데 살고 있었을 겁니다.(웃음)

사회자 왜 위험하게도 '김일성'을 논문 주제로 선택하셨습니까?

한홍구 글쎄요. 제가 논문을 쓴 지도 꽤 시간이 흘렀습니다. 87년 6월 항쟁을 거치면서 우리의 현대사를 제도권 내에서 비로소 얘기할 수 있게 되었어요. 그때 제가 20대였는데, 현대사 연구 쪽에서는 그때부터 1세대 원로 사학자였습니다. 왜냐하면, 공부를 할 수가 없었거든요. 현대사를 공부한다고 하면 선생님들께서 "어쩌려고 그러냐", "다친다", "위험하다" 하면서 말리셨는데, 부득부득 우겨서 공부했습니다. 그때는 현대사 강연을 하면 어딜 가나 100명 정도는 모였어요. 그리고 박정희 대통령 얘기를 하든, 통일 운동사 얘기를 하든, 민주화 운동사 얘기를 하든, 일제 강점기 얘기를 하든, 무슨 얘기를 하든지 간에 강의가 끝나고 질문을 받으면요. 첫 번째나 두 번째 질문이 "김일성 진짜예요, 가짜예요?"였습니다. 아마 20대나 30대 초반에 계신 분들은 가짜 김일성 설을 잘 모르실 겁니다.

사회자 교과서에 나와 있지 않나요?

한홍구 교과서에는 한 번도 실린 적이 없습니다. 그런데 누구나 알고 있는 것이죠. 교과서보다도 더 무섭게 모든 사람이 알고 있는 잘못된 역사적 사실!

사회자　　학교에서 나눠주었던 지정 문고에 가짜 김일성 얘기가 많이 들어 있었지요. 교육도 그렇게 받았고요. 가짜 김일성에 관한 얘기는 우리 세대 때는 거의 일반화된 것이었습니다. "김일성은 독립운동을 하지 않았다, 그리고 여자 문제가 복잡했다" 그게 핵심이었지요.

한홍구　　'지명방어전'이라는 게 있습니다. 권투 챔피언을 할 때, 매번 랭킹 10위만 불러서 쥐어패고 농락할 순 없으니까 반드시 랭킹 1위에 오른 사람과 1년에 한 번은 싸워야 한다는 거죠. 공부를 하는 사람으로서 도저히 피해 갈 수 없는 역사적인 질문들과 맞닥뜨릴 때가 있습니다. 80년대에는 가짜 김일성 설이 그랬고요. 제가 요새 역사학자로서, 역사연구가로서 반드시 답해야겠다고 생각하고 있는 것은, 정수장학회 문제입니다. 제가 정수장학회 문제 때문에 트윗질까지 시작했습니다.

정수장학회 문제는, '저걸 왜 아무도 책을 안 쓰나' 라고 생각하다 보니까 제가 써야 할 것 같아요. 국정원 과거사위에서 이 사건을 조사할 때, 저는 조사를 반대했습니다. "박근혜 씨가 한나라당 대표인데 왜 그 사건을 건드리느냐, 그거 말고도 중요한 사건이 많다"라고 주장했는데, 어찌어찌 하다 보니까 제가 담당 위원이 되었어요. 원래 담당했던 분이 갑자기 사라지는 바람에 제가 책임을 맡아서 끝냈습니다. 그러니까 그 문제를 누군가가 제기하고, 답해야 할 상황에서 '왜 누가 안 하지' 라고 생각하다 보니까 대한민국에서 그 문제를 제일 잘 아는 게 저더라고요. 대한민국의 역사학자라고 생겨먹은 사람 중에서 그래도 원자료를 제일 가깝게 많이 봤으니까요. 이걸 어떻게 해야 할까, 트위터의 힘을 한번 빌려보자. 그래서 생각한 게 매일 중계방송을 하기로 했어요.

3월 27일에 왜 부랴부랴 시작을 했느냐 하면, 딱 50년 전 그날 부일장학회 사건이 시작됐습니다. 그러니까 비유하자면, 옛날에 삼성이 〈중앙일보〉를 만들었잖아요. 정권이 〈중앙일보〉를 갖고 싶은 거예요. 저걸 뺏어야겠어요. 그래서 삼성전자 사장, 삼성생명 전무, 삼성물산 회장 이런 사람들 열 명 정도를 잡아 가둔 겁니다. 뺏고 싶은 건 〈중앙일보〉였지만, 잡아 가둔 건 삼성 쪽이었다 이겁니다.그 잡아 가둔 날짜가 3월 27일이에요. 그래서 딱 50년 전을 기념해서 "이날을 아십니까, 기억하십니까, 이렇게 잡아갔네요"라면서 매일 중계방송을 하기로 했습니다. 이 사람들이 영문도 모르고 잡혀갔거든요. 자기들이 왜 잡혀갔는지 모르고 잡혀간 거예요. 그런 사람들이 감옥 안에서 도대체 어떤 심경이었을까, 그걸 우리가 같이 생각해보자. 그런 것들을 매일매일 끈질기게……

사회자 역사에서 기록되지 않은 순간이 있는데요. 윤봉길, 이봉창 두 양반 모두에게 참 피곤한 시간이 있었습니다. 무슨 시간이었느냐 하면 첫 번째 폭탄을 던졌는데 안 터진 겁니다. 공통으로. 그래서 자살용 폭탄을 두 번째로 던진 겁니다. 제가 그걸 9초로 계산했습니다. 첫 번째 폭탄을 던진 이후에 9초. 일단 던졌으니까 3초는 봐야 할 것 아닙니까. 3초간 '어떻게 하지'라고 생각하다가 다시 집어던지는 행동을 3초로 봤습니다. 한 인간 역사에서 가장 긴 9초죠. 그 수많은 9

초가 우리 역사를 만들었다는 생각을 해보게 됩니다. 김지태 〈부산일 보〉 사장 같은 사람들이 죄 없이 끌려가 감옥에 있을 때 심경과 그 9초가 어느 부분에서 닮아 있지 않나 하는 생각이 듭니다.

한홍구 옛날 역사책에 보면, 역사가들이 전부 성이 같습니다. 모 두 사 씨입니다. 역사가가 일어난 사실을 서술한 뒤 자신의 해석이나 의견을 말하고 싶을 때 "사 씨 왈" 하면서 개입해요. 근대로 들어오면 서 역사책이 재미없어진 중요한 이유가, 사 씨 이야기가 빠지는 거 죠. 오로지 드라이한 사실, 일어난 일만 얘기하다 보니까 건조한데 요. 아무 일도 일어나지 않은 날, 트윗은 날려야 할 때 사 씨가 한 얘 기를 풀어서 설명하면 되지 않을까 생각하고 있습니다. '역사가의 해 석, 역사가의 견해가 부활해야 하지 않을까. 그게 부활하지 않고서 어떻게 일반 시민들과 교감하고 교류할 수 있을까' 라는 고민을 예전 부터 했고요. 그런 면에서 트위터를 통해 재미있게, 발랄하게 접근할 수 있을 거라고 봅니다.

사회자 여러분도 아시는 역사이니 한번 생각해보십시오. 역사에 서 민중의 선택, 지금은 역사로 봐서 그렇지 당시에는 대단한 결정들 입니다. 4·19의 경우, 김주열만이 아니라 수많은 사람들이 거기 있 었죠. 6·3한일회담반대투쟁, 반유신 투쟁, 서울의 봄을 거친 이후에 광주 항쟁, 6월 항쟁의 저 숱한 사람들. 엠비 정부를 맞아서 2008년 도에 500~600만 명 정도가 나온 촛불집회. 이듬해 노무현·김대중 두 대통령께서 돌아가셨을 때 길거리에 나오셨던 700만 명 조문객. 그건 조문이 아니라 사실상의 봉기였죠. 그게 모두 선택이지 않습니까. 그냥 집에 있을 수도 있고, 원래 잡혀 있던 일을 해도 되죠. 저마다가 광장으로 가는 넓은 길을 선택한 거죠. 역사에서 그런 선택에 관한 얘기를 한국에서 가장 잘 알고 있는 한홍구 교수께서 오늘 해주실 거라고 생각합니다. 김일성 전공자가 강사로 나오니 문득 떠오르는 게 보천보 전투입니다. 김일성 부대는 왜 그때 강을 건너 국내로 들어오는 선택을 했을까요. 보천보 전투가 북한에서 얘기하는 것처럼 그렇게 치열하진 않았던 거 아닙니까?

한홍구   순수하게 군사적으로 평가하면, 타격 0입니다. 일제 말기에 일본 제국주의 군대가 600만이었거든요. 600만 대군입니다. 그런데 일본 군인을 한 명도 죽이지 못했어요. 일본 경찰도 죽이지 못했습니다. 두 명의 민간인만 총 맞아 죽었습니다. 한 명은 술주정뱅이였습니다. 총소리가 나면 어떻게 해야 합니까? 엎드려야죠. 그런데 총소리가 나니까 '뭐야, 이거' 하고 뒷골목에 나갔다가 거기서 제삿술을 받아 잡수시게 됐고요. 두 번째는 좀 슬픈 얘기인데, 일본 순사마나님이 총소리가 나니까 겁이 나서 어디 숨었어요. 그런데 아기를 안고 숨어야 할 텐데 업은 채 숨었어요. 그 아기가 엄마의 등에서 총맞아 죽었어요. 그래서 일본 민간인 두 명이 죽었습니다. 순수하게 군사적으로 따지면 어때요? 일본 제국주의의 깃털도 건드리지 못했다. 그런데 그게 조선인의 마음을 울렸습니다. 김일성이 일제 말기의 독립운동사에서, 1937년 이후에는 슈퍼스타였거든요. 슈퍼스타 탄생이 보천보 전투였어요. 보천보 전투를 할 때, 거기에는 분명히 김일성의 선택이 있었죠. 보천보라는 지점을 선택했고, 그 선택이 효과를 보기 위해서 준비했고, 거기에다가 운도 참 좋았어요.

사회자　진짜 김일성 전공이 맞군요. 여러분, 이따 질문하실 때 평소 김일성에 대해서 궁금하셨던 걸 이름은 대지 말고 마구 물어보시기 바랍니다.(웃음)

비극의 현대사, 양심적 우파의 박멸

한홍구　제가 생각할 때 저는 우파거든요. 제가 좌파로 보입니까? 그런데 인터넷에 찾아보면 저를 우파라고 써놓은 건 단 하나도 없고요. 이른바 자칭 우파들이 저를 못 잡아먹어서 안달합니다. 제가 참 영예롭게 생각하는 3관왕 타이틀이 있어요. 우선, 국방부 선정 불온도서. 거기에 홍세화, 진중권, 우석훈 등 요즘 잘나가는 분들은 못 꼈습니다. 우석훈과 진중권은 "국방부에 항의해야 한다", "우리가 까인 거야?"라고 하고요. 우리는 품격 있게 "이런 축에도 끼지 못하는 것들"이라고 하는데요.(웃음) 국방부 선정 불온도서 필자이고요. 그다음에, 기준이 뭔지 모르겠는데, 『억지와 위선』이라는 책에서 수구꼴통들이 꼭 조져야 할 열다섯 명을 골랐습니다. 위로는 리영희 선생님, 백낙청 선생님에서부터 저 같은 사람이 제일 말석인데, 거기 꼈습니다. 마지막으로, 국가정상화추진위원회. 전 정말로 정상화시키고 싶은데, 제가 정말로 하고 싶은 것 중의 하난데…… 국가정상화추진위원회에서 친북인사 100인을 뽑았는데, 거기 꼈습니다. 중요한 건 뭐냐 하면, 3관왕은 저밖에 없습니다.

　내가 그렇게 놀거나 게으름 피우진 않았구나. 싸워야 할 자리에, 물론 제가 다 쫓아다니진 못했습니다. 요즘 강정도 못 내려가고 있습니다만, 그래도 떠들어야 할 때 떠들었습니다. 〈한겨레〉 지면을 빌어 여기 서해성 선생과 함께 떠들었던 '직설'이라는 코너도 그런 생각으로 만들었습니다. 국민학교 때 경험 있으시죠? 칠판에다가 떠든 애들 이름 적죠. 저희가 '직설'을 왜 만들었느냐 하면, 이명박 시대가 와서 이렇게 민주주의가 후퇴하고 기막힌 일들이 벌어지는데, 거기에 대해서 떠들지 않는 지식인들의 이름을 적자고 만들었습니다. 그 역할을 제대로 하진 못했습니다. 하지만 처음의 취지는 그거였습니다. 우리라도 실컷 떠들어젖히자.

사회자　하나 덧대서 말씀드리면 엠비가 대통령에 당선되던 날 한홍구 교수와 같이 있었습니다. 둘이서 얘기했습니다. "우리가 알고 있는 사람 중에 100명은 말하지 않을 것이다. 그 자들은 2011년 가을부터 입을 열 것이다. 정권의 힘이 빠지면 그때 비로소 말할 것이다. 우리 그자들을 '배신자'라고 부르자." 그런데 불행히도 둘이서 대충 뽑아봤던 50여 명의 사람 중에서 3년 동안 싸운 사람은 아무도 없었습니다. 그자들이 민주정권 10년 동안에 가장 양심적인 말을 많이 한 사람에 낍니다. 해방되고 나니까 독립운동하더라는 얘기죠. 그 사람들이 일제 때 그렇게 했으면 우리 힘으로 해방이 됐겠죠. 〈한겨레〉에 연재하게 된 '직설'을 기획했을 때 우리 둘의 목표는 감옥에 가는 것이었습니다.(웃음) 사실상의 검열에 신경 안 쓰고 말하겠다고 다짐했다는 뜻입니다.

한홍구　감옥 가고 싶은 사람이 누가 있겠습니까? 그리고 안 갈 거라고 생각했어요. 어떻게 하면 안 가느냐? 내놓고 떠들면 된다, 시끄럽게 떠들면 된다. 숨어서 떠들면 안 돼요. 〈한겨레〉의 한 면을 뜯어서 이름 걸고 떠들면 차라리 괜찮다. 대학에서 강의도 하고, 어디다가 이름 걸고 글도 쓰는 그런 사람들이 제대로 실컷 떠들면, 떠드는 것의 영역이 넓어지는 거죠. 그래서 싸움을 하더라도 시끄럽게 떠들면 괜찮다. 그다음에 감옥 가면 할 수 없는 거죠. 가면, 더 떠들 수 있는 영역이 생기는 거니까요.

감옥에 가는 건, 저희의 선택이 아닙니다. 저희가 선택한 건 떠드는 거죠. 감옥 가고 안 가고는 '오야' 맘이죠. 칼 든 놈 맘입니다. 감옥 간다는 것에 전제가 붙으면 이거예요. 역사상 어떤 정권이든지, 아무리 흉악한 정권이라도 100명의 지식인이 감옥에 가면 무너집니다. 100명의 지식인을 감옥에 가둬놓고 제대로 버틴 정권이 없죠. 그러니까 100명 가자. 그런데 이런 마음은 있었어요. 저는 11번으로 가고 싶었어요. 11번이라는 건, 비교적 앞 순이죠. 1번부터 10번으로 가기는 싫었어요.

사회자　무서워서가 아니고 말이죠.

한홍구　왜냐하면, 노무현 정권 때 저희는 뭘 받아먹은 게 없거든요. 그러니까 우리 사회에서 지식인들이 감옥에 가려면 1번부터 10번까지는 노무현 정권 때 좋은 자리도 가고, 득도 보고, 정권과 운명을 같이해야 할 그런 위치에 있는 사람들이 가주는 게 맞다.

저희가 존경하는 보수주의자가 있어요. 매천 황현이라는 사람입니다. 조선이 망할 때, 황현이라는 시골 선비가 기똥찬 생각을 한 거예요. '내가 죽어야겠다.' 자기가 뭐라고. 하여튼 죽으려고 아편을 준비했어요. 서울까지 와서 친구 무덤에다가 절도 하고 가고요. 먹을 갈아서 〈절명시(絶命詩)〉를 썼습니다. 그것도 한 수 쓴 게 아니라 네 수나 썼어요. 폼 나게 썼습니다. 그러고 나서 아편을 탄 술잔을 들었어요. '내가 왜 죽어야 해.' 조선 왕조에서 벼슬도 안 하고, 녹봉을 받아먹은 것도 아니에요. 기분이 더러운 거죠. '왜 내가 죽어야 해.' 술잔을 들었다가 놓기를 세 번 반복하고…… 원샷을 한 게 아닙니다. 비장하게 〈절명시〉를 네 편이나 쓰고 돌아가셨지만…….

이분이 왜 결국 드셨냐. 이런 걱정을 하신 거예요. '조선이라는 나라가 그래도 명색이 선비를 키운 나라인데, 나라가 망하는데 죽는 놈 하나 없으면 어떡하나. 나라도 죽어야겠다.' 그런데 저는 매천처럼 그렇게 고매하진 못하고요. 제 앞에 열 명쯤은 대신 감옥에 가둬야 하는 거 아니냐. 대장이 죽었는데……. MB 정권을 심판할 수 있을 것 같았다가 분위기가 바뀌었잖아요. 그렇게 된 이유가 뭡니까, 아무도 노무현 정권 시절에 대해서 책임을 지지 않았기 때문이죠. 그들은 쉽게 얘기해서, 실패한 거죠.

노무현 정권이 좋은 뜻으로 출발했고, 그 좋은 뜻에 대해서는 저도 100퍼센트 공감합니다. 그러나 결과적으로 어땠습니까, 실패했습니다. 적어도 노무현 대통령은 죽음으로써 그 실패에 책임을 지셨다고 생각해요. 노무현 대통령을 비판할 게 많이 있지만, 그것을 삼가는 이유가 그분이 그렇게 책임을 지고 반전을 시켰어요. 그런데 그 뜻을 이어받아서 숯을 때려야 할 사람들이 그걸 향유하고만 있죠. 자기가 잘해서 그런 것처럼, 자기들이 피해자인 것처럼. 피해는 누가 봤습니까? 좋은 뜻을 갖고 노무현을 선택했던 대중들이 피해를 본 거 아닙니까. 김진숙 지도위원의 말처럼 노무현의 시절에 가장 많은 노동자들이 구속됐고, 가장 많은 노동자들이 길바닥에 나앉았습니다. 전두환 시절에는 노동자가 저항하면, 저항을 하는 놈만 팼는데요. 노무현의 시절이 되니까 모든 노동자들을 닥치는 대로 패기 시작합니다. 그런 부분에 대해서 미안한 마음, 책임지는 마음을 갖지 못한 게 우리가 세상을 제대로 바꾸지 못하는 이유가 아닐까. 그런 것들이 우리의 발목을 잡고 있는 게 아닌가 하는 생각을 갖고 있습니다.

사회자 한홍구 교수와 제가 3년 사이에 매천 사당에 두 번 갔습니다. 지리산 밑 구례에 있습니다. 사람이 찾아오는 곳이 아닙니다. 매천은 동학혁명을 반대한 사람입니다. 전형적인 조선의 보수이지요. 지금 그 매천을 존경하는 사람은 누구인가요. 한국 보수인가요? 보수나 수꼴은 매천을 우러러 볼 수 없습니다. 매천을 따르자면 먼저 자기가 친일한 것을 반성해야 합니다. 이자들은 아버지가 없는 자들입니다. 그래서 보수의 몫까지 진보가 제사를 지내드리는 겁니다. 김구 선생이 좌익인가요? 완벽한 우파이시죠. 적어도 한국 보수가 사람 노릇하려면 김구 선생을 모실 수 있어야죠. 문제는 그렇게 되면 평화통일을 온몸으로, 삼팔선을 베고 죽을지언정 하고, 행동해야 하니 불가능한 거죠.

한홍구 그래서 한국 진보가 바빠요. 원래대로 한다면, 좌파는 계급을 얘기하고 우파는 민족을 얘기해야 하잖아요. 그런데 한국의 우파는 한미동맹만 얘기하죠. 그래서 우리가 뭐라고 해요? 유사품에 주의하세요. 진짜 한국의 우파는 어떻게 됐냐? 다 죽었다는 거죠. 민간인 학살이라는 건 좌파만 죽인 게 아니에요. 처음에는 보도연맹이니 해서 좌파를 죽였지만, 사실은 양심적인 우파를 죽인 겁니다. 우리 사회에서 볼 수 없는 게 뭐예요? 양심적인 우파잖아요.

친일파들이 살아남았어요. 좌파는 이미 그때 대개 북으로 갔어요. 또 한국전쟁이 터져서 지리산에서 죽었죠. 친일파가 죽인 건 누굽니까? 민족 반역자들을 청산하자고, 친일파들을 청산하자고 주장했던 민족적 양심을 가진 우파를 청산한 겁니다. 친일파 청산이 아니라 친일파가 역청산을 한 거예요. 해방 후 친일파들이 미군정에 붙고, 이승만 밑으로 모인 것은 현명한 선택, 현명할 뿐만 아니라 목숨을 건 선택이었습니다. 정말 뭉치면 살고 흩어지면 죽는다는 이승만의 메시지를 제대로 목숨 걸고 실천한 거죠. 친일파들이 왜 자기 것을 움켜잡고 있죠? 해방 직후 같은 상황에서 자신들은 죽을 둥 살 둥 목숨을 걸고 이걸 지켜냈잖아요. 그런데 그때 박멸한 줄 알았던 좌파가 50~60년쯤 지나니까 어디서 꾸물꾸물 기어 나와서 내놓으라고 하죠. 그럼 그걸 내놓겠습니까? 그 사람들은 그 사람들대로 자기 것 움켜쥐고 싸우고 있는 거죠.

한국 사회에서는 진보 세력이라고 할 수 있는 세력이 계급적인 요구뿐만 아니라 민족적 요구까지 같이 해야 하잖아요. 민족적 과제는 분명히 있는데 우파가 안 하니까요. 그래서 진보 진영 내에서 민족적 과제를 좀 더 얘기하는 쪽과 원래의 진보적 과제에 충실하자는 쪽, 그 둘 사이에 늘 분란이 있죠. 그 분란을 안에서 잘 조정해야 하는데, 조정이 안 됐을 때는 갈라져 나오죠. 민주노동당과 진보신당이 갈라진 것도 그런 맥락인 거죠.

사회자 제주 강정마을에 가스통 할아버지 비슷한 분들도 가셨다고 신문에서 본 적이 있습니다. 이분들이 강정 가서 주로 하는 말씀이 여기 군항을 만들어 외적 침입을 막아야 한다는 것이었습니다. 저는 그 말을 믿기가 어렵습니다. 친일파가 일본과 싸우겠습니까? 만약 갈등이 일어나면 친미파가 미국과 싸울까요? 그럴 가능성은 없죠, 차라리 미국인이 될 가능성이 더 높죠. 역사적으로 봐서 말이죠. 공동체가 아니라 자기 이익을 위해 살아온 사람들이 갑자기 근본을 바꾸기는 쉽지 않습니다.

한홍구 그게 백범이 미국한테 잘린 이유입니다. 백범이 사실은 해방 전에 미국과 손잡았거든요. 나중에 CIA가 되는 OSS와 손잡았는데, 백범이 우파가 아니어서 잘렸습니까? 민족주의자니까 잘렸죠. 백범은 미국의 이익보다는 민족의 이익을 우선시하세요. 미국은 누굴 선택했습니까? 친일파를 선택한 거죠. 친일파가 선택받았기 때문에 살아남은 겁니다. 역사의 중요한 고비에 선택을 누가 하느냐, 그 나라의 진로를 누가 정하느냐, 그 싸움을 우리가 하고 있는 겁니다.

우리의 운명을 99퍼센트가 선택해야 합니까, 1퍼센트가 선택해야 합니까? 99퍼센트가 선택하는 게 맞겠죠. "1퍼센트가 지배하는 사회를 타파하자." 그런데 이거 해석을 잘해야 합니다. '1퍼센트가 지배하는 사회를 타파하자'면 많은 사람들은 99퍼센트가 자신의 운명을 선택할 수 있는 세상을 떠올리지만, 또 다른 사람들은 '2퍼센트'가 지배하는 사회를 만들어버리죠. 더 이상 1퍼센트가 지배하는 사회는 아니잖냐면서요. 그래서 이 말에 방심해서는 안 됩니다.

인류의 긴 역사에서 보면, 개인의 선택만이 중요한 게 아닙니다. 물론 개인의 선택이 합쳐져서 집단의 선택이 되는 거겠죠. 그 원활한 관계를 만들어내기 위해서, 개인의 의사가 집단 속에서 제대로 관철되는 관계를 만들기 위해서 싸워야 합니다. 역사 속에서 민중이라고 불리든, 시민이라고 불리든, 국민이라고 불리든 간에 우리가 역사의 주체로서 집합적인 의사에 의해 우리의 운명을 결정할 수 있는 사회, 우리의 운명이 남들에 의해 결정되지 않도록 하는 사회, 그 사회를 만들기 위해서 우리가 싸우는 겁니다.

사회자　우리 현대사 100년에서 민중들은 어떤 선택을 해왔고, 그 선택들이 오늘 우리의 운명을 어떻게 바꿨는지 한홍구 선생님의 강연을 청해 듣겠습니다.

선택이란 때로는 무시무시한 것

한홍구　"그래, 결심했어!" 한때 유행어였습니다. 〈인생극장〉이라는 프로그램인데, 참 재밌는 기획이었죠. 이쪽을 택했을 때와 저쪽을 택했을 때 어떤 차이가 날 수 있느냐, 그걸 재밌게 보여줬어요. 역사에는 보통 가정이라는 게 없다고 합니다. 왜냐하면, 변수가 많거든요. 어떤 게 끼어들지 모르죠. 그래서 역사학자들이 가정을 잘 안 해요. 또 가정을 안 하는 이유는, 기왕에 일어난 일을 설명하기에도 바빠요. 이미 일어난 일도 저게 도대체 어떻게 된 건지, 어떤 의미인지 세월이 흐른 다음에도 잘 모르는 것이 많고요. 이건 코미디 프로그램이면서도 굉장히 의미 깊게 선택의 양면성을 보여줬죠. 우리가 선택해서 달라질 수 있는 것이 별로 많지 않죠. 제가 오늘 나올 때 체크무

늬 남방을 입고 나온 것과 하얀 와이셔츠를 입고 나오는 것, 작은 선택이지만 그 선택으로 의미 있게 달라집니까? 모르겠어요, 체크무늬만 보면 꽂히는 여성을 만나게 될지. 그런데 그런 일은 거의 일어나지 않죠.

〈크루서블〉이라는, 다니엘 데이 루이스가 나오는 영화가 있습니다. '세일럼의 마녀들'이라고 해서 미국 뉴잉글랜드 지방을 덮쳤던, 이민 사회 초기에 있었던 마녀사냥에 대한 영화입니다. 주인공인 존 프록터가 마녀와 결탁한 것으로 몰려요. 이게 제 박사 논문 주제와 굉장히 밀접한 관련이 있습니다. 1930년대 만주에서 일어났던 민생단 사건이 제 논문 주제였는데요. 민생단 사건은 만주의 항일유격대 내부에서 일어난 붉은 마녀사냥입니다. 〈크루서블〉에서 주인공 존 프록터도 자신이 마녀와 결탁했고, 악마와 결탁했다는 걸 인정하고 서명하면 살 수 있습니다. 신문관이 "네가 악마와 결탁했을 때, 누구누구 있었지?"라고 계속 묻는데, 주인공은 답변을 거부합니다. 그러면서 자신이 서명하면 될 것 아니냐고 하죠. 이 사람이 동네에서 신망이 있었기 때문에, 동네 사람들도 심문관에게 "그만하자, 서명한다지 않느냐"라고 말립니다. 이 사람이 서명을 해요. 떨리는 손으로 서명한 종이를 건네다가 다시 가져와요. 그러더니 못 내겠다고 합니다. "왜, 너 서명했지 않느냐?"라고 하니까 이걸 찢어버려요. 찢는다는 건 뭡니까? 잘못을 뉘우치지 않는 진짜 악마라는 거죠. 그래서 사형대에 오르는 겁니다. 그 장면의 대사는 이렇습니다. "이건 내 이름이니까, 나는 내 생애에서 존 프록터란 이름 말고 다른 이름을 가질 수 없으니까 못 하겠다"고 합니다. 얼마나 고민이 많았겠어요. 서명을 했어요. 그런데 그걸 자기가 찢어버리고, 서명을 안 한 다른 사람들과 같이

해방 후 서대문 형무소 앞의 모습.

교수형을 당하는 것으로 끝납니다. 선택의 기회가 주어지는 게 좋은 것 같죠? 선택이라는 게 때로는 이렇게 무시무시한 거예요.

저는 성공회대학에서 월급을 받고 있지만, 기독교인은 아닙니다. 그런 면에서 우리 학교가 참 좋은 학교죠. 주기도문에 보면 뭐라고 있습니까? "우리를 시험에 들지 말게 하옵시고." 여러분에게 여러 가지 선택의 길이 주어지지 않습니까. '선택'이라는 우아한 말로 주어질 수 있지만, '유혹'이라는 말로도 다가올 수 있죠. 개그맨 전유성 씨가 참 재밌는 책 제목을 썼어요. 기억하시나요? 인문학적으로 곱씹어봐야 할 철학적인 제목입니다. 『조금만 비겁하면 인생이 즐겁다』 맞지 않나요? 조금만 비겁하면 인생이 즐겁지 않을까요? 그것을 내놓고 말할 수 있는 사람, 몇 명 되지 않죠.

해방이 됐습니다. 기가 막힌 사진이에요. 그런데 이 사진이 참 아쉬움이 많아요. 왜냐하면, 연출된 사진 같지 않으세요? 사진사가 늦게 온 거예요. 이분들 보세요, 머리가 짧잖아요. 이게 서대문 형무소 앞입니다. 옥중에서 풀려난 거예요. 이게 진짜 해방이죠. 이거 하려고 독립운동을 한 거예요. 감옥 문을 열어젖히고 독립투사들이 나와서 '대한 독립 만세'를 부르는 거죠. 기가 막힌 장면입니다. 그런데 사진사가 늦게 왔다는 걸 알 수 있는 게, 사진사가 일찍 왔으면 감옥 문을 부수는 것부터 찍었겠죠. 그게 없어요. 사진사가 이 양반들이 집에 가려고 하는데 붙잡고서 "형님들, 잠깐만 조금 뒤로 뒤로" 그러니까 이렇게 포토라인이 형성됐어요. 사진 맨 앞의 아주머니는 사진사가 자꾸 떠드니까 뒤돌아보고 있죠. 자세히 보면 연출된 티가 나지만, 전 그래도 이 사진이 좋습니다. 해방 당일의 감격을 제일 잘 보여주는 최고의 사진이죠. 그런데 이 사진을 들여다보고 있으면 자꾸 가슴이 아파요. 얼마나 좋았을까, 얼마나 신이 났을까. 그런데 5년 후에 이 사진에 있는 주인공들 중에서 살아 있는 사람이 몇 명이나 됐을까요. 또는 10년 후에……. 제가 이 말씀을 드리는 이유는, 사진의 주인공이 본인이라고 나선 사람이 없어요. 해방을 증명하는 가장 감격적인 사진에 "내가 이 주인공이야"라고 나서는 사람이 없어요. 우리의 해방이 이렇게 참혹하게 되었다는 거죠.

38선입니다. 사진 속으로 들어가서 발로 쓱싹 문대버리고 싶은데……. 38선은 우리의 선택이 아니었습니다. 해방될 당시에 우리 민족 3천만 중에 38선이라는 게 있다는 걸 안 사람은 5퍼센트도 안 될 거예요. 38선이라는 건 현실에 존재하는 선이 아니잖아요. 지리학자들이 적도에서 북극까지의 기후 같은 것들을 설명하기 위해서 임의로 90등분을 한 선 중의 하나입니다. 그중 38번째 선이 하필이면 한반도에만 내려앉았네요. 다른 나라의 38선이 무슨 의미가 있어요. 중

해방 당시 38선의 모습.

국의 38선이 무슨 의미가 있고, 일본의 38선이 무슨 의미가 있어요. 38선은 지구를 한 바퀴 삥 돌죠. 그런데 여기 내려앉으셨네요. 간밤에 서리가 내리듯이. 그러더니 안 없어졌네요.

한국전쟁 무렵의 아이들입니다. 이 아이들이 지금 일흔입니다. 넋이 나갔죠. 뭘 하고 있느냐 하면, 〈미키마우스〉를 보고 있는 거예요. 60~70년 전에 미국이 이렇게 다가왔습니다. 이건 우리의 선택이었을까요? 우리가 선택할 수 있는 상황이 아니었죠. 여기 한 개인들, 책임은 없지만 휘말려 들어간 겁니다.

안중근 의사의 사진을 봅시다. 안중근을 진짜로 좋아해서 하는 얘깁니다. 오해하지 말고 들어주세요. 저는 사상가 안중근이 아니라 위대한 테러리스트 안중근을 존경합니다. 일부에서는 안중근의 동양평화론을 굉장히 높이 평가해요. 저는 평화운동을 하고 있지만, 잘 모르겠습니다. 안중근의 동양평화론이 진짜로 위대한 사상인가요? 후

〈미키마우스〉를 집중해서 보고 있는 60년 전의 아이들.

쿠자와 유키치의 동양평화론과 많이 다른가요? 전 안중근의 위대함이 동양평화론에 있다고 생각하진 않아요. 안중근의 위대함이 어디 있습니까? 그의 건강한 근육에 있습니다.

안중근이 일선에서 암살조가 아니었습니다. 우덕순이라는 사람이 〈이토 토적가〉, 이토 히로부미를 죽이겠다는 복수의 노래를 장문으로 기가 막히게 썼어요. 그런데 기회를 놓쳤습니다. 우덕순의 책임은 아니고, 기차가 서지 않고 통과했어요. 안중근이 좋은 코트를 입었죠? 단추는 체포되는 과정에서 떨어졌습니다. 왜? 허름한 옷을 입고 들어가면 러시아 헌병이 잡았을 거예요. 그러니까 아주 최고급 옷으로 입고 들어갔어요. 자, 기차가 옵니다. 기차가 오는데, 거기서 안중근이 쏴야 할까요? 안중근은 2선에 배치되어 있었어요. 1선에서 실패했는데, 2선에서 놓쳤다고 누가 책임 추궁을 하겠어요. 그 상황에서 자기가 판단해야 하는 거예요. 휴대전화 없어요. 이메일로 누가 "야, 여기 실패했다" 없어요. 국제전화로 누가 가르쳐준 것도 아니에요. 자기가 판단하는 겁니다. 기차가 정시에 들어옵니다. 앞 역에서 이토 히로부미를 쏴 죽였으면 기차가 왔겠어요? 기차가 정시에 들어온 걸 보고 판단하죠. '이토 히로부미를 못 쐈구나.' 기차가 들어오고, 거기서 어떤 영감이 내립니다. 준비는 했겠지만, 지금처럼 텔레비전이나 인터넷에서 이토 히로부미가 어떻게 생겼는지 사진을 찾아볼 수 있었던 시절이 아니죠. 사진 한두 장 보고서, 저 멀리

단추가 떨어진 옷을 입고 있는 안중근.

떨어져 있는데 '아, 저놈이 이토 히로부미겠구나' 하고 판단해서 쏘는 겁니다. 거기서 쐈는데, 못 맞혔으면 어떻게 됐겠어요? "조선 청년 안중근이 이토 히로부미를 저격했으나 불행히 빗나갔다." 끝이겠죠. 그런데 안중근은 그 상황에서 어떻게 했어요? 탕, 탕, 탕. 동요하지 않고 총을 쏴서 명중시킵니다. 그 정직한 근육을 찬양해야죠.

　안중근이 위인전마다 나옵니다. 그러면 우리가 안중근처럼 살아야죠. 아이들에게 안중근처럼 살고, 안중근처럼 죽으라고 가르쳐야죠. 진짜 그랬다면 어떻게 되었을까요, 친일파들이 어떻게 살 수 있겠어요. 집 밖에 나갈 땐 등에다가 방석 두 개는 달고 다녀야 할 것 아니

에요. 어떤 놈이 와서 안중근 흉내 낸다고 칼로 찌를지, 부지깽이를 휘두를지 모르니까요. 그럼 어떻게 해야 해요, 안중근을 거세시켜버린 거죠. 안중근처럼 수틀리는 자식을 쏴 죽일 수 있는 사람이라면, 태어날 때 오색구름이 뜨든지 하다못해 등판에 북두칠성 모양의 점 일곱 개라도 박혀 있든지 해야 총을 잡을 수 있게 만든 거예요.

저는 우리 사회에 안중근의 맥을 이어 윤봉길, 이봉창 같은 인물이 나와야 한다고 생각해요. 왜냐하면, 대가 끊겼어요. 윤봉길, 이봉창 이후에 제대로 폭탄 던지겠다고 나선 사람이 있습니까? 최초로 나선 게 강풀이라고 생각합니다. 제가 그래서 강풀을 존경합니다. 『26년』 이라는 만화 속에서지만, 적어도 그 상황을 그렸습니다. 안중근의 맥이 끊긴 것은 우리 사회에 건강한 우익이 끊겼다는 겁니다. 누구도 자기의 목숨을 내걸면서 이 사회의 공공의 적을 없애려고 하지 않죠. 방법이 좋다는 건 아닙니다. 저도 명색이 평화운동을 하는데, 테러리즘이 좋다는 건 아니죠. 그런데 우리가 평화적인 견지에서 테러리즘을 승화해서 안중근의 맥이 끊겼느냐, 전혀 아니거든요. 안중근은 위인전 속에서 거세당했죠. 〈동양평화론〉 같은 글이나 쓰는 위대한 사상가가 되었죠. 그 건강한 근육을 탐스러워하는 게 아니고요. 요즘 식스팩이 인기입니다. 그런데 우리가 역사 속에서 부러워할 근육은 식스팩이 아니죠. 운동 안 하면 이틀 만에 사라진다는 식스팩이 아니라 그 상황에서 부들부들 떨지 않고 침착하게 실행한 안중근의 근육이죠. 안중근이 모범생이었겠습니까? 모범생이었으면, 결심을 하고 총을 빼들었어도 안중근처럼 침착하게 쏘지 못하고 팔이 부들부들 떨렸을 거예요. 그럼 재수 없게 옆 사람이 맞거나 일본인 보좌관이 맞거나 이도 저도 아니면 엄한 시멘트 바닥에 구멍을 냈겠죠. 그런데 안중근은 정확하게 쏜 거죠.

보천보 전투에 대해 실린 〈동아일보〉 기사 아시죠? 김일성은 운도 좋았어요. 〈동아일보〉가 손기정 일장기 말소 사건 때문에 무기정간을 먹었습니다. 그래서 1년 가까이 신문이 나오지 못하다가 10개월 만에 6월 1일 자로 복간됐어요. 그런데 사건이 6월 4일에 터졌습니다. 대서특필을 해줬죠. "공비가 나타났다, 공비가 살인방화에 약탈을 했다." 일부에서는 〈동아일보〉를 비난할 때 그 기사를 인용해요. 저도 〈동아일보〉가 친일 문제니 뭐니 해서 비난받을 부분이 많다고 생각해요. 그런데 이건 아닙니다. 왜냐? 그때는 개떡같이 말하고 찰떡같이 알아들을 시기에요. 이 기사를 누가 썼느냐, 김일성파 조직원이 썼습니다. 미리 준비된 기사예요. 보천보 전투가 보도되기 이전에 어떤 기사가 나갔느냐 하면, 갑산과 함경남도 일대의 화전민 생활에 대한 기사들이 쭉 나가요. 이게 갑자기 하늘에서 뚝 떨어진 사건이 아닙니다.

보천보 격전의 현장 사진입니다. 이렇게 폐허가 됐습니다. 여운형 선생이 그때 〈조선중앙일보〉 사장이었습니다. 〈조선중앙일보〉는 〈조선일보〉와는 상관이 없고, 〈중앙일보〉와도 상관없는 진짜 좋은 신문이었습니다. 〈조선중앙일보〉가 사실은 손기정 일장기 말소를 먼저 했어요. 그 일장기 말소를 한 주역이 누구냐? 참 눈물겨운 이야기인데, 손기정의 1년 선배입니다. 손기정과 같이 마라톤을 했던 양정고등학교 1년 선배, 유해붕 선수가 〈조선중앙일보〉의 체육부 기자가 된 거예요. 자기와 같이 뛰던 1년 후배, 손기정이 우승을 하니까 너무나 자랑스러워했어요. 일장기를 지워버렸습니다. 그런데 그때는 왜 문제가 안 됐냐? 요새야 사진을 찍어서 인터넷으로 바로 전송하면 실시

보천보 격전 후 폐허가 된 마을.

간으로 보도할 수 있지만, 그때는 안 그랬어요. '텔렉스'라고 해서 기사가 점으로 바뀌어서 오는데, 바다 건너 오다가 점이 조금씩 날아가고, 받아 보면 흐릿했어요. 그 흐릿한 사진에서 일장기를 지워서 표가 안 났어요. 일본 헌병이 알았습니다. 그런데 이걸 잡아들이는 것보다, 사진이 워낙 흐려서 대다수의 사람이 모르니까 모르는 척하는 게 낫겠다고 해서 넘어갔어요. 나중에 〈동아일보〉에 배 타고 원본 사진이 왔습니다. 〈동아일보〉 기자가 깨끗한 사진을 수정액으로 빡빡 지웠어요. 그건 누가 봐도 보이죠. 사건이 터지고 나서 〈조선중앙일보〉도 형식은 자진휴간이었지만, 신문을 못 내게 됐습니다. 그런데 나중에 일본놈들이 〈동아일보〉만 복간을 시켜주고, 〈조선중앙일보〉는 안 시켜줬어요.

여운형 선생은 그때 심사가 복잡하니까 술도 끊고 있다가 보천보 사건이 났다는 소식을 듣고 동네잔치를 벌였답니다. 그리고 아침 첫차를 타고 보천보에 가서 현장을 직접 눈으로 보고 왔다는 얘기죠.

그런데 주목할 일은 보천보 전투의 사전기획팀에 〈동아일보〉 주재원이 있었단 것입니다. 〈동아일보〉 양일천 기자입니다. 나중에 이 사람도 잡힙니다. 어려운 시대에도 지식인이 할 수 있는 일에는 여러 가지가 있습니다. '직설'은 떠들 수 있는 공간이 있었으니까 떠든 거였고, 이 시대에는 이런 방식으로 글로써 기여했던 사람도 있었던 거죠. 불행하게도 잡혔지만요.

국민방위군이라고 있었습니다. 일종의 예비군이라고, 한국전쟁 때 젊은이들을 모았습니다. 60만 명을 동원했는데요. 사실상 두 달 만에 5만 명이 굶어 죽고 얼어 죽고 견디다 죽었습니다. 적군 5만을 석 달 안에 섬멸하면, 그게 무슨 '대첩'이라고 해서 역사책에 나와요. 그런데 아군 5만 명이 죽었습니다. 자, 국민방위군으로 끌려 왔어요. 여기서 이 사람들이 한 불행한 선택은 뭐예요? 도망가지 않은 거죠. 때로는 도망가는 것도 선택입니다. 정반대로, 의용군이 있습니다. 의용군이 있었기 때문에 국민방위군이 생긴 거예요. 인민군이 쫙 밀고 내려오니까, 남쪽에서 의용군에 나간 사람이 많았어요. 의용군도 나중에는 끌고 갔죠. 처음에는 왜 자진해서 나갔을까요? 이승만이 다리를 끊고 도망갔잖아요. 이승만이 늘 하던 얘기가 "전쟁이 터지면 점심은 평양에서, 저녁은 신의주에서"였죠. 막상 전쟁이 터지니까 어떻게 됐어요? 점심은 대전에서, 저녁은 부산 가서. 그러고 도망가니까 이제 게임 끝났다고 생각하고 의용군에 나간 사람도 있죠.

지금처럼 대한민국 국민으로서의 정체성이 강한 시절이 아니었거든요. 대한민국이 만들어지고 만 2년도 되지 않았을 때입니다. 우린 어때요? 싫으나 좋으나 대한민국은 조국인 거고, 친일파 나부랭이들이 망쳐놓은 대한민국을 사람 살 만한 세상으로 고쳐보자고 죽자 살자 싸우고 있는 거죠. 그런데 이때는 그렇지가 않았습니다. 대한민국이 만들어진 지 불과 1년여밖에 되지 않았으니까 대한민국이냐, 조선민주주의인민공화국이냐를 그야말로 보기 1번, 2번으로 놓고 선택할 수 있는 그런 시기였어요. 그 시기에 이렇게 조선민주주의인민공화국을 선택한 사람들도 많았어요. 그런데 그 선택이 어떻게 됐어요? 처음에는 당연한 선택이라고 생각했죠. 의용군에 나간 사람들의 상당수는 게임 끝났다고 생각하고 나갔습니다. 인민군이 한 달 만에 낙동강까지 밀고 내려왔으니까요. 그리고 미군이 들어왔지만, 초창기에 미군이 힘을 못 쓰고 쫙 밀릴 때였거든요. 그런데 낙동강 전선에서 교착 상태에 빠지고, 한두 달 있다가 인천상륙작전이 시작되고, 정신없이 후퇴할 때는 어때요? '나의 선택이 잘못되었구나' 그렇게 생각할 수 있었겠죠.

여기 있는 두 사람, 젊었을 때 사진이라서 잘 모르실 거예요. 헝겊 모자를 쓴 사람은 장준하, 철모를 쓴 사람은 박정희입니다. 박정희는 우리가 흔히 보던 얼굴과 참 다르죠. 두 사람이 거의 동년배예요. 박정희가 한 살 많죠. 두 사람의 선택은 어땠습니까? 박정희는 황군으로 갔고, 장준하도 황군으로 끌려갔지만 거기서 목숨을 걸고 탈출했죠. 백범이 특공대를 만들었습니다. 광복군을 열심히 육성했잖아요. 백범이 미국 OSS와 손잡고 한 작전이 뭐냐 하면, 미국 비행기를 빌려서 광복군 청년들을 조선 팔도에 투입시키는 것이었습니다. 한 도에 두세 명씩. 일본군이 득시글득시글하는 조선 팔도에 광복군이 한 도에 두세 명씩 투입돼서, 그들이 살아서 독립군을 조직할 확률은? 0퍼센트죠. 그런데 거기 장준하 같은 지식인이 지원합니다. 장준하와 같이 지원한 사람이 김준엽입니다. 고려대 총장을 지내고, 우리나라

장준하와 박정희.

에서 국무총리직을 제일 많이 제의받았는데 모두 거절했던 분이죠. 그런 분들이 바보입니까? 그런데 목숨을 내놓죠. 우리가 선택을 주체적으로 해야 할 때도 있지만, 정말로 중요한 건 운명적으로 책임지게 되는 그때 피하지 않는 것이라고 생각해요. 그게 역사를 만드는 겁니다. 죽고 싶은 사람이 어디 있고, 감옥에 가고 싶은 사람이 어디 있겠어요.

다음 사진은 1970년대, 전태일 열사가 죽고 몇 년 지나지 않아서입니다. 무슨 장면입니까? 국가가 우리의 용모에 대해서 굉장히 신경을 써줬어요. 젊은 여성들이 감기 들까 봐 치마 길이를 잽니다. 남자들은 머리를 깎았어요. 자기의 외모, 옷차림에 대해서조차 자기가 선택할 수 없었던 거죠. 그런 시기가 있었습니다. 머리를 통제한다는 건 뭐예요, 그 사람의 인격까지 통제할 수 있다는 얘기죠. 우리가 선택권을 전혀 갖지 못했던 시기, 그 시기를 벗어난 게 뭡니까. 독재를 벗어난 거죠.

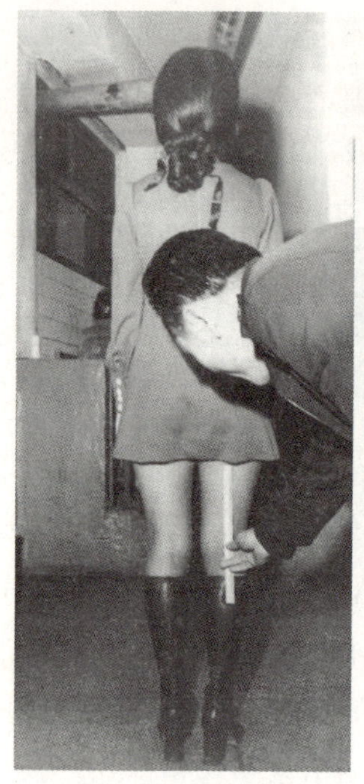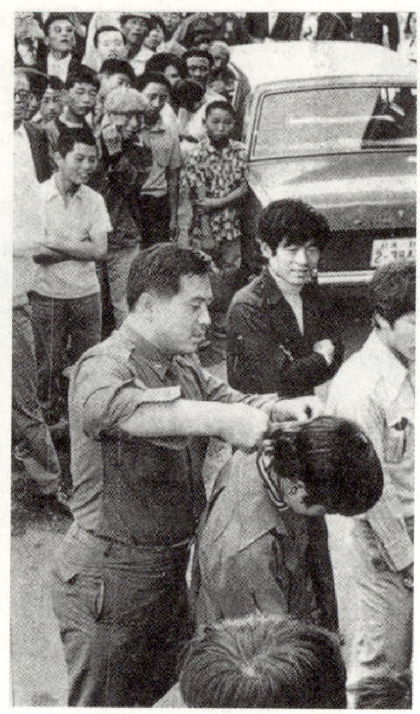

1970년대의 미니스커트와 장발 단속 모습.

광주의 선택을 잊지 않은 사람들

광주 민주화 운동 때 사진을 보시죠. '선택'은 참 아름다운 말 같지만, 역사에선 아름답기보다는 무서운 말이라고 생각해요. 왜냐하면, 선택은 결과에 대해서 책임을 져야 하잖아요. 내가 누굴 비난할 수가 없잖아요. 갑자기 벌건 백주대낮에 군복을 입은 사람들이 나타나서 지나가던 사람들을 패기 시작합니다. 지나가는 여학생을 패고, 대검으로 가슴을 찌릅니다. 이럴 때 어떻게 해야 하죠? 1번, 못 본 척한

1980년 5월 광주. 계엄군에게 맞고 있는 시민들.

다. 2번, 도망간다. 3번, 가서 말린다. 이 사진에서 얻어맞는 사람들, 아마 말리던 사람일 겁니다.

점점 말리는 사람들이 많이 늘어났어요. 그리고 시민들이 총을 들기 시작했습니다. 여기서 총을 드는 것도 하나의 선택이겠죠. 전 세계 민주화 운동사나 혁명 운동사에서 광주처럼 아무 준비 없이, 아무 계획 없이, 아무 조직도 없이 도청 소재지를 점령한 적이 없습니다. 우리 역사에서, 조선 시대까지 거슬러 올라가서 도청 소재지가 민중들의 손에 들어간 게 딱 두 번이에요. 한 번은, 전봉준이 전주 감영을 점령했을 때입니다. 이때는 몇십만의 동학군이 있었던 거죠. 광주는 어때요? 이 사진에 보이는 동네 형들이 얼떨결에 점령했습니다. 계엄군의 만행을 도저히 그냥 두고 볼 수 없어서 시민들이 들고일어났습니다. 이때 광주 시민들의 기대는 '우리가 들고일어나면 서울에서,

광주 시민군의 모습.

부산에서, 대구에서, 전주에서, 목포에서 일어나겠지' 였겠죠. 다른 지역에서도 봉기가 일어나줘야 그다음 스토리가 전개될 거 아니에요. 어쨌거나 전두환이 정권을 잡으면 안 되니까요. 그런데 완전히 고립되고, 광주만 일어났습니다. 그리고 계엄군이 하루하루 포위망을 좁혀옵니다.

사진에서처럼 자기들끼리 노래 부르면서 시내도 다녀봅니다. 총기를 회수하는 게 맞을까요, 안 하는 게 맞을까요? 여러분 같으면 어떻게 하시겠습니까? 제가 그때 대학교 3학년이었고, 서울에 있었습니다. 그때 총을 내려놓자고 한 사람들을 나중에 패배주의자, 투항주의자라고 비난했습니다. 하지만 나이 들고 나서 생각해보니까, 총 들고 싸워서 이길 가능성이 있습니까? 군대 갔다 오신 분들은 알겠지만, 이 사진 속의 총은 M-1이나 카빈총입니다. 이 총들이 2차 대전 때 쓰

1980년 5월 광주. 전남도청 앞 군중들의 모습.

던 거거든요. 2차 대전 때 쓰던 총을 가지고, 국군 최정예 부대가 작심해서 탱크 몰고 들어오는 걸 막아서 광주를 지킬 수 있을까요? 아니, 광주는커녕 도청은 지킬 수 있을까요? 군사적으로 따지면, 게임은 끝난 거죠. 길고 짧은 것 대보나 마나 생각할 필요도 없이 게임은 끝난 겁니다. 총을 걷자는 게 틀린 말은 아니라고 생각해요. 산 사람은 살아야 할 것 아닙니까.

자, 도청에 이렇게 모였습니다. 우리는 5월 18일을 기억하지만, 저는 우리가 정말 기억해야 할 날은 5월 26일 저녁이라고 생각합니다. 5월 26일 저녁에서부터 5월 27일 새벽까지의 몇 시간. 도청에 이렇게 사람이 많았습니다. 5월 27일 새벽에 이 사람들의 절반만 도청 앞에 있었으면 계엄군이 들어올 수 있었을까요? 저는 못 들어왔을 거라고 생각합니다. 〈화려한 휴가〉라는 영화를 보면, 이때 집에 가는 걸 누가 막았습니까? 말렸습니까? 오로지 개인의 선택일 수밖에 없었던

광주 시민군이 반납한 총의 모습.

상황이죠. 3만 시민들이 도청 앞에 매일 모였어요. 그런데 결국 5월 26일 밤이 되면, 도청 안팎에 합쳐서 400여 명이 남았습니다. 80분의 1쯤 남고 모두 집에 돌아갔어요. 그런데 집에 돌아간 사람을 우리가 비난할 수 있나요? 비난 못 하죠.

〈화려한 휴가〉에서는 어때요, 계엄군의 총 앞에서도 당당하던 사람이 갑자기 누굴 보더니 도망가다가 잡혔어요. 바로, 마누라한테 잡혔죠. 마누라가 "이 웬수야" 하고 잡아갑니다. 집에 가선 어떻게 해요, 밤에 혼자 벌벌 떨면서 이불 뒤집어쓰고 울잖아요. 그러니까 마누라가 "가, 가"라고 하죠. 그 내용이 실화를 바탕으로 한 겁니다. 영화 속에서 신애가 뭐라고 했습니까? "광주 시민 여러분, 광주 시민 여러분, 우리를 기억해주십시오. 우리는 폭도가 아닙니다." 도청에 남은 400명을 대변하는 겁니다. 이 방송을 한 게 새벽 2~3시예요. 도청에 있었던 시민들이 집에 가서 '2시니까 늦었어, 자야지' 하고 잤을까요? 아무도 못 잤을 겁니다. 모두 뜬눈으로 밤을 지새웠을 거예요. 신애의 애기를 들었을 겁니다. 그리고 얼마 지나지 않아 총소리가 났어요. '총소리가 나는구나. 이제 진압이 시작됐구나.' 총소리가 오래 나지도 않았습니다. 30~40분 만에 도청이 모두 진압됐어요. 화력 차이가 어마어마했기 때문이죠. 그 때문에 생각보다 많은 사람들이 살아남았습니다. 그게 다행인지, 불행인지 모르겠습니다.

제가 거기서 살아남은 사람들의 트라우마에 대해서 연구하는 작업을 했습니다. 얼마 전에도 광주에 다녀왔습니다. 그 발표회를 하고 왔는데요. 살아남은 게 다행이라고 얘기할 수 없는 삶을 살아오셨습니다. 저는 그렇게 생각해요. 이때 도청에 남은 400명의 사람들은 왜 남았습니까? 그냥 남았습니다, 그냥. 저는 역사의 선택에서 가장 중요한 이유가 '그냥'이라고 생각합니다. 복잡한 설명이 필요 없죠. 그 사람들이 거기 남는 게 무슨 의미가 있겠어요, 막아낼 수 없잖아요. 싸워봐야 아나요, 막아낼 수 없다는 걸 모두 알았습니다. 도청에 남았던 사람들 중에 혹시 막아낼지 모른다고 기대하고 남았던 사람은 없었다고 확신합니다. 그런데 뭐 때문에 남았을까요? '그냥'을 제 나름대로 풀이해봅니다. 모두 가버리면 어떻게 돼요, 텅 빈 도청에 전두환이 웃으면서 들어올 거 아니에요. 그 꼴을 못 보는 사람들이 남은 겁니다. '그러면 여태까지 싸운 건 뭐고, 죽은 사람들은 또 뭐냐.' 그 꼴을 볼 수 없는 사람들이 그런 기막힌 선택을 한 거예요. 그런데 그 선택이 없었으면, 어땠을까요? 역사에 가정이라는 게 어떨지 모르지만, 어쩌면 지금 육사 32기가 대통령을 하고 있을지 모르죠.

이 새벽의 총소리를 집에서 듣고 있어야 했던 사람들. 저는 그 순간이 반만년 우리 역사에서 가장 긴 새벽이었다고 생각해요. 5,000년 역사에서 이보다 긴 새벽은 없었죠. 이때 집에 온 사람들, 누가 남아달라고 할 수도 없었고, 집에 가지 말라고 할 수도 없었고, 집에 가라고 할 수도 없었던 상황에서 집에 돌아온 사람들. 돌아왔지만, 이 새벽을 뜬눈으로 지새운 사람들이 뭔가가 달라져도 달라졌겠죠. 우리가 흔히 얘기하는, 살아남은 자의 슬픔입니다. 그것을 잊지 않은 사

살아남아 어딘가를 응시하는 광주 시민.

람들이 어떻게 되겠습니까, 모두 광주의 자식들이 되어버린 겁니다. 광주에는 없었지만, 그 시절을 겪으면서 '내가 5월 26일 광주에 있었으면 나는 어떻게 했을까. 총을 들었을까, 들지 않았을까'라는 질문에서부터 스스로를 놓아버리지 않았던 사람들의 선택, 그게 전 1980년대를 만들었다고 생각합니다. 한국전쟁 때 조금이라도 진보적인 색깔을 갖고 있던 사람들은 전부 죽었어요. 그런데 거기에서 지금 이만큼이라도 될 수 있었던 건, 상당 부분이 바로 '1980년 5월 광주를 어떻게 맞이했는가' 겠죠. 이렇게 깨졌습니다. 이 사진을 보시면, 주검 사이에서 살아남아 앞을 응시하는 사람이 있습니다. 아직까지 눈빛이 살아 있습니다.

정의란 무엇입니까? 『정의란 무엇인가』라는 마이클 샌델의 책이 100만 부가 넘게 팔렸대요. 그런데 정의가 뭔지 꼭 하버드 대학 교수에게 물어봐야 하나요? 이 강연이 끝나고 효창공원을 내려가고 있는데, 저 앞에 갑자기 이상한 놈들이 나타나서 집에 가는 사람들을 곤

봉으로 후려치고 있다, 대검으로 찌르고 있다. 누가 막아야 합니까? 태권도 4단이나 특수부대 출신? 아니죠. 먼저 본 사람, 제일 가까이에 있는 사람이 말려야 하는 거죠. 그런데 말리던 사람 중 하나가 다치면 어떻게 해야 합니까? 우리 사회가 같이 책임져야죠. 그걸 '네가 중뿔나게 뭘 잘났다고 괜히 나서서, 네가 선택해서'라고 매도해버리면 어떻게 됩니까? 이 사람들이 지금 어떤 삶을 살고 있을까요? 여기 옮기기 힘든, 옮기고 싶지 않은 참혹한 삶을 살고 있습니다. 그 트라우마를 안은 채 살고 있어요. 그런 말도 안 되는 상황에서 나서서 말렸던 사람들입니다. 우리가 '시민군'이나 '투사'라고 부르지만, 실은 평범한 우리 이웃이죠. 그런 사람들이 30년 후에 지옥과 같은 고통 속에서 살고 있다면, 그 사회에서 『정의란 무엇인가』가 100만 부 팔리면 뭐해요. 우리 사회가 이분들을 잘 몰랐습니다. "2000년도부터 이분들에게 피해보상 다 해주지 않았느냐, 책임자 처벌도 하지 않았느냐", 그런데 우리가 미처 생각하지 못한 트라우마라는 게 있었습니다, 이분들이 그런 고통에 시달리고 있다는 걸 알았으면 우리 사회는 어떤 선택을 해야 합니까? 우리가 또다시 그 과제를 안고 있는 거죠.

이 사진에서처럼 끌려갔습니다. 이분들은 그래도 살아 있는 분들이에요. 손이 뒤로 묶여 있잖아요. 시신이라면 그렇게는 안 했겠죠. 그리고, 기막힌 사진이죠, 전 광주 사진 중에서 제일 기막힌 사진 중 하나라고 생각합니다. 저게 뭡니까? 쓰레기차입니다. 꽃상여가 아닙니다. 영구차가 아닙니다. 저기 뭐가 실려 있어요? 관이죠. 그것도 어떻게 실었습니까? 한 분 한 분씩 모신 게 아니라 관을 포개 실었어요. 마지막으로 도청에서 저항하다가 가신 분들이 저렇게 갔습니다. 저 뿌연 연기는 뭐예요? 그해 5월이 엄청 더웠거든요. 소독약을 뿌리는

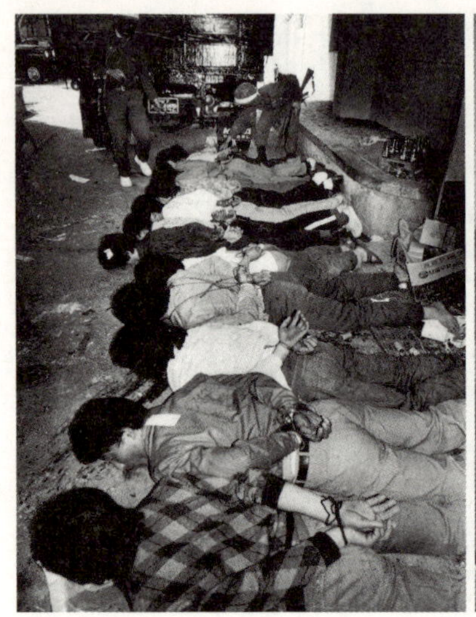

손이 묶인 채 엎드려 있는 광주 시민(왼쪽)과 쓰레기차에 실려 가는 관(오른쪽).

겁니다. 저분들의 선택의 결과죠. 누가 저분들에게 남으라고 하지 않았죠. 그런데 어땠습니까? 오히려 저분들의 선택에 의해서 역사가 바뀐 거 아닙니까. 거기에 대해서 우리가 책임을 져야 하는 거고요. 광주가 저렇게 됐을 때, 김남주라는 시인이 시를 썼습니다. 그 시인은 그때 감옥에 있었어요. 감옥에서 이렇게 썼습니다. "한 나라의 대통령이란 자가 / 외적의 앞잡이이고 / 수천 동포의 학살자일 때 / 살아남은 사람들이 있어야 할 곳 / 그곳은 어디인가 / 전선이다 감옥이다 무덤이다" 병원도 안 넣어줬어요. 전선에서 싸우고 있거나 싸우다가 잡혀서 감옥에 갔거나 아니면 싸우다가 죽었거나……. 전선과 감옥과 무덤이라는 게 우리의 선택인가요? '오야' 맘이죠. 우리의 선택은 뭐예요? 싸우느냐 안 싸우느냐. 살아가면서 사실은 선택의 범위가 넓지 않습니다.

복잡한 건 길이 아니라 우리 마음

김태훈이라고, 저와 대학 동기가 있습니다. 얼굴을 본 거 같기도 하고, 아닌 거 같기도 해요. 저와 과가 달랐습니다. 그런데 이 친구는 운동권이 아니었어요. 고등학교만 광주에서 다녔어요. 1981년 5월, 광주가 진압되고 딱 1년 되던 5월 27일에 서울대에서 데모가 있었습니다. 운동권도 아니었고, 데모가 있는지도 모르고 학교에 간 친구였어요. 이 친구가 도서관에서 시위를 내려다보고 있다가 시위가 진압되어가자, 도서관 6층 창문에서 "전두환을 처단하라, 처단하라, 처단하라" 세 번 외치고 투신했습니다. 6층에서 콘크리트 바닥으로요. 사람이 떨어져서 학생들이 몰려드니까 전투경찰들이 거기에다 대고 최루탄을 하염없이 쏴댔어요. 제 친구가 떨어졌는데, 그 친구의 부들부들 떨리는 몸 위로 최루탄 가루가 눈처럼 하얗게 쌓였습니다. 그걸 안 봤으면 모를까, 본 사람들의 인생은 어떻게 될까요? 인생 삐딱선 타는 거죠, 거기에 무슨 선택이 있을까요. 험한 시대라는 건 뭐예요? 험한 시대는, 청춘들로부터 '선택'이라는 아름다운 말을 빼앗아 가버립니다.

청년 김문수의 선택. 김문수 씨가 전태일 열사의 바로 윗세대입니다. 전태일 열사가 죽기 전에 "나에게 대학생 친구가 하나 있었으면, 한자투성이인 근로기준법을 읽어줄 텐데"라고 했죠. 전태일 열사가 하루에 14~15시간 노동을 하고, 차비 털어서 열두 살짜리 어린 여공들에게 풀빵을 사주고, 자기는 걷고 뛰고 해서 2시간 걸리는 판잣집에 도착해서, 호롱불을 켜놓고 근로기준법을 읽습니다. 한자투성이라 읽을 수가 없어서 옥편으로 한 글자, 두 글자 찾다가 쓰러져서 잠이 듭니다. "나한테 대학생 친구가 있었으면", 그 얘기를 들은 사람들이 거기에 응답했습니다.

우리가 살고 있는 이 사회는 수많은 사람들의 선택이 있었기 때문에 지금의 모습이나마 이뤄진 거예요. 한 시대의 가장 우수한 젊은이들이, 미국으로 친다면 하버드, 예일, 프린스턴에 다니던 이들이 노동자가 되기 위해서 세미나를 한 거잖아요. 젊음을, 청춘을, 인생을 바치겠다고 맹세했습니다. 김문수 씨도 그런 사람 중 하나죠. 그런데 어땠습니까? 인생을 바치진 않고 청춘만 바쳤습니다. 청춘을 바친 건 확실해요. 굉장히 열심히 했습니다. 그런데 생각이 바뀌더니 아주 이상해졌죠. 그걸 자기는 '선택'이라고 하고, 우리는 '변절'이라고 합니다.

부일장학회 사건을 살펴보죠. 〈부산일보〉 김지태 사장이 상처를 했습니다. 부인이 돌아가시고 난 뒤에 재혼을 했습니다. 그래서 부인이 아이 낳은 지 얼마 안 됐고 아이도 아주 어렸는데, 부인을 잡아갔어요. 부인만 잡아간 게 아닙니다. 처남, 즉 전처의 오빠도 잡아갔어요. 그 회사 간부로 남아 있었거든요. 본인은 일본 출장 중이었어요. 견디지 못하고 돌아왔습니다. 돌아와서 두 달을 버티다가 결국 도장을 찍었습니다. 그게 선택인가요? 부일장학회를 인질의 몸값으로 주고 풀려났습니다. 김지태 사장이 부일장학회로 장학금을 어마어마하게 줬어요. 박근혜 측에서는 정수장학회로도 장학금을 잘 주고 있지 않으냐고 하죠. 웃기는 소리입니다. 부일장학회가 3년 동안 유지되었는데요. 놀라울 정도로 많은 사람에게 장학금을 줬습니다. 그때 우리나라에서 두 번째로 큰 장학회가 1년에 500명에게 장학금을 줬어요. 그런데 부일장학회가 1년에 3,000명에게 줬어요. 정수장학회로 바뀌고 난 뒤에는 박정희 정권이 운영한 거잖아요. 금액도 크고, 거기다가 훨씬 많이 줬습니다. 정수장학회가 4만 명에게 장학금을 줬다고 떠들어요. 그런데 비슷한 액수로 부일장학회였으면 15만 명을 줄 수 있습니다.

박근혜 씨가 정수장학회에서 1년에 2억씩, 십몇 년을 받아갔다고 하죠. 김지태 사장은 장학회에 자기 돈을 냈습니다. 장학회 돈을 받아간 게 아니라 거액의 자기 돈을 낸 거예요. 그러면 박근혜는 어떤 선택을 해야 합니까? 물론 박근혜 씨가 뺏은 건 아닙니다. 박정희 대통령이 뺏었죠. 그래도 그걸 자기가 그만큼 누렸으면, "이사진 물러났으니까 나랑 상관없어"라고 말할 순 없죠. 비유적으로 얘기하면 이렇습니다. 김대중 정권이나 노무현 정권 때, 〈조선일보〉 방 사장을 잡아가서 그 아버지가 만든 방일영장학회를 뺏었어요. 두 달 가둬놓고 포기각서 쓰게 해서 방일영장학회를 노무현장학회로 이름을 바꿨어요. 그거 정권 바뀌면 어떻게 되어야 합니까? 돌려주는 게 맞죠. 돌려주기만 해야 합니까? 그때 잡아 가둔 사람들을 감옥에 보내야죠. 납치강도범 아닙니까. 납치강도범도 더 극악한 게, 국가기구를 동원해서 납치강도극을 벌였습니다. 더 흉악한 겁니다. 더구나 한 나라의 대통령이 되고자 하는 사람이라면 어떻게 해야 합니까?

원자력발전소, 여러분이 선택했습니까? 사고가 나면, 여러분의 선택은 뭐가 있어요? 앉아서 그냥 방사선에 피폭되든지, 돈 있으면 미국으로 가든지, 돈이 좀 적으면 부산으로 가든지. 그런데 부산에 갔는데 고리발전소가 터지면 어떻게 하죠? 그 정도의 선택권이 우리에게 있죠. 그걸 '선택'이라고 불러줍니다. 그런데 중국에서 터지면 어떻게 되죠? 곧바로 서울로 옵니다. 방사선 빗물 마셔도 된다고 〈조선일보〉에 커다란 기사가 실렸습니다. 이렇게 우리에게 강요해요. 그럼 우리의 진짜 선택은 뭡니까?

우리의 선택의 범위가 조금 넓어졌죠. 누구 덕에? 오세훈 씨 덕에.(웃음) 안 해도 되는 투표였거든요. 애들 무상급식 문제가 꼭 주민투표를 해야 할 사항은 아니잖아요. 그런데 오세훈 시장이 무슨 생각을 했는지 주민투표에 붙였습니다. 본인의 선택입니다. 아주 탁월한 선택을 했죠. 그래서 세상이 바뀌었고, 우리가 새 서울시장, 박원순 시장을 갖게 되었습니다. 젊은이들이 진짜 선택을 했죠. 30대에서 75퍼센트의 지지가 나왔다는 거, 이거 무서운 겁니다. 안철수 백신도 나왔습니다. 이제는 우리의 선택도 중요하고, 안철수의 선택도 중요한 시대가 되었습니다.

독립운동 시기, 지식인들에게도 여러 가지 길이 있었습니다. 안중근의 길만 있는 게 아니에요. 이봉창의 길, 윤봉길의 길만 있는 게 아니었습니다. 이준의 길이 있고, 안창호의 길이 있고, 한용운의 길이 있고, 이동휘의 길이 있고, 김일성의 길도 있었습니다. 김대중 전 대통령이 돌아가시면서 좋은 말씀을 하셨어요. "행동하지 않는 양심은 악의 편이다. 글 쓸 수 있는 사람은 글 쓰고, 떠들 수 있는 사람은 떠들고, 떠들지 못하는 사람은 폰질이라도 하고, 그것도 못 하겠으면 바람벽에 대고 욕이라도 해라." 90세 노인이 그렇게 싸우다가, 정말 싸우다가 돌아가신 겁니다.

우리가 선택의 기로에 섰다는 말을 많이 합니다. 선택, 복잡한가요? 길이 복잡합니까? 저는 이렇게 생각해요. 모로 가도 서울만 가면 되죠. 길이 하나입니까? 길은 많습니다. 뭐가 복잡하겠습니까? 복잡한 건 우리 마음이죠, 길이 복잡한 게 아니라 우리 마음이 복잡한 거예요. 마음이 복잡하니까 목적지가 흔들리죠. 목적지가 흔들리니까 답이 안 나오는 거죠. 길은 복잡하지 않아요. 조금 돌아가면 어때요? 자기 목적지만 분명하다면, 길은 결국엔 다 통해요. 선택이 어려운 건, 마음이 복잡하니까 책임을 지지 않아서 그래요. 선택에는 항상 책임이 따릅니다.

문제는, 우리가 선택을 포기하면 저들의 선택에 의해서 우리의 운명이 결정된다는 것입니다. 분단, 원전, …… 한둘이 아니죠. 거기서 인류의 역사는 뭐예요? 선택의 범위를 넓히는 역사. 정말 다수결로 한번 해보자는 거죠. 99퍼센트가 지배하는 세상, 뭐가 달라도 달라질 것 아닙니까. 불가능할까요? 우리 마음만 정하면 전 된다고 생각합니다. 우리가 목표를 잃어버리지 않으면 됩니다. 목표를 상실한 뒤 그것을 합리화하지 않으면 됩니다. 지식인이라는 게 왜 방황하고 떨리는 존재입니까? 목적지를 포기할 때, 그 목적지를 포기해도 되는 이유를 1초에 수천 가지를 만들어낼 수 있는 게 지식인이거든요. 원래 우리가 본능적으로 느낀 것, 거기가 우리 목적지입니다. 그 마음만 잃지 않으면 됩니다. 제일 중요한 선택, 우리 마음 안에 있습니다. 제 말씀은 여기에서 마치겠습니다.

사회자 우리가 정치 지도자를 선택하는 것 말고 지도자는 어떤 선택을 해야 하는가 하는 문제도 실로 중요합니다. 구한말 때 친일을 선택한 자들, 구구하게 말할 것 없이 잘못된 선택이죠. 반대로 의로운 길을 택한 지도자들에 대해서도 자주 생각해봐야 합니다. 독립운동은 물론이고, 1980년 광주 도청에 남았던 사람들만 해도 그렇습니다. 윤상원은 항쟁 최후의 최고책임자였습니다. 마지막 날 도청 2층에서 친구가 그에게 왜 여기 남으려 하느냐고 물었습니다. "죽음이 두려운 건 똑같다. 새벽이면 이제 죽으리란 걸 안다. 내가 여기서 죽어야 광주가 영원히 패배하지 않는다." 지도자는 역사적인 순간 그런 선택과 결단을 할 줄 알아야 하는 것이지요. 질문 받겠습니다.

고통에 공감하는 능력

청중1 안녕하세요. 올해 스무 살이 되어서 막 입시지옥을 뚫고 올라온 대학 신입생입니다. 제가 사학과에 들어가서 공부하고 싶었는데, 개인적인 사정이나 여러 시선들 때문에 그쪽을 선택하지 못했습니다. 그래서 아쉬워하던 차에 복수전공으로 사학을 공부할 수 있다는 걸 알게 되어서 다음 학기부터 수업을 들으려고 합니다. 제가 역사에 관심을 갖게 된 게 교수님의 책 『대한민국사』 덕분이라서 감사하게 생각하고 있는데요. 사학을 공부하는 데 있어서 우선적으로 가져야 할 마인드에 대해서 여쭙고 싶습니다.

한홍구 사학을 공부하는 사람들이 기본적으로 부지런합니다. 부지런한 가운데, 게으를 줄 알아야 한다고 생각해요. 공감하는 능력, 상상력, 어학도 중요합니다. 그리고 끈기 있게 읽어내야죠. 좋은 사학자가 되기 위해서는 머리보다도 궁둥이가 중요합니다. 그건 모든 분야에서 마찬가지라고 생각해요. 인문학에서는 가슴이 정말 중요합니다. 자기가 공부하는 시대의 사람들이 느낀 고통, 그리고 내가 살고 있는 시대의 사람들이 일상생활에서 느끼는 고통, 이런 것들에 공감하지 못하면서 어떻게 좋은 사학자가 되겠습니까. 이웃과 사람에 대해서 관심을 갖는 것, 그게 제일 중요할 것 같습니다. 다른 부분들은 도구적인 것 같아요. 그 바탕을 잃어버리면, 부분적으로는 좋은 논문을 쓸 수 있을지 모르겠습니다. 하지만 혼자만 아는, 암호 같은 논문을 쓰게 되기가 쉽습니다. 적어도 내가 연구하는 시대의 가장 중요한 문제는 뭐였는지, 일반인들이 이것을 어떻게 고치려 했고 어떻게 좌절했는지, 그 과정에서 사람들이 느꼈던 다양한 희로애락의 감정을 읽어낼 수 있는 자세가 필요합니다. 그건 내가 바쁘면 절대로 안 보이거든요. 그런 면에서 조금 게을러질 필요가 있습니다. 정보만 추구하지 말고, 그 속에서 인간들을 봐주십시오.

사회자　우리가 '역사'라고 이야기하는 게 어떤 집단의 기억에 관한 것 아니겠습니까. 그게 재미있으려면 자기 공동체에 대한 지극한 애정이 있어야 합니다. 그게 빈곤하면 책을 읽어도 흥이 일지 않겠지요. 역사 정보에만 그칠 뿐 근육도 뇌수도 되지 않을 겁니다.

청중 2　안녕하세요. 저는 교사입니다. 학교에서 아이들에게 우리나라의 자랑거리에 대해 물으면, 가끔 '맥아더 장군'이 나오고 요즘에는 '한미연합'이라고도 합니다. 여행지로도 미국에 가고 싶어 하는 아이들이 상당히 많습니다. 이런 상황에서 제가 어떤 교육을 해야 하는지 묻고 싶습니다.

한홍구　제가 맥아더 장군과는 참 인연이 깊어요. 강정구 선생님을 둘러싸고 큰 사건이 벌어졌지만, 사실 강 선생님보다 제가 맥아더 장군에 대한 걸 먼저 썼습니다. 결론이 조금 달랐어요. 저는 마지막에 "나는 저놈의 맥아더 장군 동상을 보면 숨이 막힌다, 창피하다, 부끄럽다"라고 썼고, 강 선생님은 "부시자, 철거하자"라고 쓰셨습니다. 같은 뜻인데요. 맥아더 장군 동상은 자랑스러운 게 아니라 부끄러운 거죠. 우파가 정신을 회복한다면, 제가 너무 큰 기대를 하는 건지 모르겠습니다만, 한국의 보수 세력이 제정신을 회복한다면, 스스로 철거해야 할 겁니다.

제가 어렸을 때는 국보 9호를 '정방사지 5층 석탑'이라고 배웠습니다. 그런데 그게 언젠가부터 '정림사지 5층 석탑'으로 바뀌었습니다. '정방사'라는 이름이 창피했던 겁니다. 정방이 누구입니까? 소정방이죠. 신라의 맥아더, 소정방을 위해서 절을 세웠습니다. 조선의 맥아더, 이여송을 위해서는 사당을 세웠습니다. 현대판 소정방이나 현대판 이여송인 맥아더를 위해서 동상 세운 게 격이 맞죠? 그런데 사실은 창피한 역사죠. 한 발 떨어져서 보면요, 이남에 맥아더 동상을 세우는 게 당연하면, 이북에는 펑더화이(彭德懷, 한국전쟁 당시 중국 인민지원군 사령관) 동상을 세워야겠네요. 인천에는 맥아더 동상, 신의주에는 펑더화이 동상이 있으면 남북으로 나라 꼴이 참 좋겠네요. 창피하다는 걸 우리가 느낄 수 있으면 됩니다. 저는 역사에서 아이들이 부끄러움과 민망함에 대해서 배우는 것도 중요하다고 생각합니다.

사회자　문화적으로 얘기하자면 청소년들이 미국에 대해 갖는 동경심은 연예인에 대한 것과 닮은 데가 있습니다. 가령, 가수 타블로에게 "너 정말 그 대학을 나왔어?"라고 심하게 추궁합니다. 그는 미국에서 이름난 대학을 나오고, 재능도 있고, 인기 있는 배우와 혼인도 했죠. 내가 이루고 싶은 모든 걸 갖춘 거죠. 동경의 대상입니다. 동시에 그래서 그는 증오의 대상입니다. 동경과 증오란 같은 뿌리에서 나오는 법이죠. 청소년들이 성장하면서 미국에 대한 동경을 갖습니다. 어찌 되었든 '자연스러운' 일입니다. 그건 우리 사회가 미국에 그만큼 종속되어 있다는 걸 말해주는 겁니다. 종속을 벗어나면 비로소 동경을 넘어 대등한 애증이 형성되겠지요. 공동체로나 개인으로나 부단한 노력이 필요합니다. 구럼비에서 이기는 일도 거기 포함될 수 있을 것입니다.

지금 싸워야 할 것과 싸워라

청중 3　프랑스는 2차 대전 당시 나치에 협력했던 8,000명 이상을 이후에 처형했다고 들었습니다. 그걸 보고서 '프랑스는 그런 전통이 있어서 역사가 바로 세워지지 않았는가' 라는 생각을 했는데요. 우리나라는 외세에 의해 해방이 되면서 친일파를 처단하지 못했는데요. 그 때문에 현재까지 모든 갈등과 사회 모순이 빚어지고 있다고 생각합니다. 현재라도 친일 청산의 가능성이 있는지, 또 그렇지 않으면 이게 어느 방향으로 흘러갈 것인지, 역사학자로서의 의견을 들었으면 합니다.

한홍구　결론부터 말씀드리면, 친일 청산은 가능성 없습니다. 끝났습니다. 그건 끝난 게임입니다. 그러면 우리가 뭘 할 수 있느냐? 독재 잔재 청산을 할 수 있고요. 지금은 독재도 군사 독재, 정치적 독재에서 자본 독재로 바뀌었죠. 자본이 가장 센 권력이 된 거죠. 이 자본 독재를 청산해서, 대한민국에 태어났으면 국민으로서 최소한 먹고 자고 입고 배우는 것은 보장되는 사회를 만들어야 합니다. 그런 사회를 만듦으로써 친일 청산을 뒤늦게 대신 만회하는 거지, 이미 죽어버린 친일파를 이제 와서 청산한다는 것은 불가능한 일이죠. 지금 부관 참시하고 친일인명사전 만들어봐야 역사적 청산인 거지, 현실에서의 청산이라고 할 수는 없죠. 시대적인 과제가 바뀌는 겁니다. 오늘 광주 민주화 운동에 대해서 말씀드렸는데요. 저는 광주에 묶여 있는 세대입니다. 그런데 지금 젊은이들에게는 또 그들의 광주가 필요한 거겠죠. 계속 흔들리는 마음을 다잡아줄 수 있는…….

친일 청산을 못 한 건, 정말 분하고 원통하고 아쉽죠. 그런데 저는 프랑스처럼 처형을 많이 하는 게 꼭 좋은 방법이라고 생각하지 않습니다. 프랑스는 그 당시에 7,000~8,000명에게 사형 판결을 내렸고 실제로 1,500여 명에게 사형을 집행하였는데, 해방 조선에서 그 정도 규모의 인원을 처형한다는 것은 사실상 근대 교육을 받은 지식인들은 모두 죽이는 거거든요. 그렇게 되면 새 나라 건설 못 합니다. 친일파 청산을 잘하는 길은, 우리가 잘 봐주는 거예요. 친일파들을 세력으로서 해체하고, 친일했다는 게 사회에서 정말 부끄러운 게 되도록 하는 겁니다. 그리고 친일파들이 사회적인 영향력을 해체당하지만, 그들이 갖고 있는 교육과 자질을 국가가 세탁해서 쓸 수 있게 하는 거죠. 왜냐? 우리는 근대 문물을 접한 사람들이 적었어요. 제가 항일 빨치산 전공이지만, 만주에서 항일 빨치산 활동을 했던 사람들만 갖고는 새 나라 운영 못 합니다. 그러기 위해서는 일제에 의해 본의 아니게, 여기서 '본의 아니게'라는 말은 유신공주처럼 핵심에 있었던 분이 쓸 수 있는 말은 아니죠, 이런 분들이 있습니다. 일제 치하에서 태어났어요. 주변에 독립운동을 하는 사람이 있어서 "그게 아니야"라고 깨우쳐준 적도 없습니다. 학교에 다니다 보니까 일본 순사가 되고, 일본 관리가 되고, 일본 군인이 됩니다. 그런 사람들을 꼭 죽여야 하고 감옥에 보내야 하느냐, 그건 아니라고 봅니다. 우리가 도덕적 권위를 갖고 그들을 무장해제시켜서 잘 봐줄 수 있어요. 그런데 우리는 그럴 기회를 놓치고, 역청산을 당했죠. 민족적 양심을 갖고 친일파를 청산하자던 분들이 오히려 친일파에게 청산당했어요. 그러니까 분하고 원통하고 억울하죠.

그렇지만 친일에만 매달리면 안 됩니다. 친일파가 살아남아서 세상을 운영해오긴 했는데, 친일파들이 배턴 터치가 늦었어요. 이근안이 친일파입니까? 일본 고등경찰 출신들에게 고문을 전수받았지만, 이근안 본인이 친일파는 아니잖아요. 이런 식으로 과제들이 계속 변화해왔습니다. 지금 우리가 싸워야 할 부분, 가장 중요한 점은 친일파로부터 맥이 이어지는 자들을 청산하는 거지 친일파 자체는 아니잖아요. 그러니까 우리가 그런 문제들을 명심하고, 나중에 조상님께 고할 수 있어야 하죠. "그때 친일 잔재 청산을 못 했는데, 그래도 군사 독재는 청산했고 사회·경제적 민주화도 이뤘습니다." 독립운동을 하던 사람들이 꿈꿨던 나라가 사회·경제적 민주화가 된 나라였죠. 이제 그걸 이뤘다고 고함으로써 친일 청산을 대신하는 겁니다.

사회자　속상하시죠? 우리가 친일파에 역청산 당한 예를 간단하게 말씀드릴 수 있습니다. 일제가 실질적으로 40년 넘게 한반도를 지배했는데, 그때 독립운동을 하시던 분들이 도망 다니면서도 다수가 살아계셨습니다. 그분들 대부분이 해방 공간에서, 조국에서 돌아가셨습니다. 한국인의 손에 의해서 말이죠. 잘 알다시피 김구 선생도 그렇게 돌아가셨고요. 이승만의 졸개에 의해서 말이죠. 역청산을 당했습니다. 해방의 주역들, 항쟁의 주역들이 소멸된 거죠. 오늘날 해야 하는 가장 중요한 청산, 한홍구 선생님이 말씀하신 청산을 같이 해야 합니다. 친일·독재의 과거를 미안해하고 부끄러워하게 만들어야 하는 거죠. 친일인명사전에 돈 내야 할 사람이 누구입니까? 아버지 이름이 거기 들어갔다고 화를 낼 게 아니라 박근혜 의원이 내야 하는 거죠. 우리 두 사람이 하려는 일 중 하나가 독재인명사전을 만드는 일입니다. 지금 살아 있는 자들이라도 기록하자는 겁니다.

청중 4 제가 예순 언저리에 가 있는데요. 제 개인적인 경험을 얘기하면, 제가 투표를 해서 한 번도 재미를 못 봤습니다. 그래도 열심히 참여하고, 연대하고, 소리를 지르고 하는데도 허망한 기분이 듭니다. 시청 앞에 100만 명이 모여서 촛불을 켰는데, 아무것도 바뀐 게 없어요. 우리 역사에 희망이 되는 장면이 있는지, 한국 사람의 심성이 뭐가 잘못돼서 똑같은 일이 되풀이되는지 궁금합니다. 이런 절망감에 용기를 주는 말씀 부탁드립니다.

한홍구 이렇게 생각하시면 될 거예요. '저 사람들은 얼마나 힘들까.' 참담한 걸로 하자면 한이 없죠. 그런데 한국전쟁 때 생각해보세요. 정말로 다 죽었어요. 제가 현대사 공부할 때, 어른들한테 물어보면 항상 답이 그겁니다. "다 죽었어, 다 죽었어, 다 죽고 우리 같은 쭉정이만 남았어." 그런 데서 시작했습니다. 축구 경기로 치면, 0 대 0

에서 시작해서 여기까지 온 거 아닙니다. 0 대 100에서 시작해서 여기까지 온 거예요. 그리고 그 과정에서는 기적 같은 일도 많았습니다. 그렇게 다 죽였는데, 한국전쟁이 끝나고 만 7년이 안 돼서 고등학생들이 들고일어났잖아요. 그게 4·19예요. 그래서 그걸 어떻게 진압했습니까, 군대가 진압했죠. 5·16이 일어났어요. 또다시 일어나려고 하니까 유신으로 찍어 눌렀어요. 그런데 결국 유신 7년 만에 박정희 대통령이 총 맞았잖아요. 그리고 광주에서 다시 진압됐어요. 또 7년 만에 6월 항쟁이 터졌습니다.

그러다가 90년도에 어떻게 됐어요, 3당 합당을 당했잖아요. 민자당 만들어놓고, 70퍼센트 이상을 차지했죠. 네 개의 당 중에서 세 개를 합쳤으니까요. 일본 자민당을 본떠서 민자당을 만들었습니다. 자유민주, 민주자유. 그러고서 민자당이 100년 갈 거라고 했죠. 70퍼센트를 장악했으니까요. 그런데 어땠습니까, 또 거기에서 7년 만에 정권 교체했어요. 탄핵 때문에 촛불이 켜졌습니다. 제대로 못 해서 4년 만에 다시 켜졌고요. 그로부터 4년 지나서 올해인데, 올해 어떻게 보내시렵니까? 우리가 당한 것만 생각하면 기가 막히죠. 나라가 해방됐는데 친일파 집권하고, 아무것도 없는데 다 죽이고, 우리가 찬스 좀 잡을 것 같으면 군부독재 나오고, 박정희·전두환 대통령 나오고……. 그렇지만 그 전체적인 과정에서 어때요, 서울 시내 한복판에서 이런 얘길 할 수 있게 됐잖아요. 역사는 안 되는 것 같지만, 사실은 발전하는 거예요. 왜 보기가 힘드냐, 우리가 원하는 만큼 발전하지 않아서 그렇죠. 우리를 짓누르고 탄압했던 자들을 잡을 듯 잡을 듯 못 잡아서 그런 겁니다. 승패가 바뀌진 않았습니다. 그렇지만 따라가고 있죠.

사회자　　촛불집회에 참가하셨던 분들이 자주 말씀하시곤 하죠. 남은 게 뭐냐고요. 그때마다 얘기합니다. "촛불세대에게 가장 크게 남은 건 '소울드레서'다."(웃음) 포털사이트 다음(Daum)에 있는 '삼국카페' 얘기입니다. 제가 단적으로, 문화적 예를 든 거죠. 촛불집회의 가장 큰 경험은 '혼돈의 경험'입니다. '해방의 경험' 말이죠. 굳이 말하자면 무정부 상태죠. 보수들이 가장 싫어하는 겁니다. 최고의 민주주의는 주인이 없는 상태죠. 촛불세대는 그 경험을 해본 사람들입니다. 촛불집회 때 제게 가장 신선하고 사소하고 충격적인 장면은 광화문대로 십자지점에 책상을 끌고 와서 공부하고 있던 한 학생의 모습입니다. 공부가 될 리 만무했겠죠. 그게 이른바 퍼포먼스라고 하는 건데요. 세상의 중심에서 책을 보고 싶은 마음과 태도죠. 제가, 여기서 뭐 하느냐고 일부러 물어봤어요. 그랬더니 바쁘다는 듯 잠시 빤히 올려다보더니 리포트를 쓰고 있대요. 우리 세대는 절대 생각할 수도, 실행할 수도 없는 일입니다. 그보다 며칠 전 청와대 들머리에서 집회를 하다 전경이 진압용 물대포를 쏘니까 "온수 쏴"라고 했던 청년 역시 같은 세대입니다. 해방을 경험한 자들만이 할 수 있는 말입니다. 예전 같으면 "아무개 타도하자" 고작 이런 구호였겠죠. 훨씬 더 문화화, 생활화가 되어 있습니다. 그 경험이 우리에게 남아 혈관을 타고 흐르고 있습니다. 그 힘이 새로운 세계를 가능하게 할 것이라고 의심치 않습니다. 억압받고 싶지 않은 사회적 본능과 그 카오스 상태는 일찍이 겪어보지 못한 대단한 경험이었다고 생각합니다. 그게 큰 자산이 되어 새로운 걸 만들어내겠죠. 이제 인터뷰 특강 전체의 마지막 질문 받겠습니다.

청중5　교수님, 혹시 이명박 대통령 퇴임일 카운트 어플이라고 아십니까? 제가 그걸 깔아놓고 항상 보는데요. 제 지인이 그걸 보고 "이명박 대통령 싫어해요? 좌파인가?" 이렇게 말씀하시더라고요. 저는 각하를 사모하지 않는다는 이유로 좌파가 되었습니다. 그분은 정부에 반대하면 좌파고, 정부에 찬성하면 우파라고 생각하시는 것 같아요. 자기가 우파니까 정부를 지지하고…….

한홍구　그러면 그분은 노무현 정부 때 좌파셨겠네요.(웃음)

청중5　그럴 수도 있겠죠. 그런데 이렇게 생각하시는 분들이 많은 것 같아요. 그래서 이 프레임을 깨려면 우파분들이 제정신을 회복해야 한다고 생각하는데, 그 가능성이 있을까요? 저에게 희망을 주십시오.

한홍구　저희가 농담 비슷하게 "야, 우리가 보수당을 만들자"라고 얘기합니다. 『대한민국사』, 저쪽에서 굉장히 싫어해요. 김일성을 찬양하는 책이라고 하는데요. 『대한민국사』에 나와 있는 가치의 99.9퍼센트는, 사실은 보수파가 할 얘기입니다. 제가 요새는 진보적인 얘기도 조금은 해요. 그렇게 수준이 높은 것 같진 않지만요. 제가 하는 수준의 얘기는 제정신 박힌, 이 사회에 책임을 느끼는 보수파라면 당연히 해야 할 얘기입니다.

　제가 과거사를 공부하지 않습니까. 편 가르기가 아니라 가치를 중심으로 따진다면, 기업 하는 사람 붙잡아다가 팔 비틀어서 두 달 가둬놓고 부인까지 잡아넣고 해서 회사를 뺏으면, 뺏은 걸 돌려줘야 한다는 게 빨갱이들이 할 얘기입니까? 그건 이념과 아무 상관이 없는 얘기입니다. 좌파가 그런 짓을 해도 그건 벌 받아야 할 얘기고, 우파가 그런 짓을 해도 마찬가지인 거고요. 적어도 제정신을 회복한다는 게 뭡니까. 보편적인 가치에 대해서, 이념과는 상관없이 우리가 동의할 수 있는 지점들이 분명히 있지 않습니까. 인류가 수천 년에 걸쳐서 그만큼 만들어놓은 게 있습니다. 이념적인 대립이 있는 부분은 사실 얼마 안 됩니다. 인류가 공유하고 있는 수많은 것들을 인정하고, 룰을 인정하자는 거죠. 룰이라는 건 뭐예요? 나와 생각이 다른 사람과 더불어 사는 거죠. 그걸 인정해주는 우파라면, 왜 얘길 못 하겠습니까.

여러분, 좌우 대립이라는 딱지에 너무 두려워하지 마세요. 이건 중심에 서 있는 사람이 얘길 해야죠. 그리고 인류 사회는 중심에 서 있는 사람을 지지해야 합니다. 배 탔을 때, 좌우 균형이 맞아야 하죠. 전부 우파면 어떻게 돼요? 물에 많이 젖으실 거예요. 배가 뒤집히죠. 좌파란 말에 주눅 들 필요도 없고요. 그다음에 그런 말을 한 사람들에게 "네가 어디 서 있나, 네 발밑이나 한번 봐봐"라고 말하는 겁니다. 〈조선일보〉는 자기네가 중심인 줄 알아요. 공간균형감이 굉장히 부족하죠. 이건 쉬는 정도가 아니라 입원 치료가 필요한 수준인 거예요. 수술이 필요한 수준이거든요. 우리가 합의할 수 있는 보편적 가치의 회복, 즉 인류가 수천 년 동안 싸워서 획득하고 확인한 보편적 가치에 대해서 얼마만큼 인정하느냐. 그 기준으로 제정신이 박힌 우파인지를 확인하면 될 것 같습니다.

사회자　　정리하는 말씀 간단하게 부탁드리겠습니다.

한홍구　고맙습니다. 안녕히 가십시오.(웃음)

사회자　〈한겨레21〉에서 기획한 인터뷰 특강의 핵심은 사회에 대한 비판적 안목을 갖게 하고, 진실을 가려볼 수 있는 시선을 기르게 하기 위한 데 있을 것입니다. 그것은 정당한 분노를 표출하도록 하기 위한 것이지요. 결코 아는 게 다가 아닙니다. 정당한 분노를 표출할 수 있는 힘과 지혜와 연대가 필요합니다. 『희망의 인문학』쓴 얼 쇼리스라는 사람이 그렇게 각성된 사람들을 '위험한 시민'이라고 했습니다. 우리는 위험한 시민입니다. 깨어있는 시민은 위험한 시민이죠, 노예가 아니기 때문입니다.

　강연장이 있는 효창공원은 백범 김구 선생을 기념하는 기념관이 자리 잡고 있습니다. 이곳이 원래 조선시대에는 '효창원'이라고 하는 묘지였습니다. 해방이 되고 나서 김구 선생이 해방투쟁을 위해 싸우다 돌아가신 네 분을 이곳에 모셔오고자 했습니다. 윤봉길, 이봉창, 백정기 세 분은 돌아오셨습니다. 나머지 한 분, 안중근 의사께서 이렇게 말씀하셨습니다. "내가 죽거든 뼈를 하얼빈 공원 곁에 묻어두었다가 국권이 회복되면 고국으로 이장해달라." 그 유언을 아직 이루지 못하고 있습니다. 대신에 김구 선생이 여기에 묻히셨습니다. 이승만 정권 말기에 어떤 사람이 이곳의 기를 꺾기 위해 경기장을 지어야 한다고 기획했다고 들은 적이 있습니다. 윤봉길, 이봉창, 백정기, 김구 선생의 가치와 힘과 용기가 이어지지 않도록 짓밟자는 뜻이었죠. 그래서 생긴 게 효창운동장입니다. 공사는 박정희 정권 때 했습니다. 여러분은 3주 동안 그 길을 지나오셨습니다. 여러분이 오시면서 그 길의 맥을 잇고 있는 것입니다.

제가 오랫동안 안중근 의사에 관심을 갖고 답사도 하고 글도 쓰고 강연도 자주 하곤 해왔습니다. 아까 보신 체포될 당시 안중근 사진을 살펴보면 외투 아랫부분 단추가 하나 떨어져나가고 없습니다. 필시 이토 저격에 성공한 그 아침 하얼빈 역 머리 어딘가에 단추는 떨어졌을 것입니다. 우리가 역사를 공부한다는 것은 안중근이 하얼빈에서 잃어버린 그 단추 하나를 찾는 일이라고 생각합니다. 여기에 모여 있는 우리의 단추 하나는 어디에 떨어져 있을까요. 우리의 선택이 그 외투에 단추 하나를 다는 일일 때 비로소 역사는 인간의 얼굴로, 정의의 얼굴로 달려 나아갈 것입니다. 3주 동안 함께 해주서서, 고맙습니다.

한겨레 윤운식

길은 걷는 자의 것이다

아홉 번째 인터뷰 특강―선택

ⓒ 김진숙 정연주 홍세화 조국 정재승 한홍구 2012

초판 1쇄 발행 2012년 7월 2일
초판 4쇄 발행 2018년 10월 31일

지은이 김진숙 정연주 홍세화 조국 정재승 한홍구
펴낸이 이상훈
편집인 김수영
기획편집 정진항 고우리
마케팅 조재성 천용호 박신영 조은별 노유리
경영지원 이해돈 정혜진 이송이

펴낸곳 한겨레출판(주) www.hanibook.co.kr
등록 2006년 1월 4일 제313-2006-00003호
주소 121-750 서울시 마포구 효창목길6(공덕동) 한겨레신문사 4층
전화 02)6383-1602~1603 **팩스** 02)6383-1610
대표메일 book@hanibook.co.kr

ISBN 978-89-8431-596-9   03810